DIE WEISSE STADT

MILO DOR

DIE WEISSE STADT

ROMAN

OTTO MÜLLER VERLAG

ISBN 3-7013-0874-8

Umschlaggestaltung: Leo Fellinger
Druck und Bindung: Wiener Verlag, Himberg

Ich ist ein anderer.

Arthur Rimbaud

Interview des Autors mit sich selbst

An einem heißen Sommertag ging ich mit einer alten Freundin, die ich schon kannte, ehe sie ihren langweiligen Radiohändler heiratete, in ein Hotel in der Nähe der Tierklinik im dritten Wiener Bezirk. Als ich im kühlen Vestibül zur Portierloge trat, um im voraus das Zimmer zu bezahlen, blieb meine Freundin im Schatten neben dem Eingang stehen. Da sah ich hinter der Glasscheibe Mladen Raikow. Er stand neben dem glatzköpfigen Portier, der in Hemdsärmeln an seinem Pult saß, und zählte ein dünnes Bündel Hundertschillingscheine. Ich war von dieser Erscheinung so verwirrt, daß ich kein Wort herausbrachte. Ich mußte mich gehörig zusammennehmen, um nun noch ein Doppelzimmer mit Bad zu verlangen. Mladen Raikow hatte schon vorher den Blick gehoben und mich ganz kurz angesehen, als kenne er mich gar nicht. Wahrscheinlich wollte er an diesem Ort nicht zu erkennen geben, daß wir befreundet seien, um mich nicht in Verlegenheit zu bringen. Während der Portier das Geld kassierte und mir den Schlüssel übergab, zählte Mladen Raikow weiter das Geld, das vor ihm lag.

Was für Geld war das? Weder aus seiner Haltung noch aus dem Benehmen des hemdsärmeligen Portiers war zu schließen, ob Mladen gerade dabei war, zu zahlen oder zu kassieren. Da er ein Antiquitätengeschäft hatte, war beides möglich. Vielleicht hatte er dem Hotelbesitzer irgend etwas verkauft oder sich bei dem Portier etwas eingehandelt. Sein

Laden war zwar ein bißchen weit entfernt, er lag im achten Bezirk, aber ein Antiquitätenhändler muß beweglich bleiben, wenn er auf seine Rechnung kommen will.
Das nächste Mal traf ich ihn in der Nationalbibliothek. Ich saß an einem großen Tisch im Lesesaal und blätterte in dem reich illustrierten Buch über das 18. Jahrhundert von Paul Lacroix, das 1875 in der Librairie de Firmin-Didot Frères, Fils et Cie erschienen war. Ich wollte mich gründlich informieren, um für die Arbeit an einer Biographie des Conte Stjepan Zanovich – eines Abenteurers aus dieser Zeit – besser vorbereitet zu sein. Während ich die mehrfarbigen Bilder betrachtete, spürte ich plötzlich, daß ich beobachtet wurde. Als ich automatisch aufsah, blickte ich in die Augen Mladen Raikows, der mich zweifelnd und mißtrauisch musterte, als wolle er sagen: »Wozu das alles? Du schaffst es doch nicht.« Gleich darauf lächelte er und begrüßte mich freundlich und zugleich zurückhaltend. Im Verlauf unseres kurzen Gesprächs erwähnte er mit keinem Wort unsere zufällige Begegnung ein paar Tage vorher. Er hörte sich mein Loblied auf Paul Lacroix und seine Pariser Editoren, die mit ihrem Kompendium über das 18. Jahrhundert alle modernen Sachbuchautoren und Verleger von Bildbänden bei weitem übertrafen, geduldig an und zeigte mir dann einen alten Säbel, den er in die Nationalbibliothek mitgenommen hatte. Er wollte hier an Hand alter Stiche die Herkunft der verrosteten Waffe eruieren. Ein komischer Bursche.
Unsere dritte Begegnung in diesem Sommer war ebenso seltsam und unerwartet wie die beiden ersten. Ich saß eines Abends in München in der »Kanne« und wartete auf einen Wiener Fernsehregisseur, der sich in Deutschland herumtrieb. Wir wollten ein geplantes Fernsehspiel näher besprechen. Da er sich, wie üblich, verspätet hatte, sah ich immer wieder zur Tür. An Stelle des Regisseurs, den ich jedesmal, wenn die Tür aufging, hoffte eintreten zu sehen, kam plötzlich Mladen Raikow herein. Er war in Begleitung eines kleinen schwarzen Mannes mit Schnurrbart und

zweier Mädchen, die schon kilometerweit nach mittelmäßiger Ware rochen. Auf den ersten Blick sah man Mladen Raikow an, daß er illuminiert war. Er ließ seine kleine Gesellschaft allein einen freien Tisch suchen, kam zu mir, begrüßte mich überschwenglich und bestand darauf, mich zu einem doppelten Kirsch einzuladen. Dann erzählte er mir mit der traurigen Fröhlichkeit eines müden Clowns, wie er an diesem Tag die beiden Chefredakteure der Illustrierten »Münchner Panorama«, die er noch aus Wien kannte, hereingelegt und ihnen für fünfhundert Mark eine Schnapsidee verkauft hatte. Ein Reporter und ein Fotograf sollten herumgehen und die Menschen auf der Straße fragen, was sie tun würden, wenn sie wüßten, daß sie nur noch 24 Stunden zu leben hätten. Nach dieser Erklärung hielt Mladen Raikow unsere Unterhaltung für beendet, stand auf und ging seine Freunde suchen, voll Unternehmungslust, ein Mann, der sich fest vorgenommen hat, so lange auszuharren, bis die fünfhundert Mark restlos verbraucht waren.

Als ich ihn zwei Wochen später bei dem großen Gartenfest des Kunsthändlers Watzlawik traf, war seine Stimmung bedeutend weniger euphorisch als in München. Watzlawik hatte hundert Gäste in den Garten seiner Villa in Grinzing eingeladen. In den improvisierten Heurigenlauben, die rund um den Swimming-pool errichtet worden waren, wurden seit sechs Uhr abends verschiedene Weine getrunken; man aß auch Hühner, die sich unausgesetzt in zwei großen elektrischen Grillapparaten drehten. Da ich mich in großen Gesellschaften meist beengt und bedrängt fühle, suchte ich Zuflucht am Rand des Swimming-pools. Dort stieß ich auf Mladen Raikow, der sich gerade mit Hofrat Gerhardt, der grauen Eminenz des Unterrichtsministeriums unterhielt. Ich hatte Hofrat Gerhardt alle Jahre einmal bei einer Premiere oder einer Vernissage gesehen, immer in demselben, leicht verschlissenen und nach Mottenkugeln riechenden, aber ordentlich gebügelten schwarzen Anzug, und jedesmal hatte er mit mir ein paar Worte in französischer Sprache gewechselt; er hatte anscheinend das Bedürfnis, ab und zu ein bißchen französisch zu sprechen und so auf eine wenig kostspielige Weise eine Atmosphäre von Weltweite und Kultur vorzutäuschen.

Diesmal hatte er sich Mladen Raikow als Opfer ausgesucht.

»Je suis très heureux de vous voir, Monsieur Raikow«, sagte er. »Comment allez-vous?«

»Danke, schlecht«, antwortete Mladen Raikow.

»Aber warum denn? Haben Sie Sorgen? Warum kommen Sie nicht zu mir?« Hofrat Gerhardt faßte seinen widerborstigen Gesprächspartner am Arm und zwang ihn so, mit ihm auf und ab zu gehen. »Erzählen Sie.«

Ich konnte nicht hören, was ihm Mladen Raikow erzählte, ich blieb im Schatten eines Baumes stehen, um von den beiden Herren nicht bemerkt zu werden, und tat so, als sähe ich interessiert zu, wie ein betrunkener Gast mit sich selbst um die Wette schwamm. Der Mann hatte einen dichten Vollbart, der immer wieder an der Wasseroberfläche auftauchte, wenn der Schwimmer schnaufend Luft holte. Plötzlich hörte er auf zu schwimmen, sah sich um, stieg aus dem Wasser und tappte in der viel zu großen Badehose, die er sich offenbar von Herrn Watzlawik ausgeliehen hatte und die ihm in dicken Falten an den mageren Hüften hing, triefend naß und vor Kälte zitternd hinter Hofrat Gerhardt und Mladen Raikow her, als wollte er aufschnappen, worüber sie sprachen. Als sie, den Schwimmer im Schlepptau, in meine Nähe kamen, blieben sie stehen.

»Warum haben Sie das nicht früher erzählt?« fragte Hofrat Gerhardt. »Kommen Sie nächste Woche zu mir, wir werden alles in Ordnung bringen. Genügt es Ihnen, wenn ich Ihnen ein Stipendium verschaffe, damit Sie drei Monate ungestört und frei von materiellen Sorgen arbeiten können? Wieviel brauchen Sie in einem Monat?«

Ich konnte Mladen Raikows Antwort nicht hören, weil der bärtige Mann wieder ins Wasser sprang und prustend zu schwimmen begann.

Hofrat Gerhardt faßte seinen Gesprächspartner wieder unter den Arm und zog ihn fort. Ich ging zu den anderen Gästen, die ungleichmäßig und laut Heurigenlieder sangen oder nach den Klängen einer kleinen Jazzband auf den Betonwegen und auf dem Rasen herumhopsten.
Als ich mich nach etwa einer Stunde wieder von dem Trubel entfernte, um Luft zu schöpfen, sah ich hinter einem Gebüsch die zu einer Aureole auftoupierten blonden Haare, die der jungen Sekretärin des Herrn Watzlawik gehörten, und dicht daneben das grinsende Gesicht Mladen Raikows. Die Tatsache, daß die beiden sich hinter einem Gebüsch versteckt hatten, mußte Herrn Watzlawik, der plötzlich aufgetaucht war, so aufgebracht haben, daß er seiner Sekretärin eine Ohrfeige ins Gesicht klatschte, sie an den Armen packte und sie dann teils puffend und teils schleifend zum Geräteschuppen zerrte, sie hineinstieß, die Tür zuknallte, den Schlüssel mit zitternden Fingern umdrehte, zweimal, und ihn in die Hosentasche steckte. Die Sekretärin begann nach der Pause, die sie gebraucht hatte, um den Schock zu überwinden, mit den Fäusten gegen die Brettertür zu schlagen, gab es aber bald auf, weil niemand es wagte, das Recht des Hausbesitzers auf seine Beute anzuzweifeln. Mladen Raikow war inzwischen in der Menge untergetaucht.
In den nächsten Wochen sah ich ihn nicht, ich mußte aber immer wieder an ihn denken, weil Hofrat Gerhardt, mit dem ich ihn das letztemal gesehen hatte, zum Stadtgespräch geworden war. Dieser zuverlässige österreichische Beamte, der dazu prädestiniert war, alle politischen Wirren und die damit verbundenen Regimes zu überdauern, war im Land der von den Türken – oder waren es schon die Römer gewesen? – überlieferten und verbrieften Korruption über eine lächerliche Bestechungsaffäre gestolpert.
Die Geschichte hatte damit angefangen, daß es dem Erben einer kleinen Druckerei im siebenten Wiener Gemeindebezirk, genannt Neubau oder Brillantengrund, einem gewissen Nechledal, der an der Wiener Universität drei Se-

mester Kunstgeschichte studiert hatte, eines Tages vor etwa zehn Jahren eingefallen war, neben den Zeitschriften der Fleischhauer- und Bäckerinnung und verschiedenen Geschäftsprospekten, die ihm ein bescheidenes, aber sicheres Einkommen garantiert hatten, auch eine Kunstreihe im Taschenbuchformat herauszugeben, um so österreichische Maler verschiedener Epochen einem breiten Publikum zu präsentieren. Um auch bei diesem Geschäft ganz sicher zu gehen, hatte er für sein Projekt das Unterrichtsministerium interessiert, das ihm durch Ankauf eines beträchtlichen Teils der Auflage unter die Arme gegriffen hatte. Dieser Teil der Auflagen wurde den Schulbibliotheken, Kunstakademien und Universitätsbibliotheken im Ausland geschenkt.

Herr Nechledal hatte bestimmt, daß die Reihe »Die österreichische Palette« heißen sollte. In Fachkreisen und im »Hawelka« hatte man sie aber nur »Der österreichische Pinsel« genannt, weil die Ausstattung der Bändchen wie die Farbwiedergabe der Kunsttafeln ausgesprochen provinziell geraten waren. Das hatte jedoch im Unterrichtsministerium niemanden gestört – man war an derlei Dinge gewöhnt –, so daß im Lauf von zehn Jahren mehr als hundert Bändchen erschienen und in die ganze Welt verschickt worden waren. Das wäre so bis in alle Ewigkeit weitergegangen oder zumindest bis zum Absterben des Unterrichtsministeriums, was ungefähr auf das gleiche herauslief, hätte nicht ein kleiner pedantischer Steuerprüfer die ganze Affäre zum Platzen gebracht.

Bei Durchsicht der Bücher des Nechledal-Verlags war er in der Rubrik »Ausgaben« immer wieder in zehn Jahren – also etwa hundertmal – auf die gleiche Buchung gestoßen, die ihm rätselhaft vorgekommen war: S 3000 (dreitausend) an Herrn G. für Beratung.

Der Buchhalter erklärte zuerst, er wisse nicht, wer dieser Herr G. sei, der in regelmäßigen Abständen Beratungshonorare von seinem Verleger bezog. Als ihn aber der Steuerüberprüfer in die Enge trieb, indem er ihm mit einer

Anzeige drohte, gestand er schließlich, bei Herrn G. handle es sich um niemanden anderen als um Hofrat Gerhardt.
Eine Überprüfung bei Hofrat Gerhardt ergab, daß er die Beratungshonorare, die ihm seit zehn Jahren vom Nechledal-Verlag zugeflossen waren, niemals versteuert hatte. Er mußte sie nachträglich bekennen und eine ziemlich hohe Steuerstrafe zahlen. Im Unterrichtsministerium tauchte langsam der Verdacht auf, daß es sich bei den verschwiegenen Bezügen des Hofrats — er war für die Zuwendungen an die Verlage verantwortlich — womöglich um Bestechungsgelder handeln könnte, und in mir, daß Hofrat Gerhardt vielleicht nicht vom Dienst suspendiert und vor Gericht gestellt worden wäre, hätte er nicht plötzlich das Bedürfnis verspürt, Mladen Raikow zu helfen.
Als ich Mladen Raikow zuletzt sah, stand er im Durchgang zwischen dem Volksgarten und dem Heldenplatz, in dem man seit einigen Jahren Autos abstellte. Auch er war gekommen, seinen Wagen abzuholen. Es war ein rotes, mindestens zehn Jahre altes Fiat-1400-Kabriolett mit zurückgeklapptem Dach. Er öffnete die Tür und setzte sich hinters Lenkrad, machte aber keine Anstalten, wegzufahren, sondern blieb leicht zusammengesunken sitzen und starrte durch die Windschutzscheibe auf den Heldenplatz.
Ich hatte meinen Hund im Volksgarten spazierengeführt, saß nun auf einer Bank in der Nähe des Ausgangs und beobachtete Mladen Raikow. Wo war er überhaupt gewesen? Warum saß er so mutlos in seinem Wagen und starrte vor sich hin? Vielleicht war er gerade aus dem Unterrichtsministerium gekommen, wo er erfahren hatte, daß Hofrat Gerhardt endgültig erledigt war und sein Versprechen nicht mehr einlösen konnte? Vielleicht ging es um etwas mehr als nur um ein schäbiges Arbeitsstipendium? Vielleicht hatte ihn jemand geschäftlich hereingelegt, was ihn viel Geld gekostet hatte? Vielleicht aber ging es gar nicht um Geld, sondern um ein Mädchen, eine Frau? Oder um einen Freund, der ihn enttäuscht hatte?
Wir blieben, jeder von uns auf seinem Platz, ziemlich lange

sitzen, ehe sich Mladen Raikow einen Ruck gab und den Wagenschlüssel, den er anscheinend die ganze Zeit in der Hand gehalten hatte, ins Zündschloß steckte und zu starten versuchte. Der Motor ratterte, sprang aber nicht an. Mladen Raikow versuchte immer ungeduldiger und verbissener, den Wagen zu starten. Der Motor spuckte und hustete von Mal zu Mal leiser und schwächer, bis er schließlich nach einem erstickten Laut völlig verstummte. Ebenso plötzlich, wie er versucht hatte, den Wagen in Gang zu bringen, gab er es auch wieder auf. Er stieg aus, betrachtete kurz seinen Fiat, versetzte dem abgefahrenen Vorderreifen einen Tritt, drehte sich um und ging über den Heldenplatz, zuerst schnell und dann wieder langsamer, wie ein Mann, der nicht weiß, wohin er will, oder der an dem Sinn seines Wegs zweifelt. Wie ich ihn so mit hängenden Schultern und schleppenden Schritts, mit leicht nach einwärts gerichteten Schuhspitzen über den weiten Platz gehen sah, bis seine Konturen im milden Septemberlicht zu zerfließen begannen, empfand ich auf einmal Mitleid für ihn. Nein, es war kein Mitleid, sondern eher eine Art verwandtschaftliche Zuneigung oder Solidarität. Nachdem ich ihn in eine Reihe skurriler Situationen versetzt und ihn obendrein mit einem Korruptionsskandal in Verbindung gebracht hatte, konnte ich ihn in diesem brüchigen Augenblick auf dem Heldenplatz nicht einfach verschwinden lassen, ich mußte ihn mit einer Vergangenheit und einer Zukunft ausstatten, die ihm entsprachen; er hatte das Recht auf ein eigenes Schicksal, das sich von dem Schicksal anderer Menschen unterschied und das ihn zugleich mit uns allen brüderlich vereinte.
Fangen wir also an.

Die Rollen

An diesem Abend blieben die Bühne und der Zuschauerraum dunkel. Die Vorstellung fand im hellerleuchteten Foyer und in den sogenannten »Sträußlsälen« statt, in denen ein Buffet mit Kaffeemaschine untergebracht war. An gewöhnlichen Theaterabenden wandelten hier die Zuschauer während der Pausen umher. Jetzt drängten sie sich mit ihren Lieblingsschauspielern auf der Tanzfläche. Das Stück, in dem das gesamte Ensemble zusammen mit den geladenen und ungeladenen Gästen am letzten Samstag im Januar auftrat, hieß »Der Ball des Theaters in der Josefstadt«. Es war ein Stück mit verteilten Rollen: die Zuschauer durften ein bißchen Akteure spielen und die Schauspieler das Publikum. Mladen Raikow war Akteur und Zuschauer zugleich.
Der Akteur Mladen Raikow saß in einem geliehenen Smoking auf einem mit Goldfarbe gestrichenen Stuhl und sah lauernd auf den anderen Tisch hinüber, an dem sich Hofrat Thaler mit dem letzten großen Operettenkomponisten unterhielt. Er hörte nicht zu, worüber die beiden Herren sprachen, es interessierte ihn auch nicht, er wartete nur darauf, daß sie aufhörten zu reden; er wollte endlich in Aktion treten. Er wartete schon ziemlich lange, er hoffte aber noch immer, Hofrat Thaler in einem günstigen Augenblick allein zu erwischen. Der Zuschauer Mladen Raikow wußte indessen, daß alles vergeblich war. Er war darüber aber gar nicht traurig.

Ein junger Mann mit dicker Hornbrille kam zum Komponisten, grüßte ehrerbietig, sagte etwas und hielt ihm ein schwarzes Stäbchen entgegen. Der alte Mann, dessen kahler Schädel einer grinsenden Mumie glich, nickte und stand langsam umständlich auf, wobei er die Sessellehne und den Tisch als Stütze benützte. Kaum hatte er mit seiner trockenen Hand das gereichte Stäbchen ergriffen, wurde er auf einmal um viele Jahre jünger. Er ging ziemlich rasch zum Podium, auf dem das Orchester saß, klopfte kurz auf das Pult und begann, einen seiner bewährten Walzer zu dirigieren. In einer Schießbude im Prater gab es einen kleinen Kapellmeister aus Metall, der eine bunte Deutschmeisteruniform trug und genauso schnell und abgehackt mit den Armen fuchtelte, wenn man ins Schwarze traf.
Ehe Mladen dazu kam, die paar Schritte zum Nachbartisch zu gehen, stand Hofrat Thaler auf, verbeugte sich eckig vor der Frau des Komponisten, einer schwarzäugigen, etwas üppigen, aber noch jung wirkenden Schönheit, führte sie zur Tanzfläche und fing dort an, sich mit ihr zu drehen, steif auf den Fußballen hüpfend und mit einem konzentrierten, beinahe verbissenen Gesichtsausdruck; er nahm seine Rolle als Kavalier sehr ernst. Er war kleiner als die Frau des berühmten Komponisten, so daß seine Nase in ihrem Dekolleté steckenzubleiben drohte, wenn er sich bei einer scharfen Drehung für kurze Zeit auf die ganzen Fußsohlen niederließ, um das verlorene Gleichgewicht wiederzuerlangen. Der ehemalige Mittelschulprofessor, der im Kulturamt der Gemeinde Wien eine wichtige, wenn nicht die entscheidende Rolle spielte, entledigte sich jedoch seiner Aufgabe mit einer gewissen Würde, die nicht einmal durch den viel zu engen Smoking, den er trug, beeinträchtigt wurde.
»Hat er seinen Smoking noch seit seiner Promotionsfeier?« fragte sich Mladen laut.
»Er ist kein Doktor«, sagte Mladens Freund Robert, der neben ihm saß.
»Na schön, dann muß er ihn schon seit der Matura oder

seit der Abschlußprüfung im Lehrerseminar haben. Oder hat er ihn von einer Kostümleihanstalt bekommen, so wie ich den meinen? Träfe das zu, dann hätten wir wenigstens ein gemeinsames Gesprächsthema, als Einführung sozusagen. Warum findet man in den Leihanstalten nie etwas Passendes zum Anziehen? Sein Smoking ist zu klein und meiner zu groß. Vielleicht sollten wir sie tauschen oder wenigstens vereinbaren, daß wir das nächste Mal zusammen hingehen.«
»Er ist kleiner als du. Sein Smoking würde dich noch mehr beengen als ihn. Außerdem muß er doch einen eigenen Smoking haben. Er geht oft zu solchen Veranstaltungen.«
Auch Robert hatte einen eigenen Smoking, mitternachtsblau mit weinroter Schärpe. Außer diesem repräsentativen Kleidungsstück besaß er nicht mehr viel. Er hatte nicht einmal eine Wohnung oder ein Atelier, wie es sich für einen Maler gehörte. Die Wohnung hatte er seiner Frau überlassen, einer nicht sehr begabten Modezeichnerin, die ihn in Zusammenarbeit mit ihren zahlreichen Freunden und Freundinnen buchstäblich hinausgebissen hatte. Jetzt hatte er eine Schlafstelle und zugleich eine Arbeitsecke bei einem Freund, der auf einem provisorisch adaptierten Dachboden mit seiner Frau und seinen zwei Kindern hauste. Als Robert in seiner Verzweiflung zum Kulturamt der Gemeinde Wien gegangen war, hatte man ihm eine ehemalige Schusterwerkstätte auf dem Wallensteinplatz zugewiesen. Der kleine Laden, den man über drei Stufen von der Straße aus betreten konnte, hatte keine Nebenräume – die Wasserleitung und das Klosett waren im Gang dahinter – und befand sich in einem so desolaten Zustand – die Wände waren feucht und der alte Bretterboden morsch –, daß er für eine Sanierung und Adaptierung hätte fast mehr ausgeben müssen als für eine kleine Eigentumswohnung. Nun wollte er sich bei Hofrat Thaler darüber beschweren und ihn um Intervention ersuchen; er wollte es nicht in einem Büro tun, wo er die demütigende Rolle eines Bittstellers hätte einnehmen müssen, sondern hier auf dem kleinen

Ball des Theaters in der Josefstadt, in einer zwanglosen, beinahe intimen Atmosphäre, bei einem Glas Wein.
Mladen hatte sich ihm angeschlossen, um ebenfalls sein Glück zu versuchen. Er wollte Hofrat Thaler bitten, ihm eine Gemeindewohnung ohne Ablöse und mit niedrigem Zins zu vermitteln, weil er die Absicht hatte, zu heiraten. Man kann sich natürlich fragen, was das Hofrat Thaler eigentlich anging, der junge Mann sollte nur heiraten, wenn er Lust dazu hatte, oder es bleiben lassen, wenn er nicht imstande war, einen Haushalt zu gründen. Und doch war Hofrat Thaler für das Schicksal Mladen Raikows einigermaßen zuständig. Offiziell war Mladen Schriftsteller, inoffiziell Antiquitätenhändler. Da er es als Schriftsteller nicht einmal zu Ansehen, geschweige denn zu Geld gebracht hatte, lebte er recht und schlecht von dem Handel mit Antiquitäten. Er besaß zwar einen Laden, wenn man die kleine Bude in der Kochgasse so bezeichnen konnte, er hatte aber keine Wohnung, sondern lebte in einem engen Raum hinter dem Laden, den die frühere Besitzerin aus einem Teil des Ganges als Magazin eingerichtet hatte. Diese freundliche alte Dame, die aus Groß-Betschkerek stammte und Mladens Großvater gekannt hatte, hatte ihm ihr Geschäft überlassen, unter der Bedingung, daß er sie daran beteilige, solange sie lebe. Wäre sie auf diese Beteiligung angewiesen, dann wäre sie schon längst verhungert, aber sie hatte in ihrer großen Wohnung in der Laudongasse drei Untermieter, die ihr ein bescheidenes Leben sicherten. Mladen war auch ihr Untermieter gewesen; so war sie überhaupt daraufgekommen, dem ehemaligen Landsmann, der obendrein Kunstgeschichte studiert hatte, ihren Laden zu vermachen. Er war aus dem großen Hofzimmer mit dem Blick auf einen Garten ausgezogen, um einem zahlungskräftigeren Kunden Platz zu machen, hatte das Magazin geleert und mit dem ganzen Kram – ein paar alten Plüschmöbeln, Vasen, Tellern, Pistolen, Dolchen, Stehlampen und Feuerwehrhelmen – den Laden vorn vollgestopft, so daß er in diesem Hinterzimmer ein Bett

aufschlagen und einen Gasherd, einen Tisch sowie einen Schrank aufstellen konnte, der ihm zugleich als Kredenz diente. Es war ihm gelungen, auch Wasser legen zu lassen, das Klosett befand sich jedoch draußen auf dem Gang, zu dem eine schmale Tür führte.

Solange man ihn in Ruhe ließ, war er mit seiner Behausung zufrieden. Man ließ ihn aber nicht in Ruhe. Die Zeit war gekommen, das vor zwölf oder dreizehn oder vierzehn Jahren, er wußte nicht mehr genau, wie lange es schon her war, gegebene Eheversprechen einzulösen. Verjährte Eheversprechen gingen, wie gesagt, Hofrat Thaler nichts an, es ging ihn aber wohl an, daß ein Schriftsteller, und Mladen Raikow galt nach der Veröffentlichung seines Erzählungsbändchens »Der Aufbruch« seit Jahren als solcher, keine ordentliche Bleibe hatte. Die Gemeinde Wien hatte schon Leuten Wohnungen zugeschanzt, von denen nur ein paar gereimte Grüße zum 1. Mai oder zum Muttertag in einer Gewerkschaftszeitung erschienen waren. Mladen Raikow war also durchaus berechtigt gewesen, sich Hoffnungen in dieser Richtung zu machen, als er sich in geliehenem Smoking zum Ball aufgemacht hatte, er hatte jedoch nicht damit gerechnet, wie schwer es sein würde, den Kulturbeamten zu stellen und ihn in ein Gespräch zu verwickeln.

Von dem Augenblick an, in dem er das Foyer des Theaters in der Josefstadt betreten hatte, eilte Hofrat Thaler von einer Gruppe zur anderen, schüttelte die Hände der Schauspieler und Regisseure und küßte die Hände der Salondamen, der Naiven sowie auch der Damen des Charakterfachs und der jungen Elevinnen, die sich noch nicht entschieden hatten, was sie einmal spielen sollten.

Mladen und Robert, die sich an einem kleinen Tisch im Foyer postiert hatten, um ihn abzufangen, folgten ihm in die »Sträußlsäle«. Hofrat Thaler machte auch hier, sich geschickt zwischen den Tischen windend, seine Honneurs, ein Kulturpolitiker auf der Wahlreise. Dann begab er sich in den nächsten und letzten Raum, der zum Restaurant »Weißer Hahn« gehörte, an die »Sträußlsäle« grenzte und mit ihnen durch eine Tür verbunden war. Dort setzte er sich an den Tisch des berühmten Operettenkomponisten, und nun tanzte er mit dessen Frau. Eine schwungvolle Drehung drohte ihn gerade wie aus einer Zentrifuge hinauszuschleudern, doch die resolute Dame mit dem steifen Dekolleté über der üppigen Brust hielt ihn fest.

»Du mußt ihn ansprechen«, sagte Robert. »Du kennst ihn doch, nicht ich. Deshalb habe ich dich ja mitgenommen. Wenn du mich mit ihm bekannt gemacht hast, werde ich die Sache übernehmen.«

Der greise Komponist hatte inzwischen aufgehört zu dirigieren. Nachdem er sich wohlwollend und zugleich leicht ungeduldig für den Applaus bedankt hatte, ging er zu seinem Tisch zurück, an dem ihn Hofrat Thaler mit seiner Tanzpartnerin erwartete. Der Kulturbeamte verbeugte sich wieder eckig vor seiner Dame, schüttelte dem Maestro die Hand und drehte sich um.

Obwohl Mladen wußte, daß sein Versuch völlig sinnlos war, stand er auf und vertrat dem alten Schulfuchs den Weg.

»Entschuldigen Sie, bitte, Herr Hofrat, daß ich Sie störe«, sagte er, und es kam ihm vor, als gehöre die heisere Stimme, die da sprach, gar nicht ihm. »Sie werden sich sicherlich an mich nicht mehr erinnern, Sie waren vor fünf oder sechs Jahren so freundlich, meinem Freund Paul Freimann und mir das Geld für die Reise zu einer Rundfunktagung in Heidelberg vorzustrecken.«

»Paul Freimann? Ja, natürlich. Wie geht es ihm denn?«

»Danke gut. Er lebt in München.«

»Ach so. Und Sie sind hier zu Besuch?«

Hofrat Thaler mußte Mladens verdutzte Miene als Bestätigung aufgefaßt haben, denn er fügte rasch und mit einem flüchtigen Lächeln hinzu:

»Dann wünsche ich Ihnen noch einen recht angenehmen Aufenthalt in Wien.«

Darauf wich er zur Seite. In demselben Augenblick streckte Robert, der noch immer saß, seine langen Beine aus. Hofrat Thaler stolperte darüber und machte den Ansatz zu einem Purzelbaum, er fing sich aber wieder auf und zog mit ein paar kurzen, tänzelnden Schritten die Füße nach, ein Radfahrer, der auf unsichtbare Pedale tritt. Als er sich schon aufzurichten begann, trat Nikolaus Schwebler, ein Kollege und Bekannter Mladens, auf ihn zu und faßte ihn unter den rechten Ellenbogen. Mit seinem schmächtigen, knabenhaften Körper und seinem alten Gesicht sah er aus wie ein müde gewordener Pfadfinder, dessen gute Tat nur mehr eine Geste ist.

Hofrat Thaler murmelte etwas zur Entschuldigung, bedankte sich bei seinem freundlichen Helfer, den er offenbar kannte, und steuerte dann entschlossen auf einen dicken Mann mit melancholischem Hundeblick zu, in dem Mladen den Stadtrat für Wohn- und Bauwesen erkannte; er hatte sein Bild schon oft in Zeitungen gesehen.

»Da wir diese Sache glücklich hinter uns gebracht haben«, sagte Robert und zog seine Beine zurück, »können wir uns endlich angenehmeren Dingen widmen. Herr Ober, bringen Sie uns bitte eine Flasche Kremser Sandgrube.«

»Das habt ihr nicht gut eingefädelt«, sagte Nikolaus Schwebler, der an ihren Tisch getreten war, und sah sie mit seinen blauen Augen treuherzig an; sein Knabenlächeln deutete an, daß er die beiden Freunde durchschaut hatte. »Wenn ihr mit dem Hofrat in Ruhe reden wollt, müßt ihr einmal in den Klub sozialistischer Akademiker kommen. Ich werde euch dort mit ihm bekannt machen.«

Dann setzte er sich unaufgefordert an ihren Tisch und bestellte beim Kellner, der gerade eine Flasche Wein und zwei Gläser gebracht hatte, noch ein Glas für sich; er war anscheinend fest entschlossen, seine Provision an Ort und Stelle und im voraus zu kassieren. Obwohl er eine Menge erfolgreicher Kinderbücher veröffentlicht hatte, für die man ihm Jahr um Jahr den Jugendbuchpreis des Unterrichtsministeriums oder der Gemeinde Wien, manchmal auch beide zugleich verlieh, war er ein Schnorrer geblieben wie zu der Zeit, in der er nur Verse gemacht hatte.

Nachdem sie mit großer Hast, als gelte es, eine Wette zu gewinnen, drei Flaschen Wein geleert hatten, fühlte sich Nikolaus Schwebler plötzlich verpflichtet, seinen beiden Gastgebern außer dem Versprechen, zwischen ihnen und Hofrat Thaler eine Begegnung zu arrangieren, noch etwas zu bieten, und machte sie auf ein rothaariges Mädchen in hellgelbem Abendkleid aufmerksam, das an einem Tisch schräg gegenüber von ihnen saß.
»Sie ist eine echte Rothaarige!« sagte er mit der Begeisterung eines Schaubudenbesitzers. »Hat eine Haut wie Milchkaffee, mit Sommersprossen darauf. Schaut euch nur diese Schultern und diese herrlichen Brüste an. Sie hat auch lange, wunderschöne Beine. Man kann sie im Augenblick unter dem langen Kleid nicht sehen, aber sie sind wirklich schön, das könnt ihr mir glauben. Die Kleine ist Friseurin und Maskenbildnerin hier im Haus.« Er wies mit dem Daumen über die Schulter. »Und dabei könnte sie bei ihrem Aussehen anderswo eine große Karriere machen.«
»Als fesche Wirtin in einem Heimatfilm«, unterbrach ihn Robert. Nikolaus Schwebler sah ihn strafend an und fuhr fort: »Eliane ist ein prachtvolles Mädchen. Nur einen Fehler hat sie – ihre Begleitung. Der Bursche, der neben ihr sitzt, der mit dem Pferdegebiß, ist der Tenor Franz Karl Tettinek«, sagte er voller Haß, den man einem, wenn auch gealterten Pfadfinder und Autor vielgelesener Jugendbücher nicht zugemutet hätte. »Wir müssen ihm das Mädchen ausspannen, ja, wir müssen das arme Ding aus den widerlichen Pranken dieses heulenden Ungeheuers befreien.« Er hatte an diesem Tag anscheinend noch keine wirklich gute Tat vollbracht. »Habt ihr ihn schon einmal singen gehört? Der Kerl gehört mit nassen Fetzen erschlagen! Wir machen es so«, wandte er sich an Robert. »Ich stelle dich ihr vor und sage ihr, daß du sie unbedingt malen möchtest. Reizt sie dich denn nicht dazu?«
Endlich ging Robert auf das Spiel ein. Er bestellte noch eine Flasche Kremser Sandgrube, nippte an seinem Glas

und begann das rothaarige Mädchen zu betrachten, mit zusammengekniffenen Augen, als nähme er Maß für ein Bild.
Er malte mit Vorliebe Mädchen als Fabelwesen, die halb Menschen und halb Tiere waren und die, ganz starr und unbeweglich, vor einer phantastischen Landschaft mit riesigen Blumenkelchen standen. Er beließ den Mädchen das, was er an ihnen schön fand, und verwandelte den Rest in ein Tier. Auf dem einen Bild sah man den Kopf eines Paradiesvogels und darunter die runden Schultern und die großen, festen Brüste einer Frau, mit dunklen, herausfordernd gespitzten Warzen; unter dem Nabel und den sanft geschwungenen Hüften war ein Fischleib mit der züchtig nach rückwärts gewinkelten Flosse zu sehen; das Fischweib lag auf einer roten Chaiselongue inmitten einer tropischen Vegetation. Auf einem anderen Bild war nur der Unterleib eines Mädchens zu sehen. An der Stelle, an der die schlanken Beine zusammenkamen, lag einladendes, flaumiges Moos. Über der leichten Einbuchtung des Nabels – Robert schien den Nabel für die Achse der Welt zu halten – ging der Körper des Mädchens in eine Blume über, die sich in barocken Linien nach oben öffnete. Die Frauen waren für Robert eine Mischung aus ein paar rundlichen, fleischlichen Formen mit tierischen und pflanzlichen Elementen. Ihre Seele wohnte für ihn wahrscheinlich in ihrem Nabel, denn das war der einzige Körperteil, der auf allen seinen Bildern ganz deutlich und an hervorragender Stelle zu sehen war; diese spiralförmige Linie fungierte bei ihm als Verbindung zwischen innen und außen. Mladen fragte sich, was er bei der rothaarigen Friseuse lassen würde: den Kopf, die Brüste oder den unteren Teil des Körpers, der, soweit man es durch das lange Abendkleid ahnen konnte, gar nicht so übel war? Der Nabel würde auf jeden Fall zu sehen sein, der Nabel aller Dinge.
Die Rothaarige mußte gespürt haben, daß Mladen auf ihren Bauch starrte. Sie schaute auch hinunter und strich sich das Kleid zurecht, als sei dort etwas nicht in Ordnung.

Doch es war alles in bester Ordnung; ihr Nabel befand sich an der richtigen Stelle.
Bald jedoch schoben sich Nikolaus und Robert in Mladens Blickfeld. Nikolaus sprach auf das Mädchen ein, Robert sekundierte ihm mit gespielter Gleichgültigkeit, um zu zeigen, daß ihm nicht viel daran lag, die Rothaarige näher kennenzulernen. Dann setzten sie sich auf ihre Aufforderung hin an ihren Tisch. Der Sänger war davon offenbar nicht sehr begeistert. Man sah ihm an, wie er sich bemühte, die Wut über die Eindringlinge zu unterdrücken, die sich unbekümmert in seinem Jagdrevier tummelten. Er blieb sitzen und tat so, während er sein Glas mit der ganzen Hand umklammerte, als höre er dem Geschwätz seiner Tischnachbarn aufmerksam zu, stand aber nach kurzer Zeit plötzlich auf und ging in die »Sträußlsäle«. Kurz darauf erschien er mit einer mageren Frau in violettem Abendkleid auf der Tanzfläche. Er zerrte sie so wild einmal nach links und einmal nach rechts – man spielte gerade einen Tango –, daß er sie beinahe wie eine Stoffpuppe übers Parkett schleifte.
Da sah Mladen zum erstenmal bewußt das Mondgesicht. Er hatte es schon ein paarmal, während er die Flasche Wein, die seine Freunde hinterlassen hatten, langsam leerte, und wahrscheinlich auch schon früher, als er Hofrat Thaler nachgerannt war, zwischen den nackten Schultern der Damen und den schwarzen Fliegen der Herren schweben sehen. Es gehörte offenbar zu niemandem, es tanzte nicht und unterhielt sich mit niemandem, sondern schwamm nur höflich lächelnd hin und her. Als aber ein junger, sehr langer Mann, der zwei Tische von Mladen entfernt neben einem blonden Mädchen in einem schwarzen Kleid saß, sich aufzurichten suchte und dabei seinen Stuhl umstieß, reagierte es auf den Knall wie ein erfahrener Soldat auf einen Schuß. Der breitschultrige Mann mit dem starken Nacken und dem Mondgesicht darüber duckte sich, drehte sich mit gewinkelten Knien schnell auf den Fersen um und musterte prüfend den langen Burschen, der sich unter ver-

legenem Lächeln abmühte, den umgeworfenen Stuhl wieder auf die Beine zu stellen. Das Mondgesicht wandte sich wieder ab und tauchte im anderen Saal unter. Es kam Mladen bekannt vor. Wann und wo aber hatte er es schon gesehen?

Bald darauf begegnete er ihm wieder; es schien allgegenwärtig zu sein. In der Toilette traf Mladen den langen Burschen, der den Stuhl umgeworfen hatte. Er stützte sich blaß und mit hocherhobenen Händen gegen die kühlen, weißen Fliesen, wie ein Gangster in amerikanischen Filmen, den die Polizisten mit vorgehaltenen Pistolen in diese Lage gezwungen haben, um ihn besser nach Waffen durchsuchen zu können. Er sagte nicht »Ich bin unschuldig« oder »Verdammt« oder »Zur Hölle mit euch« oder irgend etwas Ähnliches, das man in einer solchen Situation sagt, er schüttelte nur den Kopf und murmelte immer wieder vor sich hin:

»No, she doesn't love me, no, she doesn't me, no, she doesn't love me.«

Mladen befürchtete, der Betrunkene könne sich erbrechen und so seinen geliehenen Smoking beschmutzen, und blieb ein paar Schritte von ihm entfernt stehen. Der lange Bursche faßte das als Teilnahme auf, stieß sich von der Wand weg, trat schwankend auf Mladen zu und begann auf ihn einzureden, lallend und in einem vulgär klingenden Slang. Mladen verstand nur jedes zehnte Wort, begriff aber, daß der Amerikaner, der Ric genannt werden wollte, ihn zum Zeugen auserkoren hatte; er legte Mladen brüderlich und ihn als Stütze benutzend den rechten Arm um die Schulter und schob ihn hinaus.

Draußen wartete auf sie das Mondgesicht.

»Alles in Ordnung?« fragte es und sah mit seinen Schweinsaugen zuerst Mladen, dann den langen Burschen und darauf wieder Mladen an.

Mladen nickte.

»Wirklich?«

»Warum soll etwas nicht in Ordnung sein?«

»Vielleicht wäre es besser, wenn Ihr Freund ... wenn der Herr nach Hause ginge.«
»Was geht Sie das eigentlich an? Sind Sie ein Mitglied des Ballkomitees oder der Theaterdirektion?«
»Leider nicht. Ich bin nur bei der Polizei. Kommissariat Josefstadt.« Das Mondgesicht griff automatisch in die Smokingtasche, um Mladen als Beweis für die soeben ausgesprochene Behauptung seine Marke zu zeigen, seine Bewegung blieb aber auf halbem Wege stecken; entweder war ihm plötzlich eingefallen, es sei nicht schicklich, sich auf einem Ball so zu benehmen, oder er hatte seine Marke ganz einfach vergessen. Er brauchte sie jedoch nicht, um seine Glaubwürdigkeit zu bestätigen.
»Ah, jetzt weiß ich, woher ich Sie kenne«, sagte Mladen. »Sie waren einmal bei mir, weil ich in Aspang in der Nähe einer Verbotstafel geparkt habe. Jetzt kann ich mich an Sie genau erinnern. Sie haben ein grün-braunes Sportsakko angehabt.«
»Schon möglich. Ich kann mich aber an diesen Besuch bei Ihnen nicht erinnern.«
»Ich habe einen kleinen Antiquitätenladen in der Kochgasse. Mein Name ist Raikow, Mladen Raikow.«
»Sehr erfreut«, murmelte das Mondgesicht zerstreut, verriet aber nicht seinen eigenen Namen.
»Ich war damals geschäftlich in Aspang«, fuhr Mladen fort. »Ich weiß nicht, wie ich diese Verbotstafel übersehen habe. Ihre Kollegen hätten aber nicht gleich eine Anzeige erstatten müssen. Das hat mich zweihundert Schilling gekostet.«
»Ich hoffe, daß Ihr Geschäft in Aspang diesen Verlust eingebracht hat«, sagte das Mondgesicht höflich.
»Mitnichten«, antwortete ihm Mladen. »Ich bin ganz umsonst hingefahren. Ich wollte eine Erbschaft aufkaufen, aber die Erben konnten sich über den Verkauf nicht einigen.«
»Das tut mir leid.« Der Kriminalbeamte im Smoking verbeugte sich leicht. »Entschuldigen Sie, bitte.« Er drehte sich um und verschwand in der Menge.

Mladen hatte während dieses Gesprächs gespürt, wie der lange Bursche immer schwerer seine Schulter drückte; er war vor Langeweile beinahe eingeschlafen. Jetzt wurde er plötzlich lebendig.
»Who is this man?« fragte er. »I don't like him.«
Mladen mochte das Mondgesicht auch nicht. Wahrscheinlich hatte er sich mit ihm nur deshalb so lange unterhalten; er wollte den Polizisten nicht merken lassen, daß er ihm nicht sympathisch war.
Der betrunkene Amerikaner schleppte Mladen zu seinem Tisch und stellte ihn dort dem blonden Mädchen als einen alten Freund vor.
»Ich hoffe, er hat Sie mit seiner Lebensgeschichte nicht angeödet«, sagte die Blondine auf deutsch. Sie hieß Joan und arbeitete bei der amerikanischen Kulturbehörde in Wien. Ihre Augen, hellbraun und um eine Spur dunkler als ihr dunkelblondes Haar, blickten Mladen offen und gerade an. Er versuchte, seinen neuen Freund zu verteidigen, aber Joan glaubte ihm nicht, sondern nahm an, Richard habe Mladen einiges über seine Beziehungen zu ihr gebeichtet, und fühlte sich nun verpflichtet, die Dinge richtigzustellen. So erfuhr Mladen, daß die beiden aus einer kleinen Stadt im Mittelwesten stammten und einander seit ihrer frühesten Kindheit kannten. Diese gemeinsame Vergangenheit hatte Richard bewogen, an sie gewisse Ansprüche zu stellen, die anzuerkennen sie auf keinen Fall gewillt war. Er war nach Beendigung der Collegezeit in das väterliche Geschäft eingetreten, ein kleines Warenhaus, in dem man alles Mögliche und Unmögliche kaufen konnte. Sie hatte an der Universität in Chikago Sprachen und Literatur studiert und war dann nach Europa aufgebrochen, um die Welt kennenzulernen. Obwohl sie ihm in den Antworten auf seine vielen Briefe keine Hoffnungen gemacht hatte, war er, kaum hatte er das Geschäft seines Vaters übernommen, herübergeflogen. Er hatte sich in den Kopf gesetzt, sie als seine Frau wieder heimzubringen.
Während sie Mladen das alles erklärte, trank Richard brav

den Kaffee, den Mladen für ihn bestellt hatte, und nickte von Zeit zu Zeit eifrig mit seinem Bürstenschnitt, als hielte jemand ein Plädoyer zu seinen Gunsten.
Mladen war nicht ganz bei der Sache. Er beobachtete, wie Robert sich drüben mit der rothaarigen Maskenbildnerin unterhielt, dabei mit beiden Händen Zeichen oder ganze Zeichnungen in der Luft machte und sie ab und zu, scheinbar unbeabsichtigt, am nackten Arm oder an dem von der glatten Seide bedeckten Schenkel berührte, während sie ihm belustigt und zugleich fasziniert zuhörte, und begann sich darüber zu ärgern, daß man ihn in eine Rolle gedrängt hatte, die ihm nicht lag. Man spielte von der frühesten Kindheit an immer wieder eine Rolle, die einem von den anderen zugedacht oder in die man von den anderen hineinmanövriert worden war. Naivere oder beschränktere Protagonisten identifizierten sich mit der Zeit mit einer bestimmten Rolle, so daß sie zuletzt nicht mehr wußten, was sie eigentlich waren. Der berühmte Komponist spielte den berühmten Komponisten, seine Frau spielte die Frau des berühmten Komponisten. Hofrat Thaler spielte einen Kulturfunktionär, die Salondamen spielten Salondamen, sie waren angenehm anzusehen, ihre Haltung war etwas steif und doch schmiegsam, sie waren liebenswürdig, charmant, klug, wissend und zurückhaltend, die jungen Naiven waren ausgelassen und wißbegierig, und die jungen Helden bewegten sich auf dem Parkett, als schritten sie durch große Säle, in denen das Schicksal von ganzen Staaten und Völkern entschieden werden sollte, die alten Charakterdarsteller lächelten resigniert, und die Komödianten erzählten widerwillig, aber mit strahlendem Lächeln Witze, die Bürger spielten die staunenden Zuschauer, das Mondgesicht nahm seine Rolle des pflichtbewußten Ordnungshüters anscheinend sehr ernst, Robert spielte den Maler erotischer Traumgebilde und Nikolaus Schwebler einen erfolgreichen Jugendbuchautor, der nicht mehr an den Weihnachtsmann glaubt, ihm, Mladen, hatte man indessen die Rolle eines vergeblichen Bittstellers zugewiesen, die

Rolle eines Einzelgängers und Außenseiters, der obendrein den Vertrauten, Helfer und Tröster von anderen Außenseitern zu spielen hatte, die genau wie er am Rande der Gesellschaft lebten oder aus der Fremde kamen.
Die hübsche und lebhafte Joan hatte für ihn die Rolle des intellektuellen Plauderers ausgewählt, der sich mit ihr über die ehrwürdige Kultur des alten, verkommenen Europa unterhalten sollte. Dabei hätte er lieber die Rolle eines Satyrs gespielt und sie beim Tanzen enger an sich gedrückt, er konnte aber Richard nicht enttäuschen, der sie ihm geradezu in die Arme gedrängt hatte.
Deshalb war er froh, als Nikolaus Schwebler herüberkam und ihm vorschlug, aufzubrechen und anderswohin zu gehen.
Die Säle hatten sich inzwischen stark gefüllt, der letzte große Operettenkomponist war samt seiner Frau nach Hause gegangen, ebenso hatten sich die Salondamen und die Charakterdarsteller zusammen mit ihren Bewunderern zurückgezogen, nur ein paar Elevinnen sowie ein paar angehende Helden waren noch übriggeblieben, wahrscheinlich aus Freude darüber, daß sie nun allein die Bühne beherrschten und keine Konkurrenz mehr hatten.
Als sie in zwei Gruppen hinausgingen – Nikolaus und Robert begleiteten die Rothaarige, und Mladen ging zusammen mit Joan und Richard, der so weit nüchtern geworden war, daß er gerade gehen konnte –, sah Mladen im Vorbeigehen in einer Loge den Tenor Franz Karl Tettinek, der bei der Rothaarigen im Wettstreit mit Robert den kürzeren gezogen hatte; er küßte hinter der offenen Tür hemmungslos die magere Dame im violetten Kleid.
Draußen im Foyer diskutierte der junge, blonde Hamlet mit dem etwas zerknitterten »Untermieter« von Ionesco. Er sprach so eifrig und gestikulierte dabei so heftig, daß die Rockschöße seines Fracks hin und her flogen. Das Mondgesicht stand sprungbereit dabei, um in jedem Augenblick intervenieren zu können, sollten die Herren übereinander herfallen. Doch der »Untermieter« war anscheinend einer

Meinung mit dem jungen Hamlet; sie schimpften beide über einen Kollegen, einen Regisseur oder einen Theaterdirektor, der ihnen das Leben sauer machte.
Vor der Garderobe stand das Mondgesicht, gegen die Theke gelehnt. Mladen wunderte sich nicht darüber, daß der Polizist ihnen vorausgeeilt war und daß er ihn hier angetroffen hatte.
»Soll ich für die Herrschaften ein Taxi bestellen?« fragte das Mondgesicht leutselig und wandte sich dann etwas leiser an Mladen, den er offenbar für den Anführer der ganzen Gruppe hielt: »Ich würde Ihnen nicht raten, mit dem eigenen Wagen zu fahren. Die weißen Mäuse machen in der letzten Zeit häufig Straßenkontrollen. Nehmen Sie lieber ein Taxi.«
»Wir brauchen kein Taxi. Ich wohne gleich hier um die Ecke. Wir gehen alle zu mir.«
»Ah, das ist etwas anderes«, sagte der Abgesandte des Bezirkskommissariats. »Entschuldigen Sie, bitte, meine Bemerkung. Ich habe es gut gemeint.«
Mladen ärgerte sich darüber, daß der Polizist ihn dazu gebracht hatte, alle alten und neuen Freunde zu sich nach Hause einzuladen. Die anderen hatten sein kurzes Gespräch mit dem Mondgesicht überhört, aber Nikolaus Schwebler hatte es aufgeschnappt; er fand die Idee, die Feier in Mladens Antiquitätenladen fortzusetzen, einfach großartig. Als Mladen ihm erklärte, daß er nicht genügend Wein und Schnaps zu Hause habe, erbot er sich sofort, etwas zum Trinken zu holen. Zu diesem Zweck veranstaltete er in Mladens engem Laden eine Kollekte. Mladen hatte ihn im Verdacht, daß er dabei mehr eingesammelt hatte, als er ausgeben mußte. Er schickte ihn ins Café »Laudon«, das zu dieser Zeit noch offen hatte. Bald kam Nikolaus mit einer Doppelliterflasche Wein und einer Flasche Cognac zurück und wurde mit lautem Hallo begrüßt.
Jeder saß, wo er gerade Platz gefunden hatte. Die Rothaarige thronte im altväterlichen Schaukelstuhl, Joan und Robert saßen auf zwei Biedermeierstühlen – den einzigen

Stühlen im Laden –, eine neugierige Hofdame und ein eifriger Paladin, um sie herum. Mladen hatte für Richard einen Küchenstuhl geholt, der lange Bursche zog es aber vor, auf dem Boden zu sitzen, gegen die Biedermeierkommode gelehnt, in der Mladen seine spärlichen Geschäftspapiere aufbewahrte. Nikolaus tanzte im überfüllten Raum herum und schenkte ein. Mladen konnte von der Unterhaltung sehr wenig mitbekommen, weil er unentwegt damit beschäftigt war, seinen Gästen zerbrechliche Gegenstände, wie Vasen, Teller und Spiegel, aus dem Weg zu räumen.
Irgendeinmal im Laufe der Nacht erwischte Nikolaus eine Schere und schnitt damit der Rothaarigen die zwei dünnen Träger ihres Kleides durch. Das Kleid rutschte etwas tiefer, entblößte aber ihre Brüste nicht ganz, der obere Rand blieb über ihren Brustspitzen stecken; auch da hatte sie ein paar Sommersprossen, die, von der Puderschicht nicht verdeckt, sichtbarer waren als die anderen. Sie schien über den Bubenstreich des Jugendbuchautors gar nicht böse zu sein, sondern lachte nur gurgelnd, als spülte sie ihre Kehle mit einem erfrischenden Mundwasser. Richard klatschte begeistert. Er hätte in diesem Augenblick wahrscheinlich nichts dagegen gehabt, wenn man seine Jugendfreundin Joan vor seinen Augen vergewaltigt hätte.
Inmitten des Lärms hörte Mladen jemanden gegen die Scheibe der Eingangstür klopfen. Es dauerte eine gewisse Zeit, bis er begriff, daß jemand draußen stand und hinein wollte. Er ging zur Tür und machte sie auf. Es war das Mondgesicht, das ihn verlegen anlächelte.
»Entschuldigen Sie, bitte, die Störung«, sagte es. »Ich war gerade auf dem Weg nach Hause und habe bei Ihnen Lärm gehört. Bitte seien Sie ein bißchen leiser, damit die Nachbarn sich nicht beschweren. Auf Wiedersehen. Ich wünsche Ihnen noch viel Vergnügen. Und nichts für ungut.« Der Polizeibeamte lüftete darauf seinen Steirerhut und ging.
Die kalte Luft, die durch den Türspalt in den Laden eingedrungen war, schien alle ernüchtert zu haben; Mladens Gäste begannen plötzlich, sich zum Aufbruch zu rüsten. Die

Rothaarige hielt sich das Kleid über der Brust fest, als Robert ihr in den Mantel half. Mladen blieb nichts anderes übrig, als Richard, der nach ein paar Gläsern Cognac wieder nicht fähig war, gerade zu gehen, nach Hause zu bringen. Er hatte sich ziemlich abgemüht, ihn bis zum Taxistandplatz an der nächsten Ecke zu schleppen. Nikolaus hatte ihm dabei geholfen. Er stieg aber zusammen mit Robert und der Rothaarigen in ein zweites Taxi ein, so daß Mladen allein auf Joans Hilfe angewiesen war, als er Richard eine lange Treppe hinauf und dann in einen schmalen Lift hineinbugsieren mußte. Joan hatte sich entschlossen, Richard in ihrer Wohnung schlafen zu lassen; sie schämte sich offenbar, ihn in diesem Zustand im Hotel abzuliefern. In dem großen Haus in der Rathausstraße, in dem sie ein kleines Appartement hatte, wohnten nur Amerikaner, die bei der Botschaft oder einer anderen Behörde ihres Landes beschäftigt waren.

Als Mladen seinen betrunkenen Gast endlich in Joans Wohnzimmer in einem Fauteuil abgestellt hatte, bat sie ihn, Richard in ihr Schlafzimmer zu bringen; sie wollte auf dem Sofa im Wohnzimmer schlafen. Er schleppte also den langen Kerl, der gar nicht damit einverstanden zu sein schien, seine bequeme Lage im Fauteuil zu ändern, in das zweite Zimmer und legte ihn dort aufs Bett. Nachdem er ihm die Schuhe abgestreift und nach einigen Kämpfen den Rock und die Hose ausgezogen hatte, kehrte Mladen ins Wohnzimmer zurück, wo Joan ihm vorschlug, ihm vor dem Heimweg noch einen Kaffee zu kochen. Sie hatte inzwischen ihr Abendkleid ausgezogen und sich in ein langes Hauskleid gehüllt; jetzt wirkte sie mehr angezogen als bisher; nur ihr Gesicht war nackt.

Als sie hinausgegangen war, sah sich Mladen um, er fand aber in der Wohnung keinen einzigen Gegenstand, der ihn interessiert hätte. Nicht einmal die Bücher, die in einem kleinen Regal in Reih und Glied standen, boten ihm Trost. Er fühlte, daß er an diesem frühen Wintermorgen überflüssiger und nutzloser war als je zuvor.

Joan kam mit dem Kaffee zurück, und er begann zu erzählen, um die Leere auszufüllen, die er in sich und überall um sich spürte.
»Ich habe einen Großonkel«, sagte er, nachdem er einen Schluck Kaffee getrunken hatte, »der nach Amerika ausgewandert ist. Er hat dort mit Autos gehandelt, und zwar schon vor dem Ersten Weltkrieg. Nach dem Krieg ist er einmal zu Besuch gekommen und hat sein Auto mitgebracht, eine riesige schwarze Kiste, die er meinem Onkel geschenkt hat. An den Großonkel Dragi kann ich mich nicht erinnern, ich war damals sehr klein, aber das Auto sehe ich noch deutlich vor mir, es war sehr lang und schwarz, wie ein Leichenwagen. Ich glaube, es war ein Cadillac oder ein Oldsmobile. Ich habe oft in ihm gespielt, als er einmal kaputtgegangen war und niemand ihn reparieren konnte. Man hat ihn in einem Schuppen abgestellt, und die Hühner haben auf die Polstersitze Eier gelegt. Ich mußte aufpassen, daß ich mich nicht daraufsetzte. Während ich so hinter dem Steuer saß und durch die schmutzige Windschutzscheibe auf die Bretterwand starrte, stellte ich mir vor, daß mein Großonkel ein ganz großer Mann war und mich eines Tages abholen würde, um mir die Prärie und den Mississippi zu zeigen. Zu dieser Zeit war er wahrscheinlich schon tot, für mich aber war er leibhaftig anwesend, wie auf dem einzigen Foto, das meine Familie von ihm besaß und auf dem er in einem langen Staubmantel und mit einer großen Autobrille neben seinem Wagen zu sehen war. Ich habe mich oft gefragt, ob er Nachkommen hat. Vielleicht hatte er einen Sohn oder eine Tochter, die noch am Leben sind. Sie wären nun mein Onkel oder meine Tante. Vielleicht sind sie reich und könnten mir helfen, in Amerika Fuß zu fassen.«
»Soll ich über unser Konsulat nachforschen lassen?« fragte Joan hilfsbereit. »Wie hat Ihr Großonkel geheißen, und wo hat er gelebt?«
»In Saint Louis, glaube ich. Sein Name ist Dragoslav Raikow. Es hätte aber wenig Sinn, nachzuforschen. Er hat

keine Kinder gehabt, obwohl er verheiratet war. Er hat sehr spät geheiratet, eine Witwe aus England. Sie haben ganz sicher keine Kinder gehabt. Meine Großmutter hätte mir sonst davon erzählt.«

»Das tut mir leid.«

Da er darauf nichts zu antworten wußte, trank Mladen seinen Kaffee aus und stand auf, um sich zu verabschieden. Zugleich verspürte er den starken Wunsch, hierzubleiben. Auch Joan war aufgestanden, um ihm die Hand zu reichen. Und da begann er, sie zu küssen.

Sie war darüber weder erstaunt noch empört. Vielleicht wollte sie ihm beweisen, daß sie unabhängig war und Richard nicht gehörte, vielleicht wollte sie sich sogar an ihrem Spielgefährten aus den Kindertagen rächen, weil er sie als sein Eigentum betrachtete, vielleicht gefiel ihr Mladen, was er sehr hoffte, vielleicht wollte sie ihn nur für die Mühe belohnen, die er sich mit ihrem Landsmann gemacht hatte, vielleicht aber war sie ganz einfach traurig, genauso wie er, und hatte das Bedürfnis, jemanden fest in den Armen zu halten und ihn nicht mehr loszulassen.

Plötzlich hatte er das Gefühl, daß jemand ihn beobachtete. Zuerst dachte er, Richard sei wach geworden und schaue nun, von dem Anblick völlig gelähmt, zu, wie er seine Braut auf das mit buntem Kreton überzogene Sofa zuschob, aber dann beruhigte er sich. Nicht Richard, sondern er selbst stand in der Tür, lässig an den Türrahmen gelehnt, mit den über der Brust verschränkten Armen und dem leicht gewinkelt vorgeschobenen rechten Bein und betrachtete mit einem maliziösen Lächeln, wie er mit fahrigen Fingern an dem Gürtel von Joans Hauskleid nestelte, um den fest zusammengebundenen Knoten zu lösen. Eine kurze Zeit irritierte ihn dieser belustigte Blick, der auf seinen Nacken gerichtet war, so daß er sich in den breiten Flügeln des Hauskleides verhedderte und zu schwitzen begann. Bald darauf gelang es ihm, den Knoten zu lösen, und da wurde ihm alles egal.

Als er durch die Florianigasse nach Hause ging, rieselte

schon die Morgendämmerung aschgrau über die Stadt. Er wunderte sich, daß es ihm bisher nicht aufgefallen war, wie eng die Gassen und wie groß die mehrstöckigen, kantigen Häuser in dieser Gegend waren — Ozeandampfer, die sich in einem viel zu kleinen Fluß drängten. Mochten sie fahren, wohin sie wollten, er war müde und hatte nichts anderes im Sinn, als zu schlafen. Zu Hause angelangt, holte er das Schild »Wegen Warenbeschaffung heute geschlossen«, hängte es an die Glastür seines Ladens, ging ins Hinterzimmer, zog sich rasch aus und legte sich ins Bett.

Er wußte nicht, ob er nur fünf Minuten oder eine Stunde oder noch länger geschlafen hatte, als er plötzlich wach wurde, sich jäh aufrichtete und eine Szene wiedersah, die sich vor vielen Jahren abgespielt hatte.

Frau Grabner, bei der er damals als Untermieter im dritten Stock eines großen grauen Gebäudes in der Neudeggergasse gewohnt hatte, stand zerzaust und in ihrem zerschlissenen Schlafrock, den sie nur notdürftig und offenbar in aller Eile um ihren fülligen Körper zusammengerafft hatte, in der Tür und sah ihn voller Angst aus ihren großen, dunklen Augen an. Beinahe in demselben Augenblick wurde sie grob auf die Seite geschoben, um zwei Männern in Ledermänteln Platz zu machen, die ins Zimmer eindrangen.

Es war der frühe Morgen des 5. September 1944, den Mladen sich gemerkt hatte.

Der eine der beiden Männer, ein großer, starker Kerl mit dunklen Augen, zog aus der Tasche eine emaillierte Platte und sagte: »Gestapo«. Der andere Mann hob Mladens Kissen hoch, um zu sehen, ob sich darunter eine Waffe befand. Es war das Mondgesicht.

Während der erste Mann stumm und mit gespreizten Beinen darauf wartete, daß Mladen sich anzog, schnüffelte das Mondgesicht im Zimmer herum, auf der Suche nach Waffen oder einem anderen Beweismaterial. Dann nahmen sie ihn in die Mitte, führten ihn ab und lieferten ihn in das Landesgericht am Hernalser Gürtel ein.

Erst nach sieben Monaten kam er wieder frei, und nun saß er viele Jahre später auf seinem Bett und starrte vor sich hin auf die leere Wand. Die Menschen über ihm waren schon aufgestanden, sie gingen hin und her, ließen ihre Klosettspülung rauschen, putzten sich geräuschvoll die Zähne, riefen einander unverständliche Worte zu, schalteten die Blechmusik im Radio ein, hüstelten und klapperten mit dem Frühstücksgeschirr. Unten an der Ecke Laudongasse und Langegasse zog die Straßenbahn quietschend und ratternd ihre Schleife.

Mladen horchte auf diese vertrauten Morgengeräusche und dachte an das Mondgesicht. Vielleicht war der stämmige Mann mit den schmalen Schlitzaugen, mit denen er einen, Verdacht witternd, musterte, damals gar nicht bei der Gestapo gewesen, sondern bei der gewöhnlichen Polizei, falls zu dieser Zeit überhaupt etwas gewöhnlich war, so daß man ihn wegen Personalmangels nur als Hilfe hinzugezogen hatte bei den Verhaftungen, die in seinem Bezirk vorgenommen wurden; es wäre sonst nicht verständlich gewesen, daß er schon wieder bei der Polizei war. Vielleicht war er aber bei der Gestapo gewesen und spielte heute deshalb trotz vieler Dienstjahre eine untergeordnete Rolle; einen höheren Beamten würde man nicht zu einem Ball schicken, damit er betrunkene Gäste nach Hause begleite. Vielleicht war er aber ein höherer Beamter und hatte den Dienst auf dem Ball für sich reserviert, weil er seine Lieblingsschauspieler einmal aus der Nähe sehen wollte. Vielleicht irrte sich Mladen. Es war ebenso möglich, daß er das Mondgesicht mit dem Mann verwechselte, der damals bei seiner Verhaftung assistiert hatte, wie es auch durchaus im Bereich des Möglichen lag, daß die beiden Männer miteinander identisch waren. Wo sollte er sich nach dem Polizisten erkundigen, und bei wem sollte er sich beschweren für den Fall, daß seine Vermutung zutraf?

Plötzlich schrak er zusammen. Er war noch immer in einem fremden Land.

Interview mit Frau Grabner

Mit diesen Ausländern ist es ein Kreuz, glauben Sie mir. Ich kann ein Lied davon singen, weil ich sozusagen beruflich mit ihnen zu tun habe. Ich vermiete nämlich Zimmer an Ausländer. Mein Mann ist schon seit Jahren leidend und hat deshalb nur eine kleine Pension. Mein Sohn geht seinen künstlerischen Neigungen nach. Die äußern sich hauptsächlich darin, daß er alle Augenblicke eine andere Frau heiratet. Die einzige Bedingung, die er seinen Heiratskandidatinnen stellt, ist ein gutes Klavier, das sie zu Hause stehen haben müssen, damit er komponieren kann. Da es in Wien noch immer genug Haushalte mit Klavieren gibt, wird er wahrscheinlich noch lange von einer Ehe zur nächsten wandern. Inzwischen muß ich seine Tochter aus der allerersten Ehe erhalten. Die Mutter, eine Sängerin, eine schlechte Sängerin übrigens, treibt sich irgendwo in Deutschland herum und schickt uns alle zwei, drei Jahre zu Weihnachten eine Karte. So bin ich auf die Ausländer angewiesen. Sie dürfen mich nicht mißverstehen. Ich habe nichts gegen Ausländer, aber das Kreuz mit ihnen ist, daß man nie weiß, was sie im Schilde führen, obwohl man mit ihnen unter einem Dach wohnt.

Angefangen hat es während des Krieges mit einem Serben. Damals habe ich nur ein Zimmer vermietet, weil mein Sohn noch bei mir gewohnt hat. Dieser Serbe war ein ruhiger junger Mann, der in einer Möbelfabrik gearbeitet hat und abends meistens zu Hause geblieben ist. Er hat sich nie beklagt, wenn mein Sohn bis spät in die Nacht im Erkerzimmer auf dem Klavier geklimpert hat. Der junge Mann hat eine Zeitlang eine Braut gehabt, auch ein ruhiges Mädchen, aber das Ganze hat sich bei ihr zu Hause abgespielt, so daß wir außer Obligo waren. Er war alles in allem ein idealer Mieter – er hatte wenig Besuche und war ein pünktlicher Zahler. Eines Morgens aber, so um fünf Uhr, drangen plötzlich Gestapobeamte in meine Wohnung ein, Pistolen in der Hand, und holten ihn ab. Sie können sich nicht vorstellen, wie es damals war! Das war knapp nach dem 20. Juli 1944. Mein Sohn wollte nicht mehr an die Front und täuschte ein Magenleiden vor. Stellen Sie sich vor, das wäre durch die Verhaftung unseres Untermieters, den mein Sohn leichtsinnigerweise ins Vertrauen gezogen hat, aufgeflogen! Dann wäre nicht nur mein Sohn gefährdet gewesen, sondern auch mein Mann und ich, vor allem aber unser alter Hausarzt Doktor Wimberger, der voriges Jahr gestorben ist und der meinen Sohn damals bei dieser Sache fachmännisch beraten hat. So konnte er die Militärärzte besser an der Nase herumführen. Mein Sohn hat auch Widerstand geleistet, aber privat, sonst hätte man ihn ja auch verhaftet, wie unseren Untermieter, der uns beinahe alle zugrunde gerichtet hätte. Es ist aber alles gut ausgegangen. Wir haben den Menschen dann erst nach dem Krieg wiedergesehen. Er ist gekommen, um seine Sachen abzuholen. Es war noch alles da, bis auf seine Aufzeichnungen. Die habe ich natürlich verbrannt, gleich nachdem die Gestapobeamten weggegangen sind. Ich habe nicht wissen können, daß es sich dabei nur um Gedichte oder so etwas Ähnliches gehandelt hat, ich kann doch nicht Serbisch. Herr Raikow war offenbar sehr enttäuscht, er hat aber meine Beweggründe verstanden, glaube ich. Vielleicht war er auch enttäuscht, weil er damit gerechnet hatte, wieder bei uns zu wohnen, aber das war nicht möglich, denn bald nach seiner Verhaftung ist ein Bulgare in sein Zimmer eingezogen.

Als es soweit war, haben wir buchstäblich aufgeatmet; das kann ich Ihnen sagen. Die Bulgaren waren nämlich mit den Deutschen verbündet, so daß Herr Kostoff uns unter Umständen schützen konnte. Angst bekam ich erst, als die Russen einmarschierten, aber da stellte sich heraus, daß die Bulgaren auch mit den Russen verbündet waren. Herr Kostoff begann jetzt ganz öffentlich die Geschäfte zu machen, die er bisher nur insgeheim in kleinem Rahmen betrieben hatte, und mietete auch das Erkerzimmer, das ihm als Lager diente. Johann, mein Sohn, zog zu einer Witwe mit einem Steinway-Konzertflügel. In unserem Bösendorfer hob Herr Kostoff sein Geld auf. Es war ein ganzer Stapel deutscher Banknoten, die seine Landsleute mit Lastwagen nach Wien gebracht hatten. Herr Kostoff kaufte für sie ein, was er nur kriegen konnte, und zahlte immer die besten Preise. Da habe ich auch ein paarmal mit kleinen Provisionen unser Haushaltsgeld aufgebessert. Ich habe ihn mit einem Radiohändler bekannt gemacht, der einen ganzen Haufen Apparate versteckt gehabt hat, und dann mit einem Mann, der in seinem Kohlenkeller Stoffballen gelagert hatte. Es hat sich herausgestellt, daß es ein brauner Stoff für Nazihemden war, aber Herr Kostoff hat ihn doch genommen. Sein armes Land braucht alles, hat er gesagt. Vielleicht haben sie den Stoff in Bulgarien eingefärbt, vielleicht haben sie ihn aber auch für ihre Soldaten verwendet, so wie er war. Herr Kostoff war sehr tüchtig. Er hat sich ein eigenes Telefon anlegen lassen, auch eine eigene Türglocke, damit seine Kunden uns nicht störten. Er war ein wirklich feiner Mann. Und gescheit war er, sage ich Ihnen! Als die Wirtschaftspolizei das viele Geld im Klavier fand, konnte er nachweisen, daß er für die Amerikaner arbeitete. Ich glaube, das waren nicht mehr Reichsmarkbanknoten, auch nicht die bunten Besatzungsschillinge, die man haufenweise gedruckt hat, sondern schon richtige Schillinge, die einen echten Wert gehabt haben. Und Herr Kostoff hatte das ganze große Klavier voll davon. Das habe ich mit eigenen Augen gesehen, als der Kommissar bei der

Hausdurchsuchung den Klavierdeckel hochgehoben hat. Bald darauf hat Herr Kostoff eine eigene Export-Import-Firma gegründet, am Opernring. Trotzdem hat er die Zeit, in der er bei uns gewohnt hat, nicht vergessen. Wenn ich etwas brauche, einen Staubsauger, einen Kühlschrank oder eine Waschmaschine, besorgt er es mir durch seine Firma mit dreißig Prozent Rabatt. Wenn Sie einmal etwas kaufen wollen, sagen Sie es mir nur, ich werde es Ihnen über die Firma Kostoff billiger besorgen. Sehen Sie, da liegt der Unterschied. Auch Herr Raikow, mein erster Mieter, hat ein Geschäft; gleich da in der Kochgasse, aber bei ihm kann man nichts kaufen. Ich habe ihn einmal anstandshalber besucht. Er hat in seinem Laden nur Gerümpel, mit dem man nichts anfangen kann.

Ich wollte Ihnen aber eigentlich von meinen anderen Mietern erzählen. Der nächste, der bei mir gewohnt hat, war ein Amerikaner. Ein Sänger. Zu Anfang habe ich mich gefreut, daß unser schöner Flügel nach langer Zeit wieder einmal zu Ehren kommt. Mister Colhoun hat sich nämlich selbst begleitet, wenn er geübt hat. Meistens hat er sich aber begleiten lassen, und zwar immer von jungen Damen, die er ziemlich oft gewechselt hat. Er hat auch mit Damen im Duett gesungen. Da hat er sie beide selbst am Klavier begleitet. Aber das waren bei weitem nicht alle Damen, die zu ihm gekommen sind. Er hat immer wieder Verehrerinnen nach Hause geschleppt, Damen der Gesellschaft, junge Mädchen oder einfach Schlampen, die er gerade erwischt hat. Das hätte mich alles nicht gestört, Mister Colhoun war ansonsten sehr großzügig und hat uns immer mit amerikanischen Konserven zum Selbstkostenpreis versorgt, ich habe aber den Lärm nicht ausgehalten, und da meine ich nicht den Lärm bei Tag, wenn er korrepetiert hat, wir sind eine musikalische Familie, außerdem hat Mister Colhoun einen wirklich schönen Bariton gehabt, ich meine den Lärm, den seine Damen und er bei Nacht gemacht haben, Sie können sich nicht vorstellen, wie sie Nacht um Nacht geschrien und was für Ausdrücke sie

dabei verwendet haben. Sie müssen bedenken, daß meine Enkelin zu dieser Zeit noch bei mir gelebt hat. Selbst wenn sie in der Schule nicht Englisch gelernt hätte, die Geräusche und das Stöhnen waren deutlich genug. Das war mehr als peinlich. Ich hätte diesen Mister Colhoun am liebsten hinausgeworfen, ich habe mich aber nicht getraut, weil er als Amerikaner irgendwie zur Besatzungsmacht gehört hat. Als er endlich nach Deutschland gezogen ist, habe ich vor Freude im Erkerzimmer getanzt.
Mein nächster Mieter war ruhig. Ein Inder, der Medizin studiert hat. Als ich gesehen habe, wie er auf dem Klavierdeckel seine medizinischen Präparate ausbreitet und daneben sein Butterbrot streicht, habe ich den Flügel verkauft und statt dessen einen großen Tisch in das Erkerzimmer gestellt. Aber ansonsten war dieser Inder ein wirklich ruhiger Mann. Er ist so leise durch den Korridor gegangen, daß ich ihn nicht gehört habe. Oft war ich erschrocken, wenn ich ihn plötzlich vor mir gesehen habe, ich meine, das Gesicht habe ich gar nicht gesehen, weil es beinahe schwarz war, sondern nur den weißen Turban, den er immer getragen hat. Das war schon unheimlich. Mein nächster Mieter, ein Perser, der Jus studiert hat, war wieder ein Revoluzzer. Als der persische Schah einmal Wien besucht hat, ist mein Mieter mit eingeschlagenem Kopf nach Hause gekommen. Ich mußte ihn wochenlang pflegen, weil er nicht ins Spital gehen wollte. Sicher hat er Angst vor der Polizei gehabt, die hatte ihn nämlich schon einmal eingesperrt. Man hat nur Kalamitäten mit diesen Ausländern, sage ich Ihnen. Den nächsten Burschen, der bei mir gewohnt hat, einen Araber, bei dem ich mich vergewissert habe, daß er sich für Politik nicht interessiert, habe ich wieder um drei Uhr nachts im Gang erwischt, wie er nur mit Socken und Unterhosen ins Zimmer meiner Enkelin geschlichen ist. Wer weiß, was passiert wäre, hätte ich nicht mitten in der Nacht einen Durst auf Bier verspürt. Wir hatten am Abend Kalbsgulasch mit Nockerln gegessen. So bin ich vor Durst wach geworden. Ich will in die Küche und

sehe plötzlich den Strolch vor mir. Ich habe gleich den Besen gepackt und ihn damit ordentlich verdroschen. Ich hätte das sogar getan, wenn sein Großvater der König Ibn Saud gewesen wäre. Wenn es um meine kleine Trude geht, kenne ich keinen Pardon. Na, sie ist Gott sei Dank schon verheiratet, so daß ich wenigstens diese Sorge los bin. Sie hat einen sehr braven Mann. Er ist bei der Mineralölverwaltung angestellt. Jetzt habe ich zwei deutsche Studenten bei mir. Die sind auch sehr brav und anständig, obwohl sie lange Haare und Bärte tragen. Aber sie baden fast jeden Tag, was ich schon übertrieben finde, und ihre Eltern schicken immer regelmäßig die Miete. Die D-Mark soll die beste Währung der Welt sein. Einmal war ich nicht wenig erschrocken, als ich im Erkerzimmer die Bücher von diesem Mao Tse-tung gefunden habe, aber dann habe ich mir gedacht, China ist weit, es kann ohnehin nichts passieren – oder glauben Sie, daß es doch gefährlich ist, solche Bücher im Haus zu haben?

Das Denkmal

Ich schreibe und schaue mir zugleich über die Schulter, wie ich ein Wort an das andere reihe, um mir Rechenschaft zu geben über den Weg, den ich zurückgelegt habe. Zuletzt bin ich weder der Schreibende noch der Zuschauer. Ich bin nur der Weg, der zwischen den nackten Häusern verläuft und sich jenseits der Schatten verliert.

Auf dem Platz vor dem Volkstheater in Belgrad stand das Denkmal des Fürsten Michailo. Der Fürst ritt auf einem riesigen Pferd und zeigte mit der ausgestreckten Rechten in die Ferne. Ich wußte nicht, in welche Himmelsrichtung er zeigte und warum er es tat. Die Inschrift auf dem weißen Sockel besagte, daß ihm das Denkmal vom dankbaren Volk errichtet worden sei, oder so etwas Ähnliches. Ich hatte sie oft gelesen, genauso automatisch wie Firmenschilder – eine Angewohnheit aus meiner frühesten Schulzeit –, aber ich konnte mir den Text nie merken.

An kühlen Sommerabenden saßen wir auf den weißen Marmorstufen, die zum Sockel führten, und wärmten unsere nackten Beine an den Steinen, die als Wärmespeicher die Hitze des Tages bis tief in die Nacht bewahrten. Wir kamen vom Schwimmen, in kurzen Hosen, und unterhielten uns hier noch über Bücher, Filme und Theaterstücke, ehe wir endgültig nach Hause aufbrachen. Oft gingen wir hinüber zum türkischen Konditor Peliwan, aßen eine Portion Chalwa und tranken dazu Bosa, eine Art

Maislimonade. Doch bald wieder verließen wir das lärmerfüllte Lokal, in dem es zuging wie auf einem Bahnhof, und kehrten zu unserem Denkmal zurück. Dort saßen wir auf einem Felsen, an dem sich die tausendstimmige Brandung des nahen Korsos brach, und diskutierten über Federico Garcia Lorca und den spanischen Bürgerkrieg, über André Breton und das Surrealistische Manifest, und wir beschlossen, ein neues zu schreiben, und sangen dann die Schlager aus den »Broadway-Melodies« und sprachen über Fred Astaire und Ginger Rogers, und Edi erzählte uns, Ernst Toller habe sich in New York erhängt, am Fenster seines Hotelzimmers, mit der Schnur seines Schlafrocks.
Auch ich hatte mich früher einmal aufgehängt, aber nur zum Spaß; so konnte Bogdan mich in der Pose des Erhängten fotografieren. Wir hatten im August ein Zelt in der Nähe des Klosters Studenitza aufgeschlagen, auf einem breiten grünen Hang am Ufer des kleinen schnellen Flusses, der so eiskalt war, daß einem der Atem wegblieb, wenn man hineinsprang. Wir trieben uns im Kloster herum, betrachteten die alten, blassen Fresken und bewunderten die feinen Schnörkel und Ranken am Portal und an den Fenstern; sie sahen aus wie Brüsseler Spitzen aus Stein. Als wir einmal am Ufer spazierengingen und mit Bogdan Motive für seine Aufnahmen suchten, ließ ich mich von ihm als Gehängten fotografieren. Es war seine Idee gewesen. Wir machten an einem niedrigen Ast eine Schlinge fest, ich steckte meinen Kopf hinein, verdrehte die Augen, streckte die Zunge heraus und tat so, als hinge ich wirklich mit gebrochenem Rückgrat an dem Ast. Bogdan fotografierte mich von unten herauf. So konnte man nicht sehen, daß meine Fußspitzen den Boden berührten. Es war ein gelungenes Bild. Bogdan hatte die Absicht, es zusammen mit meinen surrealistischen Texten in einer Zeitschrift zu veröffentlichen. Am Abend lagen wir auf der Wiese, in Decken gehüllt, und schauten hinauf zu den vielen Sternen des Augusthimmels und zu den Sternschnuppen, die über die harte, dunkelblaue Wölbung glitten, als wären sie

geölt. Stevo war damals nicht bei uns. Ihn sahen wir beim Denkmal wieder.
Als wir uns dort trafen, schrien die Zeitungsverkäufer etwas vom Münchner Abkommen, von Krieg und Frieden, aber das alles war weit, sehr weit weg, wie der kalte Winter; wir saßen da, in den Augenblick gebannt, den warmen Stein unter den nackten Waden und in dem festen Glauben, daß der Sommer unserer Jugend niemals aufhören werde.
Zu dieser Zeit wollte ich mir selbst ein Denkmal erringen. Es mußte nicht so groß sein wie das des Fürsten Michailo, es mußte auch nicht in der Stadt stehen. Ich wollte dereinst ein Denkmal auf einer Terrasse des Kalemegdan-Parks haben, zwischen den Denkmälern anderer serbischer Dichter, ein kleines, aber schönes Denkmal inmitten von Blumenbeeten oder auf einem Rasen, auf dem man es von allen Seiten gut sehen konnte. Um mir ein solches Denkmal zu verdienen, schrieb ich fleißig Verse, ich schrieb jeden Tag ein oder zwei Strophen und oft auch ein ganzes, langes Gedicht.
Als wir durch den Kalemegdan-Park flanierten, stellte ich mich in meinem Übermut auf den Rasen und probierte eine Denkmalpose. Ich stand da mit zusammengezogenen Augenbrauen, die Rechte wie Napoleon unter die Jacke gesteckt, oder hockte da, die Stirn in die Hand gestützt, wie der »Denker« von Rodin. Wir streiften stundenlang umher und suchten einen geeigneten Platz für mein Standbild. Wir lachten darüber. Und doch träumte ich insgeheim davon, berühmt zu werden wie der sechzehnjährige Rimbaud.
Edi interessierte sich auch für Literatur und schrieb selbst Essays über deutsche, französische und englische Dichter, die er im Original lesen konnte. Er las seine Arbeiten auf den literarischen Matineen seines Gymnasiums vor oder veröffentlichte sie in einer unserer Schülerzeitschriften. Stevo interessierte sich mehr für Mädchen. Wir interessierten uns natürlich auch für Mädchen. Aber Stevo hatte Erfolg bei ihnen. Ich beneidete ihn und wäre gern bereit

gewesen, meinen ganzen künftigen Ruhm gegen einen Bruchteil seiner Erfolge bei den Mädchen einzutauschen.

Stevo kannte ich länger als Bogdan und Edi. Ich war schon in unserem Gymnasium auf ihn aufmerksam geworden. Wir gingen nicht in dieselbe Klasse, er war ein Jahr älter, ich sah ihn aber auf dem Hof während der Pausen und in der Toilette, wo er, lang und flach, an eine der Klosettüren gelehnt, zusammen mit einigen anderen Kameraden rauchte; die Zigarette hielt er in der hohlen Hand, damit sie nicht gleich bemerkt werden konnte, und blies langsam und bedächtig den Rauch durch die Nasenlöcher. Mit der gleichen Gelassenheit trainierte er in unserem Schwimmklub auf der Zigeunerinsel. Er schwamm besser als ich und müheloser. Er war eins der Asse unter uns. Aber das berührte ihn nicht. Seinen Sportlerruhm ertrug er ebenso gleichgültig wie die Blicke der Mädchen, denen er gefiel. Und er verstand es, sie ohne große Anstrengung und ohne viel Worte glücklich zu machen. Ich hatte es selbst gesehen.

Unser Schwimmklub veranstaltete von Zeit zu Zeit in seinem Stadtbüro Tanzabende mit Grammophonmusik und alkoholfreien Getränken; einige ältere Funktionäre tranken insgeheim auch Wein und Schnaps. Ich tanzte nicht, ging aber hin, um mir die Musik anzuhören. So saß ich einmal, während die anderen im größeren Raum nach den Klängen der Mexiko-Serenade tanzten, im kleineren Zimmer daneben und sah den Tanzenden zu. Ich glaubte, allein zu sein, aber dann bemerkte ich ein Mädchen, das vornübergebeugt am Fensterbrett lehnte und auf die Straße schaute. Es hatte ein schwarzes Kleid an, schwarze Strümpfe und schwarze Schuhe. Wahrscheinlich war die junge Frau in Trauer und durfte nicht tanzen. Ich sah auf ihre schlanke Taille, die sich unter der schwarzen Seide spannte, und auf die schwarzen Härchen, die sich unter ihren Strümpfen krümmten. Ich wäre gern zu ihr gegangen, um mich mit ihr zu unterhalten, nur so, um ihre Stimme zu hören – sie würde hell klingen, mit einem Hauch von Wehmut –, ich traute mich aber nicht, sie anzusprechen, ich wußte nicht einmal, wie man so etwas anstellte. Ich war bereit, mit ihr zu leiden und sie zu trösten, und bildete mir ein, daß sie es spüren müßte, wenn ich meine Gedanken auf sie konzentrierte. Ich dachte also an sie und starrte sie an, aber sie schien nichts zu spüren; sie drehte sich nicht um, sie sah mich nicht an, sondern lehnte weiterhin am offenen Fenster und schaute ganz steif und leblos auf die Straße. Ich dachte nun noch intensiver an sie und schaltete alle anderen Gedanken aus; ich sah und hörte nichts, ich starrte nur auf das halbmondförmige Stück Haut, das zwischen ihren Haaren und dem Kleid weiß schimmerte. Und da drehte sie sich jäh um. Doch sie blickte nicht auf mich, sondern auf Stevo, der in der Tür stand und ihr zulächelte. Er hatte gerade mit einem anderen Mädchen getanzt und war in der Pause in unseren Raum gekommen. Jetzt ging er auf das Mädchen in Schwarz zu, langsam und siegessicher, und legte seine Hand auf ihren Arm. Sie sah zu ihm auf und lächelte erwartungsvoll. Stevo führte sie zum Fenster zurück. Die beiden gingen an mir vorbei, als sei ich nur ein Möbelstück. Am Fenster lehnte Stevo sich neben sie, ganz nahe, und seine vorgestreckte Rechte hielt ihre Hand. Sie sprachen leise miteinander; sie hatte eine helle Stimme. Ihre Haltung war jetzt gelöster, ihr rechter Fuß war zurückgestreckt, und der Stöckel ihres Schuhs zeichnete kleine Ellipsen durch die Luft, während die Spitze den Boden nur leicht berührte.

Ich hatte Stevo im Laufe von wenigen Jahren mit verschiedenen Mädchen gesehen, und alle schienen glücklich zu sein, wenn er in ihrer Nähe war. Er sah nicht nur gut aus – er war groß und schlank wie seine Mutter, eine Französin –, er besaß auch unaufdringlichen Charme, der ihm überall Sympathien einbrachte. Als er sich beim Skilaufen am Stock ein Auge verletzte, so daß es ihm herausoperiert werden mußte, trauerte der ganze Korso um ihn. Eine Zeitlang trug er eine schwarze Binde, später bekam er ein Glasauge, das die gleiche blaue Farbe hatte wie das andere;

es sah nur etwas starr geradeaus zwischen den leicht geröteten, tränennassen Lidern, die sich an den Fremdkörper nicht recht gewöhnen konnten.

Obwohl wir zu dieser Zeit schon tief in Politik verstrickt waren, ging Stevo noch immer seinen alten Neigungen nach: Er schwamm im Sommer, lief Ski im Winter und machte zu allen Jahreszeiten die Mädchen glücklich. Ich wunderte mich, daß er noch mit uns umging, wo er doch viel angenehmere Beschäftigungen hatte. Er brauchte nichts zu verändern, er konnte in dieser Welt, so wie sie war, vollkommen glücklich sein. Wahrscheinlich fühlte er sich Edi verpflichtet, da er ihn sehr schätzte. Stevo machte jedenfalls zur gleichen Zeit mit wie Edi und ich. Wir demonstrierten auf der Straße gegen Hitlers Einmarsch in die Tschechoslowakei, ließen uns von dummen Bauernburschen, die Gendarmenuniform trugen, mit Gummiknüppeln schlagen und trafen uns bei Woja, einem Bankbeamten, der allabendlich wie ein müder, leicht hinkender Schäferhund auf dem Korso auf und ab lief, uns sammelte und organisierte. Da wir uns als Anarchisten oder äußerstenfalls als Trotzkisten fühlten – »die permanente Revolution« war für uns ein magisches Wort –, hatte er große Mühe, uns einzureden, daß wir mit den Kommunisten am selben Strang ziehen müßten. Es war so schön, wenn jemand um einen warb und wenn man den Werbenden ein bißchen im ungewissen zappeln lassen konnte. Man kam sich dabei sehr wichtig vor. Wer nimmt die Sechzehnjährigen schon ernst? Woja nahm uns ernst.

Das dauerte schon ein Jahr, vielleicht länger; trotz seiner großen Zähigkeit hätte er nicht so anhaltende Erfolge bei uns gehabt, wären ihm nicht die Ereignisse – der spanische Bürgerkrieg, Hitlers Einmarsch in Wien und Prag und die wachsende Kriegsgefahr – zu Hilfe gekommen. Er war es, der uns als erster zu überzeugen versuchte, daß es zur Verwirklichung unseres naiven Traums von einem reineren, schöneren und glücklicheren Leben für alle Menschen der Erde nur eine Möglichkeit, nur einen Weg gab. Wir waren

schließlich gewillt, Woja anzuhören, und trafen uns mit wenigen Gleichgesinnten oft bei ihm, in einer muffigen Wohnung, im Hinterhof, weit draußen an der Peripherie. Woja gestaltete unsere Zusammenkünfte immer sehr geheimnisvoll. Er spähte zuerst durchs Fenster, um zu sehen, ob jemand uns gefolgt war, dann zog er die Vorhänge zusammen und knipste die kleine Lampe auf dem Nachttisch an. Erst nachdem er sich überzeugt hatte, daß wir uns auf die wackligen Stühle gesetzt hatten und ihm voll Spannung zusahen, holte er unter der Matratze, aus einem Buch, aus der Kaffeemühle oder aus der Mehldose die kleinformatige, auf dünnes Papier gedruckte Zeitschrift der kommunistischen Partei hervor. Er las daraus mit der Stimme eines Propheten einen Artikel vor, in dem der baldige Untergang der faschistischen Welt mit großer Zuversicht angekündigt wurde.
Um seine müden Füße auszuruhen, lag Woja meist auf einem alten Messingbett, das mit einer farblosen, zerschlissenen Decke zugedeckt war und das immer unangenehm quietschte, wenn er seine Lage veränderte. Einmal entstand eine lange Debatte über Stevo und seine Beziehungen zu Mädchen. Ich wußte nicht, wie Woja zu Ohren gekommen war, daß Stevo zugleich mit zwei Mädchen ging. Er forderte ihn auf, uns die Sache zu erklären, und Stevo erzählte uns bereitwillig, daß er eine junge, geschiedene Frau kenne, mit der er ein Verhältnis habe, und daß er außerdem noch mit einem Mädchen gehe, das er rein platonisch liebe und eines Tages heiraten wolle. Woja geriet aus dem Häuschen und stellte dem erstaunten Stevo sein Verhalten eifernd als abscheulich und unmoralisch dar. Stevo konnte einfach nicht verstehen, warum er plötzlich ein widerlicher Kleinbürger sein sollte. Beide Mädchen wußten voneinander und fühlten sich trotzdem recht glücklich. Woja gab jedoch nicht nach, er redete lang von der Reinheit der Haltung, vom leuchtenden Beispiel und dergleichen mehr und verlangte von Stevo, daß er sich für eines der beiden Mädchen entscheide. Stevo wieder erklärte, daß er jede auf eine an-

dere Art liebe, seine Braut vielleicht etwas mehr als die junge, geschiedene Frau, daß er aber auch diese nicht missen möchte. Woja wälzte sich in seiner Aufregung ständig hin und her, so daß sein altes Messingbett ununterbrochen quietschte wie ein Dutzend verrosteter Ziehbrunnen. Stevo kannte sich in der Liebe offenbar besser aus als der scheinheilige Bankbeamte, doch Woja setzte ihm so mächtig zu, daß er schließlich feierlich versprechen mußte, das komplizierte Problem bald zu lösen.

Ich stand insgeheim auf Stevos Seite und freute mich, daß er sein Versprechen nicht ernst nahm. Er gab seine Braut und die junge geschiedene Frau erst auf, als er sich anderen Mädchen zuwandte, um sie, ebenso wie ihre Vorgängerinnen, glücklich zu machen.

Viel später erzählte mir Bogdan, der gute Woja habe die kommunistische Moral, mit der er sich vor uns so aufgespielt hatte, selbst nicht ernst genommen. Er hatte hinter unserem Rücken Mädchen verführt, die ihm genauso Glauben geschenkt hatten wie wir. Das sei ihm vergeben; er ist tot. Es sei ihm jedoch nicht vergeben, daß er damals meinen Freund Stevo zu einem zweifelhaften Individuum gestempelt hat, dem man wegen seiner kleinbürgerlichen Allüren nicht ganz trauen könne. Denn dieses unausgesprochene Mißtrauen hat Stevo das Leben gekostet.

Lange Zeit dachte ich, er nehme sich die reservierte Haltung seiner Kameraden nicht so sehr zu Herzen, er fand ja genügend Trost, aber später begriff ich, daß er darunter gelitten hatte. Ich weiß nicht mehr, wer sich von wem allmählich trennte: er von uns oder wir von ihm. Ich verlor ihn aus den Augen.

Ich war schon zwei oder drei Monate im Gefängnis, als ich Stevo nach langer Zeit zum erstenmal wieder begegnete. Als ich mit den anderen Insassen meiner Zelle in die Toilette geführt wurde, sah ich ihn auf einem Strohsack im Gang liegen. Seine Füße waren wund und bis zur Unkenntlichkeit angeschwollen, sein Hemd war zerrissen und blutig; Brust und Arme waren, soweit man sie durch die

Fetzen sehen konnte, voll grünlichblauer Flecken. Die Polizeiagenten wollten ihn anscheinend noch in der Nähe haben, sonst hätten sie ihn in eine Zelle gesteckt. Als ich an ihm vorbeiging, hielt er die linke Hand über die Augen. Zwischen den Fingern sah ich die Pupille seines rechten Auges. Ich winkte und zwinkerte ihm zu, um ihm zu bedeuten, daß er nicht allein war, er deutete aber mit keiner Miene an, ob er mich verstanden hatte. Vielleicht konnte er gar nichts sehen, vielleicht war sein rechtes Auge aus Glas; ich wußte nicht mehr, welches der beiden Augen er sich damals verletzt hatte. Vielleicht schämte er sich, weil es ihm nicht gelungen war, sich unter der Folter so zu halten, wie er es sich vorgenommen hatte.

Von den Neuankömmlingen erfuhr ich, daß der rote Duschko, ein junger Kommunist, der in die Dienste der Spezialpolizei getreten war, die große Verhaftungswelle ausgelöst hatte. Mehrere Wochen hindurch hatte er einige Kameraden, die er kannte, beobachtet, dann hatte er die Falle zuschnappen lassen. Unter denen, die in seine Falle geraten waren, befand sich auch Stevo. Das Überraschungsmoment und die Foltern hatten bewirkt, daß der Kreis der Verhafteten von Tag zu Tag größer wurde.

Schon vorher waren durch Massenverhaftungen zahlreiche Lücken in den Reihen der Widerstandsbewegung entstanden. Damals hatte man sich Stevos erinnert und ihm die Neuorganisierung zweier oder dreier Belgrader Bezirke anvertraut. Der bisher Geächtete, dem man als verwöhntem Bürgersohn und Schürzenjäger mit einiger Reserve begegnet war, hatte sich wahrscheinlich mit großer Begeisterung an die Arbeit gemacht, um seine Zuverlässigkeit zu beweisen. Kaum waren einige Wochen vergangen, war er schon gefaßt. Er hielt sich weder besser noch schlechter als viele andere, die nach ihrem Tod zu Helden erklärt wurden. Ich weiß nicht, was damals in ihm vorging; er begann jedenfalls anders als die meisten Verhafteten, die im Verhör alle vorgebrachten Beschuldigungen abzuleugnen suchten, sich selbst zu belasten und gestand Taten ein, die er nie begangen hatte. Ich glaube, er wollte sterben, weil er der Ansicht war, daß er, der Erfolgsgewohnte, diesmal versagt hatte. Sein Wunsch wurde erfüllt. Er kam als »schwerer Fall« ins Lager an der Banjitza, von wo er nach Mauthausen geschickt wurde. Dort hat er sicherlich sein Gleichgewicht wiedergefunden und gefaßt den Tod empfangen, wie einen fremden Besucher, den man zuvorkommend und zugleich kühl behandelt. Er darf nicht merken, daß man Angst vor ihm hat.

Ich kam ins Jugendlager Smederevska Palanka, in dem man die Häftlinge nicht erschoß, wurde nach etwa einem Jahr als Fremdarbeiter nach Wien geschickt, geriet dort wieder ins Gefängnis, aus dem ich im April 1945 nach Einmarsch der Russen herauskam. Erst zehn Jahre später fuhr ich nach Belgrad zurück.

An einem der ersten Tage nach meiner Wiederkehr begegnete ich Stevos älterem Bruder. Es war ein heißer Nachmittag im Juli. Ich schlenderte ziellos durch die Straßen, um mir die Stadt meiner Jugend wieder vertraut zu machen. Ich ging auf der Gasse, die zum Bahnhof führt, an einer hohen Mauer entlang, hinter der die Rangierlokomotiven pfiffen. Wasso kam auf einem Fahrrad daher und hielt, als er mich sah; sein linker Fuß blieb auf dem Pedal, und mit der Spitze des rechten stützte er sich auf den Boden. In dieser Haltung sprach er mit mir, als lauere er auf etwas.

»Wie geht es dir?« fragte er. »Was machst du?«

»Ich schreibe.«

»Das habe ich gehört. Bringt es dir wenigstens etwas ein?«

»Es geht«, sagte ich. »Und was machst du?«

»Ich arbeite im Büro.« Er sagte nicht, in was für einem Büro, und mir war entfallen, was er damals studiert hatte. Wahrscheinlich war er Jurist wie sein Vater; auch Stevo hatte Jus studiert. Damit konnte man viel anfangen oder auch nichts. Wasso war seine Arbeit anscheinend vollkommen gleichgültig, sonst hätte er irgendwelche Andeutungen gemacht.

»Komm einmal in unseren Klub«, sagte er unvermittelt. »Wir haben ein neues Haus gebaut. Du würdest die Insel nicht mehr erkennen.« Als er auf den Schwimmklub zu sprechen kam, erhellte sich für einen Augenblick sein langes, melancholisches Gesicht, das ihm den Spitznamen »Wasso, das Pferd« eingetragen hatte. Auf der Save-Insel spielte sich sein wirkliches Leben ab. Er war schon damals kein besonders guter Schwimmer gewesen, es hatte ihm aber Spaß gemacht, junge Schwimmer und Wasserballer zu trainieren und Wettbewerbe mit anderen Klubs zu organisieren. Das hatte er auch während der Besatzungszeit getan, als wir mit anderen Dingen beschäftigt gewesen waren, und das tat er wahrscheinlich noch immer. Sicherlich ging er in andere Save- und Donaubäder, beobachtete die jungen Schwimmer mit Kennerblick und warb sie für seinen Klub, wenn er sie für talentiert hielt. Und wenn er sie einmal geworben hatte, ging er aufgeregt, mit der Stoppuhr in der Hand, am Bassin entlang, beugte sich dann im Hocken über die nassen Köpfe, die zu ihm aufsahen, und erklärte ihnen, was sie zu tun hatten, wenn sie ihre Zeit verbessern wollten. Er ließ die Burschen ein Brett vor sich herschieben, um ihre Beinarbeit zu vervollkommnen, er brachte ihnen zur Muskelentspannung Gymnastik bei und wachte über ihr Privatleben, über ihr Essen und ihren Schlaf, damit sie ständig in Form blieben. Er wollte die Hoffnung nicht aufgeben, eines Tages in Belgrad einen großen Schwimmer, vielleicht sogar einen Weltmeister auszubilden.

»Kommst du uns besuchen?« fragte er.

»Gern«, sagte ich. »Ich komme einmal vorbei.«

»Du bleibst doch in Belgrad?«

»Nein. Ich fahre wieder zurück. Ich bin nur zu Besuch hier.«

»Ach so«, sagte er enttäuscht und fügte nach kurzer Pause hinzu: »Ich muß mich jetzt beeilen. Die Burschen warten schon auf mich. Auf Wiedersehen!«

Er trat mit dem linken Fuß aufs Pedal, stieß sich zugleich mit der rechten Fußspitze vom Boden ab und fuhr davon.

Sein Hemd hatte auf dem Rücken nasse Flecken. Ich sah ihm nach, wie er schwerfällig auf die Pedale trat und in einer leicht geschwungenen Zick-Zack-Linie über das Bukkelpflaster fuhr.
Er drehte sich nicht um und winkte mir nicht zu. Ich starrte noch eine Zeitlang auf seinen verschwitzten Rücken, der sich immer mehr entfernte, und hatte plötzlich das gleiche Gefühl der Scham, der Bestürzung und des Zorns wie am Abend zuvor, als ein schwarzhaariges, blasses Mädchen in dem Gasthausgarten, in dem ich gesessen war, um mir die Leute anzusehen, an meinen Tisch getreten war und mich mit schriller Stimme gefragt hatte: »Sie sind doch Mladen Raikow?« Und als ich mich aufrichtete und ihre Frage bejahte, trat sie noch näher an mich heran und zischte mir zu: »Mir wäre es lieber, wenn Sie gefallen wären und nicht mein Bruder!« Das Mädchen drehte sich brüsk um und lief aus dem Garten. Ich kannte sie nicht und wußte deshalb nicht, wessen Schwester sie war. Ich wußte nicht, ob ich an dem Tod ihres Bruders, den sie offenbar sehr liebte, schuldig war oder nicht. Vielleicht war sie verrückt und machte jeden, der in irgendeiner, auch der entferntesten Verbindung zu ihm gestanden war, für seinen Tod verantwortlich. Vielleicht war ich wirklich schuldig. Vielleicht unschuldig. Wo sind die Grenzen, die eine Schuld klar umreißen, wo beginnt der Freispruch? Ich gehörte nicht mehr dazu, ich lebte in einer fremden Welt, die hier noch immer als feindlich empfunden wurde, ich war selbst ein Fremder, dem man mißtrauen mußte.
Ich fühlte meine Schritte immer schwerer und langsamer werden. Unendliche Trauer, die drückender war als die Hitze dieses heißen Tages, überkam mich, und ich steuerte müde auf eine Bank zu, die in dem armseligen, rachitischen Park gegenüber dem Bahnhof stand.
Hier hatte Edi nach dem großen Bombardement die Trümmer mit aufgeräumt. Die deutschen Besatzungsbehörden hatten alle Juden von Belgrad zu Arbeitstrupps zusammengezogen und ließen sie die Ruinen abtragen, als hätten sie

die Stadt zerstört und nicht die Stukas. Als ich Edi zum erstenmal mit der Armbinde und dem gelben Stern darauf sah, war ich völlig überrascht. Ich hatte ihn nie für einen Juden gehalten.

Da wir in der Nähe des Bahnhofs wohnten, kam Edi fast jeden Abend nach Arbeitsschluß zu mir. Er legte sich immer flach auf den Boden, um den Rücken zu strecken. Ich legte mich auch auf den Boden, ich konnte nicht sitzen, während er lag, und wir sprachen miteinander, unsere Blicke auf die Krone der Linde gerichtet, die vor unserem Haus blühte. Edis Eltern wollten über Bosnien nach Italien flüchten. Das war nicht sehr weit, die Italiener waren schon in Dalmatien. Edi konnte sich nicht entschließen, mit ihnen zu gehen. Jeden Abend hielten sie darüber lange Debatten ab, doch Edi schien, je mehr ihn auch seine Eltern bedrängten, immer fester auf dem Standpunkt zu beharren, daß ihm hier unter seinen Kameraden noch am allerwenigsten passieren könne.

Zwei oder drei Jahre zuvor hatte ich mit allen möglichen Überredungskünsten versucht, den Sohn eines jüdischen Arztes zu bewegen, seine Eltern und seine Geschwister, die nach Israel auswandern wollten, im Stich zu lassen und in Belgrad zu bleiben. Der Arme hätte beinahe meinem fanatischen Zureden Gehör geschenkt — was hätte er nur ohne seine Eltern hier angefangen? —, wäre es seinem Vater nicht gelungen, ihn zu überzeugen, daß in Israel eine Art Sozialismus herrsche. Jetzt, da ich die Gefahr kannte, bemühte ich mich, Edi einzureden, daß es für ihn am besten wäre, wenn er mit seinen Eltern fortginge. Was lag schon an der Partei? Wir waren doch nach dem Hitler-Stalin-Pakt beide drauf und dran gewesen, aus ihr auszutreten. Aber Edi blieb bei seinem Entschluß. Um mir die Richtigkeit seiner Ansicht zu demonstrieren, führte er mich eines Abends zu einer Villa am Dedinje und zeigte mir wortlos eine Tafel, die mit Drähten am Gittertor befestigt war und auf der mit klobigen, ungleichen Lettern folgende Inschrift stand:

Für Juden, Serben,
Zigeuner und Hunde
Eintritt verboten!

Das konnte nur ein wahnwitziger SS-Offizier, der die Villa jetzt bewohnte, geschrieben haben. Um ihn und seine Tafel zu bewachen, ging ein SS-Mann im Garten auf und ab.

»Siehst du«, sagte Edi, als wir uns von der Villa entfernt hatten, »wir gehören zusammen!«

»Nicht zu vergessen die guten Zigeuner und die braven Hunde«, warf ich ein.

»Ja, ich habe für sie nie viel übriggehabt, aber jetzt entdecke ich plötzlich eine wahre Leidenschaft für herumziehende Planwagen, Lagerfeuer und alte Zigeunerinnen, die einem aus der Hand lesen, und auf einmal liebe ich ihre schmutzigen Kinder und ihre struppigen Hunde.«

Edi schloß sich einer der ersten Partisaneneinheiten in Serbien an. Er war unter den ersten, die fielen. Er fiel nicht im Kampf, er wurde ermordet, nachdem er schwerverwundet in Gefangenschaft geraten war. Die Deutschen sonderten ihn von den anderen gefangenen Partisanen ab und brachten ihn in das Lager auf dem Messegelände, das nur für Juden bestimmt war. Dort wurde er exemplarisch hingerichtet.

Ich hatte gleich nach meiner Ankunft in Belgrad mit Bogdan darüber gesprochen, und er erzählte mir, seine erste Arbeit als Architekt nach dem Krieg sei ein Denkmal auf dem jüdischen Friedhof gewesen. Er zeigte mir eine Aufnahme, die er selbst gemacht hatte; er fotografierte noch immer gern. Auf dem Bild sah ich zwei lange, niedrige Mauern, die immer tiefer abfielen und an deren Ende sich zwei große, quergestellte weiße Mauern gegen den Himmel erhoben; sie spitzten sich, je höher sie stiegen, in einer gekrümmten Linie immer mehr zu und sahen aus wie die Flügel des Todesengels. Im schmalen Spalt zwischen diesen wuchtigen Flügeln stand, klein und verloren, eine

Plastik aus Eisen, ein siebenarmiger jüdischer Leuchter. Bogdan erzählte mir, er habe diese Mauern aus den Trümmern jüdischer Häuser gebaut. So waren zwischen den geglätteten Steinen ganze Stücke von Portalen, Fenstern und Giebeln zu sehen.

Bogdan hatte dieses Denkmal für Edi gebaut. Darunter befand sich ein großes Grab, in das man die sterblichen Überreste vieler Menschen vom Lager auf dem Messegelände gebettet hatte. Ob sich unter ihnen auch der tote Edi befand, konnte niemand mit Sicherheit sagen.

Während ich im kleinen Park gegenüber dem Bahnhof saß und über all das nachdachte, erinnerte ich mich an ein Gespräch, das Edi und ich einmal über Mut, Tapferkeit und Heldentum geführt hatten. Ich weiß nicht mehr, wie es dazu gekommen war, aber ich saß plötzlich auf dem Fensterbrett drei Stock hoch über der Straße und ließ meine Beine ins Freie baumeln. Ich hatte von jeher eine unüberwindliche Angst vor der Höhe gehabt, die ging so weit, daß ich in Stiegenhäusern nie am Geländer hinaufstieg, sondern nur die Wände entlang, um nicht hinunterschauen zu müssen. Nun saß ich schwitzend und klopfenden Herzens auf dem Fenstersims, starrte wie gebannt auf das gleichhohe Dach des Hauses gegenüber und versuchte, mich zu zwingen, einen Blick hinunter auf die Straße zu werfen. Ich wollte Edi beweisen, daß man die Angst besiegen und sich zum Mut erziehen könne. Es dauerte ziemlich lang, bis ich mich zu einem ganz kurzen, flüchtigen Blick auf die Straße überwand. Als ich mich beinahe im selben Augenblick bleich und zitternd ins Zimmer zurückschwang, lachte Edi mich aus. Er gab offen zu, daß er sich nicht traue, mir den gleichen Beweis für seinen Mut zu liefern. Er sagte, es komme nicht darauf an, sich wie ein Held zu gebärden, sondern einzig und allein, im richtigen Augenblick das Richtige zu tun; der Mut geselle sich dann von selbst dazu. Edi hatte seine Mutprobe gut bestanden. Ich aber war noch da und wußte nicht wozu.

Ich verließ den kleinen Park und begann ziellos durch die

Stadt zu irren; ich suchte etwas, das ich einmal hier verloren hatte.
Ich wußte, daß ich es nicht finden würde, und kehrte deshalb in Kaffeehäusern und Kneipen ein, um die endlose Trauer, die mich mitzureißen drohte, mit scharfem Schnaps zu verbrennen. Edi, Stevo und ich gehörten zu den Schatten einer Zeit, die in dieser Welt der selbstbewußten Funktionäre und verschreckten Kleinbürger nichts zu suchen hatte. Wir waren in der Vergangenheit steckengeblieben, Edi und Stevo noch immer jung und schön, wie sie einmal gewesen waren, ich schon leicht angegraut, mit einem falschen Gebiß, rheumatisch im Rücken und wund in der Seele.
In einem der Lokale, vielleicht auch auf der Straße, traf ich Mischa, der mit Bogdan befreundet war und Edi und Stevo gut gekannt hatte. Auch er gehörte einer Art Zwischenreich an. Eine Lungentuberkulose hatte ihn Jahre hindurch immer wieder ans Bett gefesselt, so daß er mehr mit Büchern als mit Menschen umgegangen war. Da er die meiste Zeit des Krieges im Bett verbracht hatte, war er nur ein Zeuge aus der Ferne gewesen. Er hatte währenddessen französische Gedichte, darunter viele von Rimbaud und Mallarmé, ins Serbische übertragen. Seine Nachdichtungen waren nach dem Krieg erschienen und hatten ihm einigen Ruhm eingebracht. Für ihn war ich ein Mann, der eine hoffnungsvolle literarische Karriere der Politik zuliebe aufgegeben hatte, was nur zu bedauern war. Er kam mir gelegen, weil ich an diesem Tag jemanden brauchte, der mich auf irgendeine Weise bedauerte.
Es war nicht schwer, Mischa zum Mitkommen zu überreden, und so zogen wir von Lokal zu Lokal und landeten schließlich in einer Bar, die ungemütlich war, voll Lärm und gezwungener Lustigkeit. Die Gäste waren meist Ausländer, die sich mit leichten Mädchen unterhielten, und die wichtig um sich blickenden Manager des neuen Staates, die sich das Air der großen Welt zu geben suchten. Außerdem gab es in der Bar noch Betrunkene; zu ihnen zählten auch Mischa und ich.

Am Tisch neben uns saß ein Amerikaner mit einer gebleichten Blondine, die ihn offenbar langweilte, denn er wandte sich immer wieder von ihr ab und prostete uns zu. Zuletzt saßen wir alle zusammen und führten, da wir nicht englisch sprachen und er nicht serbisch konnte, ein stokkendes Gespräch, das wir mit erklärenden Gebärden unterstützten. Die gebleichte Blondine, die sich als Dolmetscherin versucht hatte, versagte vollkommen; sie kannte nur die englischen Redensarten, die sich um Geld, Liebe und Getränke drehten. Der Amerikaner handelte mit Knoblauch. Er demonstrierte uns das, indem er eine Handvoll Knoblauchzehen aus der Tasche zog und sie durch die Finger gleiten ließ, wie ein anderer mit Perlen spielt; anscheinend verdiente er ganz gut damit. Er erklärte uns, daß er den jugoslawischen Knoblauch außerordentlich schätze, mehr als den türkischen, griechischen oder gar den bulgarischen. Er wollte natürlich nur höflich sein. Er gab uns seine Karte mit einer Adresse in New York und forderte uns auf, ihn zu besuchen, sollte uns der Weg einmal dorthin führen. Er gefiel mir, weil er trotz seiner betonten geschäftlichen Solidität irgendwie unglücklich aussah. Da ich mir seinen Namen nicht merken konnte, nannte ich ihn einfach Picasso. Er hatte ein asymmetrisches Gesicht wie ein Porträt von Picasso: sein linkes Auge lag tiefer als das rechte, seine Nase stand schief, sie ragte beinahe quer vor sein Gesicht, und seine Augenbrauen waren ungleich lang. Als ich ihn zum erstenmal Mister Picasso nannte, sah er mich verwundert an, zuckte aber dann die Achseln und lachte. So tranken wir, klopften einander auf die Schulter und lachten grundlos. Dann begann Mischa plötzlich »Röslein, Röslein, Röslein rot« zu singen. Er hatte das Lied wahrscheinlich einmal von seinem Kindermädchen oder seinem Musiklehrer gelernt. Die Worte des Liedes waren die einzigen deutschen, die er ordentlich aussprechen konnte. Er sang es mir zu Ehren, er wollte mir zeigen, daß er nichts gegen die Sprache hatte, die ich jetzt sprach. Er trug mit einer erstaunlich klaren Stimme die Schubertsche

Melodie vor, die in diesem verrauchten serbischen Lokal seltsam genug wirkte. Mir fiel ein englischer Kinderreim ein, den ich vor langer Zeit gelernt hatte, und ich rezitierte ihn so gut ich konnte:

»Twinkle, twinkle little star
How I wonder what you are
Up above and so high
Like a diamond in the sky.«

Picasso war zu Tränen gerührt und begann, da er kein serbisches Lied kannte, eine endlose türkische Elegie zu singen. Er sang noch immer einen langgezogenen Refrain, als wir uns in einem Gasthaus fanden, das erst am frühen Morgen öffnete. Dann verstummte er.

Wir saßen an einem Tisch auf der Straße, schlürften schweigend unseren Kaffee und warteten auf die gebleichte Blondine, die eine Freundin holen wollte. Bald kam sie mit einer großen, vollbusigen Brünetten zurück, und wir warteten nun, daß die Wirtin zur Arbeit ging, damit wir ungestört in die Wohnung hineinkonnten; die befand sich unmittelbar neben dem Gasthaus. Wir saßen da, als warteten wir auf ein Urteil. Alles war vereinbart, der Preis und der Augenblick.

Erst jetzt fiel mir auf, daß wir schräg gegenüber meinem einstigen Gymnasium saßen. Statt des alten gelben Gebäudes, das einem Bombardement zum Opfer gefallen war, stand drüben ein einstöckiges graues Haus, so daß ich mich an den Platz meiner Schule nicht gleich erinnert hatte. Ich begriff, daß er dort sein mußte, als ich das Redaktionsgebäude der »Politika« erkannte, das gleich daneben stand. Ein leerer Lieferwagen blieb vor der Druckerei stehen. Die Zeitungen waren schon längst ausgetragen. Bald würden die Schüler erscheinen. Sie würden, ihre Schultaschen unter dem Arm, verschlafen oder ausgelassen an mir vorbeigehen, um dann mit ernsten, feierlichen Mienen das Gebäude zu betreten. Dort würde man versuchen, ihnen

Mathematik, Geographie und Latein beizubringen. Euklidischer Lehrsatz, Ludolfsche Zahl und das Unendliche, Stiller Ozean, Wendekreis des Krebses, rosa, rosae, liber, libri, librorum, rosae, rosarum. Ich dachte über das Versäumte nach, wie ein Mann, der die Dreißig und den Krieg weit hinter sich hat, über sein verpfuschtes Leben nachdenkt. Ich wollte einmal Englisch lernen, Edi hatte es gut gekonnt, ihm nützte es nichts mehr und für mich war es zu spät, mit dem Lernen anzufangen. Ich nahm mir immer wieder vor, im Winter in ein Hallenbad schwimmen zu gehen, um mich in Form zu halten, ich tat es aber nie. Ich betrieb keinen Sport, ich lernte nichts mehr, ich saß nur da, trank und sah zu, wie das Leben an mir vorbeiging. Edi hätte sich mit meinem Picasso viel besser unterhalten können als ich, er hätte erfahren, warum der Amerikaner so traurig war und was er außer seinem Knoblauchhandel trieb. Edi hätte gewußt, was der Bursche mit dem asymmetrischen Gesicht im Krieg gemacht hatte, was er jetzt dachte und fühlte. Und Stevo hätte sich mit den Mädchen leichter verständigen können als ich, er wäre imstande gewesen, ihre erstarrten Seelen zum Schwingen zu bringen. Ich hatte nicht bemerkt, daß ich automatisch aufgestanden und zwei Häuserblocks weitergegangen war. Ich stand am Rande des großen Platzes, den ich in den letzten Tagen immer wieder umkreist, aber nie erblickt hatte. Jetzt sah ich ihn. Die alte Post, das Kino und der türkische Konditor waren weg. An Stelle der zerstörten Gebäude war ein Park errichtet worden. Aber das Theater war noch da und auch das Denkmal. Der Fürst ritt noch immer auf seinem dicken Pferd und zeigte, über meinen Kopf hinweg, in die Ferne.

»Scheußlich, was?« sagte Mischa, der plötzlich neben mir stand. Er war mir sicherlich nachgegangen, um zu sehen, was ich vorhatte. »Kennst du die Geschichte dieses Denkmals?« fragte er und fuhr gleich fort, ohne meine Antwort abzuwarten. »Ein italienischer Bildhauer hat es vor siebzig oder achtzig Jahren gemacht. Ich habe seinen Namen vergessen, er soll aber ein berühmter Mann gewesen sein. Er hatte Monate, ja Jahre daran gearbeitet, und als dann der Tag der Enthüllung gekommen war, stand er in der ersten Reihe, um sich bewundern zu lassen. Als aber die Hülle von dem bronzenen Koloß fiel, entstand ein großer Skandal. Der Fürst hatte nichts auf dem Kopf, er war barhäuptig. Noch nie in der Geschichte ist ein gekröntes Haupt auf dem Pferd und in vollem Ornat ohne Kopfbedeckung dargestellt worden. Der Bildhauer hatte in seiner schöpferischen Aufregung vollkommen vergessen, seiner Monsterfigur eine Mütze auf den Kopf zu setzen. Er nahm sich die Kritik so zu Herzen, daß er Selbstmord beging. Ein Trottel! Sich wegen eines ungeschlachten Denkmals umzubringen!«

Ich habe noch nie einen Menschen so sehr gehaßt, wie Mischa in diesem Augenblick. Er hatte mit seiner Geschichte die Begegnung zwischen dem Denkmal und mir beinahe völlig verdorben. Ich schrie ihn an, ich könne sein blödes Geschwätz nicht ausstehen, er solle mich in Ruhe lassen und sich zum Teufel scheren. Er sah mich erstaunt an, tippte sich dann mit dem Zeigefinger an die Stirn und drehte sich wortlos um. An der gedrückten Haltung seiner Schultern erkannte ich, daß er beleidigt war. Ich holte ihn ein und entschuldigte mich bei ihm wegen meines Ausbruchs. Er sagte mir, das mache ihm nichts aus. Aber seine Augen waren voller Tränen. Ich bat ihn stammelnd so lange um Vergebung, bis ich seinem fahlen, übernächtigten Gesicht ein Lächeln entlockte. Dann ließ ich ihn zu den anderen gehen und kehrte auf den großen Platz zurück.

Endlich war ich allein mit dem Denkmal. Die Morgensonne schien vom Osten, von der Donau her, sie war aber noch nicht hochgestiegen; der reitende Fürst stand noch im Schatten des Volkstheaters. Ich ging auf das Denkmal zu, betrachtete das vorgestreckte Bein des Pferdes mit dem riesigen Huf und den langen Säbel, der über der bronzenen Flanke des Pferdes hing. Ich las die Inschrift, ohne sie mir zu merken, erschauerte kurz in der Morgenkühle und setzte mich auf den weißen Stein, um mich zu erwärmen. Doch der Marmor war kalt. Ich spürte, wie die Kälte durch den Hosenstoff drang, wie sie mich, Stromstößen gleich, durchrieselte, und wie ich eine Gänsehaut bekam. Ich blieb noch eine Zeitlang so allein auf den steinernen Stufen sitzen und schaute auf die müden Blumen in den Beeten, die man rund um das Denkmal gepflanzt hatte. Dann stand ich auf und ging langsam und fröstelnd über den weiten Platz, und mein blasser Schatten schwankte leicht vor mir her.

Ich schreibe und schaue mir zugleich über die Schulter, wie ich ein Wort an das andere reihe, um mir Rechenschaft zu geben über den Weg, den ich zurückgelegt habe. Zuletzt bin ich weder der Schreibende noch der Zuschauer. Ich bin nur die Spur, die zwischen den nackten Häusern verläuft, ich bin nur der Schatten, der auf die schreibende Hand fällt und sie verdunkelt.

Interview mit Mischa

Die Begegnung mit Mladen hat in mir einen richtigen Schock ausgelöst. Sie müssen nämlich wissen, daß ich ihn seit mehr als zehn Jahren nicht gesehen habe. Als ich ihn das letzte Mal sah, ich glaube, er kam gerade von Bogdan, den ich besuchen wollte, und stieg eilig die Treppe herunter, war er eben dabei, den Widerstand zu organisieren. Wir tauschten auf der Treppe, er an die Wand gelehnt, ich ans Geländer, ein paar Höflichkeiten. Ich wollte ihn überreden, einige französische Gedichte zu übersetzen, für eine Anthologie französischer Lyrik, die ich für die Zeit nach dem Krieg vorbereitete, aber er hatte keine Zeit. Ich beneidete ihn darum. Ja, ich beneidete ihn, weil er keine Zeit für Literatur hatte, weil er mitten im Leben stand und einer Arbeit nachging, die mir versagt war. Ich war krank. Seitdem ich mich kenne, war ich immer so krank, daß ich den Großteil meines Lebens im Bett verbringen mußte. Er hingegen konnte herumgehen, soviel er wollte, er konnte tätig sein, während ich dalag, durchs Fenster auf eine Baumkrone und auf das rostige Dach des Hauses gegenüber starrte und nachdachte.

Auch während meiner kurzen Aufenthalte unter Menschen war ich immer nur ein Beobachter, weil meine Krankheit mich zu langsamem Gang und bedächtigen Bewegungen zwang; Mladen aber war für mich seit jeher die Verkörperung von Vitalität und Aktivität. Daher der Schock, als ich ihn nach vielen Jahren wiedersah. Er war auf einmal unbeweglich und wirkte irgendwie ausgebrannt, ja, das ist der richtige Ausdruck für seinen Zustand. Er machte auf mich den Eindruck einer ausgebombten Ruine, wie man sie während des letzten Krieges und eine geraume Zeit danach überall sehen konnte. Ja, genauso war er. Ich habe lange darüber nachgedacht. Ich habe mich vor allem gefragt, worauf dieser Eindruck zurückzuführen war. Vielleicht tue ich Mladen unrecht. Er hat ja ziemlich viel getrunken, und nach einer durchzechten Nacht sieht jedes Gesicht aus wie eine verwüstete Landschaft. Aber nicht das hat mich schockiert. Die Verwüstung ging viel tiefer.

Ich werfe den Kommunisten nicht vor, hat er mir im Laufe dieser Nacht einmal gesagt, daß sie die Besitzenden enteignet haben — das war ja der Sinn ihrer Revolution — oder daß sie ihre hartnäckigen Gegner über den Haufen geschossen haben — die sind ja auch nicht zimperlich mit den Kommunisten umgegangen —, ich werfe ihnen auch nicht vor, daß sie ihre eigenen Leute eingesperrt oder umgebracht haben — das scheint das Gesetz der Revolution zu sein —, ich kann aber nicht zusehen, wie sie alle übrigen Menschen, also die überwiegende Mehrheit der Bevölkerung, zur Lüge, zur Verstellung, zur Doppelzüngigkeit zwingen, genauso wie jeder andere Scheißstaat. Sie machen aus ihnen lauter Affen und Papageien, die aus Angst, ihr Futter nicht mehr zu bekommen, immer wieder die gleichen Phrasen dreschen.

Der gute Mladen weinte so über die seelische Verkrüppelung der Menschen unter dem Druck des kommunistischen Apparats. Was hat er denn geglaubt? Daß es vollkommen genügt, eine herrschende Schicht zu stürzen und ihren Staat zu zertrümmern, um aus den Menschen lauter Engel zu machen, die keine Habgier, keinen Neid und keine Eifersucht kennen? Er kann doch nicht so naiv gewesen sein! Aber ja. Er war tatsächlich so naiv.

Ich erinnere mich gut an seine revolutionären Anfänge. Ich habe früh angefangen, ihn zu beobachten. Wir gingen in dasselbe Gymnasium. Ich war, glaube ich, in der sechsten und Mladen in der fünften Klasse, als er mir das erstemal auffiel. Da las er an einer unserer literarischen Matineen ein Gedicht in Prosa, das den Titel trug: »Die weiße Stadt.« Es war nach außen hin ein leicht euphorisches Hohelied auf unsere Stadt. Sie werden sicherlich wissen, daß Beograd eigentlich »weiße Stadt« bedeutet. Für Mladen aber war diese Stadt nicht irgendein Gebilde aus lichtüberfluteten Mauern und Steinen, sondern die Bruderschaft aller Menschen, also eine etwas naive Utopie, der man nahekommen kann, wenn auch selten, in kleinem Rahmen und nur für Augenblicke; er hatte sich aber offenbar in den Kopf gesetzt, sie zu verwirklichen. Zusammen mit einigen Freunden aus seiner Klasse organisierte er, wahrscheinlich auf Grund persönlicher Sympathien und Neigungen – man hat einander sozusagen gerochen – eine Art Diskutierklub. Diese jungen Burschen nahmen sich unter dem Einfluß der alten Anarchisten Proudhon und Bakunin vor, die Welt zu verbessern. Abgesehen von ihrem weitgesteckten Ziel gelang es ihnen, die ganze Klasse zu einer beinahe idealen Gemeinschaft umzuformen. Ja, sie waren unter Umständen bereit, der ganzen Welt zu trotzen. Vielleicht schwebte ihnen auch eine frühchristliche Gemeinde vor, wer weiß? So organisierten sie zum Beispiel Nachhilfeunterricht für zurückgebliebene Kameraden und finanzielle Hilfe für die Armen. Sie gaben eine handgeschriebene und handgezeichnete Zeitschrift heraus, die von jedem Schüler der Klasse gelesen wurde. Damals wußte Mladen, für wen er schrieb. Ich beneidete ihn darum. Aber dann kam Woja, dieser hinkende Bote der kommunistischen Partei. Mit sicherem Instinkt spürte er diese Gemeinschaft auf und spannte ihre aktivsten Mitglieder für die Zwecke seiner Ideologie ein. So wurde Mladens reine Utopie der wechselnden Taktik einer weltweiten politischen Bewegung untergeordnet, einer harten Prüfung ausgesetzt, der sie nicht standhalten konnte. Solange es noch um den Kampf gegen den Faschismus ging, war alles in Ordnung, als aber die Sowjetunion

einen Pakt mit Hitlerdeutschland schloß, wurde Mladen als Trotzkist aus den Reihen der kommunistischen Jugend ausgestoßen. Er konnte sich mit dieser Geschichte nicht abfinden.
Als Ausgestoßener hatte er wenig Kontakt mit seinen alten Freunden, und so kam er zu dieser Zeit öfter mit mir zusammen. Ich gehörte weder der einen noch der anderen Seite an, ich war nur ein Beobachter. So habe ich zum Beispiel gesehen, was es heißt, aus einer Gruppe ausgestoßen zu sein. Mladen wirkte wie ein Kranker. Ihm fehlte das einzigartige Gefühl, von einer Gemeinschaft getragen zu werden. Ich habe dieses Gefühl nie richtig gekannt. Ich war als Kranker mein Leben lang ein Außenseiter. Der Mensch braucht anscheinend ein Zugehörigkeitsgefühl, um leben zu können. Er muß neben seinem Namen noch ein nationales, soziales oder berufliches Etikett an- oder umgehängt bekommen, um überhaupt jemand zu sein. Ich war ein paarmal in einem Sanatorium für Lungenkranke, ich habe mich aber nie mit den anderen Kranken solidarisch gefühlt, denn ich hasse jede Krankheit, besonders meine eigene. Aber die Menschen kommen offenbar ohne irgendeine Krankheit nicht aus. Mladen ist jedenfalls zu Kreuz gekrochen, um wieder in die Gemeinschaft der Aktivisten aufgenommen zu werden. Ich weiß nicht, wie oft er noch zu Kreuz gekrochen ist, ehe er sich endgültig von jenen Leuten losgesagt hat. Vielleicht hätte er sich nie von ihnen losgesagt, hätte man ihn nicht mit Gewalt von ihnen getrennt, ich meine, hätte man ihn nicht nach Wien deportiert. Hätte man ihn nicht weggebracht, dann hätten ihn vielleicht seine eigenen Freunde beseitigt, wenn es ihm eines Tages zu dumm geworden wäre, zu kriechen. Er war aber in einem anderen Land. Vielleicht hat er dort in der Fremde erst richtig eingesehen, wieviel eine Gemeinschaft überhaupt wert ist. Vielleicht hat er dort erst recht von der »weißen Stadt« geträumt, die er dann nicht so strahlend weiß, sondern recht grau vorgefunden hat. Es ist also gar nicht gut, viel zu träumen. Da haben es die sogenannten Realisten,

die Praktiker der Macht, viel leichter. Selbst wenn sie erkennen, daß an der Sache etwas nicht stimmt, flüchten sie, anstatt zum Rückzug zu blasen, in Berge von Arbeit, durch die sie sich wie Würmer durchfressen, langsam, aber beharrlich. So kommen sie nicht dazu, über ihr Debakel nachzudenken. Aber ich gehe, fürchte ich, zu weit. Wir haben doch nur von dem Eindruck gesprochen, den Mladen bei unserer zufälligen Begegnung nach so vielen Jahren auf mich gemacht hat. Es hat mich ganz einfach frappiert, daß aus einem revolutionären Aktivisten plötzlich ein etwas müder Beobachter geworden ist. Vielleicht werden wir aber mit der Zeit alle Beobachter, falls man uns nicht schon in jungen Jahren das Lebenslicht auslöscht.

Die Mechanik der Seele

Lepa war gekommen und hatte die ganze Vergangenheit mit sich gebracht. Lepa ging zwischen dem Bett, dem Schrank und dem Waschtisch umher, räumte auf und machte das Waschbecken sauber, sie bewegte sich in dem engen Raum zwischen dem Herd, dem Tisch und der Kredenz, kochte, deckte den Tisch und wusch das Geschirr, und die Vergangenheit wich ihr nicht von den Fersen, sie schlich ihr die ganze Zeit nach, und wenn Lepa sich nach getaner Arbeit auf den Stuhl setzte, die Hände in den Schoß legte und brütend vor sich hin starrte, hockte die Vergangenheit neben dem Ofen, weil ihr so kalt war. Mladen hätte ihr gern einen Fußtritt gegeben und sie hinausgeworfen, damit sie sich draußen im Schnee zu Tode erkältete, er mußte sie aber dulden; sie war Lepas Schatten, und den konnte nur sie selbst loswerden.

Vielleicht konnte man die Vergangenheit mit Reden abschütteln, vielleicht konnte man sie durch die Beichte bannen; aber sie redeten und beichteten einander seit einigen Tagen schon, und die Vergangenheit war noch immer da, ein Klotz an ihrem Fuß, ein Stein um ihren Hals, der letzte Nagel in ihrem Sarg.

Fangen wir noch einmal von vorne an, ohne Metaphern, in einfachen Bildern, Szenen und Dialogen, mit oder ohne Zeitraffer, der Reihe nach oder einer Anordnung folgend, die sich durch die Schilderung der wesentlichen Vorgänge ergibt.

Die Begegnung zwischen Lepa und Mladen war ganz zufällig. Mladen hatte im Winter 1941–42 den Auftrag bekommen, das Widerstandskomitee des Ersten Belgrader Mädchengymnasiums zu besuchen. Die Mädchen nahmen ihre Aufgabe anscheinend nicht ernst, sie kamen nicht pünktlich zu den geheimen Treffen, sammelten nur wenig Geld und Verbandmaterial für die Partisanen und benahmen sich überhaupt leichtsinnig und undiszipliniert.
Mladen sollte nun auf Wunsch Dragas, ihrer Sekretärin, einer der Zusammenkünfte beiwohnen, ihnen eine Gardinenpredigt halten und sie zur Ordnung rufen. Es war reine Routinearbeit. Als er aber den sechs Mädchen gegenübersaß, die sich wie für einen Jour herausgeputzt hatten – sie tranken tatsächlich Tee und aßen Kuchen dazu –, wurde er verlegen. Seine vorbereitete Rede über den Krieg, die Unterdrückung, die eiserne Notwendigkeit des Widerstandes, die er automatisch herunterleierte, kam ihm angesichts dieser sechs hübschen Mädchen in weißen Blusen und frisch gebügelten Röcken lächerlich vor. Unter den sechs Mädchen, die voll gespielter oder echter Ehrfurcht zu ihm, einem Abgesandten der allmächtigen Widerstandsorganisation, aufsahen, befand sich auch Lepa. Sie fiel ihm nicht besonders auf. Hätte er freie Wahl gehabt, dann hätte er sich vielleicht für eine andere entschieden. Die Wahl wurde ihm aber abgenommen, denn Lepa rückte bald zur Vertreterin dieses Komitees auf, nachdem man Draga eine andere Aufgabe zugewiesen hatte. So traf Mladen sie jeden Tag an einer anderen Straßenecke und ging mit ihr fünfzehn Minuten spazieren. Während dieser kurzen Zeit hörte er sich ihren Bericht über die Tätigkeit des Komitees an und gab ihr Anweisungen für die weitere Arbeit.
Da dieser Winter sehr streng war, ergab es sich, daß sie einmal ihre Hand in seine Manteltasche steckte, um sie zu wärmen. Bald wurde es ihnen zur Gewohnheit, Hand in Hand zu gehen. Das war ganz gut, weil sie nach außen ohnehin ein Liebespaar vortäuschen sollten. So fing es an. Einmal nahm er sich zusammen und fragte sie, kurz bevor

sie sich verabschieden sollten, ob sie sein Mädchen werden wolle. Sie standen auf einer abschüssigen Straße, sie etwas tiefer als er, weil sie schon einen Schritt bergab gegangen war, so daß sie sich auf die Zehenspitzen stellen mußte, um ihm statt einer Antwort einen Kuß zu geben. Sie erreichte trotzdem nicht seinen Mund, sondern erwischte nur sein Kinn; ihre kalte Nase berührte dabei seine Oberlippe. Dann lief sie davon. An der Ecke drehte sie sich noch einmal um und winkte ihm zurück. Am nächsten Tag wurde er verhaftet.

Im Gefängnis kam er nicht dazu, viel an sie zu denken; erinnerte er sich aber an sie, dann konnte er sich nicht mehr vorstellen, wie sie aussah; er wußte nur, daß der Schnee unter ihren Füßen geknirscht hatte, und daß in seiner Manteltasche ihre Hand in der seinen gelegen war.

Dann sah er sie wieder, aber auch nicht ganz, sondern sehr entfernt, obwohl sie nahe war, partiell und leicht verzerrt. Er sah sie durch einen schmalen Spalt im Guckloch der eisernen Tür seiner Zelle. Die Metallscheibe, die draußen das Guckloch verdeckte, war durch das häufige Hinundherschieben etwas verbogen, so daß man, stellte man sich auf die Zehenspitzen, ein Stück des Fußbodens vor der Tür sehen konnte.

Lepa war nach drei Monaten zusammen mit vielen anderen verhaftet worden und wusch nun draußen die Fliesen, eine Arbeit, die den weiblichen Häftlingen vorbehalten war. Mladen sah Lepas Rücken, der sich rhythmisch bewegte; mit der rechten Hand rieb sie den Boden mit einer alten Bürste oder wischte ihn mit einem Lappen ab, mit der linken schob sie den Eimer weiter und hielt von Zeit zu Zeit den Lappen fest, damit die rechte Hand ihn auswinden konnte. Als er durch die Tür ihren Namen flüsterte, hob sie den Kopf, strich sich mit der Hand, in der sie die Bürste hielt, die Haare aus dem Gesicht, sah auf und lächelte. Dann griff sie in ihren Pulloverausschnitt, holte eine Zigarette hervor und schob sie unter der Tür in die Zelle.

Als der Aufseher, der im Korridor auf und ab ging, wieder in ihre Nähe kam, fuhr sie fort, den Boden zu schrubben. Bald sah Mladen nur ihre Füße, die sich ruckartig immer mehr entfernten, bis sie ganz aus seinem begrenzten Blickfeld entschwanden.
Er war Nichtraucher, aber an diesem Tag begann er zu rauchen. Er ließ es sich nicht nehmen, ein paarmal an der geschenkten Zigarette zu ziehen, bevor er sie seinen Kameraden überließ.
Von da an war ihre Beziehung sanktioniert. Lepa war sein Mädchen, um das ihn alle Kameraden beneideten. Andere Mädchen, die im Gefängnis waren, rauchten ihre Zigaretten meist selbst, aber Lepa teilte die ihren mit Mladen, so daß seine Freunde an ihrer Liebe regen Anteil nahmen. So wurde Lepa nach und nach, auch für Mladen, zu einer sagenhaften Figur, deren Weg durch einen imaginären Raum er mit immer größerem Interesse verfolgte.
Er sah die Umrisse ihrer Gestalt im Schatten der Baracken, die zur Mädchenabteilung des Lagers von Smederevska Palanka gehörten, er spürte ihren Atem neben sich und berührte ihre Hand, als sie später eine Komödie von Nuschić für ihre Mithäftlinge probten. Sie spielte elend, gab sich aber viel Mühe, nicht aus der Laienspielgruppe gefeuert zu werden, damit sie in seiner Nähe bleiben konnte. Sie stand neben ihm in der kleinen Friedhofskapelle in Belgrad, sie wollten sich vor seinem Abtransport nach Wien verloben. Einige Meter hinter ihnen stand ein bulliger Agent der Spezialpolizei, er hatte sich diskret in den Schatten der Eingangspforte zurückgezogen, um die heilige Handlung nicht zu stören. Er hatte nur die Aufgabe, den Bräutigam der deutschen Begleitmannschaft am Bahnhof zu übergeben, sonst ging ihn nichts an, was hier geschah, er konnte sogar ein wohlwollendes Lächeln aufsetzen und sich der Situation anpassen; sollte jedoch der junge Mann durch die kleine Seitentür oder durch den Altar abzuhauen versuchen, dann würde er ihn mit der Pistole, die griffbereit in seinem Schulterhafter steckte, daran hindern. An

die Ausbuchtung in der engen Jacke des Polizisten konnte sich Mladen besser erinnern als daran, wie Lepa in der Kapelle ausgesehen hatte. Während der Priester sie zur Treue ermahnte, überlegte er tatsächlich, ob er die Gelegenheit benützen sollte, zu fliehen. Daraus wurde jedoch nichts. Er traute sich nicht, Lepa zu gefährden. So ließ er sich nach Wien verfrachten, wo er in einer Möbelfabrik unterkam.

Lepa meldete sich freiwillig zur Arbeit in Deutschland und kam ihm nach. Er fuhr ihr bis Marburg entgegen, überlegte wieder, ob er in die Wälder gehen und Verbindung mit den Partisanen aufnehmen sollte, fuhr statt dessen aber mit Lepa zurück, in einem überfüllten Zug, der alle Augenblicke von Polizisten und Feldgendarmen, die nach Deserteuren fahndeten, durchkämmt wurde, zeigte seinen kurzfristigen Urlaubsschein, den ihm sein Betrieb ausgestellt hatte, saß die übrige Zeit in einer Ecke des Korridors auf Lepas Koffer, dicht an sie gedrängt, küßte sie in der Dunkelheit, alle Lichter waren der amerikanischen Bomber wegen erloschen, steckte die Rechte, mit der er sie umarmte, in den Ausschnitt ihres Kleides und hielt ihre Brust fest.

Später konnte er sie viel ungehemmter umarmen und küssen, in der kleinen Wohnung der Frau Nowatschek, bei der Lepa in Untermiete wohnte, sie mußten aber immer abwarten, bis Frau Nowatschek ins Kino ging oder Sonntag nachmittags ihre alten Freundinnen besuchte, weil Lepas Kabinett vom Zimmer ihrer Vermieterin nur durch einen Plüschvorhang getrennt war. Mit dem gleichen grünen Plüsch war auch das Sofa überzogen, auf dem Lepa schlief und auf dem er sie umarmte, wenn Frau Nowatschek nicht zu Hause war. Manchmal warteten sie auch, daß die Frau einschlafe, sie schlief aber nicht ein, weil sie im Bett dicke historische Romane las, so daß sie müde wurden und es aufgaben. Sie mußten beide sehr früh aufstehen und schenkten deshalb der siebzigjährigen Zimmervermieterin oft Kinokarten; so sah sie sich jeden Film an, der im Phönix-Kino in der Lerchenfelder Straße lief, schräg gegenüber ihrer Wohnung. Lepa arbeitete in einer Füllfederfabrik, die jetzt vorwiegend Patronenhülsen erzeugte. Sie konnte sich weder an die Maschine noch an den Stahl gewöhnen, mit dem sie arbeiten mußte, so daß ihre Finger immer wund waren. Außerdem widerstrebte ihr diese Arbeit überhaupt. Sie bat den Werkmeister, sie an einer Maschine arbeiten zu lassen, die noch immer Füllfedern erzeugte, aber sie stieß bei ihm weder auf Verständnis, noch erweckte sie Mitleid bei ihm. So beschlossen sie und Mladen, sie sollte von einem Urlaub in Belgrad, den man ihr nach einem Jahr gewährt hatte, nicht mehr nach Wien zurückkehren. Bald nach ihrer Abfahrt wurde er verhaftet. Er rechnete nicht damit, sie je wiederzusehen. Er rechnete allerdings auch nicht damit, aus dem Gefängnis lebend herauszukommen. Als er dann doch, etwas ramponiert, entlassen wurde und sich durch einen Jugoslawien-Heimkehrer bei seinen Eltern in Belgrad meldete, erhielt er nach einigen Wochen, wieder durch einen Reisenden, der in umgekehrter Richtung fuhr, nicht nur einen Brief von seinem Vater und seiner Mutter, sondern auch einen von Lepa.

Von da an korrespondierten sie miteinander, zuerst über verschiedene Boten, die nicht immer leicht aufzutreiben waren, dann, als der Postverkehr wieder in Gang kam, durch die normale Post, falls man die Briefzensur, die in Jugoslawien die eigenen und in Österreich fremde Behörden ausübten, als normal bezeichnen konnte. Dabei stellte es sich heraus, daß ihre Verbindung, die beide von ihnen unter friedensmäßigen Umständen vielleicht als Jugendliebe ohne große Folgen abgetan hätten, dauerhafter zu sein schien, als sie bei ihren vielen Abschieden angenommen hatten. Die wiederholte gewaltsame Trennung erhob die paar flüchtigen Augenblicke ihres Zusammenseins zu einer Legende, die sie über Zeit und Raum hinweg aneinanderkettete.

Alle Bindungen, die er in diesen Jahren des Wartens auf eine Wiederbegegnung mit Lepa für kürzere oder längere

Zeit mit verschiedenen Frauen oder Mädchen einging, dauerten nicht lange. Es waren eigentlich die typischen Abstecher eines verheirateten Mannes, der nach jedem Abenteuer reumütig in die Arme seiner Frau zurücksinkt, nur mit dem Unterschied, daß Mladen in den Schoß einer schon leicht nach Moder riechenden Vergangenheit zurückkroch. Um die Vergangenheit daran zu hindern, zu einem gespenstischen zweiten Leben zu erwachen, schrieb er Lepa vor seiner ersten Reise seit Kriegsende nach Belgrad, er glaube nicht daran, daß sie jemals wieder dort anknüpfen könnten, wo sie einmal aufgehört hatten. Als er aber angekommen war und sie nach vielen Jahren wiedersah, erwies sich die totgeglaubte Legende als so stark, daß alles wieder von vorne anfing.

Lepa hatte inzwischen Jus studiert, nicht weil sie eine besondere Vorliebe dafür hatte, sondern weil ihr unmittelbar nach dem Krieg als einer Abtrünnigen und Freundin eines Emigranten ein anderes Studium nicht offenstand. Jetzt arbeitete sie ohne rechte Lust in einem Amt, in dem nach den Richtlinien verschiedener Behörden immer wieder neue, oft einander widersprechende Gesetze ausgearbeitet wurden. Für sie war Mladen ein Märchenprinz, der gekommen war, um sie aus den verzauberten Verliesen voll böser oder gleichgültiger Wächter zu befreien.

Ihm behagte diese Rolle nicht, es schmeichelte ihm aber, daß sie ihn einer befreienden Tat überhaupt für fähig hielt. Um sie nicht zu enttäuschen, stürzte er sich seit seiner Rückkehr nach Wien in die Arbeit; je mehr er sich aber anstrengte, mit dem Antiquitätenhandel Geld zu verdienen, desto schlechter gingen seine Geschäfte. Die Käufer spürten sofort, wie sehr ihm daran lag, ihnen etwas zu verkaufen. So konnten sie seine Preise leicht drücken. Er hätte hundert Jahre gebraucht, um sich genügend Geld für eine kleine Wohnung zu ersparen. Lepa besuchte ihn von Zeit zu Zeit, eigentlich verbrachte sie bei ihm ihren Urlaub, den sie in kleineren Raten nahm, um zu sehen, wie weit seine Vorbereitungen gediehen waren. So vergin-

gen einige Jahre, ohne daß sich etwas geändert hätte, sie weigerte sich aber hartnäckig, den Glauben an seine Mission aufzugeben.
Dabei fühlte sie sich in Wien jetzt ebensowenig wohl wie während des Krieges. Sie vermißte offenbar ihre Arbeit und ihre Bürokollegen, obwohl sie das nie zugegeben hätte. Hier kam sie sich völlig überflüssig vor, und Mladen war nicht imstande, ihr das Gefühl zu geben, daß sie gebraucht werde. Die ersten paar Tage empfand er es als angenehm, sie in seiner Nähe zu wissen, weil sie da noch nicht von der Vergangenheit sprachen, weil sie noch nicht von ihr zehrten oder sich an sie klammerten, um ihr jetziges Beisammensein zu rechtfertigen, das sie mit keinem plausiblen Grund erklären konnten, das ohne äußere Stütze beinahe irreal aus einer längst verflossenen Zeit in ihre Gegenwart in der Kochgasse im achten Bezirk projiziert zu sein schien. Lepa konnte sich nicht damit abfinden, vormittags das kleine Zimmer aufzuräumen, ein paar Lebensmittel einzukaufen, das Mittagessen zu kochen, das Geschirr abzuwaschen und dann im Laden zu sitzen und auf einen zufälligen Kunden zu warten, bei dessen Erscheinen sie Mladen rufen mußte, oder, wenn er nicht da war, Frau Binder, weil sie selbst sich in Mladens Geschäften nicht auskannte. Alle Arbeiten, die Lepa jetzt verrichtete, erledigte gewöhnlich und nur so nebenbei Frau Binder, die Hausmeisterin des Hauses, in dem Mladens Geschäft untergebracht war. Mladen hatte sie zusammen mit dem Laden von seiner freundlichen Vermieterin aus der Laudongasse übernommen. Frau Binder hatte vor dem Krieg und sicherlich auch während des Krieges eine wahrscheinlich ganz kleine Bierhalle in Pantschewo besessen und legte deshalb Wert darauf, als Geschäftsfrau angesehen zu werden, obwohl sie nach ihrer Enteignung und Vertreibung aus Jugoslawien ein mehr als bescheidenes Dasein führte. Sie hatte schon früher der alten Dame geholfen, so daß sie alle Stammkunden kannte, sie hatte auch im Laufe der Zeit viele neue Kunden, vor allem aber viele Verkäufer

alter Möbel, Bilder und Nippes aufgetrieben. Sie kannte sich also aus. Sie half Mladen nun, nicht nur im Laden, sondern ebenso im Haushalt, räumte auf, kaufte für ihn ein und kümmerte sich um seine Wäsche. Wenn Lepa da war, fühlte sich die dicke alte Frau, die ansonsten langsam und gutmütig war, in ihren Fürsorgerechten eingeschränkt und war deshalb froh, daß man sie wenigstens von Zeit zu Zeit im Geschäft brauchte.

Zu Anfang hatte es zwischen den zwei Frauen Spannungen gegeben, aber Frau Binder hatte sich bei Lepa als wichtige Ratgeberin in allen Fragen, die das tägliche Leben in Wien betrafen, bald unentbehrlich gemacht. Vielleicht hatte ihr Lepa von sich aus diese Rolle zugedacht, um sie für sich zu gewinnen oder um ganz einfach wieder Ruhe herzustellen, auch wenn dieser Zustand ihren eigenen Aufgabenkreis schmälerte und ihr Selbstbewußtsein nicht gerade stärkte. Vielleicht brauchte sie jemanden, mit dem sie serbisch sprechen konnte, wenn Mladen nicht da war. Sie konnte sich an das Leben in der Fremde nicht gewöhnen, auch wenn sie sich nach außen hin Mühe gab, sich anzupassen. Mladen fand jedenfalls die zwei ungleichen Frauen oft im vertrauten Gespräch, wobei sie in der Erinnerung an das wunderbare Leben in der alten Heimat schwelgten. Ihn irritierte diese Verherrlichung der Vergangenheit. In Lepas Augen war er noch immer der hohe Funktionär des Widerstandskomitees, der strahlende Held, von dem sie die Erlösung erwartete. Dabei war er nicht einmal imstande, sich selbst zu helfen. Ihm wäre es lieber gewesen, eine Frau zu treffen, die von ihm nichts erwartete, eine Frau, die ihn so nahm, wie er war und nicht so, wie sie ihn insgeheim haben wollte. Deshalb begann er, kaum war Lepa ein paar Tage da, Geschäfte vorzutäuschen, die ihn von ihrer Nähe befreiten.

So war auch an diesem Donnerstag die Kunstauktion im Dorotheum für ihn nur ein Vorwand, wegzukommen. Um seinen Abgang nicht wie eine Flucht erscheinen zu lassen, ging er zu Frau Binder und bat sie nachzusehen, sollte jemand aus unerklärlichen Gründen seinen Laden betreten. Dann fragte er Lepa, ob sie mitkommen wolle, obwohl er wußte, daß sie es vorziehen würde, zu Hause zu bleiben. Sie äußerte tatsächlich den Wunsch, zu Hause zu bleiben, wo sie Hemdenknöpfe annähen und seine Socken stopfen wollte, das reinste Familienidyll. Nachher wollte sie eine der Novellen von Kleist lesen, um auf diese Weise, wie er ihr geraten hatte, gutes Deutsch zu lernen. Das konnte ihm alles recht sein, wenn sie ihn nur gehen ließ. Er hätte auch in ein Kaffeehaus oder ins Kino gehen oder ganz einfach einen Bummel durch die Stadt machen können, wie andere Männer es tun, die, eine geschäftliche Verabredung vortäuschend, ihren Frauen entkommen wollen, um abseits des täglichen Trotts in aller Ruhe ein bißchen zu verschnaufen. Er ging tatsächlich ins Dorotheum, obwohl er dort nichts zu tun hatte. Er hatte weder einen Auftraggeber noch irgendwelche potentielle Käufer, für die er bei der Auktion etwas Bestimmtes erwerben sollte, er hatte im Augenblick nicht einmal echtes Interesse für diese provinzielle Kunstbörse, auf der die Preise für manchen Schinken künstlich in die Höhe getrieben und manch echter, seltener Fund weit unter seinem Wert verschleudert wurde.

Als Mladen, den Katalog unter dem Arm, den kleinen Saal betrat, war die Auktion schon in vollem Gang. Er stellte sich neben der Tür an die Wand und sah sich um. An der Wand gegenüber lehnte Robert und nickte ihm ernst zu. Mladen winkte ihm zurück und erschrak, weil er plötzlich spürte, wie alle Blicke auf ihn gerichtet wurden. Der Auktionär hatte Mladens Handzeichen offenbar anders aufgefaßt und beinahe im selben Augenblick »Fünfundzwanzigtausend!« ausgerufen; jetzt zeigte er auf ihn. Mladen wäre in der kurzen Pause, die darauf gefolgt war, am liebsten in die Wand gekrochen, doch bald erhob sich in der Mitte des Saals eine weiße Hand und ersparte ihm eine große Blamage. Er sah sich schon stotternd erklären, daß er gar nicht die Absicht gehabt hätte, irgendein Bild zu erwerben, ja, daß er dazu gar nicht imstand war, weil er

ganz einfach kein Geld hatte. Nun blickte er endlich auf die Staffelei hinter dem Auktionator, um zu sehen, was er da beinahe »ersteigert« hätte. Es war eine Skizze von Kokoschka, Mutter mit Kind, vielleicht die Madonna, eine Rötelzeichnung aus den frühen dreißiger Jahren, die ihm nicht besonders gefiel.
Der Mann, der zuletzt die Hand gehoben hatte, sah auf Mladen, in der Erwartung, daß er höher gehen würde; wahrscheinlich war er der Sensal eines Kunsthändlers, der für seine Ware durch anfängliches Überbieten einen besseren Preis erzielen wollte. Mladen löste sich schnell von der Wand, machte sich kleiner und drängte sich langsam in den Hintergrund des Saals, von wo aus er durch die Menge mit halben Schritten auf Robert zuging.
Robert schien den Vorfall gar nicht bemerkt zu haben. Als Mladen ihn mühsam und sich nach links und rechts entschuldigend erreicht hatte, erfuhr er, womit Robert so sehr beschäftigt war, daß er nur düster und abwesend vor sich hin starrte.
»Diese elende Hure hat eine ganze Reihe meiner schönsten Zeichnungen zur Versteigerung angeboten«, sagte er wütend. Damit meinte er seine geschiedene Frau. »Sie hat sich mit diesem abstrakten Schmieranten Slawitschek zusammengetan und will mit ihm nach Bangkok fahren. Sie wollen sich dort nach buddhistischem Ritus trauen lassen. Ausgerechnet in Bangkok. Für mein Geld ist ihnen nichts zu teuer. Komm, gehen wir, ich halte es hier nicht mehr aus. Laß uns irgendwo etwas trinken.«
Er stieß sich von der Wand ab und setzte sich in Bewegung. Während er sich zum Ausgang durchkämpfte und dabei den Leuten auf die Füße trat oder ihnen seine Ellenbogen in den Bauch, in die Hüften und in den Rücken stieß, um sie zur Seite zu schieben, brummte er weiter vor sich hin, so laut, daß jeder es hören konnte:
»Wozu fährt ein schäbiger Farbenkleckser vom Format eines Slawitschek nach Bangkok? Was will ein Abstrakter mit dieser üppigen östlichen Barockpracht überhaupt an-

fangen? Vielleicht wird er ganz verwandelt zurückkehren und endlich einmal anfangen, mit dem Kopf zu malen anstatt mit seinem Hintern, wie bisher. Ich bezweifle nur, daß er seinen Kopf überhaupt gebrauchen kann. Sonst hätte er sich nicht mit dieser Hyäne zusammengetan. Oder doch. Der schnelle Slawitschek hat richtig zugegriffen. Die Frau hat eine Mitgift! Sie besitzt noch einen Haufen Bilder von mir. Daher sein ganzer buddhistischer Fimmel! Johanna ist immer auf Hochstapler geflogen, und das ist der Kurti Slawitschek, weiß Gott!«
Inzwischen war er in den leeren Vorraum getreten, in dem er sich ungestört bewegen konnte. Als er den freien Raum um sich wahrgenommen hatte, drehte er sich plötzlich um und nahm die leicht geduckte Haltung eines Boxers ein, bereit, jeden, der ihm zu widersprechen wagte, auf der Stelle niederzuschlagen. Doch niemand nahm Kurt Slawitschek in Schutz. So stapfte Robert einigermaßen befriedigt auf die Straße. Draußen schlugen sie schweigend den Weg zum Graben ein und blieben schließlich vor dem Buffet Trzešniewski stehen. Sie sahen einander an, traten ein und bestellten je einen doppelten polnischen Wodka. Robert kippte den seinen in einem Zug hinunter und bestellte gleich einen zweiten. Die Wut, die er hinunterspülen wollte, mußte sehr groß sein; Mladen hatte Mühe, mit ihm Schritt zu halten. Robert war sicherlich enttäuscht, daß er auf der Auktion seine ehemalige Frau nicht getroffen hatte. Er hatte Mladen einmal erzählt, daß er mit ihr unmittelbar nach der Scheidung, also vom Justizpalast aus, einem Drang oder Instinkt folgend, den er Mechanik der Seele nannte, schnurstracks in ein Stundenhotel gegangen war. Mit ihr in ihrer gemeinsamen alten Wohnung zu schlafen, wäre zu gewöhnlich gewesen; dieser nicht geplante Abstecher ins Stundenhotel aber gehörte nach seinen eigenen Worten zu seinen schönsten und aufregendsten erotischen Erlebnissen.
»Wir haben uns geliebt wie zwei Wilde, die dem Voodoo-Zauber erliegen«, hatte er damals gesagt.

Um ihn ein bißchen abzulenken, erkundigte sich Mladen nach der rothaarigen Maskenbildnerin aus dem Theater in der Josefstadt.

»Eliane ist ein sehr schönes Mädchen«, sagte Robert beinahe widerwillig. »Ich habe selten eine so schöne Frau gesehen. Sie ist von den Zehen bis zu den roten Haaren einfach vollkommen. Sie ist aber zugleich so dumm, daß man mit ihr überhaupt nicht reden kann. ›Komm, zieh dich aus, gehen wir ins Bett.‹ – ›Ja, Liebling, wie du willst.‹ – ›Geh jetzt nach Hause, ich muß arbeiten.‹ – ›Ja, Liebling, wie du meinst.‹ – Das war unsere ganze Konversation. Und man braucht doch Konversation! Man kann nicht die ganze Zeit im Bett verbringen. Die Seele braucht auch ein bißchen Nahrung.«

Um das zu bestätigen, kippte Robert seinen dritten Wodka. Er hatte soeben die hohe nasale Stimme Elianes nachgeahmt; das hatte ihn etwas heiser gemacht. Nach dieser Stärkung sprach er wieder mit seiner normalen Stimme weiter.

»Sie hat mich nicht einmal zum Malen gereizt. ›Komm, ich will dich malen‹, habe ich zu ihr gesagt. – ›Wie du willst, Liebling‹, hat sie mir geantwortet und hat sich sofort bis auf die Haut ausgezogen. Noch nie hat mich Nacktheit so verletzt wie ihre. Sie ist in ihrer Makellosigkeit schrecklich direkt, schockierend, brutal, so ohne jedes Geheimnis. Nur die Unvollkommenheit ist geheimnisvoll. Ich habe versucht, sie mit verschiedenen Tüchern – blauen, roten, gelben oder grünen – zu drapieren, ihr nacktes Fleisch zu verhüllen, aber alles umsonst. Selbst die Einzelteile ihres Körpers – ihre Beine, ihre Arme, ihr Bauch, ihre Schultern oder ihr Hintern sind so fehlerlos, daß sie die Mechanik meiner Seele nicht in Bewegung setzen können. Wenn sie wenigstens schielen oder lispeln würde, wenn sie ein kürzeres Bein, eine verkrüppelte Schulter oder hängende Brüste hätte, aber sie hat nichts, woran man sich halten könnte, absolut nichts. Sie ist weder gutmütig, verdorben, boshaft noch in irgendeiner Hinsicht pervers. Sie ist ganz normal und dumm. Ein Mensch muß einen Fehler haben, um ein Mensch zu sein, Dummheit aber ist kein Fehler, sondern eine Strafe. Die ausgesprochen schönen Frauen sind meist dumm und zu gar nichts anderem gut, als in ihrer Jugend an einer Schönheitskonkurrenz teilzunehmen und dann einen Dummkopf zu heiraten und ihm eine Menge dummer Kinder zu gebären. Als ich versucht habe, Eliane in verschiedene Tiere zu verwandeln – in einen Fisch, einen Vogel oder in eine fleischfressende Pflanze mit grünen Augen –, hat sich mir immer wieder das Bild einer Kuh aufgedrängt. Elianes Porträt würde sich für eine einzige Sache eignen: auf einer Milchdose abgebildet zu werden.«

Robert trank ärgerlich seinen vierten Wodka aus. Sie aßen ein paar scharfgewürzte Brötchen, tranken Bier und dann wieder Wodka und beschlossen dabei, sich auf die Suche nach häßlichen Frauen zu begeben, die allein imstande waren, die Mechanik ihrer Seele in Bewegung zu setzen. An Ort und Stelle, also im Buffet gab es im Augenblick nur ein paar Mädchen, die weder besonders hübsch noch besonders häßlich waren. Die einzige Ausnahme war eine Bohnenstange mit langer Nase, deren Häßlichkeit von ihrer Freßlust noch übertroffen wurde; sie saß über ein Marmortischchen gebeugt und vertilgte systematisch einen Haufen Brötchen, die sie auf einem kleinen Teller aufgetürmt hatte.

»Das wäre etwas für mich«, sagte Robert begeistert. »Während ich mit ihr schlafe, könnte ich sie füttern.«

Als er aber sah, daß die gefräßige Bohnenstange schlechte Zähne hatte, änderte er seine Meinung; das war ihm zuviel.

Ehe sie aufbrachen, ging Mladen in die Toilette, die im Keller lag und die man nur über eine altmodische Wendeltreppe erreichen konnte. Während er hinunterstieg, erinnerte er sich plötzlich an Joan, deren Jugendfreund er in der Toilette des Theaters in der Josefstadt kennengelernt hatte. Als er wieder hinaufstieg, ließ er sich das Telefonbuch geben, suchte Joans Nummer heraus und rief

sie an. In seiner etwas verschwommenen Erinnerung sah er sie mit ihren schrägen Augen und ihrer beinahe kurzbeinigen, leicht gedrungenen Gestalt als ein wildes Tatarenweib, das seine Seele nach Roberts Theorie vielleicht zum Schwingen bringen könnte. Er ließ das Telefon lange läuten, es meldete sich aber niemand. Er legte bedauernd den Hörer auf die Gabel.
Sie verließen das Buffet und gingen hinüber ins »Hawelka«, das sich zu dieser frühen Abendstunde langsam zu lichten begann, es war die Zeit, in der die Nachmittagsbesucher ins Theater, ins Kino, in ein Restaurant oder nach Hause gingen. Diese stille Stunde gehörte den echten Kaffeehausgästen, die hier ein paar Würstchen oder Eier im Glas mit einem Butterbrot aßen, dazu Bier oder Kaffee tranken und sich leise unterhielten. Mladen und Robert tranken weiter Wodka. Zu ihnen gesellte sich ein blasser junger Mann namens Willi Huber, der ebenso wie Robert malte und mit ihm die Abneigung gegen alle abstrakten Maler, insbesondere gegen Kurt Slawitschek teilte. Das ergab ein Gesprächsthema, bis sich das Café allmählich wieder zu füllen begann. Theater und Kinos waren aus, und im »Hawelka« wurden frische Buchteln serviert. Mit dem Strom der neuen Besucher kamen auch zwei Mädchen herein, die Willi Huber kannte und für die sich Robert begeisterte, sobald er sie erblickt hatte; sie waren beide groß und dick.
»Schau dir nur diese mächtigen Brüste an«, sagte Robert und packte Mladens rechten Arm. »Und dann diese riesigen Beine! Diese großen, straffen Bäuche! So etwas muß man wie einen Berg besteigen. Der alte Rubens hat schon gewußt, was gut ist, glaub mir!«
Willi Huber blieb nichts anderes übrig, als Robert den Mädchen, die sich beinahe schüchtern an ihren Tisch setzten, vorzustellen. Sie waren beide Absolventinnen der Akademie für angewandte Kunst und fühlten sich sichtlich geehrt, weil ein bekannter Maler sich für sie interessierte. Als Robert aber anfing, ihnen Komplimente zu machen und

ihre handfeste Schönheit zu loben, wurden sie vor Freude und Scham verlegen; sie waren offenbar nicht daran gewöhnt, daß man sie schön fand, und schauten betreten zur Seite.
Nach dem dritten Gläschen Wodka stellten sie wahrscheinlich fest, daß ihr Gastgeber schon betrunken war und nur Spaß machte. Schließlich gingen sie auf das Spiel ein und begannen zu lachen. Schwierigkeiten ergaben sich wenig später, als Robert ziemlich direkt versuchte, eine von ihnen zu überreden, mit ihm ins Bett zu gehen. Vielleicht wäre ihm das ohne große Mühe gelungen, hätte er sie beiseite genommen, um mit ihr allein zu sprechen, er konnte aber in dieser Phase der Trunkenheit keine taktischen Überlegungen mehr anstellen. So rief er in den Mädchen, die immer mehr zusammenhielten, wieder Mißtrauen hervor, das zu zerstreuen ihn eine weitere Stunde kostete. Die verschwendete er mit verbissener Zähigkeit im »Spatzen«, wo sie Gulaschsuppe aßen und Bier dazu tranken. Die Folge seiner Überredungskünste war – er hatte endlich ein geeignetes Objekt gefunden und wollte es nicht mehr loslassen –, daß sie weitergingen, in das einzige Lokal, das um diese Zeit noch offen hatte. Es war ebenso wie das vorherige Lokal eine Gulaschhütte, aber auf niedrigerer Stufe; in den weitverzweigten dunklen Ecken gab es Nischen, und das Nebenhaus war ein Stundenhotel.
Robert hatte an alles gedacht, er hatte aber nicht mit dem hartnäckigen Widerstand der Mädchen gerechnet, die sich strikt weigerten, mit ihm und seinen zwei Zechkumpanen in das benachbarte Stundenhotel zu übersiedeln. Die einzige Konzession, die eine von ihnen, die Zutraulichere, nach langem Hin und Her machte, war, ihre Bluse aufzuknöpfen, die Träger ihres Unterkleids über die Schultern zu streifen und ihre bloßen Brüste zu zeigen; sie waren sehr groß, aber fest; sie brauchte keinen Busenhalter und war anscheinend stolz darauf. Robert heuchelte beim Anblick dieser schweren Brüste rein ästhetisches Interesse, Willi Huber, der plötzlich aggressiv geworden war, entlarvte

aber Roberts Begeisterung als Folge eines starken, wenn auch unterdrückten Mutterkomplexes. Während sie darüber im Halbschatten der Nische stritten, berührten sie abwechselnd die Brüste der dicken Schönen, bis das Mädchen sie beleidigt wieder versteckte, es hatte einfach genug davon, als Demonstrationsobjekt für psychologische Diskussionen zu dienen. Nun wurde Robert böse, weil Huber ihm das Spiel verdorben hatte. Er erinnerte den blassen Jüngling an dessen Vorliebe für Praterhuren.

»Du gehst mit ihnen nicht gleich schlafen«, sagte er mit der süffisanten Miene eines allwissenden Philosophieprofessors, »sondern wartest ab, bis sie mit einem Freier im Hotel verschwinden. Das regt dich erst auf. Ja, erst die Vorstellung davon, was die beiden dort oben im Zimmer treiben, bringt deine sexuelle Mechanik überhaupt in Bewegung. Kaum kommt das arme Luder herunter, als du es schon bei der Hand packst und wieder hinaufschleppst, um dich mit ihr in das noch warme Bett zu stürzen. Ich habe dich genau beobachtet, mein Lieber. Ich weiß über dich Bescheid. Ich habe auch meinen Freud gelesen. Du leidest seit deiner frühesten Kindheit unter dem unwiderstehlichen Zwang, an Stelle deines Vaters ins Bett deiner Mutter zu hüpfen. Ja, so ist es, mein Lieber. Je wärmer das Bett in einem Stundenhotel ist, desto leichter identifizierst du dich mit deinem Herrn Vater.«

Als Willi Huber sich aufrichtete, wurde er noch blasser als sonst. Er sah aus, als wolle er etwas sehr Wichtiges und Entscheidendes sagen, er drehte sich aber nur um und ging.

»Ein Feigling«, sagte Robert und trank zufrieden seinen Wodka aus. Die Mädchen schienen ihn plötzlich nicht mehr zu interessieren, und so verließen sie etwas verdattert den Keller. Mladen und Robert hatten nun nichts mehr zu tun und brachen selbst auf.

Als sie sich draußen verabschiedeten, lag schon eine bleigraue Dämmerung über der Stadt. Sie gingen zu Fuß, in verschiedene Richtungen, Robert auf den dritten und Mladen auf den achten Bezirk zu. Mit aufgeschlagenem

Mantelkragen, den Hut tief in die Stirn gezogen, die Hände in den Taschen und leicht nach vorne gebeugt, stapfte Mladen durch den matschigen Schnee über die Rotenturmstraße, den Stephansplatz und den Graben, automatisch und gedankenlos. Eigentlich sollte er sich ärgern, weil er sich die Nacht so sinnlos um die Ohren geschlagen hatte, aber das machte ihm nichts mehr aus, jetzt, da er endlich auf dem Heimweg war. Je mehr sich der Abstand zwischen ihm und seinem Domizil verringerte — jetzt schritt er entschlossen über den Kohlmarkt auf den Michaelerplatz zu —, desto stärker bedrückte ihn eine unbestimmte Angst. Er konnte ihren Ursprung zu Anfang nicht deutlich eruieren, sie nahm aber mit jedem Schritt schärfere Konturen an und entpuppte sich schließlich als die Angst um Lepa; das hatte er die ganze Zeit gewußt, er wollte es nur nicht wahrhaben. Schon vom »Hawelka« aus hatte er Lepa anrufen wollen, um ihr zu sagen, daß er etwas später nach Hause kommen würde, aber dann waren die beiden dicken Mädchen aufgetaucht, hatten Roberts Aufmerksamkeit auf sich gezogen und Mladen als Zuschauer eines grotesken Schauspiels so sehr engagiert, daß er, um nichts zu versäumen, nicht mehr von Roberts Seite gewichen war. Später, als sie im »Spatzen« und in dem trüben Keller saßen, hatte er in den Pausen, in denen das Gespräch stockte, ein paarmal die Anwandlung, Lepa anzurufen, tat es aber nicht, weil er sich einredete, sie schlafe sicherlich schon.

Jetzt wußte er plötzlich, daß sie nicht schlief. Sie hatte die ganze Zeit nicht geschlafen, oder doch, aber so tief, daß sie nicht mehr aufwachen würde. Sie hatte die Schlaftabletten genommen, die er in der Kredenz aufbewahrte, weil er sie von Zeit zu Zeit brauchte. Jetzt hatte Lepa sie alle auf einmal genommen. Was machte man in einem solchen Fall? Man mußte sofort die Rettung anrufen, damit Lepa der Magen ausgepumpt wurde. Während er diese Überlegungen anstellte, ohne Panik und Hast, sondern eher wie ein Schachspieler, der über seinen nächsten Zug

nachdenkt, kehrte er um, ging zum Taxistandplatz an der Ecke Wallnerstraße und stieg in den ersten Wagen ein, einen alten Steyr.
Der Chauffeur war noch älter als sein Wagen. Er schien über das nahe Ziel nicht sehr erfreut zu sein, startete aber trotzdem und setzte den Wagen gemächlich in Bewegung. Obwohl Mladen das Gefühl hatte, daß jede Eile vergeblich sei, ärgerte er sich über die betont langsame Fahrt; der alte Chauffeur fuhr nur mit dem ersten und dem zweiten Gang, um den Taxameter auf diese Weise vielleicht schneller rotieren zu lassen. Er wollte sich sicherlich wegen der kurzen Strecke, die sich für ihn kaum lohnte, an seinem Fahrgast rächen.
Während der Wagen über die hartgefrorenen Inseln unter dem Matsch langsam dahinholperte, sah Mladen Lepa als Opfer verschiedener Selbstmordarten. Sie lag vergiftet im Bett, sie saß mit aufgeschnittenen Pulsadern über das Waschbecken gebeugt oder hing langgestreckt im Türrahmen, über dem die alte Besitzerin aus unerklärlichen Gründen einen Haken eingeschlagen hatte.
Als er endlich in der Kochgasse das Vehikel verließ, nachdem er den mürrischen Chauffeur bezahlt hatte, die Tür aufsperrte und den dunklen Laden betrat, glaubte er, starken Gasgeruch zu spüren, und ging, diesmal schnell auf die Tür des Hinterzimmers zu, unter dem ein dünner Lichtstreifen zu sehen war. Er hatte vor, die Tür mit einem Ruck aufzureißen, um sich Gewißheit zu verschaffen, statt dessen drückte er behutsam die Klinke – es war ohnehin alles zu spät – und ließ die Tür ganz sanft aufgehen.
Lepa stand vor dem Herd, auf dem eine Flamme brannte. Sie war gerade dabei, den kleinen Kaffeetopf daraufzustellen. Als er sie so in ihrem ausgebleichten blauen Schlafrock, morgendlich blaß und mit einigen Haarsträhnen über der Stirn und den Schläfen, steif vor Schlaflosigkeit stehen sah, überfiel ihn ein Gefühl der Schuld und der Scham. Er trat auf sie zu, umarmte sie und begann, sie verzweifelt zu küssen.

Als sie dann, nachdem er viele Liebesbeteuerungen gestammelt hatte, eingeschlafen war, stand er leise wieder auf, zog sich an und ging hinaus. Es war noch zu früh, den Laden zu öffnen. Deshalb ging er ins »Laudon« frühstücken. Während er lustlos in seinem Ei herumstocherte und langsam seinen Kaffee schlürfte, sah er immer wieder auf die leere Telefonzelle in der Ecke, als erwarte er einen Anruf. Niemand wußte, daß er hier war, niemand konnte ihn um diese Zeit im Café Laudon vermuten, und trotzdem glaubte er fest daran, daß der Apparat hinter der schmalen Glastür jeden Augenblick zu läuten anfangen würde. Die Chefin würde verschlafen zur Zelle schlurfen und ihn dann rufen. Oder sollte er besser gleich selbst hingehen?

Als er einmal in Berlin nach Frankfurt abfliegen wollte, kam er zu spät zum Flugplatz. Er war am Abend zuvor bei einem Verleger zu einer Party eingeladen gewesen und hatte dann mit ein paar anderen Unentwegten bis zum frühen Morgen in verschiedenen Kneipen herumgesoffen. So war er zu spät aufgewacht. Als er mit dem Koffer in der einen und seiner Aktentasche in der anderen Hand keuchend und schwitzend in die große Flughalle lief und sich nach dem zuständigen Schalter umsah, hörte er plötzlich eine Frauenstimme seinen Namen rufen, ganz laut und deutlich. Er sah sich benommen um, konnte aber niemanden entdecken, der zu ihm sprach. Es war wie ein Ruf aus dem Jenseits, der irgendwo von oben oder von unten kam und ihn zu paralysieren schien. Er verbrachte einige Augenblicke in lähmender Angst, bis er begriff, daß eine Stewardeß ihn durch den Lautsprecher bat, zum Schalter der Pan American Airways zu kommen.

»Mister Raikow! Mister Raikow!« rief die penetrante Stimme noch, als er sich beim Schalter meldete. Man buchte ihn für den nächsten Flug um.

Auch jetzt hatte er das Gefühl, daß jemand ihn anrufen würde, obwohl er nirgends registriert oder verbucht war. Es war vollkommen unsinnig, auf einen Anruf zu warten,

er wollte aber die Hoffnung nicht aufgeben, daß der Apparat jeden Augenblick zu läuten anfangen würde. Er brauchte eine gute Nachricht, jetzt mehr denn je, ganz dringend und unwiderruflich. Doch niemand rief an.
Eine Stunde später ging er nach Hause, sperrte den Laden auf, setzte sich auf den Schaukelstuhl und begann zu warten.

Interview mit Robert

Schauen Sie sich nur an, was die sogenannte Konsumgesellschaft mit den Menschen macht. Unsere Sinne werden auf Schritt und Tritt mit halbausgezogenen, halbverdeckten oder ganz nackten Frauenleibern gereizt: auf den Titelseiten der Illustrierten, auf den Plakatwänden und auf der Kinoleinwand werden sie uns schön verpackt oder brutal wie in einem Fleischhauerladen serviert. Man scheut keine Mühe und keine Kosten, um uns langsam, aber konsequent zu verblödeten Voyeurs und eifrigen Onanisten zu erziehen, anstatt dafür zu sorgen, daß wir unsere überreizten Triebe auf Schritt und Tritt auch befriedigen können.

Den Prinzipien der freien Marktwirtschaft entsprechend müßte man die Gründung einer Reihe öffentlicher Häuser, von Bordellen sowie auf individuelle Kundenbetreuung spezialisierter Kleinbetriebe zulassen. Die Zahl dieser Art Unternehmen würde bald die Zahl der Restaurants, Bierhallen, Schnapsbuden und Kneipen erreichen, weil das Bedürfnis nach Beischlaf ebenso stark, wenn nicht noch stärker ist als das Bedürfnis nach Essen und Trinken, so daß nach einiger Zeit des Konkurrenzkampfes, der jedem Wirtschaftszweig nur zugute kommt, alle Altersstufen und alle Einkommensklassen der Bevölkerung ihre eigenen Lieferanten bekämen. Dem Preis einer Portion Gulasch und eines Krügels Bier in einem Selbstbedienungsrestaurant entspräche eine kurze Behandlung, sozusagen im Stehen, im Bahnhofspuff, dem Preis eines Abendessens von fünf Gängen samt dazugehörigen Getränken – ein Cocktail vor dem Essen, eine gute Flasche Wein zum Essen und ein Cognac nach dem Kaffee – in einem besseren Restaurant entspräche einem Besuch in einem Salon, in dem man auf persönlichen Geschmack und spezielle Wünsche der Gäste Rücksicht nähme. Stellen Sie sich vor: Sie fahren nachts mit dem Zug und können auf Ihrer schmalen Pritsche im Liegewagen nicht schlafen – Sie finden in dem mit roter Seide verhängten Waggon nette Mitreisende, die Ihnen die Zeit bis zu Ihrer Ankunft angenehm verkürzen. Sie warten auf einem Flugplatz auf Ihre Anschlußmaschine – ein Besuch im Flughafensalon befreit Sie vom lästigen Herumlungern in der riesigen Wartehalle. Die Mädchen im Salon tragen Stewardessenuniform, derer sie sich anmutig entledigen – wer hat noch nie davon geträumt, mit einer Stewardeß zu schlafen? Sie gehen einkaufen und verspüren im schwülen Gedränge des Warenhauses plötzlich die Lust – ein eigener Raum steht Ihnen zur Verfügung, in dem Sie diskret und anonym bedient werden, auch und vor allem die Damen, hauptsächlich von Mittelschülern und Studenten, die ihr Taschengeld ein bißchen aufbessern und zugleich einige praktische Übungen absolvieren wollen. Und so wird es alle Tage gehen, bis auf Sonntag. Der bleibt der Familie vorbehalten, falls man verheiratet, der Kirche, falls man gläubig, den politischen Versammlungen, falls man ein Parteigänger, dem Schlaf, falls man ein Faulenzer, und dem Sport, falls man ein aktiver Sportler oder ein passiver Sportenthusiast ist – und der Onanie. Um letztere samt ihren unangenehmen Folgen zu beseitigen, kann man für jene Bürger, die im Laufe der Woche keinen geeigneten Partner gefunden haben, einen Kundendienst einrichten, den man telefonisch von den eigenen Nöten verständigen kann und der einem prompt Ersatz vom Bereitschaftsdienst ins Haus schickt. Die Rechnung zahlt man am Ende des Monats zusammen mit der Telefongebühr. Wieviel Zeit könnte man sich auf diese Weise ersparen, die man auf nutzlose Werbung bei dümmlichen Mädchen verschwendet, Zeit, die man mit Lektüre, Gesprächen mit Freunden, Spaziergängen oder entspannenden Spielen verbringen könnte! Eine freie Entfaltung auf diesem Gebiet nach dem ehernen Gesetz von Angebot und Nachfrage wäre nicht nur für die Wirtschaft von unschätzbarem Wert – man denke allein an das Ratengeschäft: Fahre jetzt, zahle später! –, sie würde auch dem gesamten sozialen Gefüge neue Impulse geben, viele Konflikte lösen, das Leben wesentlich erleichtern und einfach lebenswerter machen. Die Frauen wären nicht mehr gezwungen, ihre Männer mit deren besten Freunden zu betrügen und so eine alte, wertvolle Beziehung in Frage zu stellen, die Männer wären nicht mehr der Versuchung ausgesetzt, mit ihren Sekretärinnen zu schlafen und so ein wohltemperiertes Arbeitsklima zu verderben, und die Knaben und Mädchen würden nicht mehr in ihrem Pubertätsalter davon träumen, mit ihren eigenen Müttern und Vätern zu schlafen, weil zahlreiche Schülerbordelle sich da mit ihrem erfahrenen, unter Aufsicht der Professoren eigens dafür geschulten Personal behutsam einschalten würden. So wären alle Maturantinnen frei von Vaterkomplexen, sie müßten ihre künftigen Männer nicht mehr unterdrücken, um sich an ihnen für ihre unerfüllten Wünsche zu rächen. Sollten ihnen ihre Männer noch immer aus irgendwelchen Gründen nicht passen, dann könnten sie sich während ihrer täglichen Einkäufe schadlos halten. Die Maturanten wieder wären frei von jeglichem Ödipuskomplex sowie von den daraus resultierenden Machtgelüsten, die sie dazu verführen könnten, Staaten zu gründen oder zu zerstören, Armeen zu befehligen, Revolutionen zu inszenieren, ihre Vorgesetzten zu hassen und ihre Untergebenen zu drangsalieren, Todesurteile zu unterschreiben und ihren Frauen hörig zu sein.

Ich muß gestehen, daß ich mich schon lange mit dem Gedanken trage, diesem dringenden Bedürfnis abzuhelfen und ein ordentliches, auf moderner Psychologie und Verhaltensforschung basierendes Bordell zu eröffnen. Doch niemand will mir die dazu nötige Konzession erteilen. Überall, wo ich mein Anliegen vortrage – ich sehe in der Gründung eines solchen Unternehmens eine ungemein wichtige kulturelle und soziale Aufgabe –, stoße ich auf taube Ohren. In manchen Städten werden solche Konzessionen an phantasielose Kleinbürger vergeben, die aus den mit unzureichendem Grund »Freudenhäuser« genannten Etablissements öde Fabriken gemacht haben, in denen ein lustloses Personal den verschämten Kunden die überschüssige Kraft abzapft. Und dabei gibt es nichts Schöneres als eine Hure, die mit echter Freude und Hingabe ihrer Arbeit nachgeht.

Über das Warten

Ein Capriccio

Irgendein Knülch, Baldower oder Sandler kommt daher, sagt: »Warten Sie!«, verschwindet mit seinem Aktenbündel unter dem Arm hinter einer Tür, und du beginnst zu warten. Zuerst setzt du dich automatisch auf die Bank, aber dann stehst du auf und siehst dich um. Nichts als kahle Wände, die man schon längst hätte streichen sollen. Die Sprünge im Kalk und die vielen feuchten Flecken erinnern dich an Landkarten, die du in deiner Kindheit begeistert studiert hast. Du beginnst umherzugehen und sie dir aus der Nähe anzuschauen. Aber von ihnen geht kein Zauber aus. Du kannst dir beim besten Willen keine Erdteile, keine Flüsse und Meere und keine Berge hinter diesen Zeichen an der Wand vorstellen. Oder ist deine Phantasie schon so erschlafft, daß nichts mehr sie beflügeln kann?
Du wartest, daß deine Eltern vom Feuerwehrball nach Hause kommen. Die kleine Lampe mit dem gelben Seidenschirm brennt auf dem Nachttisch. Doch jenseits des Lichtkreises, der nicht sehr groß ist, herrscht das Halbdunkel, und etwas weiter die vollkommene Finsternis. Der Kamin pfeift, und draußen im Flur knacken die Bretter. Dragi, dein Spielgefährte, der an der geheimnisvollen Krankheit Meningitis gestorben ist, wartet in der Ecke, daß du mit ihm spielst. Sein Gesicht ist weiß und sein großer Kopf schimmert wie Mondlicht. Er wartet vergeblich. Du traust dich nicht einmal, dich umzudrehen und in die Ecke zu

schauen, obwohl du ganz genau weißt, daß er dort sitzt und geduldig auf dich wartet. Er kann lange warten. Du wirst nicht mit ihm spielen. Du hast Angst, alle Spiele mit den Lebenden zu verlernen, wenn du einmal mit einem Toten gespielt hast.

Dragi ist der Sohn des Kolonialwarenhändlers an der Ecke, bei dem du immer rote und blaue Bonbons aus dem großen Glas und saure Drops und Schokolade mit den Bildern von Rudolf Valentino, Gloria Swanson und Buster Keaton kaufst. Einmal bekommst du aber eine richtige Aufgabe, du sollst eine Flasche Petroleum nach Hause tragen. Sie ist in Zeitungspapier eingewickelt, und das Papier kriegt Fettflecke, und die Flasche gleitet dir zwischen den Fingern um ein paar Millimeter hinunter, und du bekommst Angst, daß sie aus dem Papier herausrutschen und zerbrechen könnte, deshalb hältst du sie vorsichtig und ganz behutsam mit beiden Händen und gehst langsam nach Hause, du setzt Fuß vor Fuß und schleichst und kriechst und schlurfst im Schneckentempo, damit der Flasche ja nichts passiert, du kannst kaum erwarten, endlich da zu sein und sie heil abzuliefern, du hast das Tor geöffnet, mit dem Kinn, bist über den Hof gegangen und stehst vor der Tür, du brauchst nur noch die drei Treppen hinaufzusteigen, du bist schon da, du hast sie gerettet, und da rutscht sie dir aus den Händen und zerschellt mit einem dumpfen Knall auf der Betonkante. Vor Schreck springst du zurück und fällst auf den Rücken. In der Hand hältst du nur das fette, zerknüllte Zeitungspapier.

Du mußt warten, bis dein Vater nach Hause geht und dich mitnimmt. Er spielt mit dem Notar, dem Lehrer und dem altkatholischen Popen Tarock im Gasthausgarten. Am Nachmittag hast du mit den zwei Töchtern des bartlosen, glattrasierten Popen etwas anderes gespielt. Sie haben dich auf den Boden geworfen und sich abwechselnd auf dich gelegt. Das hast du gar nicht als angenehm empfunden, denn die beiden Mädchen sind dick und schwer, aber sie haben dir erklärt, daß man es so machen müsse, wenn man

Vater und Mutter spielt. Das Spiel mit ihnen hat dich ziemlich hergenommen, sie haben nicht aufhören wollen, sich auf dir herumzuwälzen, und du nickst auf dem Stuhl ein, immer wieder aber schreckst du hoch, aus Angst, daß Dida und Dada plötzlich auftauchen, sich mit Indianergeschrei auf dich stürzen, dich ins Gebüsch schleppen und dich dort von neuem bearbeiten könnten, weil du nun ihr Mann bist. Als dein Vater dich endlich vom Stuhl hebt und in die Arme nimmt, wachst du aus deinen Angstträumen auf, stellst dich aber schlafend. Während er dich durch die stillen, verschlafenen Straßen, unter den blühenden Akazien und Linden, die schwer duften, nach Hause trägt, lehnst du dich gegen seine Schulter und wartest darauf, in das Bett zu kommen, das nur dir gehört.

Du liegst in einer Furche auf der Lauer und wartest, die Jagdflinte im Anschlag – man hat dir ein extra kleines Gewehr gegeben –, daß ein Hase in deine Schußlinie kommt. Du spürst, wie die Feuchtigkeit der Erde den Stoff durchdringt, dein Arm ist verkrampft und deine Hand zittert, aber du gibst nicht auf. Und als endlich ein kleiner erschreckter Hase über den Weg hüpft und du aufgeregt auf den Hahn drückst, schießt du daneben. Andere tragen tote Hasen nach Hause, sie halten sie an den Ohren, die kleinen Körper mit den gestreckten Beinen baumeln hin und her, und das Blut tropft auf die Stoppelfelder. Du bist froh, daß du keinen geschossen hast, am Abend aber wartest du voll Ungeduld auf den Hasenlauf mit Knödeln, den man dir versprochen hat.

Du wartest auf dem öden Provinzbahnhof auf den Zug, der dich in die große Welt bringen soll. Dein Großvater hat dich sehr früh geweckt, so daß du dich auf der Bank im Wartesaal nur mühsam aufrecht halten kannst. Dann kommt der Zug, zischend und rußig, du steigst ein, dein Großvater küßt dich zum Abschied, sein Schnurrbart kitzelt deine Wange, du hast nichts vergessen, dein Mantel und deine Mütze sind da, auch der Geschenkkorb mit den Eiern und der nackten Gans mit ihrer Gänsehaut, du trittst in ein Abteil, und alles riecht nach nassem, geräuchertem Tuch. Du wartest eine ganze Ewigkeit, aber der Zug fährt langsam, er bleibt auch immer wieder stehen, und als du dann angekommen bist, steigst du aus auf einem Provinzbahnhof, der die gleiche gelbe Fassade hat und genauso traurig und öde ist wie der, von dem du abgefahren bist.

Du wartest, bis die Parade vorbei ist, damit du über die Straße kannst. Die vorbeimarschierenden Soldaten interessieren dich überhaupt nicht, du willst nur hinüber auf die andere Seite, doch der Kordon der Polizisten hindert dich daran. So mußt du endlose Kolonnen an dir vorbeiziehen lassen und dir alle Waffengattungen ansehen, die es in deinem Land gibt — Artillerie mit Lafetten und Haubitzen, Maschinengewehrabteilungen, deren zerlegte Waffen von Mauleseln getragen werden, die Garde in ihrer blauen Uniform mit goldenen Tressen und roten Lampassen und die Musikkapellen mit klagenden Trompeten und dumpfen Trommeln. Der König wird zu Grabe getragen. Bürger und Bauern stehen mit gesenktem Kopf Spalier. Manche von ihnen knien am Straßenrand, Frauen in schwarzen Kleidern schluchzen, aber du wartest nur, weil du hinüber willst zu deinem Freund Fritz, der vor einem Jahr aus Dresden nach Belgrad übersiedelt ist, um mit ihm Billard zu spielen.

Fritz ist nach dem Alten Fritz getauft worden, sein Vater ist im Ersten Weltkrieg Hauptmann gewesen und hat irgendeinen Orden bekommen, aber davon spricht er nicht gern, sagt Fritz, auch nicht davon, daß er den Alten Fritz verehrt und den einzigen Sohn nach ihm benannt hat, vielleicht hat er den alten Haudegen auch gar nicht verehrt, vielleicht hat er seinen Sohn auf den Namen Fritz taufen lassen, um den Eindruck zu erwecken, er verehre den König der Preußen, als Tarnung sozusagen, sonst hätte er nicht seine Heimat, die voller Uniformen ist, verlassen und wäre nicht für immer auf den Balkan übersiedelt, wo sein Sohn sich mit der serbischen Sprache herumschlagen muß. Fritz hat übrigens nichts Militärisches an sich, eine assoziative Verbindung mit dem Alten Fritz wäre also bei deinem Freund vollkommen fehl am Platz; seine Haltung ist ausgesprochen schlampig, er läßt die Schultern hängen und zieht die Brust ein, er ist auch kein Sportler, er kann nicht einmal schwimmen, geschweige denn Tennis spielen oder Schlittschuh laufen, aber Billard spielt er sehr gut. Er hat nämlich ein kleines Billard mitgenommen, wie ihm das gelungen ist, weißt du nicht, aber er hat eins, und so spielt ihr, und du mußt dich schon sehr anstrengen, wenn du mithalten willst. Heute soll das große Revanchespiel stattfinden, du kannst aber nicht hinüber, du mußt warten.

Gerade als du dich anschickst, dir mit einer Lüge zu helfen, sagt ein Bursche mit rundem rotem Kopf zu dem Polizisten, der vor dir steht: »Herr Leutnant, meine Mutter ist schwer krank, ich muß hinüber, sie liegt im Sterben, ich muß den Arzt holen.« Und der Polizist zieht sich die Uniform zurecht und führt ihn hinüber, zuerst langsam und würdevoll, wie ein Mann, dem Respekt gebührt, aber dann setzt er sich in Trab, den dicken jungen Mann wie einen Sack hinter sich herziehend, zuletzt laufen sie, von einem unhörbaren Schuß erschreckte Hasen, in einer irren Zickzack-Linie zwischen den Mauleseln, Lafetten, schwitzenden Infanteristen und mit schwarzem Flor bespannten Trommeln hindurch und verschwinden schließlich in der Menge auf der anderen Seite. Du bleibst zurück und mußt warten, bis auch der letzte Rekrut auf seinen müden, wunden Plattfüßen davongewatschelt ist.

Du wartest auf den Sonntag. Nicht auf einen der üblichen Sonntage, an denen man Ausflüge macht oder ins Kino geht, du wartest auf den Sonntag aller bisherigen Sonntage, auf den Tag, an dem du, wie du glaubst, die wichtigste Erfahrung deines Lebens machen sollst. Bossa hat endlich nachgegeben. Seit über einem Jahr gehst du mit ihr, du holst sie beinahe jeden Abend ab, nur um eine halbe Stunde mit ihr zusammen zu sein, du hältst ihre Hand und streichelst ihr Haar, und wenn ihr an dunklen Haustoren vorbeigeht, drückst du sie hinein und beginnst sie zu küssen, du schleppst sie in sämtliche Belgrader Parks und kriechst mit ihr jeden Sonntag in das Gebüsch des Koschutnjak-Waldes, um sie immer wieder zu küssen. Trotzdem hast du schon genug von diesem ewigen Herumspielen; das läßt sich doch mit der wirklichen Liebe nicht vergleichen, dem Ganzen fehlt sozusagen das Tüpfelchen auf dem i. Du hast zwar noch keine Vergleichsmöglichkeiten, aber du weißt schon lange, worauf es bei dieser Sache ankommt.

Nun bist du endlich soweit, deine theoretischen Kenntnisse in die Praxis umzusetzen. Schließlich hast du lange genug darauf gewartet, heutzutage machen die Burschen mit den Mädchen ganz einfach kurzen Prozeß, im Vergleich zu ihnen bist du geradezu ein Kavalier der alten Schule, denn du bist mit Bossa über ein Jahr lang wie ein kranker Hund durch die Gegend gezogen, ehe du ihr das Ultimatum gestellt hast. Und da hast du ihr noch ganz feierlich versprechen müssen, sie zu heiraten, wenn du einmal die Matura gemacht und deine Studien beendet hast, und du hast dabei an das Wasser gedacht, an das viele Wasser, das bis dahin noch die Donau hinunterfließen wird. Die Arme scheint eine Engelsgeduld zu haben. Vielleicht glaubt sie aber ebensowenig daran wie du, vielleicht hat sie auf diesem Schwur nur bestanden, um die Form zu wahren. Was immer sie auch bewogen hat, dir ja zu sagen – Liebe, Neugier oder Todessehnsucht –, der entscheidende Sonntag rückt immer näher heran, du mußt dich darauf vorbereiten.

Im Lauf dieser Vorbereitung bekommst du zwei schlechte Noten, eine in Mathematik, was nicht zu verwundern ist – logisches Denken ist nie deine Stärke gewesen –, und eine in Geschichte, in der du bisher dank deines unheimlichen Gedächtnisses für sinnlose Ereignisse immer ganz gut abgeschnitten hast.

Bei der Lösung eines wichtigen und schwierigen Problems

muß man solche kleine Schlappen in Kauf nehmen, außerdem muß man sich den besten Freunden anvertrauen, um sich von ihnen guten Rat zu holen. Die meisten können gar nichts anderes tun, als dich um deinen großen Erfolg zu beneiden und zu bewundern, der einzige, der ernste Versuche unternimmt, dich für deine sonntägige Aufgabe vorzubereiten, ist Radissaw, ein langer Lulatsch von achtzehn Jahren, der schon zweimal sitzengeblieben ist, auf diesem Gebiet aber als Fachmann gilt. Er bietet dir an, dich mit seiner alten Freundin zusammenzubringen, damit sie dir beibringt — gegen angemessenes Entgelt natürlich —, wie man so etwas anstellt, aber du lehnst seinen Vorschlag entschieden ab, in deinem Fall handelt es sich schließlich um echte Liebe und nicht um irgendein Abenteuer. Trotzdem gibt er dir den freundschaftlichen Rat, bei der Geschichte behutsam vorzugehen, damit es später keine Kalamitäten gibt, und bringt dir am nächsten Tag eine Tabelle, die seine Freundin benützt, um die für die Liebe ungefährlichen Tage auszurechnen. Als du am Abend mit Bossa an Hand dieser Tabelle versuchst, die Situation des kommenden Sonntags zu klären, versagst du vollkommen; die Tabelle bleibt für dich genauso unverständlich wie die Infinitesimalrechnung. So bleibt dir nichts anderes übrig, als dir ein Schutzmittel zu besorgen, und da du zu stolz bist, deinen Freund Radissaw um eine Gefälligkeit zu bitten, mußt du noch allerlei Prüfungen bestehen, ehe du zu einem Päckchen dieser intimen Ware gelangst.

Zuerst stehst du vor der Wahl, deinen wichtigen Kauf in einer Apotheke oder in einer Drogerie zu erledigen. Du entschließt dich zuerst für eine Drogerie, weil dir die Apotheken für dein Anliegen zu seriös erscheinen, und zwar für eine, die von der Gegend, in der deine Eltern wohnen, ziemlich weit entfernt ist. Welche Drogerie du aber immer betrittst, überall stößt du hinter dem Ladentisch auf eine Frau, der du unmöglich sagen kannst, was du eigentlich willst. Es ist wie verhext, die ganze Branche scheint in Weiberhänden zu sein. Nicht anders ergeht es

dir in den Apotheken, Tausende von Arzneien in Tropfen oder Pulverform werden vor dir nur von Mädchenhänden gemixt. In zwei Tagen geht beinahe dein ganzes erspartes Geld auf die Zahnpasta und Rasierklingen drauf, die du, von Frauenblicken in die Enge getrieben, eingekauft hast; du könntest dir damit bis an dein Lebensende die Zähne putzen und den Bart rasieren, selbst wenn er mit der Zeit stärker und dichter werden sollte. Zum Glück gelingt es dir, einen Teil deiner Ausbeute zum halben Preis in der Schule an den Mann zu bringen.
Der Sonntag kommt immer näher, und der Kreis der Apotheken, die du noch nicht durchkämmt hast, wird immer enger. In einem Anflug von vollkommener Verzweiflung entschließt du dich, die nächstgelegene Apotheke aufzusuchen, weil in ihr meist nur ein kleines, mageres Männchen in weißem Kittel herumgeistert. Der Alte muß dich kennen, du hast schon oft Medikamente für deine Eltern bei ihm gekauft, er ist aber so kurzsichtig und so zerstreut, daß er dich vielleicht doch nicht erkennen würde, wenn du deine Stimme verstellst, und außerdem soll er von dir denken, was er will. Obwohl dein Entschluß schon feststeht, schleichst du noch eine geschlagene Stunde um die Apotheke herum, ehe du dich traust, die Glastür zu öffnen und so die Glocke zu betätigen, die darüber angebracht ist. Du hast Angst, daß er aufschauen und seinen Blick prüfend auf dich richten wird, wenn du den grellbeleuchteten Raum betrittst, er nimmt aber keine Notiz von dir, sondern rührt weiter mit einem kleinen Schlegel in einer Salbe, die wie Mayonnaise aussieht.
»Sie wünschen?« fragt er, ohne den Kopf zu heben.
Du hast die Anwandlung, wieder einmal eine Zahnpasta, Rasierklingen oder Aspirin zu verlangen, aber deine Stimme, die du etwas tiefer ertönen lassen willst und die plötzlich ganz hoch und schrill klingt, begehrt schon, wenn auch stotternd und ziemlich unverständlich, das Richtige. Das kleine magere Männchen zieht wortlos und ohne dich anzusehen eine Lade heraus, holt daraus ein Päckchen,

wickelt es in ein Stück Papier ein, auf dem eine Reklame für Hustenbonbons aufgemalt ist, und drückt es dir mit einem verschmitzten Lächeln in die Hand, als wollte er damit sagen: Mach's gut, mein Junge. Du fragst, von diesem unerwarteten Verständnis ganz verwirrt, nach dem Preis, zahlst und gehst taumelnd hinaus, während das Männchen gelassen in seiner Mayonnaise weiterrührt.

Vor lauter Ungeduld kannst du nicht schlafen, so daß du am Sonntagnachmittag übernächtig und mit tiefen Ringen unter den Augen zum Rendezvous mit Bossa gehst. Auch sie kommt dir beim Springbrunnen auf dem Terazije-Platz ganz blaß entgegen. Zum erstenmal seit mehr als einem Jahr weißt du nicht, was du mit ihr reden sollst. Ihr steigt in die Straßenbahn ein und fahrt stumm nach Topschider hinaus. Wenn man euch so steif und eckig einander gegenübersitzen sieht, könnte man leicht annehmen, daß ihr euch überhaupt nicht kennt. Dann geht ihr zögernd und schleppenden Schritts auf den auf- und absteigenden Pfaden des Koschutnjak-Waldes spazieren und wartet darauf, hie und da ein belangloses, nichtssagendes Gespräch beginnend, daß es Abend wird. Du hast gar nicht gewußt, wie quälend langsam ein Abend heraufkriechen und wie schrecklich unentschlossen das Dunkel die ersten Schatten werfen kann.

Beim Überqueren einer Lichtung beginnt Bossa plötzlich das Gedicht zu rezitieren, das du angeblich für sie geschrieben hast; sie leiert eine Strophe herunter, in der von ihren blauen Augen die Rede ist. Dir bleibt der Atem weg, und deine Knie werden auf einmal weich. Soll das eine Anspielung sein? Gerade jetzt, im letzten Augenblick? Du hast dieses Gedicht nicht für Bossa geschrieben, sondern für Mitza, die braune Augen hat. Du hast nur, als es nach kurzer Zeit mit Mitza aus gewesen ist, die Farbe der Augen geändert. Die zwei Mädchen sind sicherlich zusammengekommen und haben sich gegen dich verschworen. Bossas Stimme hat aber keinen ironischen Unterton, sie spricht die letzte Zeile deines Gedichtes ganz ernst, beinahe feierlich, aus. Vielleicht versucht sie, sich mit deinen Worten Mut einzureden. Voll Tatendurst kannst du kaum erwarten, daß die Nacht fällt. Je dunkler es jedoch wird, desto mehr rückt ihr voneinander ab, als hättet ihr Angst, man könnte eure geheime Absicht an den Bewegungen eurer Hände ablesen, die scheinbar gleichgültig nebeneinander baumeln.

Als es für dein Vorhaben endlich finster genug ist, ihr euch nach einigem Hin und Her für einen dichten Fliederbusch entschieden und euch auf das Gras dahinter gesetzt habt, bist du schon so erschöpft, daß du am liebsten auf der Stelle schlafen möchtest. Du streckst dich automatisch aus, doch beinahe zugleich legt sich auch Bossa gehorsam zurück. So bleibt dir nichts anderes übrig, als dich ihr zuzuwenden. Schon der erste Kuß macht dich vollends wach, aber gleich darauf taucht die erste Frage und die erste Schwierigkeit auf. Als du dich über Bossa beugst, um ihr den zweiten Kuß zu geben, rutschst du mit dem linken Knie aus und fällst gegen einen spitzen Stein. Die Rippen tun dir weh, und das Hosenbein über dem Knie hat sicherlich einen grünen Fleck bekommen. Du neigst dich zum drittenmal seitwärts über Bossa, und da erinnerst du dich an das Päckchen, das in deiner rechten Hosentasche steckt, und du nimmst dir vor, das nächstemal, wenn du dich auf den Ellenbogen stützt, um Atem zu schöpfen, das Päckchen unauffällig herauszuziehen und es in der Hand zu behalten. Woran man dabei alles denken muß! So kommt man leicht aus der Stimmung und muß immer wieder von neuem anfangen. Beim vierten Kuß verwickelst du dich in Bossas Rock, der sich plötzlich fächerförmig unter dir ausgebreitet hat. Warum hat diese dumme Gans ausgerechnet heute einen plissierten Rock angezogen? Sie könnte dir auch ein bißchen entgegenkommen, anstatt so steif und hölzern dazuliegen und apathisch alles über sich ergehen zu lassen, als wäre sie unter Narkose; du bist doch kein Chirurg, sondern ihr Liebhaber. Abgekämpft und verärgert möchtest du schon alles aufgeben, doch der Drang nach

Erkenntnis ist stärker als alle Hindernisse, die du zu überwinden hast. In demselben Augenblick, in dem du dich, fest entschlossen, dir um jeden Preis den Weg freizukämpfen, zum fünftenmal auf Bossa stürzt, fällt das Licht einer starken Taschenlampe auf euch, und eine heisere Stimme herrscht euch aus dem Dunkel an:
»Sittenpolizei! Zeigen Sie mir Ihre Papiere!«
Vor Schreck gelähmt scheinst du eine unendliche Nacht lang in derselben verrenkten Pose zu verharren, in der dich der Lichtstrahl getroffen hat, halb über Bossa hängend und halb von ihr abgewandt; dein linker Ellenbogen ist in die Erde gebohrt — auch der wird grüne Flecken bekommen —, und deine rechte Hand steckt in der Hosentasche, wo sie das Päckchen umklammert. Unter und neben dir liegt Bossa, ganz dünn und flach, als hätte der Blitz ihr Fleisch vollständig verbrannt.
Als du imstande bist, dich zu rühren, bist du so benommen, daß du alles, was nachher geschieht, wie einen Alptraum erlebst, in dem du nur die Figur eines fremden, unbarmherzigen Willens bist. Das Grauen ist so groß, daß du dich später nur noch an einige zusammenhanglose Details erinnern kannst: an den schmutzigen Daumennagel, der deinen Schülerausweis hält, und an die schmalen, nassen Lippen, die zischend obszöne Worte sprechen. Das Gesicht des Mannes siehst du erst bei der Straßenbahnhaltestelle, das gelbe, zerknitterte Gesicht eines alternden Henkers, der seiner blutigen Arbeit überdrüssig geworden ist und dich voll Widerwillen laufen läßt. Er bringt euch nicht zum Polizeikommissariat, wie er euch oben im Wald angedroht hat, sondern läßt euch an der Endstation in die Straßenbahn einsteigen. Um dich für seinen Großmut erkenntlich zu zeigen, mußt du ihm übermorgen um Punkt siebzehn Uhr beim Denkmal des Fürsten Michailo tausend Dinar übergeben; er hat Rücksicht darauf genommen, daß du vormittags in die Schule gehst und auch darauf, daß du eine gewisse Zeit brauchen wirst, die geforderte Summe zu beschaffen. Während Bossa und du wie zwei Delinquenten,

die auf einem ratternden Leiterwagen zum Schafott geführt werden, auf der Plattform der Straßenbahn steht, denkst du nur mehr daran, woher du das viele Geld bekommen sollst. Du kannst dem Mann nicht entkommen, er hat sich deinen Namen und deine Adresse notiert. Erst kurz bevor ihr auf dem Terazije-Platz aussteigen sollt, traust du dich, Bossa von der Seite anzusehen. Sie schluchzt in regelmäßigen Abständen, lautlos, so daß du es nicht hören, sondern nur an den leichten Wellenbewegungen ihres Körpers erraten kannst. Ihr cremefarbener Rock ist voll grüner Flekken; sie sieht darin erschreckend mager aus. Das ist dir bisher noch nie aufgefallen, und du wunderst dich darüber, daß du sie mehr als ein Jahr lang so heftig begehrt hast und an allen anderen Mädchen blind vorbeigegangen bist. Trotzdem hast du das Bedürfnis, sie zu trösten, doch beim Abschied fällt dir nichts anderes ein, als ihr zu versprechen, die Geschichte mit dem erpresserischen Polizeibeamten in Ordnung zu bringen; du wirst deine Briefmarkensammlung verkaufen und ihm das Geld pünktlich übergeben.

Am nächsten Tag bist du ganz damit beschäftigt, deine Briefmarken zu verkaufen, doch die Briefmarkenhändler und die Sammler, denen du in ihren Läden oder im Philatelistenklub deine Sätze anbietest, merken sofort, daß du unter Druck stehst; so mußt du viel mehr Marken verkaufen, als du ursprünglich beabsichtigt hast, um tausend Dinar zusammenzubekommen. Obwohl du sie am Abend in der Tasche hast, kannst du nicht einschlafen, weil du ständig an den Sittenpolizisten denken mußt; immer wieder versuchst du, dich an ihn zu erinnern, um ihn morgen nicht zu verfehlen, du kannst aber sein Gesicht und seine Gestalt nicht mehr rekonstruieren; du weißt nur, daß sein Daumennagel schmutzig, sein Gesicht voller Falten, und daß er kleiner ist als du, und das ist nicht gerade viel, um einen Menschen zu erkennen. Deshalb gibst du dir die Schuld, als du ihn am nächsten Tag beim Denkmal nicht entdecken kannst. Nachdem du mit flatterndem Blick um den ganzen Komplex vor dem Volkstheater gespäht hast,

wartest du, selbst zum Denkmal erstarrt, daß jemand dich anspricht, doch niemand tritt auf dich zu, niemand nimmt von dir Notiz. Einmal läufst du einem Mann nach, der dich erstaunt ansieht, als du dich stotternd entschuldigst und etwas von einer peinlichen Verwechslung redest.
Bis sechs Uhr geschieht nichts. Du wartest bis sieben und gehst dann beunruhigt nach Hause. Am nächsten Tag bist du wieder um etwas vor fünf da, vielleicht hast du den Tag der Verabredung nicht richtig verstanden, aber du wartest auch diesmal vergeblich. Am dritten Tag ergeht es dir wie an den zwei vorangegangenen Tagen. Wochenlang lebst du in ständiger Angst, daß der kleine Mann mit dem zerfurchten Gesicht und dem schmutzigen Daumennagel bei deinem Vater erscheinen könnte. Wenn jemand an der Tür läutet, zuckst du zusammen und erwartest klopfenden Herzens, daß jemand die Tür aufreißt und dich im Auftrag deines Verfolgers zum Polizeikommissariat schleppt. Doch der kleine Mann meldet sich nicht mehr.
Und dann denkst du immerzu daran, daß deine Mutter plötzlich sagen könnte:
»Zeig dem Onkel deine schönen Briefmarken. Wissen Sie, mein Sohn sammelt schon seit dem zwölften Jahr nur Luftpost. Das ist jetzt der letzte Schrei bei den Philatelisten.«
Aber nichts geschieht.
Du atmest erst auf, als du nach drei Monaten von einem russischen Emigranten namens Arkadij Lawrentjew liest, der in Belgrader Parks und im Koschutnjak-Wald Liebespaaren aufgelauert und sie erpreßt hat. Die Beschreibung des Angeklagten und seiner Arbeitsmethoden trifft auf den kleinen Mann zu, auf den du vergeblich beim Denkmal gewartet hast: nachträglich fällt dir auch sein Akzent ein, der zu einem Russen paßt.
Diese gute Nachricht ist jedoch nicht imstande, deine erstarrte Liebe zu Bossa wieder zu beleben. Nicht einmal deine Briefmarkensammlung, in der nun die schönsten Sätze mit Bildern von Hubschraubern, Doppeldeckern, Luftschiffen und Fesselballons fehlen, macht dir mehr

Freude. Und da kommst du auf die Idee, deine Bibliothek zu erweitern und kaufst Bücher für das ganze Geld, das du dem verurteilten Erpresser schuldest. Dann verkaufst du den Rest deiner Briefmarkensammlung, jetzt hast du eine offizielle Begründung dafür, und kaufst noch mehr Bücher. Von da an gleitet dein Blick voll Stolz über die Regale, in denen sie in Reih und Glied stehen, eine Kavallerie des Geistes, die dich vor allen möglichen Versuchungen und Attacken der äußeren Welt schützen soll.
Deine Bibliothek übersteht das Bombardement vom 6. April 1941, aber kaum ein halbes Jahr später wird sie von einem irren Beamten verbrannt. Als die Gestapo dich verhaften will, durchstöbert ein Agent in Zivil bei der Hausdurchsuchung deine Bibliothek, die ihm anscheinend gar nicht gefällt, weil er in ihr auch Werke von Freud und Marx findet. In einer Anwandlung von sinnloser Wut, er hat dich nicht erwischen können, schleppt er den Großteil deiner Bücher in den Hof, macht aus ihnen einen Scheiterhaufen und zündet ihn an. Du hast es nicht gesehen, da du aber eine Menge Bücher, darunter auch einige dicke Wälzer besessen hast, müssen sie eine ganz schöne Flamme und einen Haufen Asche abgegeben haben.
Zu dieser Zeit wartest du, bei Freunden oder fremden Leuten versteckt, darauf, daß man dich vor den Fängen der Spezialpolizei rettet und dich in das Innere des Landes schleust, du wartest auf den Kurier, der dir falsche Papiere übergeben und dich zu den Partisanen führen soll. Du wartest schon ziemlich lange. Um deine Gastgeber nicht zu gefährden, wechselst du oft dein Quartier und landest so eines Abends bei deinem Schulfreund Radissaw, der dich freudig aufnimmt, weil auch er nachts allein ist, aber freiwillig.
»Am besten ist es«, sagt er, »man sitzt in einer zugfreien Ecke und wartet, bis der Sturm vorbei ist.«
Mit der zugfreien Ecke meint er das Leben, das er dank seiner alten Freundin Mara führen kann. Sie arbeitet in der Lotos-Bar und versorgt ihn auf diese Weise mit ge-

nügend Geld, Lebensmitteln, Zigaretten und Schnaps; außerdem kommt sie immer erst nach Ablauf der Sperrstunde, also etwas nach sechs Uhr früh nach Hause. So ist Radissaws Ecke auch für dich zugfrei. Wenn Mara kommt, gehst du; das hindert dich aber nicht, ihr Brot und ihre Wurst zu essen. Da sie auf den Bildern, die im ganzen Zimmer verstreut sind und auf denen sie im Garten stehend, unter einem Lampenschirm sitzend oder auf einem Diwan liegend, im weißen Abendkleid oder im schwarzen Badekostüm oder auch ohne alles zu sehen ist, ziemlich robust zu sein scheint, könnte sie euch beide mit Leichtigkeit bis ans Kriegsende ernähren, aber du hast anderes im Sinn als in einer zugfreien Ecke abzuwarten, bis alles vorbei ist. Du kannst es kaum erwarten, mit der Waffe in der Hand zu beweisen, daß du ein Mann bist. Damit du auf deine Aufgabe richtig vorbereitet bist, hast du deinen besten dunkelblauen doppelreihigen Anzug gegen ein Paar Stiefel getauscht, die dein Freund Moma vom Dachboden seiner Tante geholt hat; sie haben seinem verstorbenen Onkel gehört, einem pensionierten Gendarmeriefeldwebel, der sich im Grab umdrehen würde, könnte er erfahren, für welchen Zweck seine Gendarmenausrüstung nun verwendet werden soll.

Die Stiefel sind nicht mehr ganz neu, die Absätze sind etwas abgetreten und die Falten steif und hart wie Schmiedeeisen, aber sie passen dir. Um dich an sie zu gewöhnen und sie zugleich ein bißchen geschmeidiger zu machen, ziehst du sie jede Nacht an und gehst mit knarrenden Schritten zwischen Maras vergrößerten und eingerahmten Fotos umher. Abgesehen von einer Blase und einem Hühnerauge führen deine Übungen zu nichts. Der Kurier, der endlich eintrifft, führt nicht dich in den Wald, sondern deinen Freund Moma. Das geschieht so unerwartet schnell, daß ihr nicht einmal dazukommt, euren Tausch wieder rückgängig zu machen. Moma fährt in deinem dunkelblauen, doppelreihigen Anzug weg, und die Stiefel seines Onkels, die du mühsam um eine Spur weicher gemacht hast, bleiben unter Maras breitem Messingbett zurück, wo sie ganz sinnlos vermodern. Moma, der darauf gar nicht vorbereitet gewesen ist, fällt schon im ersten Gefecht, in Zivilkleidern und Halbschuhen, und dich, der du auf einen spektakulären Heldentod gewartet hast – im Kampf, mit dem Gewehr in der Hand, nachdem du eine Menge Feinde getötet hast –, dich läßt man da, bis man dich eines Tages erwischt, auf offener Straße, beim Überqueren einer Kreuzung, wehrlos. Du wartest darauf, daß man dich aus deiner Zelle holt, daß ein Exekutionskommando antritt und dir ein paar Kugeln in den Leib schießt. Du hörst Soldatenschritte, Kommandorufe und Schüsse, aber sie gelten den anderen, du mußt noch warten – morgen, übermorgen, nächste Woche werden sie auf dich zielen, und sie werden dich nicht verfehlen, eine Kugel wird dich in den Hals treffen, eine andere in die Brust und die dritte in den Bauch. Du wirst nicht einmal schreien können. Aber einstweilen mußt du noch warten. Geduld, sie werden schon kommen, sie werden dich nicht vergessen, du bist ihnen sicher. Aber du wartest vergeblich. Sie lassen dich leben, ein kleines, schäbiges, verworrenes Leben, im Schatten der anderen, die du ohne dein Zutun überlebt hast.

Die Schlange ist so lang, daß sie zweimal um die Ecke biegt. Du bist um drei Uhr aufgestanden und hast dich, noch schlaftrunken, angestellt, um deine Brotration nicht zu versäumen. Du hast keinen Stuhl, auf den du dich setzen, und keinen Freund, mit dem du reden könntest, während du darauf wartest, daß die Menschenkolonne sich in Bewegung setzt. Der Himmel wird fahl und dann rosa, aber die Schlange rührt sich noch immer nicht. Der Himmel wird blau, als sie um einen Schritt weiterrückt. Gleich darauf weitet sie sich in der Mitte aus, als hätte sie ein großes, dickes Tier geschluckt. Dann dehnt sie sich wieder in die Länge, zuckt leicht zusammen und beginnt mit ihren tausend Füßen zu scharren und zu trippeln, als wälzte sie sich über glühende Steine. Schritt um Schritt, Zentimeter um Zentimeter kommst du näher an das Brot heran, das in der kleinen, sauberen Dampfbäckerei zweimal um die Ecke auf dich wartet. Spätaufsteher, die wie Fallschirmspringer von der Seite einzudringen versuchen, werden schreiend abgewehrt. Das Brot ist nur für die da, die sich rechtzeitig angestellt haben. Voll Hoffnung, für deine Geduld belohnt zu werden, schwankst und zuckelst du mit, Schritt um Schritt, Zentimeter um Zentimeter, bis die Schlange auf einmal platzt und, in tausend Stücke gerissen, nach allen Richtungen auseinanderrollt. Ungläubig läufst du noch um die letzte Ecke und rüttelst sinnlos am Gitter der Bäckerei. Dahinter steht der Bäcker mit seiner weißen Mütze, schüttelt den Kopf und zeigt mit nackten Händen auf die leere Auslage.

Du wartest auf einen Mann, mit dem du ein Geschäft machen willst. Du bist seinetwegen nach Hamburg gekommen, er ist aber an demselben Morgen mit seinem Sportflugzeug nach Dänemark geflogen, um einer jungen Dichterin die Dünen der Nordsee und den Vergnügungspark Tivoli in Kopenhagen zu zeigen. Er hat dir vor einiger Zeit bei einem gemeinsamen Freund in München »Kommen Sie doch einmal bei mir vorbei« gesagt, und so bist du gekommen. Da er der Leiter einer Rundfunkabteilung ist, hat er mit dir sicherlich etwas vor, sonst hätte er dich nicht eingeladen. Du hast ihm deinen Besuch, wie es sich gehört, in einem Brief angekündigt, und er hat dir geantwortet, daß er dich erwarte, und das heißt, daß er die Absicht hat, dir eine Geschichte oder wenigstens eine Übersetzung abzukaufen und dir obendrein die Reisespesen zu zahlen. Jetzt ist er aber nicht da. Ein zweiter Abteilungsleiter, den du aufsuchen willst, liegt nach einem Nervenzusammenbruch im Sanatorium. Ein junger Mann in dunkelgrauem Anzug, der ihn offenbar tief verehrt, erzählt dir, dein Mitgefühl voraussetzend, von dem großen Unglück, das seinen Chef betroffen hat. Seine Frau hat ihn verlassen, weil ihr das Leben mit ihm langweilig geworden ist; er hat immer bis tief in die Nacht hinein gearbeitet. Du nickst verständnisvoll und gehst zum dritten Abteilungsleiter,

der dir, während er seine dringende Post durchsieht und unterzeichnet und unentwegt an einem der drei Telefonapparate spricht, den Rat gibt, Hörspiele zu schreiben. Um dich dazu anzuregen, stellt er dir sofort einen Schallraum zur Verfügung und läßt dir dort ein Hörspiel der jungen Dichterin vorspielen, die der erste Abteilungsleiter in seinem Flugzeug nach Dänemark mitgenommen hat.
Nun sitzt du in einer schalldichten Gefängniszelle auf einem unbequemen Stuhl und hörst dir das Hörspiel an, das »Mücken« heißt. Die häufigen kurzen Pausen innerhalb einzelner Dialoge und die etwas längeren Pausen zwischen den Gesprächen sind von einem stilisierten und von einem großen Orchester gespielten Mückengesumme erfüllt, das ein berühmter Musiker für das Tonband komponiert hat. Im Hörspiel herrscht Hochsommer, durch die heiße, trockene Luft schwirren unzählige Mücken — man müßte die Heizung abdrehen —, du sitzt aber auf deinem harten Stuhl, schaust auf die Dächer, auf denen noch schmutziger Schnee liegt, und denkst immerzu an den ersten Abteilungsleiter, der die junge Dichterin entführt und euer Rendezvous vergessen hat. Vielleicht wird er dich ganz vergessen, oder zumindest die Reisespesen, die er dir zwischen den Zeilen seiner Einladung versprochen hat. Von diesem Gedanken wird dir so heiß — wo ist nur der Heizkörper und wie stellt man ihn ab? —, daß du plötzlich aufstehst und an dem erstbesten Hebel drehst, den du erwischst. Das Tonband beginnt wie verrückt zu laufen und bellende, gurgelnde Laute, vermischt mit einem irren Mückengesumm, durch den Lautsprecher in den schalldichten Raum zu spucken. Du freust dich schon, auf diese Weise mit dem endlosen Hörspiel bald fertig zu werden, doch gleich darauf stürzt die ältliche Frau im weißen Kittel herein, die das Band zu Anfang in Bewegung gesetzt hat. Sie stellt es wieder richtig ein, und unter ihrem strafenden Blick einer Krankenwärterin plumpst du auf den Stuhl zurück und setzt eine geduldige Miene auf, um ihr zu zeigen, daß du nun brav bist und aufmerksam zuhören wirst.

Als das Hörspiel zu Ende ist, bist du ganz sicher, daß der erste Abteilungsleiter dich vergessen hat, und beschließt deshalb, den kleinen Gebetsteppich zu verkaufen, den du für alle Fälle in deinem Koffer mitgenommen hast. Dem Zollbeamten an der Grenze, dem er unter deiner Wäsche in die Finger geraten ist, hast du erklärt, du seist Mohammedaner, so daß er dich, zwischen seinem Pflichtgefühl und dem nötigen Respekt vor fremden Religionen hin- und hergerissen, schließlich ungeschoren gelassen hat. So gehst du mit der geretteten Beute, die du zusammengefaltet in deine Aktentasche gesteckt hast, zu Herrn Havemann, für den dir Herr Issakides aus Wien ein Empfehlungsschreiben mitgegeben hat. Herr Issakides ist ein kleiner, aber angesehener Teppichhändler, und Herr Havemann ist Besitzer einer der größten Antiquitätenhandlungen Hamburgs, ein Berufskollege von dir sozusagen. Da dein kleiner Beschir wirklich schön erhalten, über hundert Jahre alt und dazu nicht verzollt ist, hoffst du, für ihn, obwohl er klein ist, mindestens tausend Mark zu bekommen, wenn nicht fünfzehnhundert, denn so viel ist er unter Brüdern tatsächlich wert.
Während du forsch und voll Zuversicht, die Aktentasche unter dem Arm, über das feuchte Pflaster von Hamburg schreitest, beginnst du von einer außerordentlich regen, vielseitigen und ertragreichen geschäftlichen Tätigkeit zu träumen, die sich aus deiner Begegnung mit Herrn Havemann, der nach den Worten des Herrn Issakides einer der seriösesten Kaufleute Europas ist, zwangsläufig ergeben müßte. Deine entschlossenen Schritte verlieren sich jedoch im Empfangsraum der ehrwürdigen Firma Havemann, wo sie von einem dicken Teppich vollständig eingesogen werden. Die Straße, die dich in eine bedeutende Zukunft führen soll, erweist sich als eine Sackgasse. Der alte Herr Havemann ist gestorben. Dem Geschäftsführer, der dich im schwarzen Anzug und mit einem Blick auf die Uhr empfängt, entlockt der Name Issakides nur ein mitleidiges Lächeln. Für deinen Beschir, den du zögernd aus der

Aktentasche ziehst, will er dir dreihundert zahlen, wenn du ihm mindestens zwei, drei Dutzend ähnlicher Teppiche lieferst. Nach einem neuerlichen Blick auf die Uhr und einem weichen Händedruck läßt er dich gehen. Du bist so benommen, daß es dir draußen erst nach einigen ungeschickten Versuchen gelingt, den kleinen Gebetsteppich auf der Theke zusammenzufalten und in deine Aktentasche zu stecken. Du ärgerst dich, weil man dir an der Nase ansieht, daß du kein Geld hast. Genauso spürt man gleich, daß du deine Ansichten ohne rechte Überzeugung vertrittst. Deshalb kannst du damit nie ein Geschäft machen. Geschäfte können nur Menschen zustande bringen, die andere täuschen und sich selbst betrügen, Geschäfte sind Menschen vorbehalten, die an bunte Fahnen glauben — deine Fahne aber ist schwarz, und mit der machen nur Leichenbestatter Geld.

Eine ausgedehnte Alsterfahrt ist nicht imstande, das Gefühl der totalen Niederlage, das dich wie eine Flut fortzuschwemmen droht, und deine Kopfschmerzen zu vertreiben. Die blonde Apothekerin, bei der du Aspirin kaufst, wäre schon imstande, dich zu heilen — ihre Haut muß wunderbar kühl sein —, du traust dich aber nicht, sie zu fragen, was sie heute abend vor hat. So mußt du dich mit der schwarzen Malerin zufriedengeben — sie hat nicht nur schwarze Haare, die ihr in Rattenschwänzen in das blasse Gesicht hängen, sie trägt auch einen schwarzen Pullover und eine schwarze Hose. Dein Freund Robert hat dich an sie empfohlen. Ihre Bilder, die an den kahlen Wänden eines Kellers hängen und alle in grauem Abwaschwasser schwimmende Fettaugen darzustellen scheinen, deprimieren dich noch mehr. Robert hat wahrscheinlich keine Ahnung, daß sie eine Abstrakte ist, sonst hätte er dir ihre Adresse nicht gegeben. Sie schleift dich so lange über die Reeperbahn, bis sie in einem beinahe leeren Lokal eine Freundin, eine üppige Rothaarige mit Kuhaugen und großem Mund, findet, und mit der läßt sie sich im Morgengrauen in eine endlose Diskussion über die Bedeutung der konkreten

Lyrik und der informellen Musik ein. Du gehst indessen mit einer mageren Kellnerin schlafen, bei der du dich als einer der wichtigsten Mitarbeiter sämtlicher Sender ausgibst und die dir deinen Gebetsteppich aus der Aktentasche zu stehlen versucht, um, wie sie sagt, ein kleines Andenken von dir zu haben.

Als du später aufwachst, fährst du schreiend auf und duckst dich wieder unter die Decke, weil ein dunkler Schatten sich drohend über dein Bett beugt. Da alles ruhig bleibt, lugst du noch einmal hervor und stellst fest, daß dein eigener Anzug wie ein Gehenkter über deinen Füßen baumelt. Dein Zimmer hat keinen Schrank, so hast du ihn an den Kleiderständer neben der Tür gehängt. Ein leichter Wind weht durch das Fenster herein und schaukelt ihn hin und her; dein Anzug hängt zerdrückt und nutzlos über deinem Bett, eine Vogelscheuche, die in einer Gegend steht, in der die Vögel ausgestorben sind. Und du liegst darunter und wartest, daß ein neuer Tag anbricht, ein Tag, an dem du genauso überflüssig sein wirst wie an den vorangegangenen Tagen. Du wartest im großen Warteraum der Gescheiterten, im Niemandsland der Geschichte, in einem Erker zwischen Himmel und Erde, vollständig leer und ausgebrannt, eine verschossene Patrone, die am Straßenrand liegt und langsam verrostet.

In Bahnhofshallen und vor Bankschaltern, in Spitälern und auf Flugplätzen, an Straßenbahnhaltestellen und in Restaurants, in Amtsstuben, an Grenzübergängen und in Leichenhallen siehst du die Menschen warten, gelangweilt oder heiter, trübsinnig oder zukunftsgläubig, ungeduldig oder apathisch, du siehst sie warten und denkst: die warten auch. Aber das ist dir kein Trost. Du willst dein Leben nicht verwarten wie sie, du willst es nicht in den tiefen Schlund der Zeit werfen – Adieu, auf Nimmerwiedersehen –, du willst es in die Hand nehmen, du willst jede Sekunde nützen, wie es sich gehört. Und dann wartest du, genauso wie die anderen. Du wartest auf ein Bier, eine Suppe, einen Braten, einen Kaffee, du wartest auf den Abend, auf ein

Mädchen, auf den Beischlaf, auf den Schlaf. Du wartest auf morgen, du wartest auf das Geld, das nie ankommt, wenn du es erwartest, du wartest auf die Liebe, auf einen Freund, einen Brief, auf ein Wort, du wartest auf den Sommer und auf den Winter, du wartest immer, du wartest, daß jemand deinen Trödlerladen betritt und dir etwas abkauft, einen alten Stuhl mit nur drei Beinen, einen blinden Spiegel oder eine zerbrochene Vase, du wartest, daß es einmal besser wird, du wartest, daß etwas geschieht, was deinem Leben wieder einen Sinn geben könnte, du wartest auf Glück, du wartest auf Gnade, du wartest auf Segen, auf Milde und Verständnis und Vergebung, du wartest auf die Stunde deines Todes, du wartest auf die Auferstehung, aber du wartest vergeblich. Du gehörst nicht zu denen, die auferstehen werden; sollten jemals welche auferstehen, du wirst nicht dabei sein. Du warst, du bist, aber du wirst nicht sein. Du wartest umsonst.

Interview mit dem jungen Rundfunkredakteur im dunkelbraunen Anzug

Das war ein Anblick. Ein scheinbar reumütiger und bußfertiger Nazi, der auf seine Seelenrettung erpicht ist, und ein Revolutionär im Ruhestand, der die ganze Zeit nur daran denkt, wie er mit seinem Saufkumpan ins Geschäft kommen kann, zusammen auf der Reeperbahn, zuerst in verschiedenen Kneipen und Stripteasebuden und dann in einem Stundenhotel mit zwei Nutten, die sie unterwegs aufgelesen haben. Es hatte damit angefangen, daß ich meinem Chef von dem Besuch dieses Raikow aus Wien oder eigentlich aus Belgrad erzählte. Mein Chef, der seit Monaten den Kranken spielte, wurde auf einmal gesund, nicht ganz gesund, aber doch so weit munter, daß er mit seinem Gast und mir ausgehen konnte. Von seiner Krankheit, die meiner Ansicht nach auf seine Vergangenheit zurückzuführen ist, kann ihn niemand heilen. Er hat nämlich einen allergischen Ausschlag an den Händen, so daß er ständig weiße Zwirnhandschuhe trägt. Wenn ich ihn so mit seinen komischen Handschuhen sehe – er hat davon selbstverständlich mehrere Paare, die er alle Augenblicke reinigen läßt –, muß ich immer an die »Schmutzigen Hände« von Sartre denken. Gerechtigkeitshalber muß ich aber hinzufügen, daß mein Chef kein echter Nazi war. Er war weder ein überzeugter Hitleranhänger noch ein Karriere-PG, er gehörte zu jener seltsamen Spezies von Deutschen, die lange nach Hitlers Machtergreifung der Hakenkreuzlerbewegung beitraten, um, wie sie meinten, das Schlimmste zu verhüten. Ich weiß, heute reden sich alle darauf aus, aber bei meinem Chef dürfte das bis zu einem gewissen Grad stimmen. Er ist verschroben und verrückt genug, daß man ihm solche Beweggründe zutrauen könnte. Das gleiche doppelbödige protestantische Gewissen, das ihn damals zu diesem dummen Entschluß getrieben hat, erzeugt in ihm heute Gewissensqualen, die wiederum den allergischen Ausschlag auf seinen Händen hervorrufen.

Das habe ich jedenfalls bis zu diesem Abend geglaubt. Jetzt bin ich nicht mehr so sicher, ob ich mit meiner Theorie recht habe. Mein Chef kann leicht mehr auf dem Kerbholz haben, als er zuzugeben bereit ist. Ein besserer Kenner der damaligen Situation hätte aus den Pausen seines endlosen Lamentos sicherlich mehr herausgehört als ich. Aber dieser müde Revolutionär Raikow hatte nichts anderes im Sinn, als seinem Beichtkind einen hohen Vorschuß herauszulocken. Es war schon faszinierend, diesem makabren Theater beizuwohnen. Das seltsame Paar hätte jeder Bühne zur Ehre gereicht. Auf der einen Seite der kleine, rundliche, von Redlichkeit triefende Herr Delventhal, der seinen Partner unentwegt mit seinen weißbehandschuhten Fingern am Ärmel, am Revers oder an einem Knopf ergriff, um ihn so zu zwingen, ihn anzuhören, und auf der anderen Seite der um einen ganzen Kopf größere, vornübergebeugte, langnasige Herr Raikow, der seine Beute durch halbgeschlossene Lider musterte, als überlege er, wo und wie er sie am besten zu rupfen anfangen sollte. Dabei hatte der Abend ziemlich harmlos angefangen. Wir aßen in einem Fischrestaurant am Hafen und tranken Wein dazu. Einen ziemlich guten Wein übrigens. Nein, Herr Raikow trank von Anfang an Doppelkorn und Bier. Herr Delventhal täuschte sogar Interesse für die Arbeit seines Gastes vor, so daß wir über Literatur, Politik, Länder und Sitten dahinplauderten, bis mein Chef uns plötzlich zu einem Bummel über die Reeperbahn einlud. Ich weiß nicht, durch wie viele Lokale wir gezogen waren, ehe wir uns in dem besagten Stundenhotel fanden. Inzwischen waren Herr Delventhal und ich auch zum Schnaps übergegangen und tranken nun Whisky. In den zwei Zimmern, die mein Chef im Hotel gemietet hatte, waren auf einmal auch die zwei Nutten, zwei geheime, die sich uns irgendwann angeschlossen hatten. Die eine von ihnen hatte einen blondgelockten Pagenkopf, die andere war schwarz und hatte eine Kleopatrafrisur. Ich brauchte kein Mädchen. Ich hatte mich schon vorher in einem Haus in der Herbertstraße dieser Pflicht entledigt, während die zwei Herren mit der Puffmutter Kaffee tranken und Delventhal zum hundertstenmal an diesem Abend versuchte, seine weiße Hand auf das Knie von Raikow gelegt, die lauteren Beweggründe zu erklären, die ihn dazu bewogen hatten, der Nazipartei beizutreten. Als wir dann später vor dem Hotel standen, schlug ich, höflich und diskret wie ich bin, den beiden Herren vor, unten in einer Kneipe auf sie zu warten, aber Delventhal und Raikow bestanden darauf, daß ich mitkomme. Sie waren ziemlich aufgekratzt. Ich war auch schon betrunken, aber nicht so, daß ich nicht begreifen konnte, was um mich herum vorging. So wurde ich Zeuge einer einzigartigen Szene.

Als wir oben ankamen, machte Raikow keine langen Fisimatenten, sondern packte die Blondine an der Hand und entführte sie ins andere Zimmer. Die Schwarze versuchte hierauf Delventhal zu überreden, mit ihr zu baden, weil sie ihn offenbar aus meinem Blickfeld bringen wollte. Da wurde Delventhal bockig. Er sei ganz rein, behauptete er, und brauche deshalb nicht zu baden. Um ihr das zu beweisen, zog er sich die Schuhe und die Socken aus. Seine Füße waren tatsächlich rein. Sie waren seidig glatt und so weiß wie seine Handschuhe.

Das Mädchen war über Delventhals Weigerung, baden zu gehen, weder erstaunt noch belustigt, es ging mit professionellem Ernst auf sein Spiel ein. Während diese kluge Schwarze meinem Delventhal Whisky einschenkte und sich seine endlose Tirade über die moralische Sauberkeit anhörte, begann sie, ihn langsam und geduldig auszuziehen. Er saß nur mit Unterhosen und Handschuhen bekleidet auf seinem Stuhl, als dieser Raikow und die Blonde wieder hereinkamen. Sie war schon halbwegs angezogen und begann vor dem Spiegel ihre Locken in Ordnung zu bringen, er aber hatte, unternehmungslustig wie er war, nur ein Handtuch um die Lenden gebunden. Ohne irgendwelche Präliminarien schleppte er nun die Schwarze ins andere Zimmer. Da begann Delventhal zu weinen.

»Ich wollte ihm gerade erzählen«, jammerte er, »wie sehr ich sein gastfreundliches Volk liebe, aber er hört mir gar nicht zu. Ich habe schließlich einer Menge Partisanen das Leben gerettet, indem ich sie gegen deutsche Gefangene ausgetauscht habe. Ich bin 1943 eigens nach Drvar geflogen, um mit Titos Generalstab darüber zu verhandeln. Ich habe Raikow noch gar nicht von dieser humanen Mission erzählt, aber er denkt nur an das eine. Schrecklich ... schrecklich.«

Herr Delventhal begann so heftig und so anhaltend zu schluchzen, daß ich ihm kalte Tücher auf die Stirn und auf die Brust legen mußte, um ihn wieder zu sich zu bringen. Als ich ins Badezimmer ging, das zwischen den beiden Zimmern lag, um die Tücher naß zu machen, hörte ich den Raikow und die Schwarze im Nebenzimmer schwer arbeiten.

»Vergiß bitte nicht, mir die fünfzig Mark zu geben«, stammelte das Mädchen.

»Mein Freund zahlt alles«, antwortete Raikow in gleichmäßigem Rhythmus, »er zahlt alles.«

Seine Therapie, Delventhal nicht anzuhören, ihm das Mädchen vor der Nase wegzunehmen und ihn obendrein noch zahlen zu lassen, erwies sich als goldrichtig. Als Delventhal am übernächsten Tag, noch immer leicht aufgedunsen und mit blutunterlaufenen Augen im Büro erschien, trug er keine weißen Handschuhe mehr. Sein Ausschlag war wie weggepustet. Zum erstenmal seitdem ich in dieser entsetzlichen Rundfunkbude arbeite, habe ich seine Hände gesehen. Sie sind zum Unterschied von seinen glatten weißen Füßen ganz runzelig und gelb. Bald jedoch fing alles von vorn an und er ging wieder mit weißen Zwirnhandschuhen umher.

Was unseren neuen Mitarbeiter Raikow betrifft, so haben wir von ihm erst nach sechs Monaten und mehrmaligen Mahnungen das versprochene Manuskript für unser Nachtstudio bekommen, eine Arbeit über den schwarzen Humor in der jugoslawischen Literatur. Sie war nicht berühmt, aber noch immer gut genug für den schäbigen Vorschuß, den ihm Delventhal nach der gemeinsamen Sauftour bezahlt hatte.

Die Friedhöfe in der Sonne

Eines Morgens, es war ein Montag, es kann aber genausogut ein Dienstag oder ein Freitag gewesen sein, erhielt Mladen ein Telegramm, in dem sein Vater ihm mitteilte, daß sein jüngerer Bruder Sascha im Sterben liege und Mladen noch einmal zu sehen wünsche. Mladen müsse sich beeilen, wenn er von seinem Onkel Abschied zu nehmen gedenke.

Mladen und Lepa packten und fuhren noch am gleichen Abend nach Belgrad ab. Die Trennung begann schon am Bahnhof. Im Taxi hatten sie noch als Ehepaar gegolten, aber der Schlafwagenschaffner wies sie in verschiedene Abteile ein, weil ihre Pässe auf verschiedene Namen lauteten. Lepa mußte ihr Abteil mit einer langnasigen Dame teilen, die ihren Persianer mit beiden Händen gegen ihren hageren Leib drückte, als friere sie, und Mladen das seine mit einem sehr beweglichen kleinen Mann, der eine Menge Koffer und Taschen hatte, so daß man sich in dem engen Raum kaum rühren konnte.

Mladen und Lepa ließen ihren Partnern den Vortritt und warteten im Korridor, bis sie sich ausgezogen und niedergelegt hatten. Mladen wettete in Gedanken mit sich selbst, daß die dürre Dame ihren Pelzmantel nicht auf einen Kleiderbügel hängen, sondern über ihre Füße legen würde. Nachdem sie schweigsam eine Zigarette geraucht hatten, begleitete er Lepa zu ihrem Abteil und warf durch

die halboffene Tür einen Blick auf das untere Bett; er hatte die Wette gewonnen. Als er in sein Abteil trat und die Tür hinter sich schloß, sagte der kleine Mann, der im Pyjama auf dem Rand des unteren Bettes saß:
»Halten Sie mich nicht für unverschämt, wenn ich Sie etwas frage. Würde es Ihnen viel ausmachen, wenn Sie diesen Koffer hier und diese zwei Taschen als Ihr Gepäck deklarierten?«
Mladen machte das nichts aus.
»Sie sollen nicht glauben, daß ich etwas Verbotenes schmuggeln will«, fuhr der kleine Mann auf serbisch fort. »Es sind lauter Kleinigkeiten, die ich in Wien für meine Familie gekauft habe – Schuhe, Blusen, einen Fotoapparat, ein kleines Tonbandgerät, es ist da in der zweiten Tasche –, wie gesagt, lauter Kleinigkeiten, für die ich aber mehr Zoll zahlen müßte, als sie gekostet haben. Sie haben einen österreichischen Paß, obwohl Sie unsere Sprache sprechen, man wird Sie also gar nicht fragen, was Sie alles mithaben. Sie würden mir einen großen Gefallen erweisen, wenn Sie diese drei Gepäckstücke als Ihre eigenen ausgeben wollten.«
»Schon gut«, murmelte Mladen und begann, sich auszuziehen.
Der kleine Mann hörte jedoch nicht auf, ihm zu erklären, warum er gezwungen sei, ihn um diese Gefälligkeit zu bitten, er redete noch, als Mladen schon eingeschlafen war. Irgendwann im Laufe der Nacht hörte Mladen im Halbschlaf die hohe Diskantstimme des kleinen Mannes.
»Nur dieser kleine Koffer da und diese Tasche gehören mir«, schrie er beinahe. »Alles andere gehört diesem Mann da oben. Er ist Österreicher.«
Als Mladen in Zagreb wach wurde, sah er, wie sein Reisegefährte seine Beute mit vor Freude und Anstrengung rotem Gesicht hinausschleppte. Bald darauf setzte sich der Zug wieder in Bewegung, und Mladen schlief von neuem ein.
Er war in einem Gasthaus an der Peripherie der Stadt ein-

geschlossen. Die Fenster waren von außen vernagelt. Er konnte durch die schiefe Tür, die nicht zugesperrt war – das wußte er –, hinausgehen, fürchtete sich aber vor der großen Masse, die draußen auf der Straße, Transparente tragend und unverständliche Parolen grölend, vorbeitrampelte. Er hatte Angst, von ihr verfolgt zu werden, weil er so gut angezogen war. Er hatte einen dunklen Schneideranzug und ein schneeweißes Hemd an. Er trug auch einen dunklen Übergangsmantel und einen dunklen, breitkrempigen Hut. So, ganz in Schwarz gekleidet, stand er mitten im Gasthaus und wartete, daß die Demonstration, vor der er sich hierher gerettet hatte, vorüberging. Aber die Leute, die ebenfalls hierher geflüchtet waren und nun, blaß und zitternd, in dichten Gruppen herumsaßen, waren ärmlich und schäbig angezogen. Unter ihnen war eine alte Frau, die ein aufgedunsenes Gesicht hatte, mit faltigen Tränensäcken unter den farblosen, verweinten Augen. Er wußte, daß sie alle über ihn sprachen, und tat so, als verstehe er ihre Sprache nicht. Dabei strengte er seine Ohren an, um alles zu hören, was sie über ihn sagten. Und da merkte er, daß er sie wirklich nicht verstand, obwohl er wußte, daß sie in seiner Muttersprache redeten.

Das Füßegetrampel draußen stieg an, die Schreie wurden immer lauter und unverständlicher, und das Geflüster der Flüchtlinge im Gasthaus immer ängstlicher und verworrener und zugleich drohender. Der Wirt stand steif hinter der Theke und wackelte entsetzt mit seinem krebsroten Kopf. Er wurde plötzlich von Übelkeit befallen und lief durch einen engen Korridor in die Toilette. Es war ein schmutziges, stinkendes Pissoir, dessen Wände bis zur halben Höhe mit schwarzer Ölfarbe gestrichen waren. Er spürte intensiv den Gestank dieser Farbe und des Urins und versuchte, das kleine Fenster einzuschlagen, das sehr hoch lag und genauso wie die anderen Fenster im Gasthaus von außen mit zwei diagonal plazierten Brettern vernagelt war. Er schlug ein-, zweimal mit der Faust gegen die Scheibe, aber kraftlos. Gleichzeitig spürte er, wie die Übelkeit in ihm stieg. Er wußte, daß er in Ohnmacht fallen würde, konnte sich aber nicht dagegen wehren. Dann fiel er auf den Steinboden. Sein Hut lag in der Urinlache, und sein Kopf mit den fächerförmig ausgebreiteten Haaren dicht daneben. Er versuchte aufzustehen, hatte aber keine Kraft mehr, irgend etwas zu tun. Dann wurde ihm alles gleichgültig.

Als er endgültig wach wurde und die Augen öffnete, blieb er noch eine Zeitlang regungslos liegen und starrte auf die Zugschnur des Fensterrouleaus, an dessen Ende ein Knopf befestigt war und die im Rhythmus des fahrenden Zugs hin und her baumelte. Es kostete ihn große Mühe, seine Lethargie zu überwinden und aufzustehen; Lepa wartete sicherlich schon auf ihn, um mit ihm in den Speisewagen frühstücken zu gehen.

Schließlich saßen sie am Frühstückstisch und sahen durchs Fenster auf die flache Landschaft von Slawonien oder Syrmien, durch die sie fuhren. Über den grauen Stoppelfeldern, die spärlich mit schmutzigem Schnee bedeckt waren, lagen dünne Nebelfetzen, aus denen blauweiße Vögel, wahrscheinlich waren es Elstern, herausflogen, einige Zeit durch das durchsichtige Nichts segelten, um dann wieder im Nebel unterzutauchen.

Während seines Aufenthalts in Belgrad hatte Mladen den Eindruck, durch Nebelschwaden zu waten und von Zeit zu Zeit eine Insel aus trübem Licht zu betreten, in dem sich immer eine kurze Szene abspielte, an der er nur als Zuschauer beteiligt war, selbst wenn er als einer der Protagonisten mitwirkte.

Er saß im Salon mit den französischen Fenstertüren, vor denen zwei große, jetzt vollkommen kahle Linden standen. Der runde Tisch und die Kommode mit Intarsien waren blankpoliert, und die Fauteuils mit Schonbezügen aus Leinen verdeckt. Alles schien unberührt zu sein, eine entrückte, tote Welt, die darauf wartete, daß Menschen sie mit Leben erfüllten. Sicherlich hofften Mladens Eltern noch immer, daß er eines Tages heimkehren und am ersten

Tag die Schonüberzüge entfernen würde. Aber sie sprachen nicht davon. Mladens Mutter saß ihm gegenüber am Kaffeetischchen und erzählte von seinen Freunden, von denen er lange nichts gehört hatte. So erfuhr er, daß sein Schulfreund Obrad Stanković seine Mutter und seine Schwester, die noch immer im ebenerdigen Haus gegenüber wohnten, im Oktober besucht hatte. Er war in einem großen französischen Wagen gekommen, zusammen mit seiner französischen Frau und seinen zwei Kindern, die nur französisch sprachen. Er hatte schon während des Krieges angefangen, Medizin zu studieren, hatte nach dem Krieg den Arbeitsdienst und seine Studien absolviert und war dann, sobald sich ihm eine Möglichkeit bot, nach Nordafrika ausgewandert. Jetzt hatte er in einer marokkanischen Stadt eine gutgehende Praxis, so daß er imstande war, seine Mutter zu unterstützen.
»Obrad schickt seiner Mutter hundertfünfzig Dollar im Monat, damit sie ihre kleine Pension aufbessern kann.«
Der Bericht über Obrad hatte einen sehr vordergründigen, didaktischen Zweck, er sollte Mladen daran erinnern, daß es auch brave Söhne gab, die, anstatt sich mit schmutziger Politik und sinnlosem Widerstand zu beschäftigen, ihre Studien beendeten, einen ordentlichen Beruf ergriffen, eine Familie gründeten, Kinder in die Welt setzten und dabei ihre Eltern nicht vergaßen, er löste aber in ihm ganz andere Erinnerungen aus, die mit der Moral der Geschichte nichts zu tun hatten.
Mladen sah sich drüben in Obrads Wohnung auf einer Bank neben dem Klavier sitzen. Er durfte nicht nach Hause, weil die Polizei ihn suchte. Obrads Schwester hatte sich bereit erklärt, hinüberzugehen, um frische Wäsche und ein anderes Paar Schuhe für Mladen zu holen. Er hatte seine Schuhe ausgezogen und sie ihr gleich mitgegeben – er hatte keine ständige Bleibe, wo er sie aufbewahren konnte – und saß nun in Socken neben dem Klavier und hörte zu, wie Obrad mit vielen eigenen Variationen »Solitude« von Duke Ellington spielte.

Als Mladen etwas später das Haus verließ, ging er hinüber und schaute durch das Parterrefenster in den großen Wohnraum. Das Klavier stand noch auf dem alten Platz; es war blankpoliert und darüber war eine Spitzendecke gebreitet; der Deckel war aufgeklappt, so daß man die Tasten sehen konnte. Doch auf dem einbeinigen Stuhl saß niemand.

Mladens Onkel Sascha lag in einem eisernen Spitalsbett, dessen weißer Anstrich an vielen Stellen gesprungen war, so daß der Rost zum Vorschein kam. Ansonsten war alles sauber, das große Fenster, durch das man ein paar kahle Bäume sehen konnte, und der glänzende Fußboden, der stark nach Lysol roch.

Mladen blieb am Fußende des Betts stehen und wartete geduldig, daß sein Onkel sich rührte, er schlief offenbar. So gekrümmt und zur Wand gekehrt, wie er dalag, sah er sehr klein und sehr schmal aus, beinahe körperlos.

Onkel Sascha mußte gespürt haben, daß jemand an seinem Bett stand, denn er drehte sich brüsk um und richtete sich auf.

»Ah, du bist es, Mladen«, sagte er, als hätten sie einander am Morgen dieses Tages zuletzt gesehen. Er streckte Mladen die Hand entgegen, die beinahe bis zum Skelett abgemagert war. »Hast du schon den Film ›Der Kurier des Zaren‹ gesehen?«

Mladen wußte nicht, was er darauf antworten sollte. Er hatte aus einem Brief seines Vaters erfahren, daß Onkel Sascha in einem Film mitgewirkt hatte, er war aber nicht sicher, ob es gerade dieser Film war.

»Ich glaube nicht, daß ›Der Kurier des Zaren‹ in Wien schon gelaufen ist«, sagte er.

»Wieso nicht?« fragte Onkel Sascha. »Es ist doch ein italienischer Film.«

»Die meisten Filme kommen ziemlich spät zu uns. Du kannst einen amerikanischen oder einen französischen Film eher in Istanbul oder Beirut sehen als in Wien.«

»Ich habe schon immer gesagt, daß Wien eine Provinzstadt

ist«, sagte Onkel Sascha befriedigt. Er griff nach der Zigarettenschachtel, die auf seinem Nachtkästchen lag, holte eine Zigarette heraus, ließ sich von Mladen Feuer geben und fuhr dann fort: »Du mußt dir diesen Film eben hier in Belgrad anschauen. Ich hoffe, daß er noch in irgendeinem Kino läuft. Ich spiele darin einen russischen General, der eine Reiterattacke befehligt. Die braven Italiener haben hier zuerst einen drittklassigen Schauspieler für diese Rolle engagiert, aber schon bei der ersten Probe festgestellt, daß er keine Ahnung vom Reiten hatte, geschweige denn von militärischen Dingen. So haben sie ihre Sbirren nach allen Richtungen ausgeschickt, um jemanden zu finden, der sich für diese Rolle eignet. Kurz und gut, sie kamen bald zu mir. In unseren Gefilden kann man nicht so bald jemanden finden, der sich in diesen Dingen so gut auskennt wie ich. Ich habe doch schon in der k. u. k. Kavallerie gedient. Ich habe ihnen eine Kavallerieattacke hingelegt, die sich sehen lassen kann. Dann komme ich noch einmal vor, auf einem Ball. Da habe ich einen Walzer getanzt. Auch das können heutzutage nur wenige, ordentlich tanzen. Die Mädchen, ich meine die von der Komparserie, waren einfach begeistert.«
»Ich werde mir den Film anschauen«, sagte Mladen.
»Ja, tu das.«
Onkel Sascha drückte seine Zigarette im Aschenbecher aus, schwieg einige Augenblicke und fragte dann abrupt:
»Sag, wie geht es Lepa?«
»Danke, gut.«
»Sie ist ein nettes Mädchen. Du sollst sie endlich heiraten und eine Menge Kinder mit ihr haben.«
»Ja, Onkel Sascha.«
»Oder ist etwas zwischen euch nicht in Ordnung?«
»O nein. Es ist alles in Ordnung.«
»Das ist gut«, sagte Onkel Sascha, lehnte sich zurück und schlief ein. Er hatte alles gesagt, was er zu sagen hatte. Jetzt konnte er sich ausruhen.
Mladen wartete noch eine Weile und ging dann hinaus.

Draußen im Korridor lief er einem grauhaarigen Mann in weißem Mantel in die Arme.
»Ich habe gehört, daß du deinen Onkel besucht hast«, sagte der Mann. »Kannst du dich noch an mich erinnern? Ich bin Petar Rakić. Wir sind zwar nicht in dasselbe Gymnasium gegangen, ich kenne dich aber von der Save. Wir waren im selben Schwimmklub.«
Er nahm Mladen unter den Arm und führte ihn ins Ordinationszimmer. Dort holte er aus dem Schreibtisch eine Flasche Weinbrand und zwei Gläser, die er auf die Schreibunterlage stellte. Er schenkte die Gläser voll, reichte Mladen eins davon und prostete ihm zu.
»Ich habe dich einmal, als es schon kalt war – es muß September gewesen sein – und du dich nicht entschließen konntest, ins Wasser zu springen, ganz einfach hineingestoßen. Ich habe dir einen Schubs gegeben, und du bist hineingeplumpst. Kannst du dich noch daran erinnern?«
»Ja, natürlich«, sagte Mladen, obwohl er nicht wußte, wo er Petar Rakić unterbringen sollte. »Kannst du mir sagen, wie es mit meinem Onkel steht?«
»Ich kann dir doch die Wahrheit sagen?« Der grauhaarige Mann im weißen Mantel sah Mladen an, als erwarte er von ihm Antwort. Dann verzichtete er darauf, füllte von neuem die Gläser und fuhr fort: »Ich glaube, er wird es nicht mehr lange machen. Wir haben alles getan, was wir tun konnten, aber bei Pankreas ist nicht mehr viel zu helfen.«
»Ich verstehe«, murmelte Mladen.
»Es tut mir leid, daß ich dir nichts Erfreulicheres sagen kann, du bist aber ein erwachsener Mensch, den man nicht belügen muß.«
»Wie geht es dir? Was machst du?« fragte Mladen, weil er das Thema wechseln wollte.
»Wie soll es schon einem Spitalsarzt hierzulande gehen? Sicherlich nicht so gut wie dir dort draußen. Ich habe gehört, daß du ein Antiquitätengeschäft hast. So etwas muß doch in Wien sehr gut gehen?«

Auch Mladens Schulfreund Dragan, dem er auf dem Terazije-Platz über den Weg gelaufen war, schien ihn zu beneiden, weil er in Wien lebte und dort seinen Geschäften frei nachgehen konnte. Dragan, der schon in der Schule dick gewesen war und sich inzwischen zu einem wahren Koloß entwickelt hatte, schleppte ihn ins Café Terazije, um mit ihm schnell einen Wiedersehenstrunk zu kippen. Mit seinem Schnauzbart, der ihm über die Mundwinkel herunterhing, sah er aus wie einer seiner Vorfahren, die zuerst mit Schweinen und dann mit Tuch gehandelt hatten; über seinem mächtigen Bauch fehlte nur die goldene Kette, das Zeichen der Seriosität und der Wohlhabenheit. »Du handelst zwar mit Antiquitäten«, sagte er, »du kennst aber sicherlich eine Menge Geschäftsleute anderer Branchen in Wien und vor allem in Deutschland. Dort fährst du ja, wie ich gehört habe, ziemlich oft hin. Ich wäre dir sehr verbunden, wenn du versuchen wolltest, mit chemischen Unternehmen Kontakt aufzunehmen. Wenn du mich mit jemandem zusammenbringst, mit dem wir ein Geschäft machen können, soll es nicht dein Schaden sein. Ich bin nämlich für ein chemisches Werk hier tätig, wir suchen Partner im Ausland, von denen wir Lizenzen kaufen und für die wir vor allem hier produzieren können. Dir wird es bei deinen weltweiten Verbindungen sicherlich nicht schwerfallen, mich jemandem zu empfehlen. Hier ist meine Karte.« Er überreichte Mladen eine Visitenkarte und fügte hinzu: »Mein Gott, wo wäre ich jetzt, wäre ich nur an deiner Stelle!«
Damit verabschiedete er sich, er hatte eine wichtige Verabredung im Hotel Majestic mit einem französischen Geschäftsmann. Mladen trank noch einen Sliwowitz, um Dragans Suada hinunterzuspülen, und verließ ebenfalls das Café, dessen hartes Neonlicht die Gesichter der Besucher kalt und ledern machte.
Er hatte ein Rendezvous mit Lepa, das ziemlich unerfreulich verlief. Sie hatte ihn in die Wohnung einer Freundin bestellt, die vor kurzer Zeit, also ziemlich spät geheiratet

und sich mit ihrem Mann hier eingerichtet hatte. Die Wohnung lag nahe dem Zentrum, in der Detschanska. Lepas Freundin Mara hatte sie von ihrer Tante geerbt, zu der sie schon vor Jahren gezogen war, um in der Nähe der philosophischen Fakultät zu sein, an der sie als Dozent Biologie unterrichtete. Ihr Mann war Diplomkaufmann und arbeitete in der Verwaltung eines großen Kaufhauses. Sie waren jahrelang verlobt gewesen und heirateten erst, als die Tante gestorben und die Wohnung frei geworden war. Das hatten sie Mladen alles in den ersten zehn Minuten erzählt, während sie ihm und Lepa Kaffee und heimischen Weinbrand servierten. Sie gehörten zu den Menschen, die ihr Leben nach einem vorgefaßten Plan einrichteten und klare Verhältnisse liebten. Die saubere alte Wohnung, die sie mit ein paar neuen Möbeln aus Teakholz, Couches, mit Joka-Matratzen und Chagall-Reproduktionen ausgestattet hatten, diente ihnen offenbar als Zuflucht vor der rauhen Wirklichkeit draußen in der Stadt und auf der ganzen Welt. Der Gastgeber zeigte stolz die Einbauschränke im Korridor, die er selbst gebastelt hatte, sowie einen kleinen Wintergarten, den seine Frau betreute; sie war schließlich Biologin. Jetzt sparten sie für einen Kleinwagen, mit dem sie, sobald sie ihn bekommen hätten – in sechzehn Monaten –, ans Meer fahren wollten. Erst dann hatten sie ein Kind eingeplant, die moderne Medizin war imstande, auch Frauen über dreißig die erste Geburt zu erleichtern.

»Wir haben zwar nicht so viele Möglichkeiten wie Sie draußen«, sagte der Mann, dessen Namen sich Mladen bei der Vorstellung nicht gemerkt hatte, »man kann sich aber auch bei uns arrangieren, wenn man einen geeigneten Partner findet.«

Dabei sah er strahlend seine Frau an, die ihm gespielt schnippisch antwortete:

»Ich hätte dich lieber dieser schrecklichen Zora überlassen sollen, die schon zum Frühstück eine kräftige Portion Sliwowitz trinkt.«

Es war trostlos. Mladen fühlte sich so elend, daß er sich selbst einen zweiten und bald darauf einen dritten Weinbrand einschenkte, obwohl er sich dadurch der Gefahr aussetzte, in den Augen der Hausfrau als Säufer zu gelten. Sie ließen die Flasche auf dem Tisch, als sie sich später verabschiedeten, um ins Kino zu gehen. Mladen wollte auch weggehen, es war ihm unangenehm, in einer fremden Wohnung allein mit Lepa zu bleiben, aber sie hielt ihn zurück; wahrscheinlich hatte sie das vorher mit ihrer Freundin verabredet. Er wußte nicht, ob er sich ärgern oder über diesen ungeschickten Versuch, ihm ein »glückliches« Ehepaar vorzuführen, traurig sein sollte. Vielleicht wollte Lepa mit ihm hier in Belgrad ganz einfach einmal allein und ungestört sein. Was immer sie auch vorhatte, es war ihr gründlich mißglückt. Es war ein unerfreulicher Abend, den er nicht rasch genug hinter sich bringen konnte. Deshalb drängte er bald zum Aufbruch. Er wollte unter keinen Umständen da sein, wenn das sympathische, adrette Paar, das so bereitwillig über die eigenen Erfolge und Pläne plauderte, aus dem Kino kam, wo es sicherlich einen »Problemfilm« gesehen hatte.

Als er Lepa nach Hause brachte, lag die Straße im Nebel. Während sie, ein geduckter, verschwommener Schatten, neben ihm her ging, erfaßte ihn Mitleid mit ihr. So bat er sie stammelnd um Entschuldigung und vertröstete sie auf ein baldiges nächstes Rendezvous, ehe er sich von ihr verabschiedete.

Onkel Sascha klagte über starke Schmerzen im Rücken, als Mladen ihn am nächsten Tag besuchte. Mladens grauhaariger Jugendfreund gab ihm eine Spritze, so daß er bald einschlief. Nach dem unvermeidlichen Umtrunk im Ordinationszimmer, an dem noch ein älterer Arzt und eine junge, rosagesichtige Ärztin teilnahmen, ging Mladen durch die Stadt spazieren. Obwohl es gegen Mittag war und in Belgrad alle Betriebe und Ämter bis vierzehn Uhr arbeiteten, gab es erstaunlich viele Müßiggänger, die bei mildem Winterlicht über den Terazije-Platz und die Knez

Mihailova flanierten, lässig die Auslagen der Geschäfte begutachteten und in zahlreiche Cafés und Buffets einkehrten. Es war die Stunde, in der Onkel Sascha einst ins Café Rosza in Groß-Betschkerek ging, um dort sein Gabelfrühstück, ein kleines Gulasch oder Würstchen in Gulaschsaft, zu essen, ein Glas Bier zu trinken und sich mit seinen Freunden, die sich ebenfalls eine bestimmte Zeit für diesen Zweck freihielten, über Frauen, Pferde und verschiedene Luftgeschäfte zu unterhalten, so wie es in einer verschlafenen Provinzstadt der großen pannonischen Ebene üblich war. Was erzählten einander die Tachinierer, Dampfplauderer und Schmähtandler in der heutigen Hauptstadt Jugoslawiens, während sie einander auf der Straße am Ärmel, an einem Mantelknopf oder am Revers berührten oder in den Cafés und Buffets die Köpfe verschwörerisch zusammensteckten? Redeten sie so eifrig von Politik oder Geschäften, von Frauen oder Geld?
Slavko Janković, der in der Auslage des Café Terazije saß, durch einen Spalt des rauchgelben Spitzenvorhangs trübsinnig auf die Straße starrte und Mladen hereingewinkt hatte, mußte ähnlichen Gedanken nachgegangen sein, denn er legte los, kaum hatte sich Mladen zu ihm gesetzt. Er war Kommunist, aber einer von der Sorte, die für alle Erscheinungen des Lebens Verständnis zu haben schien und zugleich für alle Probleme eine vernünftige Erklärung parat hatte. Dazu war er durch seine Tätigkeit als Diplomat geradezu prädestiniert. Nach seinen Aufenthalten in Wien, wo er Mladen vor Jahren ein paarmal getroffen hatte, Rom und London war er jetzt in Amerika tätig, von wo er gerade auf ein paar Tage nach Belgrad zur Berichterstattung gekommen war.
»Es wundert mich, wieso es bisher noch niemandem aufgefallen ist, daß Belgrad mit den amerikanischen Städten mehr gemeinsam hat als mit den alten europäischen Metropolen«, sagte er. »Das fällt wahrscheinlich deshalb niemandem auf, weil Belgrad so alt ist. Es ist älter als Paris oder London. Aber nicht dieses Belgrad. Man vergißt, daß diese

Stadt im Laufe der letzten zweitausend Jahre immer wieder vollkommen zerstört worden und immer wieder aus dem Nichts entstanden ist. Vor dem Ersten Weltkrieg hat es in Belgrad kaum fünfzigtausend Einwohner gegeben, jetzt gibt es bald eine Million. Es ist also in einem knappen halben Jahrhundert beinahe auf das Zwanzigfache angewachsen. Deshalb hat Belgrad nichts Weiches, Fließendes, Traditionelles wie die anderen großen Städte Europas. Es ist ein hartes Pflaster wie zum Beispiel Chicago. Wie drüben in Chicago sind auch hier von allen Seiten und in kurzer Zeit Menschen in Massen herbeigeströmt, um hier im Zentrum eines neuen, großen Staats ihr Glück zu erzwingen — oder unterzugehen. Sie kamen von allen Seiten, aus dem steinigen Montenegro und aus dem armen Mazedonien, sie kamen aus dem hungrigen Bosnien, aus Dalmatien, aus Slowenien und aus dem fruchtbaren Banat. Hier wollten sie reich und groß werden, hier wollten sie siegen oder sterben, alle diese zerrissenen Taglöhner oder verzweifelten Glücksritter. Viele sind tatsächlich reich und groß geworden. In dieser Stadt hat es Männer gegeben, die in zehn oder zwanzig Jahren aus zerlumpten, verarmten Bauern Fabrikbesitzer und aus armseligen Markthändlern Gründer von Kaufhäusern geworden sind. Hier hat es nie ein richtiges Bürgertum gegeben. Die Türken haben vor kaum hundert Jahren arme Bauern und Fellachen hinterlassen. Nur in Slowenien, Kroatien, in der Batschka und im Banat, also in den ehemaligen Gebieten der österreichisch-ungarischen Monarchie, hat es so etwas wie ein Bürgertum gegeben. Aber diese Leute kamen nicht aus Belgrad. Hierher kamen jene, die aus dem Nichts etwas machen wollten. Der Kampf war natürlich hart. Die Nackten hatten ja nichts zu verlieren. Heute ist es dasselbe, nur daß die vielen zerlumpten Bauern und Glücksritter, die noch immer in Scharen herbeiströmen, kein Geld mehr verdienen, sondern die Macht erkämpfen wollen, und das läuft ja auf dasselbe hinaus. Der Kampf ist genauso unbarmherzig wie zuvor. Wer nicht hart genug ist, muß

untergehen. Die Macht will genommen werden wie eine Frau. Sie liebt nur den Starken und kennt keine Gnade gegen den Unterlegenen. Das ist alles, was man über diesen Staat sagen kann. In Chicago ist es genauso. Nur gehen mich die Menschen, die dort unterliegen, nichts an, wogegen ich viele Menschen, die hier untergegangen sind, gekannt habe. Es waren nicht immer die schlechtesten.«
Slavko Janković beendete seinen langen Monolog, ohne zu erklären, was ihn dazu veranlaßt hatte und wen er eigentlich meinte, als er die Menschen erwähnte, die ihm nahegestanden und hier untergegangen waren. Er führte noch eine belanglose, kurze Konversation mit Mladen, nahm dann seinen steifen dunklen Hut und seinen Regenschirm und ging. Er hatte zu tun.
Alle Menschen hier oder anderswo hatten zu tun oder gaben vor, etwas zu tun zu haben, nur Mladen hatte nichts anderes zu tun, als auf den Tod seines Onkels zu warten. Er besuchte Bogdan, der bei Kalemegdan ein Atelier hatte. Von der Decke des großen, hellen Raumes hingen verrostete Ketten herunter und ein mittelalterliches Folterrad, das Bogdan in eine Lampe verwandelt hatte. Durch das breite Dachfenster konnte man in den verschneiten Park sehen. Zwischen den alten Festungsmauern spielten ein paar Kinder auf einer leergefegten Steinfläche »Himmel und Hölle«.
»Hierzulande gibt es nur Henker und Totengräber und natürlich Opfer«, sagte Bogdan, der schon in der Schule für seine überspitzten Formulierungen bekannt gewesen war. »Das ist schon seit Jahrhunderten so. Ich habe die Rolle des Totengräbers gewählt, weil mir die Rolle des Henkers nicht liegt und die Rolle des Opfers nicht behagt. Daher die Zuflucht zum Amt eines Totengräbers, der eine Art exterritorialen Status genießt.« Bogdan griff nach seinem Glas, trank den mit Wasser verdünnten Pernod in einem Zug aus, sah Mladen verschmitzt an und fuhr dann fort: »Am liebsten möchte ich Kirchen bauen, obwohl ich nicht religiös bin, man baut aber bei uns keine Kirchen

mehr. So baue ich Friedhöfe. Das sind meine Kirchen.«
Er stand auf, ging zum großen Tisch, der unter dem Fenster stand und so lang wie das Fenster war, kramte in einer Mappe und holte schließlich einige Fotos hervor, die er in vier Gruppen auf dem Tisch ausbreitete. Mladen ging wortlos zu ihm und sah sich die Fotos an, auf denen lauter sonnenbeschienene Friedhöfe zu sehen waren, die Bogdan in wohnliche Totenstädte umgebaut hatte.
»Das hier ist der Friedhof in Mostar«, sagte Bogdan und zeigte auf ein Labyrinth aus Natursteinen, das wie ein Amphitheater auf einem Hügel lag. »Das ist der erste nach dem jüdischen Friedhof in Belgrad, den ich gebaut habe. Ich habe ihn aus dem Tal auf diesen Hügel verlegt, damit die Toten mehr Luft bekommen, und vor allem, damit sie auf die Lebenden hinunterschauen können. Daher der Aufbau im Halbkreis und in Stufen. Jeder soll eine gute Sicht haben. Er hat seinen Platz teuer genug bezahlt.«
Mladen fiel auf, daß Bogdan von den Toten sprach wie von den Lebenden, mit denen er intimen Umgang pflegte.
»Dieser Friedhof symbolisiert die Erde, die ein Schauspiel ist. Außerdem ist sie eines der vier aristotelischen Elemente. Der Friedhof im mazedonischen Prilep stellt das zweite Element dar, den Himmel.« Bogdan tippte mit dem Finger auf das Bild einer ebenen Fläche, die zum Teil mit Steinen bedeckt war und aus der steinerne Säulen ragten, die an der flachen Spitze verbreitert waren und wie eine Mischung aus griechischen Tempelsäulen und türkischen Grabmälern aussahen. »Wie du siehst, sind die Säulen nicht miteinander verbunden, sondern stehen frei im Raum. Sie tragen den Himmel.«
Die Rede, die er leicht dozierend vorgetragen hatte, mußte Bogdans Kehle ausgetrocknet haben, denn er ging zum runden Tisch neben der Sitzgarnitur und goß sich und Mladen einen frischen Pernod ein.
Mladen ging ihm nach; auch er hatte Durst. Sie tranken schweigend ihre reichlich bemessene Portion aus und kehrten dann wieder zu den Bildern zurück.

»Das hier sind zwei Projekte«, fuhr Bogdan fort, als hätten sie inzwischen keine Pause gemacht, »von denen nur das eine, das hier, in Jasenovac realisiert wird.« Er zeigte auf die fotografierte Zeichnung einer Wasserfläche, auf der riesige Wasserrosen schwammen. »Jasenovac ist ein Massengrab von ungeheuren Ausmaßen. Hunderttausende, die von den Ustaschaleuten erschossen oder erschlagen wurden, liegen dort begraben. Da eine urbanistische Ordnung zu schaffen, hat keinen Sinn. Deshalb lasse ich die ganze Gegend von Wasser überfluten. Gleich in der Nähe ist ein riesiger Morast, den nur ein Damm daran hindert, sich noch mehr auszubreiten. Ich lasse den Damm sprengen und das Wasser kommen. Das dritte Element, das Wasser, soll die Gräber bedecken. Große Wasserrosen aus Eisen oder Stahl von fünfzehn oder zwanzig Metern Durchmesser werden die Wasseroberfläche um eine Spur überragen, zum Zeichen, daß sich hier ein riesiges Grab befindet. Die Besucher können auf schmalen hölzernen Stegen zwischen den eisernen Blumen gehen und echte Blumen für ihre Toten ins Wasser werfen.«

Ehe sie auf das vierte Element, das Feuer, übergingen, labten sich die beiden alten Freunde mit einem weiteren Pernod. Dann zeigte Bogdan seinem Besucher sein letztes Projekt. Auf der fotografierten Zeichnung war eine sehr hohe geborstene und in der Mitte geknickte Säule zu sehen, die in einer vollkommen kahlen Landschaft stand.

»Diese Säule, die ich am liebsten aus echten Kanonen beschießen möchte, damit sie richtig hergenommen aussieht, soll dreißig Meter hoch sein. Sie muß aus der Ferne wie ein getroffener, fallender Mensch aussehen. In Jajince hat man täglich Hunderte von Menschen erschossen. Aber man läßt mich diesen Friedhof nicht bauen. Die Stadtväter meinen, daß schwangere Frauen beim Anblick meines Mahnmals vor Schreck ihre Kinder verlieren könnten.«

Bogdan sammelte seine Bilder ein, legte sie ordentlich in die Mappe und ging wieder zur Flasche.

»Ich bin die dunkelste Sonne hinter dem Vorhang«, sagte

er, während er den Pernod einschenkte und dann Wasser darüber goß, bis die giftgrüne Flüssigkeit allmählich Resedafarbe annahm.

»Meine Augen sehen, ohne mich, einen schöneren Morgen«, fuhr er fort zu deklamieren, als er sich setzte. »Was sagst du dazu? Ich habe angefangen, Sprüche und Verse zu sammeln, die irgendwie zu den Toten passen. Aber niemand will sie mir abkaufen ... Vermummt nehme ich den Weg der Sterne ... Vielleicht werde ich einmal ein kleines Buch mit solchen Sprüchen herausgeben. Auf jeder Seite sollen nur ein paar Zeilen stehen, wie auf einem Grabstein. – Bist du ein Mensch, Bruder, oder eine Erscheinung? – In mir singt manchmal etwas, wie ein schrecklicher Vogel um Mitternacht.«

Bogdan stand wieder auf, ging zum großen Tisch, holte von dort ein Heft, blätterte darin und las mit kleinen Unterbrechungen vor:

»Ich will mich davon überzeugen, ob ich es wirklich bin ... Eines Nachts werde ich hinter mehreren Bäumen auf einmal erscheinen, und alle werden sich darüber wundern, wie das möglich ist ... Und der Hund an der Kette bellt, in meinem Körper begraben ...«

Bogdan legte das Heft weg, beugte sich vor, sah Mladen bedeutungsvoll an und sagte:

»Ich werde dich noch überraschen. Vielleicht werde ich mich umbringen.« Er war anscheinend schon betrunken. Auch Mladen merkte, wie sehr er sich anstrengen mußte, um Bogdan nicht doppelt zu sehen.

»Ich habe genug davon, ewig durch Leichen zu waten«, sagte Bogdan. »Ich möchte einmal eine Kirche bauen. Kannst du unsere Politiker nicht davon überzeugen, daß sie mich eine Kirche bauen lassen sollten, eine einzige atheistische Kathedrale, für einen unsichtbaren Gott?«

Interview mit Miroslava Raikow

Es liegt mir fern, Mladen in Schutz zu nehmen, nur weil er mein Sohn ist. Mit ihm ist irgend etwas nicht in Ordnung. Auch ich habe mich immer gewundert, daß er mit dem Antiquitätenhandel keinen Erfolg hat. Dabei ist er in einer Antiquitätenhandlung groß geworden und hat dann noch Kunstgeschichte studiert. Ich glaube, das liegt in der Familie meines Mannes. Die Raikows waren nie erfolgreich. Ihnen hat immer der Sinn für die Realität gefehlt. Schon Mladens Großvater, der alte Slobodan Raikow, ist während der großen Wirtschaftskrise zu Anfang der dreißiger Jahre zugrunde gegangen, weil er versucht hat, gegen den Strom zu schwimmen. Als er seine kleine Bank in Kerek verloren hat, ist ihm nichts anderes eingefallen, als zwei großen jugoslawischen Bierbrauern Konkurrenz zu machen. Er hat angefangen, auf dem Land, das er von seinem Vater geerbt hat, Hopfen zu bauen, in der Absicht, ihn gegen tschechisches Bier einzutauschen; aber die Bierbrauer haben verhindert, daß tschechisches Bier importiert wird. So ist der alte Raikow auf seinem Hopfen sitzengeblieben. Er wollte nicht wahrhaben, daß im Geschäft auch die Politik eine große Rolle spielt. Die Bierbrauer haben im damaligen Parlament ein Gesetz zum Schutz der heimischen Produkte durchgesetzt, wie es sie heute überall auf der Welt gibt. Den Rest des Vermögens hat dann sein Sohn Sascha mit Frauen und Pferden durchgebracht. Auch mein Mann ist ein Spieler, auch er hat alles auf eine Karte gesetzt. Seit seiner Studienzeit wollte er, wie er sagt, »menschenwürdige« Häuser bauen. Vor dem Krieg war die öffentliche Hand hierzulande nicht sehr freigebig beim sozialen Wohnungsbau, und unsere Reichen, die sich eigene Häuser leisten konnten, hatten nicht viel Geschmack, aber nach dem Krieg hätte mein Mann eine große Chance gehabt, hätte er seine Vorstellungen den Wünschen seiner Auftraggeber wenigstens ein bißchen angepaßt. Aber nein, er mußte so lange streiten, bis man ihn vor die Tür gesetzt hat. Jetzt sind aus den Wohnblocks in Neu-Belgrad richtige Menschensilos geworden, die wie Gefängnisse aussehen. Mein Mann hätte sie sicherlich besser gemacht, wäre er dabeigeblieben, ich meine, hätte er ein wenig nachgegeben. Aber die Raikows müssen sich immer mit jemandem anlegen. Mein Sohn hat zum Beispiel alles darangesetzt, sich vor dem Krieg, als Jugoslawien noch ein Königreich war, unbeliebt zu machen, bis man ihn schließlich aus allen Mittelschulen relegiert hat. Dabei ist er gar nicht so dumm. Er hat ohne große Mühe die siebente und die achte Klasse absolviert und dann die Matura bestanden. Daneben hat er sich aktiv der Politik gewidmet. Natürlich als Kommunist. Ihretwegen wurde er verfolgt, eingesperrt, zusammengeschlagen, ins Ausland verschleppt, wieder verhaftet und zusammengeschlagen, um sich dann, kaum waren sie nach dem Krieg an die Macht gekommen, von ihnen loszusagen. Eine typisch Raikowsche Reaktion. Was für einen Grund hatte er schon, sich mit den Kommunisten zu überwerfen? Ich hätte viel mehr Grund, auf sie böse zu sein, sie haben mir doch meinen Antiquitätenladen, von dem zuletzt die ganze Familie gelebt hat, weggenommen. Aber ich habe mich damit abgefunden. Jetzt arbeite ich in einem staatlichen Kommissionsladen, in der Abteilung für alte Möbel, Teppiche und Schmuck. Schon wieder bin ich diejenige, die für die ganze Familie herhalten muß, während die Herren Raikow nur darauf achten, ihre Weste sauberzuhalten. Mir darf es nichts ausmachen, illegale

Geschäfte zu tätigen, um uns über Wasser zu halten. Ich kann mich über meine Kunden nicht beklagen, es sind meist Ausländer, aber auch heimische Politiker oder Diplomaten, die sich einmal einen schönen Teppich oder ein wertvolles Schmuckstück gönnen wollen – das Ganze ist aber nicht fair gegenüber meinem Unternehmen, das es mir schließlich ermöglicht, sowohl die Verkäufer als auch die Käufer für meine privaten Transaktionen kennenzulernen. Mladen hätte es da viel leichter. Wien ist noch immer eine wahre Fundgrube für Antiquitäten. Und dann das internationale Publikum, das noch immer nach Wien kommt. Ich habe neulich, als ich Mladen kurz besucht habe, ein paar Porträts aus der Biedermeierzeit für einen Pappenstiel gekauft und sie in Belgrad ganz gut abgesetzt. Manche Leute bei uns sind ganz wild auf eine bürgerliche Ahnengalerie, obwohl sie in einem kommunistischen Staat leben. Nein, mit meinem Sohn stimmt etwas nicht. Als er neulich hier war, ist er total betrunken nach Hause gekommen, voll wie eine Strandhaubitze, wie man diesen Zustand in Trinkerkreisen bezeichnet, und das am frühen Nachmittag! Es war gerade der Tag, an dem sein unglücklicher Onkel gestorben ist. Als ich ihm gesagt habe, was passiert ist, hat er nur stundenlang vor sich hin gestarrt. Irgend etwas ist nicht in Ordnung mit ihm. Ich möchte ihm gern helfen, ich bin doch seine Mutter, aber ich weiß wirklich nicht, wie. Als er im Gefängnis war, habe ich alles getan, um ihn am Leben zu erhalten, aber jetzt weiß ich nicht, wie ich ihm helfen soll. Ich versuche, ihm Ratschläge zu geben, wie er in seiner Branche gute Geschäfte machen könnte, aber er hört mir gar nicht zu. Vielleicht wird er sich ändern, wenn er endlich einmal heiratet und Kinder bekommt. Aber auch da scheint er keine Eile zu haben. Als ich so alt war wie Lepa, ist mein Sohn schon längst ins Gymnasium gegangen. Wenn die beiden noch lange warten, werden sie überhaupt keine Kinder mehr haben können. Und das ist nicht gut für eine Ehe.

Kontrapunkt

Es war das armseligste Pferderennen, das ich in meinem Leben gesehen hatte. Die Erinnerung an die Rennen aus der Zeit meiner Jugend hielt an den langgezogenen, zarten Linien voll Bewegung und an den leuchtenden Farben von Degas fest: Grün, Rot, Hellbraun und Gelb.
Vor dem Katheder steht Bogdan, schmal, leicht gekrümmt, den rechten Fuß etwas vorgestreckt, als wolle er gleich davonlaufen; er ist ganz blaß, seine dunklen Augen sind von einem matten Glanz überzogen; in der Hand hält er einen Stapel karierter Blätter von seltsam kleinem Format, er muß sie aus einem Mathematikheft herausgerissen und dann noch zerschnitten haben; er liest uns einen Essay über seinen Lieblingsmaler Edgar Degas vor; er hat ihn mit seiner winzigen Schrift zwischen die blauumrandeten Quadrate dieses für Rechenaufgaben bestimmten Papiers gepreßt. Es ist Sonntagvormittag. Das ganze riesige Gebäude unseres Gymnasiums ist bis auf den Physiksaal, in dem unsere literarische Vereinigung ihre monatliche Matinee abhält, leer und still. Zwei Spatzen flattern, miteinander balgend, auf dem verrosteten Blech des Fenstervorsprungs. Professor Haralampitsch, der unsere Zusammenkünfte beaufsichtigt, sieht dem Spiel der beiden Vögel zerstreut zu und seufzt von Zeit zu Zeit; er atmet dabei tief und geräuschvoll die Luft ein, bis sie seine magere, vorgestreckte Brust ganz gefüllt hat, und läßt sie dann

langsam, kaskadenartig aus. Das Licht, das durch das letzte Fenster hinter uns schräg ins Zimmer fällt und Bogdans rotbraunen Schuh zu zerschneiden scheint, beleuchtet Myriaden buntschillernder Staubkörnchen, die wie winzige Fische umhertanzen. Bogdan spricht und beschwört mit seiner vor Aufregung heiseren Stimme Degas' Welt der Ballettmädchen, Jockeys und Pferde – Pas de deux, Galopp, Hopp-Hopp!

Rechts, in der dunklen Ecke, sehe ich wie auf einer Bühne einen weiten Saal, dessen Wände mit riesigen Spiegeln bedeckt sind. An der Spiegelwand stehen, den rechten Unterarm an die Übungsstange gelehnt, drei Ballettmädchen in bläulich-weißen Röckchen; sie stehen auf den Spitzen ihrer rechten Ballettschuhe, indes ihre linken Beine rechtwinklig gestreckt in der Luft schweben. Vor ihnen steht ein mageres, verhutzeltes Männchen in einem schwarzen Trikot, unter dem sich seine Bauchmuskeln spannen; er hat eine Melone auf und hält einen schwarzen, lackierten Stock mit Elfenbeingriff in der Hand. Damit schlägt er den Takt zu diesem Dressurakt für junge Ballettelevinnen, die man in den Spiegeln rechts und an der Stirnwand von allen Seiten und zugleich vervielfacht sehen kann. Dann verwandelt sich der Saal in ein resedagrünes Feld, über das drei Pferde mit schlanken Fesseln – ein Fuchs, ein Schimmel und ein Rappe – in unhörbarem Galopp mit ihren vorgebeugten Jockeis im Sattel dahinfliegen, auf ein palisadenartiges Hindernis zu, das in der Ferne, am Rande des Horizonts steht, wie eine unerreichbare Grenze, die es zu überschreiten gilt.

Der zweite Mensch, der in mir die Vorstellung von der Schönheit und Eleganz der Pferderennen gefestigt hatte, war Onkel Sascha. Die Rennen, die ich vor langer Zeit mit ihm gesehen hatte, waren dem Idealbild, das ich mir durch Bogdans Vermittlung davon gemacht hatte, sehr nahe gekommen. Der Filter meines Gedächtnisses hatte wahrscheinlich alles Diffuse, alles Schmutzige ausgesondert, so daß in meiner Erinnerung nur reine Farben geblieben

waren. Verglichen mit ihnen, mußte alles, was sich auf dem Belgrader Rennplatz vor uns abspielte, ganz schäbig wirken. Die blaue Fliege mit weißen Tupfen, die Onkel Sascha sich für diese feierliche Gelegenheit umgebunden hatte, hing flügellahm von dem viel zu weit gewordenen Hemdkragen herab. Über dem dünnen, faltigen Hals ragte steif der von vielen Winden zerrupfte Kopf eines gealterten Raubvogels, dessen entzündete, glasige Augen mit erlöschender Neugier auf eine magere Beute blickten.
Es war ein trüber, aber regenloser Septembersonntag. Wir gingen zwischen den Baracken, an deren Schaltern sich schon eine Gruppe von wettlustigen Zigeunerbuben drängte, auf die spärlich besetzten Tribünen zu. An der Brüstung der ersten Loge stand ein kleiner Mann in einem schlechtsitzenden petroleumfarbenen Zweireiher und hielt eine Rede. Er war offenbar ein Funktionär des Rennvereins oder ein Delegierter des Gemeinderats. Man sah, wie sein Mund auf- und zuging, seine Stimme, die ihm nicht zu gehören schien, kam aber aus einem Lautsprecher, der auf einem Mast am Rande der Rennbahn angebracht war. Er sprach von großen Fortschritten in der Ausbildung des Jockeinachwuchses, von den ausgezeichneten Ergebnissen der neuen Zuchtmethoden und von den ungeahnten Perspektiven, die sich dank einer großzügigen Hilfe der staatlichen Behörden vor dem Pferderennsport eröffneten. Von seiner eigenen Stimme, die ihm vielfach verstärkt entgegendröhnte, angefeuert, schlug der kleine Mann in regelmäßigen Abständen mit der bloßen Handfläche lautlos auf die Brüstung; vielleicht wollte er mit dieser Handbewegung auch die piepsenden Geräusche unterdrücken, die der Apparat zusammen mit seiner Rede ausspuckte. Als er geendet hatte, verbeugte er sich leicht ins Leere und setzte sich dann gewichtig und von der eigenen Bedeutung durchdrungen nieder. Der laue Applaus, den man an den trägen Klatschbewegungen einiger Zuschauer bemerken konnte, ging unter in einem ohrenbetäubenden Kreischen, das die sechs Pferde, die gerade von ihren Jockeis auf die Bahn

geführt wurden, so sehr erschreckte, daß sie zu tänzeln begannen. Daraufhin wurde der Lautsprecher abgestellt. Bald jedoch hörte man ein schabendes Geräusch, das auf dem Rücken eine Gänsehaut und kalte Schauer verursachte, und dann eine eintönige Stimme, die sich im Namen der Veranstalter für die Störung entschuldigte und das erste Rennen zweijähriger Halblutpferde ankündigte. Die Leute begannen zu den Baracken zu strömen, um schnell noch ihre Wetten abzuschließen.

Als wir in unsere Loge kamen, blieb Onkel Sascha, die Rechte auf das rohe Brett gestützt, vor der Brüstung stehen, straffte seinen Oberkörper, so daß ihm der Anzug nicht mehr schlaff von den mageren Schultern herabhing, und sah sich langsam um, als suche er Bekannte, die nur darauf brannten, ihn zu begrüßen. Doch niemand nahm von ihm Notiz. Er setzte sich nieder und nahm, ein Bein über das andere geschlagen und den linken Ellenbogen auf die Brüstung gelehnt, die lässige, etwas verächtliche Haltung des Habitués an. Er zog seine Brille aus der Ziertuchtasche und vertiefte sich in das Programmheft. Dieses ganze Theater, das er für mich aufführte, hätte mich sicherlich sehr amüsiert, hätte ich nicht plötzlich das Gefühl gehabt, daß jemand mich beobachtete.

Ich sah mich um, konnte aber nichts bemerken, niemand schien sich für mich zu interessieren. Trotzdem wurde ich das Gefühl nicht los, beobachtet zu werden. Es war, als stehe jemand hinter einem Zaun und betrachte mich mit einem Auge durch einen Spalt zwischen den Brettern. Da ich diesen Jemand in der dünnen, rissigen Menschenmauer hinter mir, die sich erhoben hatte, um die Vorbereitungen des ersten Rennens besser zu sehen, nicht entdecken konnte, tat ich so, als schaue ich den promenierenden Pferden aufmerksam zu.

Für dieses Rennen hatten wir noch nicht gewettet, weil Onkel Sascha der Meinung war, man müsse sich zuerst genau orientieren, ehe man irgendwelche Entscheidungen traf, und dafür waren wir noch zu kurz da. Nachdem er

das Programmheft eingehend studiert hatte, betrachtete er sehr genau die Pferde, die nun auf der Rennbahn auf und ab gingen; dazu benützte er den alten Operngucker meiner Mutter, den er mitgenommen hatte.
»Ich würde bei dem ersten Rennen unbedingt auf Lear setzen«, sagte Onkel Sascha, ohne den Operngucker abzusetzen. »Ich kenne zwar weder seinen Vater noch seine Mutter, wenn ich mich aber nicht täusche, ist die Mutter seines Vaters Violetta, und die war eine der feurigsten Stuten, die ich je in meinem Leben gesehen habe. Wenn ein einziger Funke von ihr auf diesen Lear übergesprungen ist, dann wird er bestimmt siegen. Ich habe unlängst eine Untersuchung über verschiedene Erblehren gelesen. Die Geschichte ist ziemlich verwickelt, ich glaube aber trotzdem, richtig verstanden zu haben, daß die Erbeigenschaften erst in der zweiten Generation zum Durchbruch kommen, und zwar über Kreuz. Wäre Lear eine Stute, dann hätte er alle Eigenschaften seines Großvaters mütterlicherseits geerbt, da er aber ein Hengst ist, hat er das Ansehen und hoffentlich auch das Temperament seiner Großmutter väterlicherseits.« Dann setzte er den Operngucker ab und reichte ihn mir. »Der schöne Fuchs dort, der dritte vor dem Startnetz.«
Ich hielt mir das Fernglas vor die Augen, sah aber alles so verschwommen und verzerrt, daß ich in der bezeichneten Richtung keinen Fuchs entdecken konnte. Dann hörte ich eine Glocke und nahm das Fernglas von der Nase. Onkel Sascha riß es mir beinahe aus der Hand, um das Rennen besser verfolgen zu können; die Pferde liefen bald um die Ecke, so daß ich sie ohne Fernglas nicht gut sehen konnte. Als sie nach einiger Zeit von der anderen Seite wieder in die Gerade einbogen, begann Onkel Sascha zu schreien:
»Da ist er! Er führt! Er führt! Was habe ich gesagt? Er ist der erste!«
Seine Erregung erfaßte auch mich; zugleich mit ihm erhob ich mich vom Sitz und starrte mit offenem Mund auf das

rotbraune Pferd, das sich in großen Sprüngen der Ziellinie näherte. Dabei übersah ich einen Schimmel, der Onkel Saschas Fuchs langsam von rechts überholte und um eine Kopflänge früher das Ziel passierte.
»Auch schon etwas«, sagte Onkel Sascha verächtlich. »Um eine halbe Nasenlänge. Und mit so viel Mühe. Hast du gesehen, wie leicht unser Lear über den Rasen geflogen ist? Ich sage dir, dieses Pferd ist in Ordnung. Es ist noch zu jung und unerfahren, aber warten wir ab. Nächstes Jahr . . .«
Darauf ging er entschlossenen Schritts hinunter, um zu wetten. Ich begleitete ihn und setzte auf dasselbe Pferd wie er, auf Sieg. Es hieß Domino. Als wir zurückkamen und zu unserer Loge hinaufsteigen wollten, sah ich den Mann, der mich die ganze Zeit beobachtet hatte. Er stand oben in der Mitte der Treppe und blickte neugierig und zugleich vorwurfsvoll auf mich herab. Nun gab es kein Entrinnen; ich mußte mich stellen. Während ich langsam die hölzernen Stufen hinaufstieg, hatte ich Zeit zu überlegen, wer der Mann war, der mich oben erwartete. Die häufigen Überfälle aus dem Hinterhalt der Jahre, die mir schon lästig geworden waren, hatten mein Gedächtnis schon so geschärft, daß ich ziemlich rasch reagieren konnte. Als ich vor meinem Beobachter stand, wußte ich alles von ihm, nur nicht seinen Namen. Er war der beste Freund von Berko, der eigentlich Berkovitsch geheißen hatte; später war Berko eine Zeitlang mein bester Freund gewesen.
Ich darf aus meiner kleinen feuchten, fensterlosen Einzelzelle, die auf der Hofseite liegt, in eine größere übersiedeln, in der ich nicht allein sein werde. Mit meiner Pferdedecke und dem schmutzigen Kissen unter dem Arm stehe ich in der Tür der neuen Zelle und schaue auf das blasse, frische Grün eines Baumes, den man durch das vergitterte offene Fenster sieht. Der Wächter, der mich hergeführt hat, gibt mir einen Stoß, ich taumle vorwärts und stolpere dabei über die ausgestreckten Beine eines Häftlings, der ganz flach an der Wand sitzt, so daß seine Ge-

stalt einen rechten Winkel bildet. Ich entschuldige mich, aber der Bursche rührt sich nicht, sondern starrt nur mit verbitterter Miene vor sich hin. Indessen springen zwei andere Burschen auf, um mir Platz zu machen. Beide sind sehr lang und schmal. Sie warten höflich, ob ich etwas tun oder sagen würde. Der eine ist schwarz und hat einen dünnen Schnurrbart, den er mit dem Zeigefinger und dem Daumen seiner Rechten verlegen glättet, als wolle er ihn wegwischen. Der andere hat strohblonde Haare und buschige Augenbrauen von der gleichen Farbe. Die Anzüge der beiden Burschen sind noch korrekt gebügelt. Über den hellblauen Ärmel des Schwarzen kriecht eine Wanze. Ich lasse meine Sachen fallen und schnippe die Wanze mit einer Handbewegung auf den Boden. Beinahe zugleich schnelle ich mit dem rechten Fuß vor und zerdrücke sie. Das gibt ein knackendes Geräusch. Der schwarze Bursche schaut erschrocken hinunter. Dann verbeugt er sich leicht und bedankt sich mit einem Lächeln. Ein guterzogener Junge.

»Ich beobachte dich schon die ganze Zeit«, sagte der Mann, der auf der Stufe vor mir stand. Seine strohblonden Haare waren dünner geworden und seine buschigen Augenbrauen noch zerzauster. »Ich war aber nicht sicher, daß du es bist.«

»Ja, ich habe in den letzten Jahren ein bißchen zugenommen. Es ist beinahe zwanzig Jahre her, daß wir uns zuletzt gesehen haben.«

»Es ist nicht das«, antwortete er, und schon wieder glaubte ich, aus seinem Ton einen leisen Vorwurf herauszuhören. »So sehr hast du dich nicht verändert. Ich habe dich hier nicht vermutet. Du bist doch nicht für immer heimgekehrt?«

»Nein, ich bin nur zu Besuch. Und hier bin ich mit meinem Onkel. Er ist ein Pferdenarr.«

»Ich werde nie vergessen«, sagte er, »wie du ausgesehen hast, als man dich aus deiner Zelle geholt hat, um dich uns vorzuführen. Dein Hut war ganz grün, ich weiß nicht, warum du ihn aufgesetzt hast, und dein Blick ganz irr.

Und dann hast du vollkommen sinnlos gegrinst. Ich habe geglaubt, du bist übergeschnappt.«
Ich liege in meinen Mantel gehüllt auf dem Boden meiner Zelle und überlege, wie ich am besten Selbstmord begehen könnte. Mit einem rostigen Nagel habe ich mir schon einmal die Pulsadern zerkratzt, man hat mich aber bald erwischt und verbunden. Dann habe ich versucht, mich mit Hilfe meines Schals an dem Heizkörper aufzuhängen, aber der Schal hat nicht gehalten; nur mein Hals tut mir noch weh. Wenn ich zu Mittag die übliche Bohnen- oder Rübensuppe bekomme, könnte ich den Löffel entzweibrechen und mit dem Stiel meinen Bauch durchbohren. Ich habe keine rechte Lust, ein so umständliches Harakiri zu begehen, aber ich habe keine andere Wahl. Sie werden mich wieder foltern, um mir irgendwelche Namen und Adressen abzupressen, die ich ihnen nicht preisgeben kann. Und dann werden sie mich erschießen, auch wenn ich sie ihnen preisgegeben habe. Es ist also besser, sich rechtzeitig aus dem Staub zu machen. Mit dem Löffel wird es schwer gehen, der Wächter kommt schon nach einer Viertelstunde wieder, um die leere Schüssel abzuholen. Bis dahin wird es mir kaum gelingen, alle Eingeweide aus meinem Bauch herauszulöffeln. Nicht einmal, wenn ich mich sehr beeile und auf die Suppe verzichte. Und wie soll ich auf sie verzichten, da ich so großen Hunger habe? Es sind schon vierundzwanzig Stunden vergangen, seitdem ich die letzte Suppe gegessen habe. Es ist eine Rübensuppe gewesen. Heute wird es vielleicht Bohnensuppe geben. Die habe ich lieber. Vielleicht wird es mir gelingen, irgendein Stück Eisen im Klosett abzubrechen. Damit könnte ich mir leichter den Bauch aufschlitzen. Und dann würde die Suppe aus mir herausquellen. Also lieber keine Suppe, und gleich den Löffel. Ich versuche gerade, mir diesen Plan mit den ganzen Resten meines ramponierten Willens einzureden, als Andrija, der Wächter, die Tür aufreißt. Er führt mich, ich traue meinen Augen nicht, in eine Art Festversammlung. Im Gefängnishof stehen, von einem verrückten Polizei-

agenten mit militärischen Ambitionen in Reih und Glied aufgestellt, etwa vierzig oder fünfzig junge Burschen und Mädchen. Vor der kahlen Mauer sind fast alle wichtigeren Funktionäre der kommunistischen Jugendorganisation, die noch in Freiheit verblieben sind, angetreten. Einige von ihnen sind geschlagen worden, so daß sie sich nur mühsam aufrecht halten können und sich gegen die Mauer lehnen müssen. Ich kann ihre Gesichter nicht genau erkennen, weil das Tageslicht mich blendet. Ich habe es schon seit Monaten nicht gesehen. So blinzle ich wie ein Maulwurf hinüber und weiß nicht, ob ich mich freuen oder ärgern soll. Der Spezialpolizei ist ein ganz schöner Coup gelungen. Sie hat sie also auch ohne mein Zutun erwischt. Ich brauche mich nicht mehr umzubringen. Ich kann meinen Bauch in aller Ruhe mit der wäßrigen Bohnensuppe vollaufen lassen.

»Ich war wirklich der Meinung, daß du wahnsinnig geworden bist, und daß man dich uns vorgeführt hat, um uns einzuschüchtern.«

»Komm, gehen wir wetten!« sagte ich, faßte ihn am Arm und zog ihn mit mir abwärts. Ich hatte plötzlich das Gefühl, daß ich auf diesen Stufen, die einem erhöhten Podest glichen, vielen neugierigen Blicken ausgesetzt war; ich wollte untertauchen. Onkel Sascha, an dem wir vorbeigingen, rief mir aufgeregt zu:

»Setz noch schnell 500 Dinar auf Silver! Das Rennen beginnt gleich, beeil dich!«

Als wir zum Schalter kamen, nahm man für dieses Rennen keine Wetten mehr an. Ich hatte vor, Onkel Sascha, sollte sein zweiter Favorit gewinnen, die Prämie auszuzahlen, aber das war nicht notwendig. Seine Pferde liefen nicht schnell genug. Ich konnte das Rennen da unten nicht richtig verfolgen, als es aber zu Ende war, erschienen ihre Nummern nicht auf der Tafel des Totalisators.

Mein Freund stand neben mir und erzählte mir mit monotoner Stimme von einer Art Verein, den ehemalige Häftlinge des Lagers Smederevska Palanka gegründet hatten.

Sie trafen sich von Zeit zu Zeit und bereiteten sich gerade darauf vor, dem historischen Archiv der Stadt Belgrad oder einer ähnlichen Institution Zeugenaussagen und andere Dokumente über die Geschichte des Lagers zur Verfügung zu stellen. Dabei erwähnte er eine Menge Namen, hinter denen ich keine Gesichter sehen konnte. Ich hörte ihm auch nur halb zu.

Ich dachte an meinen Botanikprofessor Simitsch, dem ich vor zwei Tagen auf der Straße begegnet war. Er sah genauso aus, wie ich ihn in Erinnerung behalten hatte. Er trug einen mittelgrauen Einreiher und dazu eine beigefarbene Weste und beigefarbene Gamaschen. Seine Krawatte war mit einer Nadel befestigt, die eine große Perle zierte. Er hatte einen mittelgrauen steifen Hut auf und stützte sich auf einen hellbraunen, glatten Spazierstock. Als er mich bemerkte, setzte er seinen Zwicker auf, um mich besser zu sehen. Im Laufe unseres kurzen und ganz konventionellen Gesprächs lobte er überschwenglich meine Botanikkenntnisse. Nach seiner Behauptung wäre ich in der ersten und zweiten Klasse des Gymnasiums einer seiner besten Schüler gewesen und hätte das schönste und ordentlichste Herbarium besessen. Das wunderte mich sehr, denn jetzt konnte ich kaum einen Baum erkennen, von Blumen oder sonstigen Pflanzen gar nicht zu reden. Wo war mein Wissen nur geblieben? Ich wußte zwar noch immer viele Namen und Bezeichnungen aus der Welt der Botanik, ich wußte aber nicht, welcher Name zu welchem Baum paßte. Natürlich konnte ich eine Buche von einer Eiche oder ein Veilchen von einem Vergißmeinnicht unterscheiden, ich war jedoch nicht imstande, im richtigen Augenblick ihre richtigen Namen zu nennen.

Genauso erging es mir mit Menschen. Ich kannte eine Menge Namen, wußte aber nicht, wem sie gehörten; ich kannte auch viele Gesichter, an deren Namen ich mich nicht erinnern konnte. Wenn ich einem solchen Gesicht gegenüberstand, sprang oft sofort sein Karteiblatt aus der Registratur meines Gehirns heraus. Die Kartothek funktionierte noch ziemlich gut. Ich konnte daraus viele Daten entnehmen, die das Gesicht betrafen, mit dem ich mich gerade unterhielt, nur sein Name blieb mir verborgen. Es war, als sei er von dem Daumen meiner Hand bedeckt, die mir das Karteiblatt hinhielt.

Professor Simitsch, den wir bewunderten und liebten, war nicht nur ein großer Fachmann auf seinem Gebiet, sondern auch ein richtiger Zauberer und dazu noch eine Art Clown wider Willen, über den wir oft lachen mußten. Er besaß einen Projektionsapparat, auf den er sehr stolz war und mit dem er uns, um seine Vorträge zu illustrieren, immer eine Menge Bilder vorführte. Diese Bilder waren in verschiedene Gebiete aufgeteilt – Professor Simitsch unterrichtete auch Biologie und Zoologie –, numeriert und fein säuberlich in einzelnen hellgelben Kästchen untergebracht. Darin lagen, starr und unbeweglich, alle Tiere und alle Pflanzen, die man in einem bestimmten Augenblick des Lebens auf die Fotoplatte gebannt hatte. Sie machten keine bewußte Pose, sie waren nicht gekämmt und herausgeputzt, sie lächelten nicht, sie lebten einfach. Sie lebten auf, sobald sie jemand aus ihrem Verschlag herausnahm und sie ins richtige Licht rückte. Es war ein Wunder. Da Professor Simitsch im Dunkeln arbeiten mußte, geschah es zuweilen, daß er die Nummern verwechselte und uns Bilder vorführte, die er uns gar nicht zeigen wollte. »Nun werden wir eine Giraffe sehen«, kündigte er an, und auf einmal erschien vor uns ein Pinguin. Durch unser Gelächter vollends verwirrt, projizierte er in rascher Folge einige Bilder auf die über die Tafel gespannte Leinwand – einen Elefanten, eine Schlange, einen Papagei, ein Zebra oder ein Nashorn –, ehe er das richtige Foto fand. Während er das neue Bild schnell hineinschob und das alte herauszog, sahen wir einen Augenblick lang zwei Bilder auf einmal: links den wundgescheuerten Hintern eines Affen, rechts die zartgefiederte Brust eines Schwans. Manchmal verwechselte er die Kästchen und zeigte uns Bilder, die nicht zu seinem Vortrag paßten. Statt einer schematischen

Darstellung des Herzens und des Blutkreislaufs sahen wir die aufspringende Knospe einer Kastanie, statt des menschlichen Großhirns ein Körner fressendes Huhn – infolge der ungeschickten oder hastigen Handhabung des Apparats. Professor Simitsch stellte die Vergrößerungslinse oft falsch ein oder ersetzte die ausgebrannte alte Glühbirne durch eine neue, die viel zu schwach brannte – wir sahen manchmal alles verzerrt oder vollkommen verschwommen, so daß wir nur die Umrisse des Bildes ahnen konnten.

Das plötzliche Auftauchen meines namenlosen Freundes hatte in mir eine wahre Flut von Bildern und Gedankenketten hervorgerufen, ich mußte sie aber eindämmen, ich brauchte noch Zeit und etwas Abstand, um sie alle zu ordnen.

»Entschuldige, bitte«, sagte ich, »ich muß mich jetzt ein bißchen um meinen Onkel kümmern. Ich komme aber bald zurück.«

»Gut«, antwortete mein Beobachter traurig. »Ich werde hier warten.«

Als ich mich langsam umdrehte und auf die Tribüne zuschritt, war mir, als spüre ich, daß sein Blick auf meinen Rücken gerichtet war. Was wollte er nur? Wollte er mir beichten, wie so viele andere, denen ich hier begegnet war und die in mir den Zeugen für ihren Aufstieg oder ihren Untergang sahen?

Ich hatte nicht die Absicht, mich Onkel Sascha so intensiv zu widmen, wie ich es schließlich tat. Ich konzentrierte mich ganz darauf, seinen aufmerksamen Zuhörer und seinen Laufburschen zu spielen. Er pries beredt und gestenreich die Pferde, auf die ich dann für uns beide setzen mußte. Doch wir verloren jedesmal, ob sie Jupiter, Armida oder Bombay hießen. Da kam mir der Verdacht, daß er den Rennverein, bei dem er eine Zeitlang untergekommen war, nicht wegen zu schlechter Bezahlung verlassen hatte; wahrscheinlich hatte man ihm vielmehr gekündigt, und er schien ja auch wirklich nicht viel von Pferden zu verstehen. Mein Verdacht wurde aber beim nächsten Rennen wieder

zurückgedrängt; ich mußte meine Meinung über Onkel Sascha gründlich revidieren.
Verärgert über seine Verluste, hatte er diesmal nicht gewettet. Das Pferd, auf das er nur so probeweise und um seine Kenntnisse zu prüfen gesetzt hatte, hieß Aischa und gewann mit drei ganzen Pferdelängen. Onkel Sascha reagierte darauf mit einer Art verbitterter Freude und setzte beim nächsten Rennen fast sein gesamtes Kapital auf einen Rappen namens Apache, der als vorletzter die Ziellinie passierte, obwohl ihn der Jockei von allem Anfang an wild und verbissen mit der Peitsche traktiert hatte. Ich wußte nicht mehr, ob Onkel Sascha wirklich etwas von Pferden verstand, ich begriff jedoch, daß er ein leidenschaftlicher Spieler war, der mit Namen, Buchstaben, Farben und Zahlen operierte; Apache war der einzige Rappe in seiner Gruppe und hatte die Zahl sieben, die Onkel Sascha neben der Zahl drei besonders liebte. Mit dem fachmännischen Gerede von der Abstammung und der Kondition der Pferde kaschierte er nur seine Spielleidenschaft. Jedesmal, wenn ich von den Logen zum Totalisator und vom Totalisator zu den Logen ging, begegnete ich meinem Freund, der geduldig am Geländer lehnte und auf mich wartete. Da er mich die ganze Zeit mit seinem Blick verfolgte, nickte ich ihm im Vorbeigehen immer wieder zu und deutete ihm mit Gesten an, daß ich bald zu ihm kommen werde.
Ich lebe noch, und dank Berko lebe ich in einer anderen Welt. Den ganzen Tag streitet sein Freund mit ihm darüber, wer wen verraten hat. Erst als Berko offen seine Schuld zugibt, hört sein Freund auf, ihm Vorwürfe zu machen. Aber nur für kurze Zeit. Berkos Schuld scheint noch umfassender zu sein. Er hat seinen Freund nicht nur ins Gefängnis gebracht, indem er der Polizei seinen Namen preisgegeben hat, er muß ihn schon für die kommunistische Jugendbewegung geworben haben, denn der andere macht ihn für alles verantwortlich. Der dritte Bursche, über dessen Beine ich beim Eintreten in die Zelle gestolpert bin, sekundiert ihm dabei. Auch er scheint sein Mißgeschick Berko

zu verdanken. Doch am Abend, wenn sie des fruchtlosen Disputs müde geworden sind, beginnt Berko zu erzählen. Um sie von ihren hitzigen Debatten abzulenken, habe ich ihn an einem der ersten Abende gebeten, uns den Roman zu erzählen, den er zuletzt gelesen hat. Er beginnt uns den Roman »Kontrapunkt des Lebens« von Aldous Huxley zu erzählen. Zuerst berichtet er trocken, wie ein Schüler, der nach dem Inhalt seiner letzten Lektüre gefragt wird, aber dann erzählt er wirklich. Er schildert uns jede Szene und jeden Dialog so detailliert, daß ich zunächst sein Gedächtnis bewundere. Bald jedoch habe ich den Eindruck, daß er die Geschichte nicht einfach nacherzählt; er gestaltet sie neu.

Obwohl er jeden Abend genau dort anknüpft, wo er gestern aufgehört hat, kann ich mir die Personen und die Handlung nicht merken. Doch das ist nicht wichtig. Ich lebe in großen, weiten Räumen, stehe, ein Glas in der Hand, vor einem reichhaltigen Buffet und unterhalte mich mit einem Gentleman über die steigenden Preise auf der Produktionsbörse und über den vergangenen Urlaub, den er in irgendeinem Bergnest verbracht hat. Ich habe noch nie ein dummes und langweiliges Gespräch so genossen. Dann stehe ich mit einer Dame vor einem Modegeschäft und halte ihre Hand; mit der anderen zeigt sie mir einen Strohhut mit bunten Bändern. Ich sitze in Restaurants und Cafés, ich schlendere durch die Straßen, sehe mir die Häuser von außen an, trete in kühle Hausflure ein, gehe viele Treppen hinauf und hinunter, öffne und schließe viele Türen, in denen keine Schlüssel stecken, ich wasche mich in einem echten Badezimmer mit gekachelten Wänden und Spiegeln und bereite mich schließlich darauf vor, in einem weißen, frisch überzogenen Bett schlafen zu gehen. Auf dem Nachtkästchen liegt ein Buch, in dem ich blättern werde, ehe ich einschlafe.

Ich stehe vor der großen Auslage der Buchhandlung Geza Kohn auf der Knez Mihailova. Seit einigen Jahren schon tue ich nichts lieber als mir die Auslagen der Buchhandlungen anzusehen und mir ab und zu ein Buch zu kaufen. Zuerst habe ich alle Bände der Serie »Das Goldene Buch« gesammelt, in der Klassiker der Jugendliteratur in regelmäßigen Abständen erscheinen. Bald jedoch tausche ich Fenimore Cooper und Mark Twain gegen Tschechows Erzählungen und André Gides »Verliese des Vatikans«. Nicht mehr der Lederstrumpf, Lafcadio ist jetzt mein Held, der Mann, der den *acte gratuit* erfunden und völlig grundlos einen Mitreisenden aus dem Zug geworfen hat, als dieser in voller Fahrt über eine lange Brücke rollte, um ganz sicher zu sein, daß der Hinausgestoßene auch wirklich sterben wird; er will erfahren, wie einem zumute ist, wenn man einen Menschen getötet hat. Dann lese ich französisch und sammle Surrealisten. Man kann die Bücher von Aragon, Breton und Eluard in der Buchhandlung schräg gegenüber bekommen. Auch Mappen mit Reproduktionen von Chagall, Dali, Max Ernst und Picasso. Ich habe meine Briefmarkensammlung im Philatelistenklub zu einem Schleuderpreis abgegeben, um mir diese Bücher und Mappen kaufen zu können. Im Augenblick aber interessiere ich mich weder für Literatur noch für Malerei. Ich habe gerade meine streng wissenschaftliche Periode. Deshalb unterdrücke ich die Anwandlung, den Roman »Kontrapunkt des Lebens« zu kaufen, der als Neuerscheinung in der Mitte der Auslage ausgestellt ist. Mein Blick schwenkt diszipliniert zur linken Ecke, in der die Bände der Bibliothek »Kosmos« stehen. Zwei von ihnen erwecken meine besondere Aufmerksamkeit: die »Einführung in die Psychoanalyse« von Freud und »Das Kapital« von Marx. Ich schwanke noch kurz, ob ich nicht lieber die »Psychoanalyse« erwerben soll, aber dann siegt das trainierte »Klassenbewußtsein«. Ich betrete forsch den Laden und kaufe »Das Kapital«, Erster Teil. Feierlich und gemessenen Schritts trage ich das dicke Buch nach Hause. Dort lege ich es behutsam auf den Tisch und beginne voll Ehrfurcht darin zu blättern, ein Priester, der auf dem Altar die Heilige Schrift aufschlägt. Ich traue mich nicht einmal meine Finger zu befeuchten, obwohl die frisch gedruckten und geschnittenen Seiten noch an den Rändern zusammenkleben. Vergeblich bemühe ich mich, den Sinn der einzelnen Postulate zu erfassen. Es liegt nicht an der Übersetzung von Moscha Pijade, die ist gut, ich kann jeden Satz verstehen, doch die Zusammenhänge bleiben mir verborgen. Am Nachmittag besucht mich Edi. Er beugt sich über meine Schulter, um zu sehen, was ich da lese. Dabei lehnt er sich mit dem rechten Arm gegen mein linkes Schulterblatt, und ich spüre im Nacken seinen Atem; er ist kurzsichtig. Als ich mich bei ihm über die zähe Undurchdringlichkeit meiner Lektüre beklage, versucht er, mir die Marxschen Thesen auf eine seiner Meinung nach verständliche Art zu erklären. Er spricht sehr lange, voll Eifer, bis ihm vor Anstrengung die seitlichen Stirnadern hervortreten, aber ich verstehe noch immer nichts. Die Akkumulation des Kapitals, der Mehrwert und die Verfremdung bleiben mir auch weiterhin ein Rätsel. Ich werde dumm sterben.

Als Edi weggeht, stelle ich den schweren Band in meine Bibliothek, in das oberste Regal, in die Mitte. Soll jeder sehen, daß ich Marxist bin. Weiß der Kuckuck, was das eigentlich ist. Aber ich bin einer.

Dann bin ich keiner mehr. Ich bin nur ein junger, kräftiger Körper, der zum nackten Handeln gezwungen ist. Man läßt mir keine andere Wahl. Und jetzt bin ich nur ein zerschundener ausgehungerter Körper, der zur Untätigkeit verurteilt ist. Wenn aber die Abenddämmerung kommt, in der Stunde, in der das Tageslicht langsam abstirbt, aber die unbarmherzige Glühbirne über unseren Köpfen noch nicht brennt, in der Stunde also, in der der warme, taubengraue Rauch des sommerlichen Abends durch das Gitterfenster in unsere Zelle hereinweht, hülle ich mich in Berkos Erzählung und flüchte, von ihr umpanzert, in eine weite Welt, in der die Menschen frei durch die Straßen gehen, aus freien Stücken Verabredungen treffen, einander lieben oder hassen, Menschen, die mit ihrem freien Willen ihr Schicksal bestimmen.

»Wenn du keine Zeit hast«, sagte eine Stimme hinter mir, »dann könnten wir uns ein anderes Mal treffen, um uns ein bißchen zu unterhalten.«
Ich stand gerade in der Schlange vor dem Auszahlungsschalter, um für Onkel Sascha einen Gewinn zu kassieren. Er hatte auf ein Pferd namens Yard gesetzt, das zu meiner Überraschung als erstes durchs Ziel gelaufen war. Die anderen Besucher des Rennplatzes schienen davon gar nicht überrascht zu sein, denn die Gewinnquote betrug weniger als eins zu eins; der gute Yard war offenbar ein todsicherer Tip. Schon wieder hatte Onkel Sascha kein Glück.
Als ich die leise Stimme meines Freundes plötzlich in meinem Nacken hörte – er hatte sich etwas vorgebeugt, um mich anzusprechen –, erschrak ich und fuhr leicht zusammen; ich hatte ihn hier nicht vermutet. Für mich stand er noch immer am Geländer, das die Rennbahn umzäunte, und wartete auf die Fortsetzung unseres Gesprächs. Er war so lautlos hinter mir hergeschlichen, daß ich ihn gar nicht bemerkt hatte. Da erinnerte ich mich an den Decknamen, unter dem ich ihn gekannt hatte; er hieß Kater, und der vierte Bursche, der mit uns in der Zelle gewesen war, hatte Bauer geheißen. Um meinem Freund Kater zuvorzukommen und ihn daran zu hindern, wieder von den alten Zeiten zu reden, stellte ich ihm selbst eine Frage.
»Was machst du eigentlich?«
»Ich arbeite bei der PTT.«
Damit waren wir wieder bei der Politik angelangt. PTT war sicherlich irgendein Parteigremium.
»Was ist denn das?« fragte ich.
Er sah mich ungläubig an und sagte:
»Die Post. Ich bin dort als Ingenieur beschäftigt.«
Ich hatte vergessen, daß die Post in Belgrad nach der französischen Abkürzung PTT – poste, télégraphe, téléphone – genannt wird. Mein Freund war also ein normaler Bürger. Er schien aber von seinem Dasein nicht sehr begeistert zu sein. Nach seiner Miene zu schließen, war diese Arbeit für

ihn nur eine Art Zuflucht. Ich wollte vermeiden, daß er mir des langen und breiten erklärte, wieso er bei der Post gelandet war und warum er sich dort so unglücklich fühlte; deshalb sagte ich:

»Es wird ziemlich lange dauern, bis wir unseren Gewinn kassiert haben. Ich gehe lieber zu meinem Onkel zurück und komme später wieder.«

»Wie du willst«, antwortete er. »Wir können uns auch hier treffen. Ich habe nichts gewonnen, ich spiele gar nicht, ich habe mich nur angestellt, um dir Gesellschaft zu leisten, ich möchte dich aber keineswegs stören, wir können uns auch später treffen.«

Als wir zu den Tribünen zurückgingen, vertraute er mir an:

»Ich komme manchmal her, um mir die Leute anzusehen. Sonntags bleibe ich nicht gern zu Hause, und so gehe ich zu einem Fußballspiel oder zu einem Pferderennen. Da ist immer Betrieb. Einmal war ich sogar bei einem Leichtathletik-Wettbewerb, obwohl mich das überhaupt nicht interessiert. Ich halte es sonntags zu Hause einfach nicht aus.«

»Bist du nicht verheiratet?«

»O ja, aber ich verstehe mich mit meiner Frau nicht besonders«, antwortete er mit trotziger Offenheit.

Ich wußte nicht, was ich ihm darauf sagen sollte. Zum Glück waren wir schon bei den Tribünen angelangt. Ich sah zu Onkel Sascha hinauf, der mir aufgeregt zuwinkte. Ich entschuldigte mich bei meinem Freund und ging in unsere Loge.

Hinter der niedrigen Gewinnquote beim letzten Rennen witterte Onkel Sascha ein Komplott der Rennleitung, das gegen ihn gerichtet war, und entschloß sich deshalb, das nächste Mal auf einen Außenseiter zu setzen, in dem niemand außer ihm den Sieger vermutete.

Berko und ich haben uns zum Nachtdienst gemeldet. In den Baracken des Lagers Smederevska Palanka, in die man uns aus dem Belgrader Gefängnis eingeliefert hat, sind vor uns gefangene Partisanen untergebracht gewesen. Die sind jetzt in andere Lager geschickt worden — oder in den Tod, um uns Platz zu machen. Das Lager heißt jetzt »Institut für zwangsweise Umerziehung der Jugend«. Man will aus uns loyale Untertanen machen, Bürger, die still in ihrem Winkel sitzen, brav ihre Arbeit verrichten und geduldig abwarten, bis der Krieg vorbei ist und die fremden Soldaten sich freiwillig entschlossen haben, unser Land zu verlassen und in ihre Heimat zurückzukehren. Zu unserer Umerziehung gehört auch die Arbeitstherapie. Wir sollen, unter Bewachung, das Feld neben dem Lager bearbeiten und unsere Baracken, die, schnell zurechtgezimmert, fingerdicke Risse haben, wohnlicher machen; man will uns nicht so ohne weiteres den eiskalten Winden aussetzen wie unsere Vorgänger. Die Wände sollen also verstärkt werden. Zuerst wird innen Schilfrohr an die Wände genagelt, auf die dann Mörtel geworfen und glattgestrichen wird. Da es schon Herbst ist und der Mörtel nur langsam trocknet, wir aber aus allen Gegenden Serbiens Zuzug erwarten, müssen in den Baracken Öfen aufgestellt und die ganze Nacht hindurch geheizt werden. Für diese Arbeit hat man Freiwillige gesucht. Berko und ich haben uns gemeldet. Nach dem Abendessen fangen wir immer an.

Wir gehen von Baracke zu Baracke, heizen überall ein, bleiben in einer Baracke sitzen, gehen dann von Zeit zu Zeit umher und legen Holz nach, damit das Feuer nicht ausgeht. Wenn wir unsere Stammbaracke verlassen, müssen wir langsam und in der Mitte des Weges gehen, und wenn einer der Wachsoldaten »Halt!« schreit, müssen wir stehenbleiben und die Arme breiten, um ihnen zu zeigen, daß wir keine Waffen haben. Diese Vorschrift müssen wir genau befolgen, wenn wir nicht wollen, daß die Wächter auf uns schießen. Aber wir nehmen die Gefahr, von einem betrunkenen, ängstlichen oder blöden Gendarmen erschossen zu werden, dennoch auf uns, weil wir bei dieser nächtlichen Arbeit genug Muße haben, uns zu unterhalten oder ein Buch zu lesen. Berko braucht mir nicht mehr zu erzählen, ich kann selbst ein Buch lesen. Ich habe aus der

Lagerbibliothek »Krieg und Frieden« entliehen, lese das Buch aber nicht, sondern denke, während ich neben dem warmen Ofen sitze oder zwischen den Baracken durch die kalte Nacht schlendere, ganz intensiv an Flucht und hecke auch bald einen Ausbruchsplan aus. Auf meinen nächtlichen Gängen habe ich entdeckt, daß in der Baracke der Wachleute auch das Waffen- und Munitionsdepot untergebracht ist. Es ist von ihren Schlafräumen getrennt und nur von einem Mann bewacht. Er steht nicht mit aufgepflanztem Bajonett vor der Tür, sondern sitzt gemütlich in einer Art Büro. Ich konzentriere mich ganz darauf, dieses Büro, hinter dem die rettenden Maschinenpistolen liegen, und die Gewohnheiten der Wächter, die den Nachtdienst ausüben, zu beobachten. Manche von ihnen dösen vor sich hin, manche zerlegen ihre Waffen, ölen sie und putzen sie auf Hochglanz, manche spähen mißtrauisch in den grellbeleuchteten Lichtkreis vor den Fenstern ihres Büros, an dem ich vorbeigehe, einer von ihnen trinkt heimlich, ich habe mehrere Male gesehen, wie er die flache Sliwowitzflasche unter der scheinbar achtlos ausgebreiteten Zeitung versteckt hat, und einer, ein pausbäckiger blonder Gefreiter, vertreibt sich die Zeit damit, daß er Patience legt; er sieht nur kurz auf, wenn ich vorbeischlendere und spielt dann weiter. Der ist mein Opfer.

An einem Nachmittag nach seinem Nachtdienst spreche ich ihn an und verwickle ihn in eine Unterhaltung über das Patiencespiel. Ich bin auf diesem Gebiet Fachmann, denn ich habe schon als Kind oft mit Tante Nada Patience gespielt. Der pausbäckige Gefreite ist ein ausgesprochener Amateur, er kennt nur zwei Spiele, ich kenne sieben oder acht und verspreche ihm, sie ihm gelegentlich zu zeigen. Zu Anfang ist er ein bißchen zurückhaltend, er weiß nicht, wie man sich in solchen Fällen einem Häftling gegenüber benehmen soll, als ich ihm aber von den Schönheiten des Dreizehner-Spiels und von den erregenden Kombinationen der Napoleon-Patience erzähle, kann er seine Neugier nicht mehr verbergen. Eines Tages wird er mich nachts ins Büro lassen, damit ich ihm diese unbekannten, rätselhaften Spiele zeige. Und so werde ich zu den Waffen gelangen. Am Abend weihe ich Berko in meinen Plan ein, und am nächsten Tag sehe ich mich nach anderen Komplizen um. Ich klettere in einer Baracke auf das Baugerüst, um mit dem Bauern zu sprechen; Berko hat es auf sich genommen, mit dem Kater zu reden. Während ich dem Bauern, neben ihm auf dem Bett sitzend, meine Geschichte erzähle, drücke ich mit dem Daumen und dem Zeigefinger gegen den kühlen Mörtel, den er mit einer Kelle an die mit Schilfrohr bedeckte Barackenwand wirft und glattstreicht. Es ist, als setze ich imaginäre Punkte meines strategischen Plans fest. »Ja, wir machen es«, sagt der Bauer zuletzt und streicht meine Fingerabdrücke mit einer Bewegung wieder glatt, als wollte er damit alle Spuren unseres Gesprächs verwischen. Er ist seit jeher ein großer Konspirator gewesen. Erst jetzt fällt mir auf, daß seine Haare und seine Augenbrauen mit einer dicken Staubschicht bedeckt sind; sie wirken grau, wie bei einem Greis.

Der nächste, dem ich meinen genialen Plan auseinandersetze, ist Mile Stoitsch, der Schachspieler. Um ja kein Aufsehen zu erregen, spiele ich mit ihm eine Partie. Er könnte mich natürlich in drei Zügen schlagen, aber dann wäre unser Gespräch ganz kurz ausgefallen. So übernimmt er das ganze Spiel und bewegt auch meine Figuren, und als er sich endlich mit den meinen — ich habe die weißen — selbst mattsetzt, gesteht er mir, er habe wie ich von allem Anfang daran gedacht zu fliehen und inzwischen auch einen ähnlichen Ausbruchsplan entworfen. Wir beschließen, in Kontakt zu bleiben und unsere Pläne aufeinander abzustimmen. Es kommt jedoch nicht dazu.

Ich fange bald mit meiner Lektüre an — »Krieg und Frieden« ist ein ziemlich dickes Buch — und vergesse darüber vollkommen die Verschwörung. Berko beginnt indessen die »Prolegomena zur Kritik der reinen Vernunft« ins Serbische zu übersetzen. Er gibt sich große Mühe, weil er den Ehrgeiz hat, seine Übersetzung so gut zu machen, daß sie mindestens für die nächsten hundert Jahre bestehenbleibt. Manchmal braucht er die ganze Nacht, um einen einzigen Satz zu formulieren. Dabei ist zu bedenken, daß die Sätze von Kant nicht sehr kurz sind; zuweilen sind sie wahre Bandwürmer, die sich über mehrere Seiten erstrecken. Und dann diese Sprache der Deutschen, die voll dunkler Andeutungen ist. Man braucht immer geraume Zeit, um draufzukommen, was sie eigentlich sagen wollen. Ich bewundere Berkos Mut und übernehme freiwillig auch seinen Teil der Arbeit, damit er sich ganz seiner Übersetzung widmen kann, obwohl ich nicht weiß, wozu sie gut sein soll.

Wenn ich nachts zwischen den Baracken hin und her gehe, langsam und die Arme deutlich vom Körper getrennt, sehe ich hinter dem beleuchteten Fenster der Verwaltungsbaracke Mile Stoitsch mit dem Direktor Schach spielen. Der kleine, blasse junge Kommunist und der alte, massige Faschist, der seine Glatze mit einem runden Käppchen verdeckt, spielen miteinander Schach. Sie denken, den Kopf in die Hand gestützt, über ihren nächsten Zug nach. Sie sprechen die stumme, abstrakte Sprache des Schachspiels, die sich nur in geschlechtslosen mathematischen Formeln ausdrücken läßt. Wer von ihnen wird siegen, und wer unterliegen? Ich bin sehr froh, daß Mile Stoitsch so beschäftigt ist und keine Zeit hat, über unserem Fluchtplan zu brüten; ich habe keine Lust, mich mitten im Winter zu den kalten Bergen durchzuschlagen, um dort weiterzukämpfen. Ich hoffe insgeheim, daß Mile Stoitsch auf dem Schachbrett gewinnen und sich mit diesem Sieg zufriedengeben wird, und ich hoffe, daß er darüber unsere Geschichte vergessen wird, wenigstens bis zum Frühling. Er hat sie aber nicht vergessen.

Eines Tages sucht er mich mit dem Bauern auf. Es ist später Vormittag, ich liege allein auf der Pritsche unserer Baracke – die anderen sind draußen auf dem Feld oder in anderen Baracken an der Arbeit. Die beiden wollen wissen, ob ich mitmache oder nicht. Ich bin nach der Nachtarbeit entsetzlich müde, Tolstoi hat mir mit seiner langen,

weitverzweigten Geschichte den Rest gegeben, und so muß ich mich sehr anstrengen, gute, stichhaltige Argumente zu finden, um Mile Stoitsch und den Bauern davon zu überzeugen, daß es überhaupt keinen Sinn hat, unser Unternehmen zu starten. Der Zufall hat mir einige starke Trümpfe in die Hand gespielt, und trotzdem klingt meine Stimme nicht sehr überzeugend, als ich ihnen von der deutschen Panzereinheit erzähle, die in Smederevska Palanka stationiert ist, und von deren Existenz ich zu Anfang nichts gewußt habe. Da unser Lager um einige hundert neue Insassen angewachsen ist — unter ihnen eine Menge Mädchen und halbe Kinder —, wird es uns selbst nach einem geglückten Ausbruch nicht gelingen, sie alle in Sicherheit zu bringen. Die deutschen Panzer werden uns nachfahren und uns auf den flachen Feldern niederwalzen. Von den Partisanen können wir keine große Hilfe erwarten, denn sie sind genauso weit entfernt wie die schützenden Berge und Wälder. Lohnt es sich nun, einige hundert junge Menschen zu opfern, um vielleicht ein paar Dutzend von ihnen zu retten? Und wofür? Damit sie gleich wieder in die andere Schlacht geworfen werden? Aber das habe ich nicht gesagt.
Mile Stoitsch widerspricht mir, er will mich von der Wichtigkeit unseres Aufstands hier, mitten im feindlichen Gebiet, überzeugen, er glaubt ganz fest daran, daß die Partisanen auch von weit her kommen und sich den deutschen Panzern, die uns verfolgen, entgegenstellen werden. Doch der Bauer unterbricht Mile Stoitsch, der mir, auf dem Rand meiner Pritsche sitzend, mit flüsternder, aber eindringlicher Stimme seine Argumente in meinen schutzlosen Kopf zu hämmern sucht, als müßte er jeden Augenblick seine Worte in die Tat umsetzen.
»Wir werden uns die Sache noch überlegen«, sagt der Bauer ungeduldig, packt Mile Stoitsch am Arm und zieht ihn mit sich fort. Ich richte mich auf meinem Strohsack auf, stütze mich auf einen Arm und sehe den beiden nach. Der Bauer geht energisch auf die Baracke zu, in der sie

wohnen. Mile Stoitsch hat Mühe, ihm zu folgen; er wirkt neben ihm schmächtig und sehr klein.

Als die Bauperiode vorbei ist und die Baracken nachts nicht mehr geheizt werden müssen, erfinden Berko und ich eine andere Tätigkeit, um zusammenzubleiben. Wir organisieren Vorträge, Sprachkurse und Theatervorstellungen. Damit wir ungestört arbeiten können, hat man uns eine winzige Kammer in der Küchenbaracke zur Verfügung gestellt. In dem kleinen Raum, der früher als Vorratskammer gedient hat, kann man alle Küchengeräusche hören, ich empfinde sie aber als angenehm und geistiger Arbeit sehr förderlich. Unser häufigster Besucher ist der Chefkoch, der von Beruf Kellner oder eigentlich Piccolo ist — der ganze Kerl ist sechzehn Jahre alt und einsfünfzig groß. Als er erfahren hat, daß ich ein Stück von Shakespeare auf die Lagerbühne bringen will, gibt er keine Ruhe mehr; er will unbedingt den Cäsar spielen. Um mich zu bestechen, bringt er mir, unter seiner Schürze versteckt, immer etwas zu essen mit. Während ich die Wurst oder ein Stück Fleisch mit Brot verzehre, erzählt er mir wie von ungefähr von den kleinen Männern, die in der Geschichte eine große Rolle gespielt haben. Er empfindet tiefe Verehrung für Napoleon.

»Dieser Mann hat doch die Freiheitsidee durch ganz Europa getragen«, sagt er immer wieder, um seine Vorliebe für den französischen Kaiser zu rechtfertigen; dessen kleine versilberte Statue, die ihn mit dem Dreispitz und mit der unter den Schlitz des langen Militärmantels gesteckten Rechten zeigt, steht auf einem Ehrenplatz zwischen den Gewürzdosen auf dem Küchenregal.

Als seine Mutter ihm diese heißbegehrte Figur an einem Besuchstag gebracht hat, ist beinahe eine ganze Kommission zusammengetreten, um darüber zu beraten, ob man sie einem Häftling aushändigen könne oder nicht. Schließlich ist sie für harmlos, ja geradezu für erzieherisch erklärt worden, so daß sie nun die Phantasie unseres Kochs auf Schritt und Tritt beflügeln darf.

Ein anderes, von ihm bevorzugtes Thema sind mittelalterliche Rüstungen, die bekanntlich sehr klein gewesen sind. »Ich habe sie im Museum gesehen und mich neben eine von ihnen gestellt«, erklärte er mir. »Du wirst mir nicht glauben, aber ich könnte sie nicht anlegen, so klein ist sie.« Alle seine Geschichten können aber meine Vorstellung von Cäsar, der für mich ein hochgewachsener Mann ist, nicht erschüttern. Um ihn als Freund nicht zu verlieren, versuche ich die Szene mit Pyramus und Thisbe aus dem »Sommernachtstraum« in eins der klassischen Dramen einzubauen. Der Koch soll natürlich die Thisbe spielen. Mit seiner langen Nase wird er unter dem weißen Schleier, den ich ihm als Regisseur umzuhängen beabsichtige, besonders komisch wirken. Zu Anfang sträubt er sich dagegen, doch zuletzt siegt seine Liebe zum Theater. Da ich mich die klassischen Dramen nicht zu vergewaltigen traue, entscheide ich mich für eine lose Folge von komischen Szenen aus verschiedenen Stücken. Der Koch ist eifrig bei der Sache. Er kommt jedoch nie dazu, seine schauspielerischen Fähigkeiten zu beweisen. An dem Tag, an dem wir gerade die Generalprobe abhalten, werden wir auf der improvisierten Bühne verhaftet. Drei Wachleute treiben uns mit blanken Bajonetten in unsere Baracken, in denen sie uns bei hellichtem Tag einsperren.
Zuerst glauben wir, daß irgendein Ereignis, vielleicht eine große Niederlage der deutschen Truppen an der Front oder eine gelungene Aktion der Partisanen die plötzlich veränderte Haltung unserer Kerkermeister und »Erzieher« bewirkt hat, doch bald erfahren wir, daß Mile Stoitsch und der Bauer einen Ausbruch geplant haben. Einer der Mitverschworenen hat die Nerven verloren und an diesem Tag dem Direktor alles erzählt. Gegen Abend kommen in einem großen Mercedes fünf Agenten der Spezialpolizei aus Belgrad an, um die Untersuchung einzuleiten. Ich liege auf meinem Strohsack, über mir liegt apathisch der Koch, der weiße Schleier, den ich ihm für die Probe besorgt habe, baumelt von der oberen Pritsche

herunter, ich liege und warte, daß man mich als Urheber des ganzen Plans holt und in ein Todeslager abtransportiert. Aber Mile Stoitsch und der Bauer sagen nichts davon. Sie bezeichnen mich sogar als Verräter und retten mir so das Leben. Man zeugt ein Kind, läßt es in die Welt gehen und weiß nicht, was aus ihm wird. Ich versuche, mich mit diesem Gedanken zu trösten, ich versuche mir einzureden, daß mich keine Schuld trifft; ich kann nichts dafür, daß die zwei den Ausbruch so ungeschickt organisiert haben. Und trotzdem fühle ich mich schuldig.

Am nächsten Tag sollen die Verschwörer in das Lager Banjica überstellt werden. Als Bettnachbar von Mile Stoitsch und dem Bauern erhält Berko den Auftrag, ihnen ihre Wintermäntel zu übergeben. Es ist schon warm, aber sie werden wahrscheinlich nicht mehr zurückkommen. Ich helfe ihm, die Mäntel und alle anderen Habseligkeiten unserer beiden Freunde, die in zwei kleinen, verblichenen Pappkoffern Platz haben, zur Verwaltungsbaracke zu bringen. Die Gefangenen sind im Besuchszimmer eingeschlossen, das nur sonntags für unsere nächsten Verwandten geöffnet wird und sonst leer steht. Vor dem Eingang sind zwei Agenten aus Belgrad postiert. Sie lassen Berko hinein, nachdem sie die Koffer gründlich durchstöbert haben. Ich bleibe draußen. Durch die offene Tür sehe ich, wie Berko auf unsere Freunde zugeht; sie stehen mit dem Gesicht zur Wand und auf dem Rücken verschränkten Armen in der Ecke. Berko stellt die Koffer auf den Boden und berührt zuerst leicht Mile Stoitsch an der Schulter. Mile Stoitsch dreht sich etwas benommen um, und als er begreift, worum es geht, nimmt er den Mantel entgegen und bedankt sich bei Berko mit einem scheuen Lächeln. Der Bauer reißt ihm den seinen aus der Hand und wirft ihn achtlos auf den Koffer zu seinen Füßen. Dann richtet er trotzig seinen Blick wieder zur Wand, wie ein verstoßenes Kind. Berko macht eine entschuldigende Geste, die auf halbem Wege erstarrt.

Von da an geht seine Übersetzungsarbeit sehr schleppend voran. Es ist, als habe er plötzlich Zweifel an ihrem Sinn bekommen. Aber das sagt er mir nicht, er erzählt mir nur, er habe Schwierigkeiten, weil er zu wenig von der Philosophie wisse und noch einige Vorstudien machen müsse, um Kant richtig verstehen zu können. So nimmt er sich Spinoza, Descartes, Leibniz, Fichte und andere Philosophen vor. Als man mich aus dem Lager entläßt, um mich zur Arbeit nach Deutschland zu verfrachten, ist er noch immer in ihre Schriften vertieft.

Onkel Sascha hatte nicht mehr genügend Geld, um auf die Stute zu wetten, die den exotischen Namen Rumba und die Nummer drei trug, die heilige Zahl, auf die er immer wieder setzte. Er hatte ihren Namen auf dem Programmheft angekreuzt und ihre Nummer mit einem Kreis umschlossen, er hatte aber in seiner Brieftasche nur mehr zwei Hundertdinarscheine vorgefunden. Da es für ihn nicht in Frage kam, für so wenig Geld zu wetten, schob er die Brieftasche verächtlich in die Rocktasche. Es blieb mir nichts anderes übrig, als seinen unerwarteten Gewinn vom letzten Rennen doch gleich zu kassieren und ihn auf seine neue Hoffnung zu setzen.

Als ich mich wieder einmal auf den Weg machte, nahm ich mir vor, Kater irgendwie zu umgehen, aber er wartete schon unten auf der Treppe.

»Erinnerst du dich«, fragte er, nachdem er einige Schritte stumm neben mir her gegangen war, »an unser Gespräch, das wir geführt haben, als ich vom Lager an der Banjica zurückgekommen bin?«

Ich hatte vollkommen vergessen, daß er zu den Verschwörern gehört hatte und zusammen mit ihnen abtransportiert worden war. Ich mußte ihn erstaunt angesehen haben, denn er fügte sogleich erklärend hinzu:

»Ich bin doch mit hohem Fieber in der Krankenstube gelegen, so daß ich an dem Ausbruch gar nicht hätte teilnehmen können, wenn ich auch gewollt hätte. Deshalb hat man mich nach einigen Wochen aus dem Lager an der Banjica auch zurückgeschickt.«

»Ah, so.«

»Du hast rechtgehabt, daß du gegen einen Ausbruchsversuch warst«, fuhr er fort. »Ich habe es dir schon damals gesagt. Kannst du dich noch daran erinnern? Ich habe dich zu den Latrinen gerufen, um es dir zu sagen, soviel Angst hab ich nach der Rückkehr aus dem Lager an der Banjica noch gehabt. Dort hat man täglich Leute geholt, um sie zu erschießen.«

»Ja, ja«, sagte ich, obwohl ich mich beim besten Willen nicht mehr an diese Szene erinnern konnte.

Ich hatte Glück. Vor dem Auszahlungsschalter stand nur ein Mann in hellgrauem Flanellanzug. Er zählte schon sein Geld, so daß ich gleich an die Reihe kam. Darauf lief ich zum Wettschalter und setzte die soeben kassierte Summe auf Onkel Saschas Pferd. Kater ging die ganze Zeit geduldig hinter mir her.

»Wir werden manches richtigstellen«, erklärte er mir, als wir auf dem Rückweg waren. »Auch über deine Rolle wollen wir die Wahrheit sagen.« Mit dem Wort »wir« meinte er offenbar den Verein, den die ehemaligen Insassen des Lagers Smederevska Palanka gegründet hatten. »Man muß wenigstens im nachhinein ein bißchen Licht in diese dunkle Geschichte bringen.«

Er hoffte anscheinend, daß ich mich darüber freuen würde. Aber es war mir vollkommen gleichgültig.

»Ja, du hast recht«, sagte ich automatisch. Wir standen vor dem Aufgang zu den Logen. Er sah mich so verzweifelt an, daß er mir plötzlich leid tat und ich schnell hinzufügte: »Du bist ein feiner Kerl. Ich danke dir.« Dann ging ich hinauf.

Onkel Sascha summte leise die Rumbamelodie und trommelte den Rhythmus mit den Fingern seiner Rechten auf das Brett der Logenbrüstung. Er trommelte ihn so lange, bis sein Pferd endgültig zurückblieb und er sich beleidigt und ostentativ dem Studium seiner nächsten Kandidaten widmete.

Eines Tages taucht bei mir in Wien mein Schulfreund Stanko auf. Er ist der Primus in unserer Klasse gewesen, zugleich aber, was bei Vorzugsschülern äußerst selten vorkommt, einer der besten Sportler unseres Gymnasiums. Ich sehe ihn, wie er, klein und gedrungen, mit ernster Miene Anlauf nimmt und dann weitspringt, oder wie er aus der geduckten Startstellung nach dem Schuß vorprescht, als hätte ihn ein Katapult hinausgeschleudert, und mit erstaunlich kurzen, aber sehr raschen Schritten dem weißen Band der Ziellinie entgegenläuft. Da der Hundertmeterlauf und der Weitsprung seine Spezialitäten gewesen sind, haben wir ihn Jesse Owens genannt. Jetzt ist er Dozent für Philosophie an der Belgrader Universität. Bald soll er Professor werden. Nach Wien ist er jedoch als Sportfunktionär gekommen, um hier einer internationalen Begegnung der Leichtathleten beizuwohnen. Er hat sich nicht sehr verändert. Seine roten Haare fallen ihm noch immer in einem drahtigen, verwegenen Schopf über die Stirn, nur seine Sommersprossen sind blasser als damals. Für einen Läufer ist er auch etwas zu stark geworden. Er will nicht mit mir ausgehen, wie andere Besucher es gern tun, und sich mit schnell geangelten Mädchen amüsieren, er hat mich aufgesucht, um mir von Berko zu erzählen. Zuerst denke ich, das gemeinsame Interesse für die Philosophie – Berko hat nie etwas für Sport übriggehabt – hätte die zwei zusammengebracht. Ich habe mich geirrt. Stanko hat Berko als Soldat kennengelernt. Sie haben beide nach der Befreiung Belgrads – Berko muß schon vorher aus dem Lager entlassen worden sein – an der Front in Syrmien gekämpft, an der die Deutschen auf ihrem Rückzug den schwach ausgerüsteten Partisaneneinheiten, aus denen man nun eine reguläre Armee gemacht hat, schwere Verluste zugefügt haben. Berko kämpft so mutig, daß er eine Auszeichnung bekommt und bald zum Leutnant befördert wird. Ich kann mir das nicht richtig vorstellen – Berko im Kugelregen! –, wenn Stanko es aber sagt, wird es schon stimmen. Kaum hat Berko seine Sternchen auf dem Kragen und auf den Ärmeln annähen lassen, als ein Bursche, den Stanko nicht kennt, erscheint und unseren Freund als

Verräter bezeichnet. Berko wird vor ein Parteigericht zitiert und kurzerhand degradiert. Vergeblich versucht Stanko, der als Zeuge fungiert, den strengen Genossen zu erklären, wie tapfer Berko sich geschlagen hat. Er wird mit Schimpf und Schande aus der Armee gejagt, so daß er nicht einmal als gemeiner Soldat weiterkämpfen darf. Er geht nach Mazedonien, wo er sich voll Eifer dem Wiederaufbau von Spitälern widmet. Aber auch dort wird er bald erkannt, verhaftet und gefesselt nach Belgrad gebracht. Diesmal will man ihn sogar zum Tod verurteilen. Doch die neuerliche Zeugenaussage Stankos rettet ihm das Leben. Berko geht nun nach Bosnien, um dort für die wiedereröffneten Schulen neue Lehrer auf ihre Aufgabe vorzubereiten. Da er gescheit und fleißig ist, bringt er es in einem Jahr zu einer Art Schulinspektor. Dann muß er auch aus dieser Provinz Hals über Kopf weg. Der mißglückte Ausbruch aus dem Lager Smederevska Palanka ist zu einer Legende geworden, in der Berko die Rolle des bösen Judas spielt. Ich weiß nicht, was er alles getan hat, um sich zu rehabilitieren. Ich weiß nicht, wie oft er gelogen und betrogen hat, um seine mißtrauischen Richter zu überzeugen, daß er es ehrlich meint mit seiner Reue und seiner Begeisterung für die gemeinsame Sache. Es gelingt ihm jedenfalls, in Belgrad Arbeit an einer Schule zu finden und nach einiger Zeit wieder in die Partei aufgenommen zu werden. Abends widmet er sich seinen Studien. Vielleicht arbeitet er weiter an seiner Kant-Übersetzung. In dieser scheinbar idyllischen Ruhe, die er sich mühsam erkämpft hat, wird er im Sommer 1948 plötzlich durch die Resolution des Kommunistischen Informationsbüros gestört. In ganz Jugoslawien werden Konferenzen abgehalten, auf denen sich alle Parteimitglieder entweder zu der von Moskau inspirierten Resolution oder zum nationalen jugoslawischen Standpunkt bekennen müssen. Berko ist vor die Wahl gestellt, eine Entscheidung zu treffen, die ihm weiterhin Ruhe und Muße für seine Arbeit sichern soll. Um nur keinen Fehler zu machen, entschließt er sich falsch und stimmt für die Resolution. Vielleicht ist er vor denselben unerbittlichen Richtern gestanden, die früher von ihm Treue zu einer anderen Sache verlangt haben. Er wird verhaftet und zusammen mit anderen Inhaftierten, die auf Stalins unübertreffliche Weisheit schwören und eine Intervention der Sowjettruppen erhoffen, in ein Lager auf eine Adriainsel abtransportiert. Dann hört man nichts mehr von ihm.

Mir wird aus Stankos Erzählung nicht deutlich, wie das alles vor sich gegangen ist. Er spricht mit einer gewissen Scheu von jenen Ereignissen, weil er selbst von ihnen betroffen gewesen ist. Er hat nämlich versucht, wieder einmal für Berko einzutreten, so daß er beinahe auch verhaftet worden wäre. Es hat ihn viel Mühe gekostet, den Untersuchungsrichter davon zu überzeugen, daß er aus reiner Freundschaft für Berko intervenieren wollte.

Das alles erzählt er mir im Garten des »Goldenen Hirschen«. Er hat schließlich eingewilligt, sich von mir wenigstens zum Essen einladen zu lassen. Wir sitzen unter einer großen Kastanie, inmitten einer bunten, lebhaften Menge, die sich mit großem Eifer dem Essen widmet. Das Wiener Schnitzel, das Stanko sich bestellt hat, ist indessen kalt geworden. Es ist ein lauer Sommerabend, in dem alle Stimmen und Geräusche gedämpft zu sein scheinen. Ich sehe die Mundbewegungen meiner Nachbarn, kann aber nicht hören, was sie sprechen, ich höre nur Stankos leise Stimme, die mir von Berko berichtet. In ihrer kurzen Soldatenzeit hat ihm Berko an manchen Abenden im Unterstand von den Philosophen erzählt, die er gelesen hat.

»Es klingt vielleicht komisch«, sagt Stanko, während er an seinem kalten Schnitzel herumstochert, »aber die sind mir nach seinen Erzählungen viel besser und bedeutender vorgekommen, als sie wirklich sind, ich meine, als ich sie dann später nach der Lektüre beurteilt habe.«

Das erinnert mich an den »Kontrapunkt des Lebens«, den mir Berko in der Gefängniszelle erzählt hat, und ich kaufe mir am nächsten Tag die deutsche Ausgabe dieses Buchs.

Als ich es endlich besitze, lasse ich es monatelang liegen,

ehe ich mich dazu entschließe, es zu lesen. Ich komme aber nicht weit, weil ich mir nie merken kann, was ich eigentlich lese. So verwechsle ich alle Personen des Romans miteinander und muß oft zurückblättern, um den verlorenen Faden der Handlung wieder aufzunehmen. Schließlich gebe ich es für eine Zeitlang auf. Nach einigen Wochen fange ich wieder von vorn an. Immer wieder nehme ich das Buch zur Hand, lese die ersten fünfzig Seiten und lege es dann enttäuscht weg. Der Roman reicht bei weitem nicht an Berkos Erzählung heran.

Als ich nach Belgrad komme, rufe ich Stanko an, weil ich mir vorgenommen habe, seinen Besuch zu erwidern. Er ist gerade dabei, in eine andere Wohnung zu übersiedeln, und lädt mich in das Café der Serbischen Akademie der Wissenschaften ein. Der Raum ist kühl und unpersönlich. Wir sitzen an einem Tischchen mit Marmorplatte und trinken Kaffee und Sliwowitz. Stanko hat versucht, mir einen Whisky aufzudrängen, wahrscheinlich um mir zu beweisen, daß die Zivilisation auch schon in diesen letzten Winkel Europas vorgedrungen ist. Aber ich habe darauf bestanden, die beiden Nationalgetränke zu bekommen. Dann will ich Stanko, der sich sehr bemüht, den höflichen Gastgeber zu spielen, eine Menge Fragen über Berko stellen, ich bringe aber keine einzige über die Lippen. So sprechen wir, wie es sich bei den Gebildeten des Balkans gehört, über die Rückständigkeit unserer Wirtschaft und den barbarischen Zustand unserer Kultur. Obwohl wir Berko mit keinem Wort erwähnen, spüre ich seine Anwesenheit. Er steht an unserem Tisch, er sitzt nicht, und er hört uns, leicht vorgeneigt, stumm und aufmerksam zu. Seine Haltung und sein Blick verraten weder Ablehnung noch Zustimmung. Von Zeit zu Zeit streicht er sich mit dem Daumen und dem Zeigefinger seiner Rechten über den schütteren Schnurrbart, als wolle er sich von dessen fortschreitendem Wachstum überzeugen.

Als Stanko und ich uns ausgiebig über die traurige Situation der Intellektuellen in Ost und West beklagt haben, zahlt er, und wir schicken uns an, dieses kahle Lokal, das mich an eine Gruft erinnert, zu verlassen. Ich muß unwillkürlich an die vielen dicken, verstaubten Folianten voll unverständlicher Formeln denken, die unter dem düsteren Gewölbe der Akademie begraben liegen. In der Tür drehe ich mich noch einmal um, aber ich kann Berko nicht mehr entdecken. Gerade ist er noch dagewesen, ganz nahe, in Reichweite, und dann ist er entschwunden, durch einen dünnen Spalt der Zeit entschlüpft, schmal und gebeugt, mit allen Büchern, die er gelesen und mit der »Kritik der reinen Vernunft«, die er nicht zu Ende übersetzt hat.

Diesmal suchte ich Kater auf, als ich zum Totalisator ging, um für Onkel Saschas Kleingeld die letzte Wette abzuschließen. Ich wollte ihn nach Berko fragen, ich wollte wissen, was er in der letzten Zeit vor seinem Tod getan hatte und wie er gestorben war. Doch er konnte oder wollte mir nicht viel davon erzählen.

»Berko hat sich besoffen«, sagte er nur, »und hat angefangen, über alles und jedes zu schimpfen.« Er schien auf Berko böse zu sein, weil er sich durch Selbstmord – erst jetzt wurde mir klar, daß sein Benehmen und seine letzte Entscheidung nichts anderes war als eine Art Selbstmord – jeder weiteren Verantwortung entzogen hatte. Kater hatte niemanden mehr, dem er die Schuld für seine Mißerfolge in die Schuhe schieben konnte.

»Wie war es mit dir?« fragte ich. »Hast du Schwierigkeiten gehabt?«

»Wann, meinst du?«

»Nach dem Krieg. Und überhaupt.«

»Zu Anfang nicht. Ich bin noch eine Zeitlang in der Armee geblieben, ich war Major. Aber 1948 ist dann alles zu Ende gegangen.«

Ich wagte nicht, ihn zu fragen, ob er vor der Abstimmung Berko zu Rate gezogen hatte. Sicherlich hatte er es getan, sonst wäre er jetzt nicht so böse auf seinen Freund gewesen. Ich wußte nicht, was ich ihn noch fragen sollte, und so sagte ich:

»Wenn ich das nächste Mal nach Belgrad komme, mußt du mir das alles ausführlich erzählen.«

Damit wollte ich mich von ihm verabschieden, aber er hielt mich zurück.

»Warte«, sagte er schnell. »Du kennst meine Adresse nicht.«

Da ich keinen anderen Zettel bei mir hatte, ließ ich ihn seine Anschrift auf den Wettschein kritzeln, den ich soeben gelöst hatte. Während ich zu den Tribünen zurückging, sah ich noch seine anklagenden Augen über den Köpfen der Rennplatzbesucher schweben; er überragte sie alle um einen halben Kopf. Als ich in unsere Loge trat, waren sie verschwunden. Ich kam gerade zurecht, um zu sehen, wie unser Favorit als fünfter durchs Ziel lief. Ich zerknüllte den Wettschein und warf ihn weg; die Adresse, die darauf stand, nützte mir ohnehin nichts, ich wußte den Namen meines Freundes immer noch nicht.

Onkel Sascha sagte nichts, er erhob sich nur schwerfällig, indem er sich mit beiden Händen auf die Brüstung stützte. Dann begann er langsam und steif die Stufen hinunterzugehen. Seine Schritte hörten sich an, als schlüge Holz auf Holz. Auf halbem Weg blieb er stehen und starrte voll ohnmächtiger Wut hinunter auf die Rennbahn, ein Feldherr, der noch einen letzten Blick auf den Ort seiner Niederlage wirft.

Da erhellte sich plötzlich der Himmel. Es war, als beleuchte ein mit vielfarbigem Filter versehener Scheinwerfer eine dämmrige Bühne. Der Raum über dem Rennplatz begann sich auf einmal auszudehnen, er gewann unendlich viel an Höhe und Weite, und die Schatten darin bekamen Farbe und Fülle; sie wurden lebendig. Die Zuschauer setzten sich in Bewegung. Sie tröpfelten einzeln von den Tribünen und vereinigten sich auf dem Weg zwischen den Baracken der Wettbüros zu einem Bächlein, das auf die Straße mit dem Buckelpflaster zufloß. Ich konnte meinen Freund nicht mehr entdecken. Bei der Auszahlungskasse, die sich rechts vom Ausgang befand, trennte sich, wieder tropfenweise,

ein kleiner Teil der Zuschauer vom allgemeinen Strom und stellte sich dort an, um die Gewinne zu kassieren.
»Hier geht es nicht mit rechten Dingen zu«, sagte Onkel Sascha mit gespielter Erschütterung. Offenbar fühlte er sich für meine Verluste verantwortlich und wollte mich nun trösten. »Alles kann ich verstehen, aber ich kann einfach nicht begreifen, daß Baron das Rennen nicht gemacht hat. Der Sohn von Marathon und Lawine. So etwas darf es einfach nicht geben.« Er faßte mich am Arm und drückte ihn voll Solidaritätsgefühl. »Es tut mir leid, daß du verloren hast«, fügte er hinzu und nickte grundlos. In seinen Augen standen Tränen der Verbitterung.
Da erst wurde mir bewußt, daß er sein ganzes Geld verspielt hatte. Es blieb ihm nichts anderes übrig, als wieder einmal seinen Bruder anzupumpen. Das hätte er auf jeden Fall getan, das heißt, mein Vater hätte ihm unaufgefordert etwas Geld zugesteckt, so wie er es immer tat, wenn Onkel Sascha ihn besuchte, aber diesmal war er, sollte mein Vater es vergessen, gezwungen, seinen Bruder daran zu erinnern.
»Eine Bande ist das!« sagte Onkel Sascha mit zusammengepreßten Lippen und sah wild um sich, als wolle er an Ort und Stelle Rache üben. Gleich darauf grinste er mit seinem schmalen, zahnlosen Mund vor sich hin. Der Rausch und die Leidenschaft des Spiels hatten sich verflüchtigt, auch der Zorn war verraucht, und er lachte still über seine eigene Torheit. Bei mildem Sonnenlicht war alles leichter zu ertragen.
Vor uns gingen zwei Zigeunerknaben. Der größere von ihnen, der etwa zehn Jahre alt war, hielt in der Hand ein Päckchen ziegelroter Hundertdinarscheine, die er langsam und umständlich zählte. Er bog dabei die zerknitterten Ecken gerade und glättete mit liebevoller Geste jeden einzelnen Schein, ehe er ihn in einen alten Umschlag steckte, der ihm offenbar als Brieftasche diente.
Seinen um zwei, drei Jahre jüngeren Kameraden ließ das Geld vollkommen kalt. Er schlenderte an der Seite seines

älteren Freundes, der mit leicht verdrehtem Kopf und zusammengekniffenen Augen halblaut seinen Gewinn berechnete, und hielt Ausschau nach Schätzen ganz anderer Art. Als er in einer Rille zwischen den buckligen Steinen der Straße ein Stück Glas entdeckte, leuchteten seine Augen auf. Er bückte sich im Gehen, hob es auf und begann es eingehend zu untersuchen, als wolle er feststellen, ob es für einen geheimen, nur ihm bekannten Zweck noch verwendbar sei. Es war eine violette, unregelmäßig geformte Glasscherbe, die einmal zu einer Vase oder zu einer Bonbonschüssel gehört hatte; außen war sie gewölbt und gerippt und innen glatt wie der Bauch eines Fisches. Der Knabe hob sie gegen die Sonne und versuchte hindurchzusehen. Das gelang ihm nicht, weil das Glas zu dick war. Darauf versuchte er, die Sonnenstrahlen mit der glatten Innenfläche zu reflektieren; doch die Strahlen waren dafür schon zu schwach, so daß sie auf dem Glas nur einen matten Schimmer hervorriefen. Der Knabe gab es aber nicht auf; er ließ das zerbrochene Stück Glas auf die Straße fallen und begann damit Fußball zu spielen. Er schob es tänzelnd mit der Spitze seines alten, viel zu großen Schuhs vor sich her, stürzte sich darauf, wenn es etwas weiter über das Pflaster geglitten war, als wolle er einem unsichtbaren Gegner zuvorkommen, umkreiste das Glas, hüpfte und dribbelte damit, um seinen imaginären Partner zu täuschen, dann ließ er es stehen, trat zurück, um einen neuen Anlauf zu nehmen, visierte, leicht geduckt, seinen Fußball an, sprang federnd hoch, machte dabei mit den nackten Beinen eine Schere, ließ sich auf den linken Fuß fallen und trat mit aller Kraft mit dem rechten gegen das Glas, als schieße er einen todsicheren Elfer. Er wurde nicht müde, immer neue Varianten seines Spiels zu erfinden, ehe er es jäh abbrechen mußte. Als er einmal einen seiner unaufhaltsamen Elfer schoß, blieb das violette Stück Glas auf einem Kanalgitter liegen. Der Zigeunerknabe ging mit seinen großen Schuhen, die mit einer Schnur gebunden waren, damit er sie nicht verlor, zuerst langsam auf seinen

Fußball zu, beschleunigte aber unterwegs die Schritte, um das Stück Glas zuletzt ganz hastig anzuspringen; sicherlich hatte ihn sein Gegner wieder in eine gefährliche Situation gedrängt, so daß er schnell handeln mußte. Seine Intervention, die um eine Spur zu rasch erfolgt war, schlug jedoch fehl: das Stück Glas flog nicht davon, wie er es gewollt hatte, sondern richtete sich nur auf, wackelte einen kurzen Augenblick und plumpste dann durch das Kanalgitter. Der Knabe sah enttäuscht auf die leeren Eisenstäbe, bohrte sinnlos seine Schuhspitze in ein Loch, als wollte er damit das verlorene Stück Glas hervorholen, hockte sich nieder, um sich das Gitter aus der Nähe anzusehen, richtete sich wieder auf, zuckte die Achseln und ging weiter. Sein Schritt wurde plötzlich schleppend und müde. Bald aber fand er auf seinem Weg eine weggeworfene Zigarettenschachtel, die er hüpfend und tänzelnd vor sich her zu schieben begann.

Interview mit Stanko, genannt Jesse Owens

Selbstverständlich bin ich Marxist. Meinetwegen ein Revisionist; ich finde an dieser Bezeichnung nichts Verwerfliches oder gar Verbrecherisches. Nur ein Dummkopf verharrt sein Leben lang auf ein und demselben Standpunkt. Es ist also ganz natürlich, daß ein halbwegs intelligenter Mensch, der weiterkommen will, seine Meinung immer wieder revidieren muß. Ich trage mich schon seit Jahren mit dem Gedanken, eine Zeitschrift mit dem Titel »Die Revision« herauszugeben, wir sind aber in unserem Land noch lange nicht soweit, obwohl wir uns vom sowjetischen Dogmatismus beträchtlich entfernt haben. Die Sowjetideologen nennen uns Revisionisten, was einigermaßen auch zutrifft. Anstatt uns zur Revision zu bekennen, beschuldigen wir die Russen des Revisionismus – oder die Chinesen. Es ist geradezu komisch, wie ein Ausdruck, der eine bestimmte und präzise Bedeutung hat, nämlich die der Überprüfung, im Laufe der Zeit zu einem nebulosen Schimpfwort degradiert wurde. Die sturen Priester der heiligen stalinistischen Kirche haben es so gewollt, und da hilft einem kein vernünftiges Argument. Es gäbe doch nichts Schöneres, als diesen ganzen verstaubten ideologischen Kram einer gründlichen Revision zu unterziehen. Wir tun das natürlich immer wieder, aber nur im Namen der marxistischen Lehre. Wir bemühen uns zu beweisen, daß wir Marx besser verstanden haben als unsere Gegner. Und der gute Marx liefert uns alle Argumente frei Haus. Als fleißiger Deutscher hat er viel geschrieben, so daß die Auseinandersetzung um die Auslegung seiner Schriften nicht aufhören wird, solange es Menschen gibt, die sich Marxisten nennen. Dabei gibt es unvergleichlich mehr Menschen, die sich so nennen, als solche, die Marx auch gelesen haben. Es ist genauso wie bei den Christen. Wer von ihnen hat die Bibel wirklich gelesen? Die meisten Menschen sterben für eine Idee oder eine Sache, die sie gar nicht verstanden haben. Aber das ist ein anderes Problem. Für mich ist der Marxismus nur eine Ausgangsposition, eine analytische Methode, die mir hilft, bestimmte Phänomene besser zu verstehen. Wie weit wir mit dieser Methode gehen dürfen, das heißt, in welchem Ausmaß wir sie überwinden können, hängt von der augenblicklichen Situation ab. Bei uns wird nicht nur philosophiert und gedichtet, bei uns wird auch Politik gemacht. Wo gibt es einen Politiker, der bereit ist, einzugestehen, daß er Fehler gemacht hat? Die Masse liebt keinen Staatsmann, der Fehler macht und sie dann noch offen zugibt. Das Dogma der Unfehlbarkeit ist der Grundstein jeder Ideologie. Aber das ist nicht alles. Wir müssen uns auch nach anderen Gesichtspunkten richten, zum Beispiel nach denen unserer Außenpolitik. Wenn wir mit den Russen gerade eine politische Auseinandersetzung haben, stehen uns beinahe alle Tore zur kritischen Revision unserer Situation offen, wenn aber unsere Regierung ab und zu mit Moskau liebäugelt, heißt es für uns, wieder vorsichtig zu sein. So pendeln wir zwischen einer fast liberalen Offenheit und dogmatischer Sturheit. Dabei gäbe es eine Menge Fragen, die man nur in einer freien Diskussion lösen könnte. Es geht ja darum, den humanistischen Kern des Marxismus zu retten, ihn für die Praxis zu retten, die bei uns bis zu einem gewissen Grad noch immer von einem Nepotismus balkanischer Prägung durchsetzt ist. So haben wir eine Verfassung, die sich sehen lassen kann, deren Auslegung aber der Willkür der Behörden ausgesetzt ist, und denen tritt kein gleichberechtigter Anwalt entgegen. Die Anwälte sind bei uns keine Anwälte, sondern nur Helfer der Bittsteller, und die haben sie in der Hoffnung engagiert, daß sie die protektionistische Hintertür, durch die man zu seinem Recht gelangt, kennen. Die Richter wieder haben Angst, unliebsam aufzufallen, und entscheiden nicht nach dem Gesetz, sondern nach dem vermeintlichen Willen der Obrigkeit, der sie oft Züge verleihen, die sie gar nicht hat.

Ich habe in meiner Verwandtschaft gerade einen Fall erlebt, der mich auf dieses Problem aufmerksam gemacht hat. Es handelt sich um meinen Schwager, einen Schwager zweiten Grades sozusagen, denn er ist mit einer meiner Cousinen verheiratet. Ein netter Mann, von Beruf Friseur. Ich gehe nicht zu ihm, weil sein Laden zu weit von der Universität entfernt ist. Ja, um diesen Laden geht es. Der wurde nämlich nach dem Krieg im Übereifer nationalisiert und meinem Schwager lediglich zur Benützung überlassen. Da der Laden nationalisiert war, wurde das ganze Haus als Eigentum der Allgemeinheit angesehen, obwohl es nur zwei Wohnungen hat, die meiner Cousine und ihrem Mann gehören. Nach dem Gesetz darf jeder Bürger zwei größere oder drei kleinere Wohnungen besitzen. In letzter Zeit wurde jedoch ein neues Gesetz verabschiedet, nach dem alle Geschäftslokale der Gewerbetreibenden zum uneingeschränkten Eigentum ihrer früheren Besitzer und heutigen Benützer erklärt wurden. Mein Schwager machte eine Eingabe und erhielt seinen Friseurladen zurück. Die Rückgabe wurde auch im Grundbuch eingetragen. Nun gehören ihm und seiner Frau beide Wohnungen sowie das Geschäftslokal, aber nicht das Haus, das auf dem Papier noch immer nationalisiert ist. Mein Schwager wollte auch diese seiner Meinung nach reine Formalität erledigen und machte eine Eingabe zur Aufhebung der seinerzeitigen Nationalisierung, er wurde aber von der ersten Instanz abgewiesen. Er wandte sich darauf an einen Anwalt, der ihm versprach, die Sache gegen ein angemessenes Honorar in Ordnung zu bringen. Der Anwalt schrieb eine neue Eingabe, in der er

die Sachlage genau schilderte und die entsprechenden Paragraphen des neuen Gesetzes anführte. Mein Schwager wurde auch von der höchsten Instanz abgewiesen. Der Anwalt machte ein verdutztes Gesicht und fragte seinen Klienten nach Strich und Faden aus. Er wollte herausfinden, was die »da oben« gegen meinen Schwager haben könnten. Dann deutete er an, daß sich dieses ganze Problem vielleicht am besten durch Bestechung aus der Welt schaffen ließe. Und mein Schwager zahlte, weil er glaubte, noch immer in der Türkenzeit zu leben. Sicherheitshalber wandte er sich um Hilfe auch an mich. Da ich während des Krieges bei den Partisanen war, gehörte ich jetzt seiner Meinung nach zu den Herrschenden und mußte deshalb einen Weg kennen, ihm zu seinem Recht zu verhelfen.
Mir geht es nicht um das Privateigentum meines Schwagers, ich habe zum Eigentum überhaupt keine Beziehung, er soll aber das bekommen, was ihm nach dem Gesetz zusteht. Nichts regt mich so sehr auf wie Gesetzlosigkeit und Korruption. Vielleicht bin ich auch deshalb Kommunist geworden. Ich weiß nicht, ob der Anwalt tatsächlich jemanden bestechen oder das Geld für sich behalten wollte, aber allein die Tatsache, daß man bei uns noch immer mit solchen Methoden operiert und an die Wirksamkeit von Bestechungen glaubt, kann mich in Rage bringen. Ich schaltete mich also ein und ging zu Gericht. So viel Trägheit, Duckmäusertum und abgrundtiefe Gleichgültigkeit dem Schicksal des einzelnen gegenüber habe ich noch nie in so massierter Anhäufung angetroffen wie bei den Behörden, die bei uns Recht sprechen sollen. Zur Entschuldigung unserer Richter muß ich anführen, daß sie durch den häufigen Wechsel von Gesetzen und die vielen neuen Erlässe und Ergänzungen mit der Zeit ziemlich abgestumpft worden sind. Trotzdem ist es ihre verdammte Pflicht, dafür zu sorgen, daß die Gesetzlichkeit in diesem Land wenigstens ein bißchen an Gerechtigkeit erinnert.
Was habe ich mit meiner Intervention erreicht? Statt sich bei mir zu entschuldigen, haben die Herren Genossen an-

gefangen, mir etwas am Zeug zu flicken, weil ich ihnen unangenehm aufgefallen bin. Ich bin nicht als Bittsteller zu ihnen gekommen, sondern als Herausforderer. Sie haben meine Vergangenheit durchforschen lassen und sich durch ihre Sbirren an der Universität nach meiner jetzigen Tätigkeit, vor allem aber nach meiner kritischen Einstellung zum Marxismus erkundigt. Das kann mir heutzutage nicht viel schaden, aber angenehm ist es nicht, zu wissen, daß meine Kollegen sich fragen, was ich verbrochen haben könnte. Mein Schwager und seine Frau haben ihr Scheißhaus endlich auch auf dem Papier zurückbekommen, aber meine Ernennung zum Professor wird sicherlich aufgeschoben, bis über die ganze Affäre Gras gewachsen ist. Ähnliches kann einem natürlich auch anderswo passieren, aber das ist mir kein Trost. Wir sind schließlich nicht ausgezogen, um uns die Menschen gefügig zu machen, sondern um sie zu befreien. Ich gehöre nicht zu den enttäuschten Revolutionären, die nach dem Rausch der großen Tage von einer Art Katzenjammer erfaßt werden. Ich bin nicht enttäuscht, denn ich habe von jeher gewußt, daß es, gemessen an dem reinen Funken der Empörung, der sie ausgelöst hat, nur gescheiterte Revolutionen gibt. Eine Revolution wird nicht auf den Barrikaden entschieden, sondern im Detail des Alltags.
Es ist nicht so, daß ein philosophierender Stubenhocker sich plötzlich als Pragmatiker entpuppt. Mich hat gerade die Praxis zum Philosophiestudium angeregt. Ich wollte draufkommen, warum alles so ist und wie man es ändern könnte. Ich bin natürlich nicht draufgekommen. Deshalb versuche ich es immer wieder. Eins weiß ich: die Freiheit kann man weder proklamieren noch in einem Warenhaus kaufen, man muß sie sich täglich erkämpfen.
Heute habe ich an der Universität über die permanente Revolution zu sprechen. Ich werde dabei den Schöpfer dieser Theorie, Leo Trotzki, nur am Rande erwähnen, weil er bei uns noch immer nicht salonfähig geworden ist. Da wäre zum Beispiel eine kritische Revision notwendig, auch Trotzki gegenüber. Aber das versteht sich von selbst.

Der Außenseiter

Mladen hatte sich in den letzten Jahren auf seinen häufigen Reisen daran gewöhnt, in einer Stadt ins Bett zu gehen und in einer anderen aufzuwachen, er hatte sich daran gewöhnt, in der Morgendämmerung oder spät nachts in einem Taxi an fremden Häusern vorbeizufahren, an geschlossenen Läden, leeren Parkanlagen, beleuchteten Restaurants oder Bierhallen, die Ufer fremder Flüsse entlangzugehen, über Brücken und weitläufige Plätze mit Denkmälern von Männern, die irgendeinmal im Lauf der Geschichte eine Schlacht gewonnen oder verloren hatten, auf ein fremdes Hotelzimmer zu, in dessen Anonymität er sich geborgen fühlte.

Die Frage, warum er hierher geflüchtet war und was er eigentlich hier suchte, stellte er sich immer erst am nächsten Tag. Sie bewirkte, daß er plötzlich wach wurde und sich während des Frühstücks, das aus einem Apfel oder einer Orange, die er entweder mitgebracht oder gleich nach seiner Ankunft am Bahnhof gekauft hatte, sowie einer Tasse schwarzen Kaffees bestand, einen Aktionsplan zurechtlegte, nach dem er die Stadt, in die er zufällig oder absichtlich geraten war, im Sturm einnehmen wollte.

Die ersten paar Schritte standen, wie bei einem Schachspiel, schon im voraus fest. Es waren mehrere Anrufe, mit denen er verschiedenen wirklichen oder vermeintlichen Freunden, flüchtigen Bekannten oder unbekannten Leuten, die mit entfernten Verwandten oder Freunden bekannt waren, mit einer optimistischen Stimme verkündete, daß er da war. Das war seine Rückendeckung. Dann rief er Leute an, von denen er Arbeit, Verständnis, Entgegenkommen oder Hilfe erwartete. In Frankfurt, wo er sich gerade aufhielt, gab es unter Punkt eins seltsamerweise mehr Telefonnummern, als er angenommen hatte. Zuerst war Helene Gramisch, geborene Bruning da, die geschiedene Frau eines zweitklassigen Burgschauspielers, den sie während des Krieges kennengelernt und geheiratet hatte und der bald darauf in Kriegsgefangenschaft geraten und dort schwul geworden war, so daß sie ihn nach seiner Heimkehr nicht mehr zu interessieren schien. Mladen hatte einmal völlig betrunken versucht, mit ihr zu schlafen. Da es nicht so richtig geklappt hatte, gab sie sich selbst die Schuld und blieb ihm in einer geradezu rührenden Freundschaft verbunden.

Durch sie hatte er Georg Sack kennengelernt, einen gescheiterten Literaten ganz besonderer Prägung. Georg Sack schrieb eigentlich nicht, oder besser gesagt: er schrieb nur sehr selten, meist Buchbesprechungen aus Gefälligkeit, also über Werke von Autoren, die er gut kannte, und ab und zu aggressive Leserbriefe an verschiedene Zeitungen, die nur mit seinen Initialen gezeichnet waren, falls sie überhaupt abgedruckt wurden. Er ärgerte sich immer wieder über die Politik auf Welt-, Landes-, Regional- oder Kommunalebene und reagierte darauf mit ein paar überspitzten Formulierungen, die nicht alle Redaktionen goutierten, obwohl sie sich durch die Bank demokratisch gebärdeten; wenn seine Ausfälle veröffentlicht wurden, dann hauptsächlich als Beweis dafür, daß man in einer pluralistischen Gesellschaft auch ausgefallene Meinungen duldete.

Viel besser jedoch als seine geharnischten Leserbriefe waren die Reden Georg Sacks, die er in mehr oder weniger betrunkenem Zustand zu halten pflegte, oft ohne jede Hoffnung, von jemandem gehört oder gar verstanden zu werden. Als mißverstandener Preuße, ungläubiger Protestant und konservativer Anarchist fühlte er sich in dieser schlechtesten aller Welten nicht wohl und ritt wütende Attacken gegen ihre Unvollkommenheit. Zugleich war ihm klar, daß er damit nichts ausrichten konnte. So waren seine Attacken eher Paraden des ohnmächtigen Geistes, der vergeblich versucht, sich zu bestätigen.

Seiner Bildung, seinen Kenntnissen, seinen Fähigkeiten und seinen Verbindungen nach – er kannte Gott und die Welt, darunter auch viele Menschen, die ihn nicht nur schätzten, sondern auch gern hatten – wäre Georg Sack dazu prädestiniert gewesen, Kulturredakteur einer großen Zeitung oder Abteilungsleiter eines Senders zu werden, hätte er es nicht vorgezogen zu trinken, sooft es ihm paßte, und dabei den Leuten die Wahrheit ins Gesicht zu sagen. Ein Original, das trinkt und dabei spöttische Bemerkungen macht, kann in einer geordneten Gesellschaft nur eine untergeordnete Rolle spielen. Georg Sack entschied sich gegen das sichere Dasein eines kleinen Kulturbeamten, der eine gewisse Narrenfreiheit genießt, und lebte von den Übersetzungen aus dem Französischen und Englischen, die er zwar gut machte, aber so spät abzuliefern pflegte, daß er sich damit gerade noch über Wasser halten konnte.

Zu Mladens Frankfurter Ritual gehörte es, gleich nach dem kurzen Aufenthalt in der kleinen Pension, deren Stammgast er war und in der er zuerst seinen Koffer auspackte, den Reserveanzug auf einen Bügel hängte und einige Telefongespräche erledigte, Georg Sack zu besuchen. Gute Freunde konnten Georg Sack nach kurzfristiger Avisierung jederzeit besuchen. Er war sichtlich froh, der Sklavenarbeit an der Übersetzung eines französischen oder englischen Buchs, das immer aufgeschlagen auf einem kleinen Tischpult neben seiner Schreibmaschine lag, zu entrinnen und ließ sich deshalb gern stören. Für Mladen war er die Quelle aller Informationen, die er für seinen Aufenthalt in Frankfurt brauchte.

Georg Sack wohnte mit seiner Frau, einer geduldigen Blondine, und zwei großen braunen Chow-Chow-Hunden, die zahm, zugänglich und verspielt waren wie Katzen, in einem kleinen Haus in einer nicht weit vom Zentrum entfernten Villengegend und offenbar absichtlich in einer Sackgasse, die man von der einen Seite nur über eine Treppe erreichen konnte.

Als Mladen zu ihm kam, erwartete ihn Georg Sack in seinem verschneiten Vorgarten, flankiert von seinen Hunden, ein kleiner, drahtiger Mann mit einem Vogelgesicht und einem faltigen Lächeln, wie man es von den Büsten Voltaires kennt; er war stolz auf seine Ähnlichkeit mit dem großen französischen Aufklärer und Streiter und hätte sie sicherlich gern bis zur weißgepuderten Perücke des 18. Jahrhunderts vervollkommnet, wäre das außer auf einem Kostümball überhaupt möglich gewesen.

Als sie ins Haus kamen und im Wohnzimmer Platz nahmen, fragte Georg Sack nicht wie üblich, was Mladen von der letzten Rede Adenauers, de Gaulles oder Chruschtschows halte, sondern begann über die miserable Übersetzung eines amerikanischen pornographischen Romans zu schimpfen, den ein befreundeter Verleger herausgegeben hatte. Er beschuldigte dabei nicht so sehr den Übersetzer wie die deutsche Sprache, die seiner Meinung nach unzulänglich war – wahrscheinlich hatte er Schwierigkeiten mit seiner eigenen Übersetzung – und bei der Schilderung von erotischen Dingen und Vorgängen völlig versagte.

»Nur die Franzosen können so etwas machen«, sagte er abschließend. »Deutsch klingt das alles plump und vulgär. Darüber kann kein Bierhumor hinwegtäuschen.«

Darauf bot Georg Sack seinem Gast Sandwiches mit Schinken und Käse und dazu einen klaren Schnaps an. Es war die Zeit, ein Gabelfrühstück einzunehmen. Während sie nun aßen, tranken und die beiden Hunde streichelten, erzählte Georg Sack von einem Ausflug, den er zusammen mit seiner Frau und einem befreundeten Ehepaar – der Mann war Anwalt – in die hessische Landschaft unternommen hatte.

»Auf einem Spaziergang über einen Abhang, von dem

aus man eine kleine Stadt unten im Tal sehen konnte, frappierte mich plötzlich das Gefühl der Geschichtslosigkeit. Ich weiß nicht, ob Sie mich richtig verstehen werden, aber ich versuche trotzdem, Ihnen dieses Gefühl zu erklären. Wissen Sie, ich habe plötzlich begriffen, daß die Deutschen kein Gespür für die Geschichte haben.«
Bei dem Wort »Gespür« formte er die ersten Finger seiner Rechten zu einer Kuppe und rieb sie aneinander. »Den jeweiligen Zustand, in dem sie sich gerade befinden, nehmen sie als gegeben, also als ewig und unabänderlich an. Die Straßen, Häuser und Plätze scheinen seit immer in dem Zustand gewesen zu sein, in dem sie vor einem stehen. Auch die alten Burgen scheinen von einem geschickten Fremdenverkehrsmanager an diesem Morgen auf einen Hügel gestellt worden zu sein. Die Steine atmen keine Geschichte, und kein Faden führt zurück in die Vergangenheit. Dieses Gefühl der Zusammenhanglosigkeit und Diskontinuität ist geradezu unheimlich. Ich habe angefangen, mich zu fragen, woher das kommt. Ich glaube, die Deutschen interessieren sich weder für fremde Schicksale noch für ihre eigenen Vorfahren. Sie denken nur ans Heute und an sich selbst. Daher der Mythos vom ›Tausendjährigen Reich‹, mit dem sie den gelebten Augenblick zur Ewigkeit zu erheben versuchten. Weil sie geschichtslos leben, sind die Deutschen schlechte Politiker und gute Soldaten. Ein Mensch, dem seine Vergänglichkeit bewußt ist, kann nie ein guter Soldat sein.«
Georg Sack trank einen Schluck Bier, wischte sich mit einem weißen Taschentuch, das er aus der Ziertuchtasche herausgezogen hatte, den Mund ab und sah Mladen erwartungsvoll an. Mladen hatte aber weder Lust, ihm zuzustimmen noch ihm zu widersprechen, um ihn zu weiteren Ausführungen anzuregen. Er fand die Deutschen an diesem Tag, geschichtslos oder nicht, durchaus in Ordnung. Einer von ihnen, den er vor einiger Zeit hier bei Georg Sack kennengelernt hatte, ein gewisser Dr. Friedrich Kowalski, hatte ihn doch nach Frankfurt eingeladen,

um ihm hier einen gutbezahlten, dauerhaften, sozialversicherten, pensionsberechtigten Job anzubieten. Das war etwas, was weder einem Österreicher noch einem Jugoslawen jemals eingefallen wäre. Da Mladen sich scheute, vor Georg Sack, diesem enragierten Kritiker seines eigenen Volkes, die Deutschen ihrer Weltoffenheit und Fairneß wegen zu loben, lenkte er das Gespräch wieder auf das ursprüngliche Thema von Sprache und Erotik. Das erwies sich als so ausgiebig, daß sie sich bei Sandwiches, Schnaps und Bier so lange darüber ereiferten, bis es für Mladen Zeit war, Dr. Kowalski in seinem Büro aufzusuchen.

Friedrich Kowalski hatte zuerst in Philosophie, Fach Germanistik, promoviert. Da ihm dieses Studium, das er, so kurios das klingen mag, aus Liebe zur Literatur gewählt hatte, zu wenig erfolgversprechend erschienen war, hatte er darauf einen kaufmännischen Lehrgang besucht. Ein Doktor der Philosophie, der obendrein als Kaufmann ausgebildet war, hatte die besten Chancen, bei einem Verlag eine führende Position einzunehmen. Nach einigen Umwegen über die Offiziersschule, den Kriegsdienst, das Ernährungsamt und das Dasein eines Vertreters für kosmetische Artikel war Dr. Kowalski in einem Provinzverlag untergekommen. Bald jedoch bekam er Krach mit dem Besitzer, dem das literarische Programm seines Angestellten zu kostspielig schien, und wechselte enttäuscht und verbittert zur Werbebranche über, in der er es inzwischen ziemlich weit gebracht hatte. Jetzt war er deutscher Filialleiter einer großen amerikanischen Werbefirma, die sich hinter dem Allerweltstitel »Interbureau« verbarg.

Dr. Kowalski sah mit seinen schneeweißen Haaren und seinem braungebrannten Gesicht – entweder kam er gerade von einem Skiurlaub oder er hatte zu Hause eine Höhensonne – hinter dem großen Schreibtisch in seinem Büro, das auf die Kaiserstraße blickte, würdig und zugleich vertrauenerweckend aus. Um die freundliche Atmosphäre zu betonen, in der ihr Gespräch verlaufen sollte, hatte er

Mladen einen Cognac angeboten. Es war eine französische Marke.
Die Art ihrer Zusammenarbeit war schon längst festgelegt. Mladen sollte für »Interbureau« Werbetexte schreiben. Dr. Kowalski zweifelte nicht daran, daß der begabte Literat Raikow sich mit Leichtigkeit auf dem neuen Gebiet einarbeiten würde. Um sich des Vertrauens, das man ihm ohne den geringsten Beweis entgegengebracht hatte, würdig zu erweisen, hatte sich Mladen während der Fahrt nach Frankfurt über Werbeslogans den Kopf zerbrochen. Er hatte in der Tasche ein paar armselige Proben, wie »Schlafen Sie ruhig – wir arbeiten für Sie«, »Zu Fuß kommen Sie nicht weit, selbst wenn Sie sich Rollschuhe anschnallen« oder »Ist Ihre Frau Ihnen das nicht wert?«; er brauchte sie aber zum Glück nicht zu zeigen; Dr. Kowalski glaubte an Mladens Fähigkeiten. Für ihn war alles in bester Ordnung. So unterhielten sie sich nun darüber, ob es für Mladen vorteilhafter sei, als Festangestellter ein Gehalt oder als freier Mitarbeiter ein Honorar zu bekommen. Dr. Kowalski schien sich um seinen neuen Geschäftspartner wirklich Sorgen zu machen und empfahl ihm, sich bei einem Steuerberater genau zu informieren, bevor er sich entschied.
Dr. Kowalski kam dann endlich auf die Summe zu sprechen, die er Mladen für seine Mitarbeit jeden Monat zahlen wollte, und schlug ihm tausendfünfhundert Mark als Fixum vor und darüber hinaus eine geringe Erfolgsbeteiligung. Mladen wäre ihm am liebsten vor Freude um den Hals gefallen – er hatte schon einige Gläschen Cognac getrunken –, beherrschte sich aber und stotterte etwas von seinem Antiquitätenladen in Wien, den er wegen dieser Arbeit in Frankfurt nun aufgeben müßte. Dr. Kowalski erhöhte den Betrag zuerst auf tausendsiebenhundert Mark und nach zwei weiteren Gläschen Cognac auf zweitausend. Da sagte Mladen zu; so wertvoll hatte ihn bisher noch niemand gefunden. Zuletzt bot der neue Chef Mladen an, ihm für die Übersiedlung einen Vorschuß zu geben, den man nach

und nach vom Gehalt abziehen konnte, und ihm bei der Wohnungssuche zu helfen. Dann lud er ihn zum Abendessen ein, zusammen mit Georg Sack, der bei ihrer Verbindung als Pate fungiert hatte.
Als Mladen nach Hause kam, schickte er in seiner Euphorie – sie hatten noch ein paar Gläschen Cognac getrunken – ein Telegramm an Lepa, in dem er sie bat, sofort nach Frankfurt zu kommen, um mit ihm hier eine Wohnung zu suchen. Darauf legte er sich für zwei Stunden nieder; er wollte am Abend wieder nüchtern sein.
Dr. Kowalskis Wohnung war eine Mischung aus Tradition und Moderne, wie es sich für einen arrivierten Intellektuellen gehörte. Neben schwedischen Möbeln und dänischem Besteck oder umgekehrt, gab es darin auch eine barocke Kommode, vier Biedermeierfauteuils und eine russische Ikone. Der weißhaarige Werbefachmann war mit einer jungen Frau verheiratet – sie war ein rüstiger Typ und schien die intellektuellen Kapriolen ihres Mannes gleichmütig zu ertragen. Die einjährige Tochter wurde den Gästen von den glücklichen Eltern schlafend gezeigt. Doktor Kowalski hatte außerdem einen Sohn aus erster Ehe, der schon zwanzig war; er stammte aus der Zeit seiner Offizierslaufbahn. Der Berufswechsel und die Ehen schienen bei ihm Hand in Hand zu gehen.
Nachdem sie Königsberger Klopse gegessen hatten – einer der Ehepartner mußte aus Ostpreußen stammen, wahrscheinlich war es der Hausherr, denn die junge Frau sprach mit auffallend hessischem Akzent –, begannen sie Wein zu trinken. Der Hausherr spielte den Weinkenner und bot ihnen immer neue Sorten an, so daß sie bald betrunken wurden, weil sie viel zu schnell tranken.
»Das ist ein ganz alter, erlesener Mosel«, dozierte Dr. Kowalski schon leicht benommen. »Den muß man auf der Zunge zergehen lassen, bevor man ihn trinkt.« Dabei nahm er einen Schluck, verdrehte die Augen und schnalzte leicht mit den Lippen, um seinen Gästen zu zeigen, wie man so etwas macht. »Unlängst hatte ich hier einen bekannten

Kaufmann als Gast und bot ihm diesen Wein an. Was soll ich Ihnen sagen, meine Herren – er trank die Flasche aus, bevor ich bis drei zählen konnte. Er kippte ein Glas nach dem andern, als wäre es Wasser, einfach barbarisch.« Seine Ermahnungen fielen selbst bei ihm auf unfruchtbaren Boden, so daß er bald danach eine neue Flasche holen mußte. Diesmal stiegen sie zu dritt in den Keller hinunter, weil er ihn unbedingt seinen Gästen zeigen wollte. Mladen und Georg Sack wäre es lieber gewesen, er hätte ihnen einen ordentlichen Schnaps oder wenigstens nur eine einzige Sorte Wein angeboten, aber in diesem Stadium war ihnen schon alles recht, was einen Alkoholgehalt hatte.

Der Weinkeller war wirklich eindrucksvoll. In den runden Löchern, die an zwei Wänden vorgebaut waren, steckte eine Menge Weinflaschen. Dr. Kowalski ließ es sich nicht nehmen, sie nacheinander aus ihren Nischen zu ziehen und ihre Provenienz zu erklären. Vielleicht hatte er gerade den Auftrag, für ein Konsortium, das mit Weinen handelte, Reklame zu machen, er hatte aber heute entschieden das falsche Publikum. Mladen und Georg Sack wählten schließlich lustlos drei Sorten aus – einen Rheinwein, einen Pfälzer und einen Frankenwein – und gingen zusammen mit ihrem Gastgeber wieder hinauf.

Irgendeinmal, nachdem sich die Hausfrau verabschiedet hatte, kam das Gespräch auf den Krieg – Georg Sack hatte bestimmt nicht davon angefangen, er benahm sich an diesem Abend vorbildlich zurückhaltend –, und Dr. Kowalski begann zu erzählen, ohne daß jemand ihn dazu aufgefordert hätte; offenbar verspürte er plötzlich das Bedürfnis, zu beichten.

»Als die Nazis immer fester im Sattel zu sitzen begannen, beschloß ich, beim Militär Zuflucht zu suchen. Bei uns in Preußen diente das Militär seit jeher als sicherer Hafen für alle, die in einem anderen Beruf gescheitert waren oder Angst hatten, Verantwortung auf sich zu nehmen, oder ganz einfach nicht denken wollten. In der Nazizeit wurde das Militär zum Asyl für viele, die vor der Politik flüchten

wollten. Es hört sich vielleicht unglaubwürdig an, aber die Armee war für viele von uns der einzige Schutz gegen eine Welt der Gesetzlosigkeit und des Mordens. So machte ich den ganzen Krieg mit – den Polenfeldzug, die Frankreichepisode, den Blitzkrieg auf dem Balkan und den überraschenden Angriff auf die verbündete Sowjetunion –, ich machte das alles mit, ohne mich zu fragen, was ich da tat. Natürlich hatte ich meine eigenen Gedanken über den ganzen Schlamassel, in den uns Herr Hitler hineinmanövriert hatte, ich reiste aber in meiner Uniform kreuz und quer durch Europa, empfing Befehle, gab sie weiter und achtete peinlich darauf, daß sie ordentlich durchgeführt wurden.« Zu Anfang hatte Dr. Kowalski langsam und bedächtig, beinahe tonbandreif gesprochen, je näher er aber seiner eigentlichen Geschichte kam, desto mehr geriet er ins Stammeln. »So ging ich immer weiter und weiter, bis ich mich eines Tages im Kaukasus fand. Die Panzerkanonen schossen auf die malerischen Städtchen, die an den Berghängen wie Trauben hingen, und ich dachte an Puschkins Exil und sein Gedicht über den dunklen Fluß Terek. Oder war es Lermontow, der dieses Gedicht geschrieben hat?«
»Ich glaube, Puschkin«, sagte Mladen. »Ich kann mich aber auch irren.«
Georg Sack schien dem Gastgeber nicht richtig zuzuhören, er war vollauf damit beschäftigt, den kostbaren Rheinwein in einen Blumentopf zu gießen, in dem eine dunkelgrüne Pflanze mit fleischigen, schwertähnlichen Blättern steckte.
»Ja, Sie haben recht, es war Puschkin«, wiederholte Dr. Kowalksi und starrte ins Leere. »Eigentlich wollte ich Ihnen von einem Dorf erzählen, das wir kampflos erobert hatten. Ich weiß nicht mehr, wie es hieß und vermutlich noch immer heißt. Vielleicht habe ich den Namen verdrängt. Ja, als wir einzogen, stießen wir auf ein paar Plünderer. Die Russen hatten sich zurückgezogen, und wir waren noch nicht da. So nützten sie die Windstille aus, um den einzigen Laden im Ort auszuplündern. Sie dachten sich ganz logisch,

es sei besser, wenn sie die für ein paar Stunden herrenlos gewordenen Güter plünderten, als wenn die feindlichen Soldaten es täten. Die Schnelleren hatten sich natürlich schon eingedeckt und waren längst nach Hause gegangen. Die paar, die noch da waren, gehörten zur langsameren Sorte. Ein Oberleutnant befahl, sie zu fassen, unsere Leute erwischten aber nur noch drei. Und so führte man sie mir vor. Ich saß in der Schule. Kann mir einer der Herren erklären, warum gerade Schulen mit Vorliebe für militärische Zwecke verwendet werden?«

»Weil sie im Krieg leer stehen«, sagte Mladen. Die Kriegserlebnisse Dr. Kowalskis interessierten ihn eigentlich nicht, er gab sich aber den Anschein, als höre er aufmerksam zu; er konnte nicht früh genug damit anfangen, sich in der Haltung eines untergeordneten Angestellten zu üben.

»Da haben Sie wohl recht«, fuhr Dr. Kowalski fort; er hatte schon einen leichten Zungenschlag. »Das war mir vollkommen entfallen. Ich saß also hinter dem Katheder, und die drei Diebe standen vor mir, oder eigentlich unter mir. Sie hatten noch die Waren bei sich, die sie in dem Laden gefunden hatten. Der eine hielt eine Nachttischlampe in der Hand, so eine mit billigem Schirm aus buntem Papier, der zweite trug einen etwa fünf Kilo schweren Sack in den Armen wie ein Kind. Der dritte hatte einen ganzen Stoffballen auf der rechten Schulter. Er stand schief vor mir, leicht vornübergebeugt, so daß er nicht aufschauen konnte. Er hatte auch eine Mütze auf, so eine mit schwarzem Zelluloidschirm. Ich wußte, daß ich ein Exempel statuieren mußte, und wählte diesen dritten aus als Opfer. Er hatte erstens das meiste oder das Wertvollste geplündert, und dann konnte ich seine Augen nicht sehen. Der Oberleutnant wollte ihn sofort aufhängen und ging einen Strick suchen, er fand aber im ganzen Ort keinen, sondern kam mit einem Draht zurück. Da bin ich aber wild geworden. Ich konnte doch nicht zulassen, daß ein Delinquent mit einem Draht aufgehängt wird. Auch ein Dieb hat schließlich ein Anrecht darauf, ordentlich gehängt zu werden. Ich ordnete an, dem Verurteilten — ich hatte seine Augen noch immer nicht gesehen — ein Mittagessen zu geben, und ging währenddessen einen Strick suchen. Schließlich fand ich eine Wäscheleine. Sie hing in einem verlassenen Hof. Als man dann den Plünderer aufknüpfte, begann die Leine zu reißen, sie war schon ganz morsch von dem vielen Regen, sie begann sich zu drehen, sich zu winden und ruckweise zu reißen. Die Wäscheleine bestand aus mehreren zusammengedrehten, dünnen Stricken, die nun nacheinander abzureißen begannen. Ich erwartete, daß sie ganz abreißen würde, ich wollte dem Delinquenten nach uralter Sitte schon das Leben schenken — man darf einen zum Tode Verurteilten nicht zweimal hängen —, aber der letzte Faden hielt. Schicksal. Sie können sich nicht vorstellen, meine Herren, wie schwierig es ist, einen Menschen aufzuhängen. Geradezu penibel. Ja, penibel ist der richtige Ausdruck dafür.«

Dr. Kowalski trank einen kräftigen Schluck und sah in die Runde. Mladen nickte bestätigend und widmete sich seinem Wein, um nichts sagen zu müssen. Er wußte nicht, was er darauf sagen konnte. Georg Sack war dieser Sorge enthoben. Er war nicht mehr imstande, irgend etwas zu sagen. Er schlief, den Kopf an den Blumentopf gelehnt, in den er vorhin seinen Wein gegossen hatte.

Dr. Kowalski war voll Verständnis, als Mladen ihn bat, ein Taxi zu bestellen, damit er Georg Sack nach Hause bringen könne. Es war sehr mühsam, den Schlafenden ins Taxi zu bugsieren, aber zu zweit schafften sie es. Kaum setzte sich der Wagen in Bewegung, als Georg Sack den Kopf hob, die Augen öffnete und in seinem angestammten Berliner Dialekt sagte:

»Jeder hat 'ne Leiche im Keller.«

Er mußte also alles gehört haben, hatte sich aber schlafend gestellt, um sich nicht einmischen zu müssen und so den künftigen Vorgesetzten Mladens vielleicht zu verärgern.

An den nächsten zwei Tagen war Mladen damit beschäftigt, einen Steuerberater zu konsultieren und über ein

Vermittlungsbüro eine Wohnung zu suchen. Der Steuerberater riet ihm, sich für das Angestelltenverhältnis zu entscheiden, und so teilte er seinen Entschluß Dr. Kowalski mit; der bat ihn, ihm für die Abfassung des Vertrags noch zwei Tage zu lassen. Das war Mladen recht, weil er ohnehin auf Lepas Ankunft warten mußte, um sich zusammen mit ihr ein paar Wohnungen anzusehen, die er in engere Wahl gezogen hatte. Am selben Abend kam Lepa an. Sie gab sich sichtlich Mühe, ein fröhliches Lächeln zur Schau zu tragen, weil sie nun endlich soweit waren, eine gemeinsame Wohnung auszusuchen; ihre Augen, die oft an Mladen vorbeischauten, drückten aber nicht nur Sorge aus, sondern auch Angst. Mladen konnte sie gut verstehen, denn auch er hatte Angst vor dieser fremden Stadt, in der sie von nun an zu wohnen hatten. Vielleicht hatten sie auch beide Angst vor dem Augenblick, in dem die Illusion von ihrer Zusammengehörigkeit, in die sie sich viele Jahre lang hartnäckig verbohrt hatten, auf die Probe gestellt und mit der Wirklichkeit konfrontiert werden sollte. Das Auf und Ab ihrer Begegnungen war im Laufe der Zeit zu einem rein formellen Ritual geworden, das sich plötzlich mit echtem Sinn erfüllen mußte.

Als sie eine Drei-Zimmer-Wohnung in Dohrenbusch besichtigten und nebeneinander an der Schwelle eines hellen, leeren Raumes standen, versuchte Mladen, Lepas Hand zu ergreifen, um sie hineinzuführen, aber sie lief schnell, kaum hatte er sie berührt, zum Fenster und schaute hinaus. Draußen sah man eine Schienenstraße und ein paar Menschen, die, in ihre Wintermäntel vermummt, an der Haltestelle standen und wie erstarrt auf das Rattern der Straßenbahn lauschten, die quietschend daherrollte.

Die Wohnung gefiel Lepa nicht; sie war ihr wegen der vorbeifahrenden Straßenbahn zu laut. Bei der zweiten gefiel ihr die Anordnung der Räume nicht und bei der dritten die Hausbesitzerin, die überaus neugierig zu sein schien. Bei der vierten willigte sie abrupt und beinahe ungeduldig ein. Wahrscheinlich hatte sie plötzlich eingesehen, daß ihr keine Ausflüchte helfen konnten; sie mußte schließlich eine Wahl treffen. Dann war es vollkommen gleichgültig, für welche Wohnung sie sich entschied. Mladen erging es ähnlich. Deshalb schienen sie beide erleichtert zu sein, als am nächsten Tag ihre Übersiedlung nach Frankfurt rückgängig gemacht wurde.

Mladen hatte schon an Dr. Kowalskis Stimme erkannt, daß etwas nicht stimmte. Der Werbefachmann hatte ihn in der Früh angerufen und ihn gebeten, gleich zu ihm zu kommen. Nach dem gemeinsam verbrachten Abend bei Dr. Kowalski und nach der großen Beichte des Hausherrn hatte Mladen wenigstens ein paar persönliche Bemerkungen erwartet, Dr. Kowalski sprach aber ganz kurz und sachlich, nicht befehlend, sondern eher bittend, wie einer, der Beistand braucht. Als Mladen ihm dann gegenübersaß, machte der grauhaarige Doktor den Eindruck eines armen Delinquenten, der sich verständnisheischend und hilfesuchend an seinen Pflichtverteidiger wendet.

»Ich stehe tief in Ihrer Schuld«, sagte Dr. Kowalski, »weil ich Sie ganz umsonst nach Frankfurt geholt habe. Der Vertrag, den wir besprochen haben, liegt bereit, hier in dieser Mappe.« Er tippte mit dem Finger auf eine dicke Korrespondenzmappe mit schwarzem Deckel. »Ich brauche ihn nur noch zu unterschreiben. Das möchte ich auch gern tun, aber meine Unterschrift gilt in diesem Haus nicht mehr. Erlauben Sie mir nun, Ihnen kurz zu erklären, warum. Sie wissen sicherlich, daß dieses Unternehmen Amerikanern gehört, aber Sie wissen vielleicht nicht, daß es im Laufe der Jahre schon einige Male den Besitzer gewechselt hat. Am letzten Wochenende wurde das »Interbureau« mit der Ernest Winter Company fusioniert, die ab sofort federführend geworden ist. Wie alle neuen Herren wollen die Chefs der Ernest Winter Company alles umkrempeln. Ich habe heute morgen ein Fernschreiben erhalten, in dem mir striktest untersagt wird, vor dem Eintreffen von Winter junior irgend etwas zu unternehmen. Er kommt am Mittwoch nach Frankfurt. Ehrlich gesagt, erwarte ich nichts

Gutes von seinem Besuch. Die Ernest Winter Company war bisher unser schärfster Konkurrent. Ihr deutscher Vertreter ist ein falscher Hund. Er wird alles daransetzen, mich auszuschalten. So ist die Lage. Sie können sich nicht vorstellen, mein Lieber, wie leid es mir um unsere Zusammenarbeit tut.« Dr. Kowalski war den Tränen nahe. »Ich habe mich aufrichtig darauf gefreut. Und wie stehe ich jetzt vor Ihnen da? Wie soll ich das alles wiedergutmachen? Hätten wir nur letzte Woche den Vertrag gemacht. So hätten Sie wenigstens Anspruch auf eine Abfindung. Aber so . . .«

»Ach, um mich brauchen Sie sich keine Sorgen zu machen«, sagte Mladen.

»Ja, ich weiß, Sie haben einen Antiquitätenladen in Wien. Ich werde Ihnen aber auf alle Fälle die Reisespesen bezahlen. Das steht noch in meiner Macht.«

Dr. Kowalski erhob sich energisch hinter seinem Schreibtisch, ging hinaus und holte einen dicken Mann, der Mladen gegen eine Quittung die Reise- und Aufenthaltsspesen aushändigte – das Geld für eine Fahrkarte erster Klasse Wien–Frankfurt und zurück sowie Diäten für fünf Tage. Als der Buchhalter gegangen war, drückte Dr. Kowalski Mladen pathetisch die Hand und ließ ihn gehen.

»Wenn Sie das nächste Mal nach Frankfurt kommen«, rief er ihm nach, »müssen Sie mich unbedingt besuchen! Wahrscheinlich werde ich nicht mehr in diesem Büro sein, aber Sie werden von unserem gemeinsamen Freund Sack erfahren, wo ich zu finden bin.«

Als Mladen Lepa gegenüberstand, wendete er Dr. Kowalskis Methode an und begann, sich selbst zu beschuldigen, weil er sie auf bloßen Verdacht hin nach Frankfurt geholt hatte. Er hätte abwarten sollen, bis er den Vertrag in Händen hatte, ehe er ihr eine Nachricht zukommen ließ. Er spielte ihr den Versager vor, dem nichts im Leben gelang. Er spielte seine Rolle so gut, daß er beinahe in das indonesische Reisgericht zu weinen begann, das sie gerade zu Mittag aßen. Dabei wußte er, daß sie alles wußte. Sie wußte, daß er nur Theater machte, um ihr das Gefühl der Überlegenheit zu geben und ihr so den Abschied zu erleichtern. Sie sollte ihn durchschauen; er war nichts anderes als ein erbärmlicher Komödiant. Aber sie ließ sich nichts anmerken, daß sie seinen Trick erkannt hatte, sondern ging auf sein Spiel ein und begann ihn zu trösten.

»Gott sei Dank habe ich meine Stelle in Belgrad nicht gekündigt«, sagte sie, »obwohl ich das gern getan hätte. So brauchst du dir um mich keine Sorgen zu machen. Wenn du soweit bist, daß du mich irgendwohin kommen lassen kannst, brauchst du mir nur zu schreiben.«

Sie fuhren gleich am Nachmittag ab. Sie fuhren zusammen bis München, wo er ausstieg, um seinen Freund Paul zu besuchen. Lepa fuhr weiter nach Belgrad.

In München wiederholte sich zu Anfang das gleiche Routinespiel wie bei allen Reisen. Mladen ging in eine ihm bekannte Pension in der Schillerstraße, packte aus und rief Paul an. Paul war sein Münchner Stützpunkt, wenn man den ewigen Phantasten und Wolkenschieber überhaupt als eine Stütze bezeichnen konnte. Er war wie immer voller Pläne. Er war gerade dabei, mit einem Verleger, der seiner Meinung nach in Geld schwamm, über eine Sittengeschichte der Nachkriegszeit zu verhandeln. Als Mladen ihm von seinem Frankfurter Fiasko berichtet hatte, bot er ihm eine Beteiligung an dem großen Geschäft an, das er noch an diesem Abend oder in dieser Nacht an Land zu ziehen gedachte.

»Ich weiß, wo Siegfried Bader heute abend zu finden ist, ich bin auch eingeladen. Gehen wir hin und nageln wir ihn an Ort und Stelle fest. Ich hole dich gleich ab.«

Mladen zog sich ein frisches Hemd und seinen grauen Reserveanzug an und band sich eine dunkelblaue Krawatte mit weißen Punkten um. Er hatte vollkommen falsch gehandelt, denn Paul kam als Mexikaner verkleidet, um ihn abzuholen. Er hatte einen Sombrero auf und einen falschen Schnurrbart, der ihm von den Mundwinkeln herabhing.

»So kannst du doch nicht mitten im Fasching auf einen Hausball gehen«, sagte er. »Was soll ich nur mit dir machen?« Und als Mladen ihn ratlos ansah, fügte er hinzu: »Komm, gehen wir. Vielleicht wird uns die Hausfrau helfen, dich ein bißchen herzurichten.«
Die Hausfrau, eine resolute Person mittleren Alters mit einer roten Perücke und Netzstrümpfen an den stämmigen Beinen, hatte volles Verständnis für Mladens Lage. Sie malte ihm mit ihrem Augenbrauenstift einen Schnurrbart an, verlängerte seine Koteletten und verstärkte seine Augenbrauen. Dann nahm sie ihm die Krawatte ab, steckte sie in seine Tasche und knöpfte ihm das Hemd auf.
»Jetzt bist du ein Ganove, wie er im Buch steht«, stellte Paul befriedigt fest und zog ihn in einen Raum, der voll halbnackter Menschen war. Sie tanzten in der Mitte, wobei sie ungeniert aneinanderstießen, sie standen kerzengerade oder gekrümmt an der Wand, sie hockten oder lagen, wo sie gerade einen Platz erwischt hatten. Die Männer zeigten meist ihren entblößten Oberkörper und die Frauen ihre nackten Beine.
»Soweit ich die Situation überblicken kann«, schrie Paul, um die Musik zu übertönen, die aus einem Tonbandgerät kam, »ist Siegfried Bader nicht in diesem Zimmer.«
Er lotste Mladen zu einer improvisierten Bar, die sich im anderen Zimmer befand. Während sie, dicht an die Wand gelehnt, ihren Whisky schlürften, wiederholte Paul einige Male:
»Er muß doch hier sein. Er hat mir selbst gesagt, daß er herkommen wird.«
Mladen versuchte, mit einer kleinen Schwarzhaarigen, die in ihrem roten Kleidchen mit schwarzen Punkten offenbar als Marienkäfer verkleidet war und ihm feurige Blicke zugeworfen hatte, einige Runden zu tanzen, sie wurde ihm aber buchstäblich aus den Händen gerissen von einem aufgebrachten Kosaken in Pluderhosen und Stiefeln, der ganz aufgebracht sein Eigentum reklamierte.
»Der ganze Fasching hier ist nur eine Augenwischerei«,

sagte Paul gelassen, »alle Männer und Frauen benehmen sich so, als wären sie auf Abenteuer aus, und dann gehen sie doch mit ihren ständigen Partnern schlafen.«

Er hatte offensichtlich nicht vor, sich zu amüsieren, er dachte unentwegt an das große Geschäft, das ihm durch die Lappen zu gehen drohte, wenn er nicht auf der Hut blieb. Deshalb begab er sich, Mladen im Schlepptau, wieder auf die Suche nach dem sagenhaften Siegfried Bader. In den beiden Schlafzimmern war er nicht. Als sie hineingingen und Paul das Licht anknipste, schrien verschiedene Stimmen durcheinander »Licht aus!«, Paul ließ sich aber nicht davon abbringen, in alle Ecken und sogar hinter die Betten zu spähen, so sehr war er darauf versessen, den reichen Verleger zu finden. In der Küche fanden sie ihn auch nicht. Dafür bekamen sie von der munteren Hausfrau eine Gulaschsuppe, die Mladen im Magen zu brennen begann; Pauls Schnurrbart war voll bräunlicher Nässe.

»Gehen Sie in den Keller«, riet ihnen die Hausfrau, »dort sind auch ein paar Gäste.«

Siegfried Bader war tatsächlich im Keller. Er war als Pirat verkleidet und trug eine schwarze Binde quer über dem rechten Auge. Er war gerade dabei, eine kichernde Blondine, die mit offener Bluse auf einer Kiste saß, aus ihrer Lederhose zu schälen, ihre Cowboystiefel lagen schon übereinandergekreuzt unter ihren Füßen.

Paul räusperte sich respektvoll und sagte:

»Herr Bader, darf ich Ihnen meinen Freund Mladen Raikow vorstellen, von dem ich Ihnen erzählt habe?«

»Lassen Sie mich in Ruhe«, brummte Siegfried Bader wütend. »Sehen Sie denn nicht, daß ich beschäftigt bin?«. Er hatte große Mühe, die enge Lederhose über die Hüften der Blondine zu streifen, die, während sie mit dem Popo hüpfte und mit den Beinen strampelte, um ihm bei der Arbeit zu helfen, ihre bloßen Brüste züchtig mit den Händen bedeckte.

»Mein Freund ist extra nach München gekommen«, fuhr Paul unbeirrt fort, »um Sie kennenzulernen.«

»Verschwinden Sie!« schrie Siegfried Bader, stieß seinen rechten Fuß nach rückwärts und trat Paul ans Schienbein.
»Komm, gehen wir«, sagte Paul mit vor Schmerz zusammengebissenen Zähnen. »Ich glaube, wir haben den falschen Augenblick erwischt.« Sie gingen hinaus und begannen an der Bar zu trinken, um sich über ihre geschäftlichen Verluste hinwegzutrösten. Bald jedoch fanden sie den Rahmen unpassend und zogen weiter. Sie streiften durch Schwabing, kehrten in mehrere Lokale ein und landeten schließlich in einem riesigen Keller in der Nähe des Hauptbahnhofs. Dort unten wimmelte es von verkleideten Menschen, die hier mit Schweinswürstchen, Sauerkraut und Bier ihren Faschingsrausch zu neutralisieren versuchten. Durch Nahrung zu neuen Lebenskräften gekommen, sangen sie den Schlager »Wer soll das bezahlen?« und schunkelten ineinandergehängt hin und her.
Mladen und Paul aßen ihre Schweinswürstchen mit Sauerkraut und wollten gerade anfangen mitzusingen, als man am Nebentisch Soldatenlieder aus dem letzten Krieg anstimmte. Es waren lauter Männer, die zuerst »Erika« und den »Westerwald« vor sich hin brüllten, um dann, von den zackigen Marschrhythmen angefeuert, mit roten Gesichtern das SS-Lied »Es zittern die morschen Knochen« in die dichten Rauchschwaden zu schreien, die über den Köpfen der Kellerbesucher schwebten.
Ohne viel zu überlegen, antworteten Mladen und Paul ihnen mit der »Marseillaise«, die sie ebenso laut zu singen versuchten. Ihr Gesang ging im allgemeinen Lärm unter, aber nicht für den großen, dicken Portier, der seinen roten Mantel — er war mit goldenen Streifen und Schnüren verziert — wie eine Generalsuniform trug. Er neigte den Kopf, spitzte die Ohren, setzte sich mit einem Ruck die Mütze, die er in der Hand hielt, wieder auf — er wollte sich offenbar damit ein amtliches Aussehen verleihen —, trat entschlossen an ihren Tisch, pflanzte sich vor ihnen auf und fragte barsch:
»Was singt ihr da?« Als Mladen und Paul ihn verwundert

ansahen, fügte er hinzu: »In unserem Lokal ist es verboten, kommunistische Lieder zu singen!«
»Die Marseillaise ist kein kommunistisches Lied, sondern die französische Nationalhymne«, sagte Paul beinahe ruhig.
»Mir braucht ihr nichts zu erklären. Dieses Lied ist fast so schlimm wie die ›Internationale‹. Ich war in Spanien, bei der Legion Condor. Ich weiß Bescheid. Die Kommunisten haben es genausooft gesungen wie die ›Internationale‹. Ich will es hier nicht hören!« Der dicke Portier sah sie drohend an und bezog wieder seinen Posten am Eingang.
Mladen und Paul wollten zuerst die Internationale singen, gaben aber ihr Vorhaben auf und gingen weg, es hatte keinen Sinn, sich der Übermacht zu stellen. Als sie an der Tür waren, grölten die Männer vom Nebentisch triumphierend: »Denn wir fahren gegen Engelland.«
Paul hatte genug von seinem Beruf, von München und vom Fasching. Er entschloß sich, nach Hause zu gehen. Seine Frau war mit ihrem kleinen Sohn bei ihren Eltern in Niederösterreich zu Besuch, seine Tochter war aber da, er wollte sie sehen, bevor sie in die Schule ging, er wollte ihr heute sogar das Frühstück machen, wenn er schon einmal früher auf war als sie.
Mladen hatte keine Lust, in seine Pension zu gehen, er hatte Angst vor dem fremden Zimmer, das leer auf ihn wartete. So schlenderte er hinüber zum Bahnhofsrestaurant, das die ganze Nacht offen war. Dort versammelten sich die von der Nacht an den Rand des Tages gespülten Gestalten und mischten sich unter die Frühaufsteher, die ebenso blaß und übernächtig aussahen, so daß man die beiden Kategorien unter normalen Umständen schwer voneinander unterscheiden konnte. Jetzt im Fasching war dies jedoch etwas leichter. Die Nachtvögel waren noch verkleidet, und die Frühaufsteher, die auf die ersten Züge warteten, hatten Straßenkleidung an, falls nicht auch einige Faschingsteilnehmer ihre Kostüme in ihre Koffer verstaut hatten, um die Spuren ihres nächtlichen Treibens zu verwischen.

Mladen gehörte äußerlich beiden Gruppen an, er trug einen Straßenanzug und war zugleich so stark geschminkt, daß man ihn leicht für einen verrückten Strolch halten konnte. Deshalb ging er in die Toilette, wusch sorgfältig seinen Schnurrbart und die verlängerten Koteletten ab und band sich die Krawatte wieder um. Nun konnte er ruhig an einem Tisch Platz nehmen und Kaffee bestellen.

Während er auf seinen Kaffee wartete und leicht gelangweilt in die Runde blickte, fiel ihm eine Frau auf, die am Nebentisch saß und mit starren Bewegungen Zucker in ihren Kaffee rührte. Auch sie schien den beiden Gruppen des morgendlichen Zwielichts zuzugehören. Sie trug kein kurzröckiges Kostüm und keine Netzstrümpfe, sondern ein schwarzes Kleid, das ihr beinahe bis zu den Knöcheln herabfiel. Es war eine Art Gewand, wie es Darstellerinnen der Antigone, der Elektra oder der Medea trugen. Woher kam sie und worauf wartete sie? Vielleicht war sie wirklich eine Schauspielerin, die gestern abend eine Premiere gehabt hatte und dann in ihrem Bühnenkostüm zur Premierenfeier gegangen war? Jetzt wartete sie auf den Zug, der sie in ihre Villa in einem der Vororte von München bringen sollte. Vielleicht war sie eine Witwe, die in aller Frühe zum Grab ihres Mannes hinausfahren wollte? Vielleicht war sie ganz einfach eine brave Hausfrau und Mutter einiger Kinder, die draufgekommen war, daß ihr Mann sie auf seinen Geschäftsreisen betrog, und deshalb beschlossen hatte, sich zu rächen. Sie hatte gewartet, bis ihre Kinder eingeschlafen waren, und hatte dann eilig das Haus verlassen, um sich schnurstracks und anonym in den Faschingstrubel zu stürzen. In der Aufregung hatte sie gerade das Kleid erwischt, das sie auf ihrem ersten Ball getragen hatte, ein Kleid, mit dem sie auf einem Faschingsfest keinen Staat machen konnte. So war sie allein geblieben. Vielleicht war sie eine alte Jungfer – Mladen schätzte sie auf Mitte Dreißig –, die ihr Kleid vom Abschlußball in der Tanzschule angezogen hatte, fest entschlossen, dort fortzusetzen, wo sie vor langer Zeit aufgehört hatte. Vielleicht war sie ganz einfach arm und hatte nichts anderes, das sie für ein Fest anziehen konnte. Auf dem Stuhl neben ihr lag ihr schwarzer Mantel. Mladen konnte nicht feststellen, ob es sich um einen echten Persianer oder um eine Nachahmung aus Kunstfaser handelte, dazu hätte er ihn berühren müssen. Die Frau war aber durchaus aus Fleisch und Blut, obwohl sie sehr blaß aussah und ihre Bewegungen marionettenhaft wirkten. Er konnte sich davon überzeugen, als er sie in seine Pension mitnahm. Er hatte sich zwar vorgenommen, sich auch von der Echtheit ihres Pelzmantels zu überzeugen, vergaß aber sein Vorhaben, sobald er mit ihr einig geworden war, das heißt, er hatte keine Ahnung, was er in der Hand hielt, als er ihr in den Mantel half.

Wie es dazu gekommen war, wußte er später nicht mehr. Das Ganze schien sich nach einem schon lang vorausgefaßten Plan abzuspielen, dem sie beide zugestimmt hatten. Sie hatte bemerkt, daß er sie beobachtete, und hatte ihn daraufhin voll angeschaut; ihre Augen waren dunkelblau. Bald darauf hatte sie ihm erlaubt, sich an ihren Tisch zu setzen. Er sprach konventionelles Zeug über den Münchner Fasching, ehe er abrupt sagte:

»Sie sind schön.«

Sie wurde wirklich schön, als sie ihn darauf anlächelte und sich langsam aufrichtete.

Sie gingen ziemlich schnell zur Schillerstraße, als gelte es, ein dringendes und unaufschiebbares Geschäft zu erledigen. In seinem Zimmer jedoch, in das sie sich durch das dunkle Stiegenhaus und dann durch einen langen Korridor geschlichen hatten, wurden die Bewegungen der Frau wieder langsam und bedächtig. Sie stand neben dem Fauteuil vor dem Fenster und zog sich langsam aus, eine Patientin, die sich im Ordinationszimmer ihres Arztes auf eine unvermeidliche Operation vorbereitet. Im fahlen Licht der Morgendämmerung wirkte ihr Körper sehr weiß. Nach zwei oder drei Stunden verließ sie leise das Bett, in dem sie nebeneinander eingeschlafen waren. Als ihr warmer Kör-

per sich von dem seinen getrennt hatte, wurde Mladen wach, stellte sich aber schlafend und sah durch die halbgeöffneten Lider zu, wie sie sich wieder langsam anzog und zur Tür ging. Dort blieb sie stehen und machte einen halben Schritt auf ihn zu, als wollte sie sich von ihm verabschieden. Dann drehte sie sich entschlossen um und schlüpfte geräuschlos hinaus. Es hatte keinen Sinn, sie zurückzurufen. Sie mußte endlich zu ihrem lebenden oder toten Mann, zu ihren lebenden oder toten Eltern oder Kindern gehen. Im nächsten Augenblick schlief Mladen wieder ein.
Er fuhr seinen Vater und seine Mutter in seinem Wagen zu einem Amt, von dem aus sie abtransportiert und umgebracht werden sollten. Sie fuhren durch leere nächtliche Straßen, und sein Vater setzte mehrmals dazu an, ihm etwas sehr Wichtiges zu erklären, brach aber immer wieder ab und spielte mit seinen Wohnungsschlüsseln. Er wollte sie ihm offenbar übergeben – er hatte ihm sonst nichts zu vererben –, konnte sich von ihnen jedoch nicht trennen. Im Amt empfing sie eine füllige Dame mittleren Alters. Außer ihr war niemand da. Sie führte die Besucher hinaus. Sie gingen eine steile Straße hinauf. Die füllige Dame schwatzte ununterbrochen, verstummte aber plötzlich, als sie einem düster dreinblickenden Mann in dunklem Zivilanzug begegneten.
»Das ist ein HF«, sagte die Dame, um ihr jähes Schweigen zu rechtfertigen.
Er wußte, daß HF einen Mann vom Hilfsdienst bezeichnete. Er war nur einer von der Mannschaft, die sich im Amtslokal versammelte, während die füllige Dame sie mit ihrem Geschwätz ablenkte. Sie bogen von der Straße in einen großen Garten ab und mußten über einen niedrigen Stacheldrahtzaun springen. Dann gingen sie eine endlose Allee entlang, an großen Wiesen vorbei, die trotz der Dunkelheit in einem hellen Grün leuchteten. Während sie so unter den Baumkronen gingen, erfaßte ihn eine tiefe Trauer um seine Eltern, die wissend und doch ahnungslos

vor ihm her schritten. Sie hatten ihm seine armenische Großmutter verschwiegen, um ihm Unannehmlichkeiten zu ersparen. Man hatte sie aber erwischt, und jetzt mußten sie sterben.
Der würgende Schmerz um den Verlust seiner Eltern verwandelte sich in eine ungeheuere Wut, die sich zunächst gegen die füllige Dame richtete, die durch ihr Geschwätz die wahren Hintergründe zu vertuschen versuchte, und dann gegen jene namen- und gesichtslosen Kräfte, die seine Eltern auslöschen wollten.
Er beschloß, sie zu verteidigen, obwohl er wußte, daß ihm das nicht gelingen und daß er dabei sein eigenes Leben verlieren würde. Voll schmerzlicher Trauer und ohnmächtiger Wut wachte er auf.
Draußen war schon heller Tag. Von der Straße drang Musik und Lachen herauf. Er taumelte schlaftrunken zum Fenster und sah hinaus. Durch den schmutzigen Schnee zogen Lastwagen, mit riesigen Pappfiguren beladen, und um sie herum wimmelte es auf beiden Seiten der Straße von Menschen, die falsche Papiernasen und falsche Bärte hatten, komische Hüte trugen und mit bunten Fetzen behängt waren, so daß man sie nicht erkennen konnte.

Interview mit Paul

Es ist nur zu einem geringen Teil Mladen Raikows Verdienst, daß er sich halbwegs anständig durchs Leben schlägt. Man bietet ihm ganz einfach viel zuwenig, meist gar nichts, um ihn zu kaufen. Da kann man leicht nein sagen. Wofür sollte man ihm auch etwas bieten? Weil er sich freiwillig für unsere unvollkommene Welt entschieden hat? Ich muß mich auch mit den Brosamen zufriedengeben, die von den Tischen der Reichen fallen. Und dafür muß ich noch meine Seele zu Markt tragen. Aber Spaß beiseite. Mladen Raikow hat einen kräftigen Zug zur Selbstzerstörung. Ich weiß nicht, ob das auf seine revolutionäre Vergangenheit oder auf eine ererbte Charaktereigenschaft zurückzuführen ist, er handelt aber oft gegen seine eigenen Interessen. Wenn es dabei nur um ihn ginge, hätte ich nichts dagegen — warum soll er nicht über sein eigenes Schicksal frei entscheiden? —, er zieht aber auch mich hinein, wenn ich gerade in der Nähe bin. Als er zum Beispiel neulich in München war, habe ich ihn mit einem Verleger zusammengebracht, der eine Sittengeschichte der Nachkriegszeit herausbringen wollte. Ich habe gedacht, daß wir die Arbeit zu zweit leichter bewältigen könnten. Es war gerade Fasching, und ich hatte mich mit dem Verleger auf einer privaten Party verabredet, die bei gemeinsamen Bekannten stattfand. Ich habe für gesellschaftliche Veranstaltungen nicht viel über und gehe nur aus, wenn es sein muß. Diesmal mußte es sein. Für mich stand viel auf dem Spiel, aber mein Freund Mladen Raikow verstand es, alles gründlich zu verderben. Er hatte auf dieser Faschingsfeier, bei der wir einen großen Abschluß tätigen sollten, nichts Dringenderes zu tun, als sich ein blondes, offenbar ganz dummes Starlett vorzunehmen, das mein Verleger für sich beanspruchte. Anstatt sich mit unserem Arbeitgeber zu unterhalten – man kann sich leicht vorstellen, was uns eine Sittengeschichte eingebracht hätte –, schleppte Mladen das betrunkene Mädchen in den Keller, drängte sie dort in eine dunkle Ecke und zog sie vollständig aus. Als der Verleger die beiden dabei erwischte, versetzte ihm Mladen einen Fußtritt. »Jetzt bin ich dran, du alter Ziegenbock!« rief er ihm zu. Das wäre alles ganz lustig gewesen, hätte der Verleger uns daraufhin nicht zum Teufel geschickt. Vielleicht kann sich Mladen mit seinem Antiquitätenladen im Hintergrund so etwas leisten, ich bin aber auf die Gunst solcher alter Ziegenböcke angewiesen. Lassen wir das. Mich wird jedenfalls niemand mehr dazu bringen, mit Mladen Raikow zusammenzuarbeiten. Er hat schon Talent, zugegeben, aber was macht er daraus? Seit Jahren erzählt er mir, er arbeite an einem Roman. Und wo ist das Buch? Ich muß zugeben, sein Vorhaben ist schwierig und erfordert eine gewisse Zeit, um Gestalt anzunehmen. Trotzdem glaube ich nicht, daß er dieses Buch jemals zu Ende schreiben wird. Den Titel finde ich ganz passabel. Die weiße Stadt. Darunter kann man sich vieles vorstellen. Belgrad heißt übrigens »weiße Stadt«. Warum es so heißt, begreift man, wenn man sich Belgrad am späten Nachmittag vom Nordwesten, also von Semlin her, im Zug oder im Wagen nähert. Die Häuser, die sich jenseits der Save in Stufen übereinander erheben, schimmern unter den Strahlen der Abendsonne wirklich weiß. Aber das Buch spielt nur zum Teil in Belgrad, wo der Held von Mladens Roman seine Jugend verbracht hat, ebenso wie Mladen selbst. Nach seiner Behauptung wäre das nur ein Aspekt des Titels. Jede Jugend spielt sich in der Erinnerung in einer Art weißer Stadt ab, mag sie noch so grau und trostlos verlaufen sein. Daß die eigene Jugend den meisten Menschen als verklärt erscheint, liegt wahrscheinlich daran, daß man in jungen Jahren gewissen Illusionen nachhängt, die man auf dem weiteren Lebensweg nach und nach verliert. Damit sind wir zum eigentlichen Thema von Mladen Raikows ungeschriebenem Roman gekommen. Er will ein Buch über das Paradies schreiben, über das verlorene, das künftige, das himmlische oder irdische Paradies, dem alle Menschen, Christen oder Mohammedaner, Reaktionäre oder Revolutionäre nachjagen, ohne es je zu erreichen, es sei denn in ihren Träumen. Ein schwieriges Unterfangen, wie gesagt. Als ich ihm das vor Augen geführt habe, hat er mir erklärt, die »weiße Stadt« sei für ihn die Josefstadt im Schnee. Das ist der achte Bezirk in Wien, in dem er lebt. Warum nicht, wenn es plausibel gemacht wird? Bei mir hat der Titel die Vorstellung von einem Seemann ausgelöst, der auf eine Stadt zusegelt und in der Ferne die alten Steine erblickt, die sich gleißend weiß von dem grauen, grünen oder blauen Hintergrund abheben. Für mich ist die »weiße Stadt« der Heimathafen, in den man nach langem Umherirren einfährt. Dazu muß ich sagen, daß ich immer enttäuscht war, wenn Mladen mir etwas Geschriebenes zeigte, von dem er mir vorher schon erzählt hatte. Ich habe mir nach seinen Erzählungen regelmäßig etwas anderes vorgestellt. Aber das ist wahrscheinlich immer so.

Der Schattenjäger

Ein Ballett

In deinem Laden und in deinem Schaukelstuhl sitzt Dr. Felix Bernstein; seine Beine sind so kurz, daß er sich weit vorbeugen muß, um den Boden zu berühren. Schließlich wird er müde, den Schaukelstuhl so krampfhaft daran zu hindern, zurückzuschnellen, richtet seinen Oberkörper auf und läßt ihn auf die Lehne sinken. Jetzt, da seine Füße eine gute Handbreit über dem Boden hängen, sieht er weniger würdig aus, obwohl dich seine schlohweiße Mähne noch immer an Professor Einstein erinnert. Dr. Bernstein muß vor kurzem und insgeheim aus dem Gefängnis in München entlassen worden sein, denn du hast aus dem »Wiener Boten« noch nichts davon erfahren.

Sein Mantel hängt an dem drohend erhobenen Tomahawk des finster dreinblickenden Indianers, den dir vorige Woche ein versoffener Karussellbesitzer im Prater geschenkt hat, weil du im Café »Olympia« zu später Stunde seine Zeche bezahlt hast; du hast das Geschenk höflich abgelehnt, er hat dich aber mit seinem schwammigen, käsigen Gesicht so lange bedrängt, bis du eingewilligt hast. Am nächsten Tag hat er es sich nicht nehmen lassen, dir auf einem Handwagen das hölzerne, dilettantisch geschnitzte und bemalte Ungeheuer selbst zu bringen, als eine Art Talisman, der dich immer wieder erschreckt, wenn du nachts durch den Laden schleichst, um dein Bett im Hinterzimmer zu erreichen.

»Wie Sie sehen, bin ich wieder da«, sagt Dr. Bernstein und streicht sich leicht über die weißen Haare. »Ja, den Deutschen ist es nicht gelungen, mich zu erledigen. Ich habe ihnen die zehn Millionen Mark gegeben, die sie gefordert haben. Eine Unverschämtheit, zehn Millionen als Kaution zu verlangen, aber ich habe sie bezahlt.« Der kleine weißhaarige Mann macht eine wegwerfende Geste und beugt sich dann einen Augenblick um einige Zentimeter nach vorne, so daß der Stuhl ganz leicht zu schaukeln beginnt. »Und nun zu uns, mein Lieber.«

Obwohl Dr. Bernstein dir gönnerhaft zulächelt, spürst du plötzlich eine unangenehme Kälte in der Herzgegend. Er ist sicherlich gekommen, um den Vorschuß zurückzuverlangen, den er dir kurz vor seiner Verhaftung für ein Buch über die Wiener Manieristen bezahlt hat.

Nach der Gründung seines Verlages in Wien hat er zwei Jahre lang mit großzügigen Vorschüssen um sich geworfen, als sei er geradezu hektisch bestrebt, in kurzer Zeit eine Menge Freunde zu gewinnen. Nachdem er sich auf diese Weise zuerst das Wohlwollen oder wenigstens die Neutralität einiger prominenter Schriftsteller und Gelehrten gesichert hat, ist er auf Breitenstreuung übergegangen und hat begonnen, seine scheinbar unerschöpflichen Gelder an greise, halbvergessene Dichter, mittelmäßige bis schlechte Dramatiker, junge Künstler von zweifelhaftem Talent, verkommene Übersetzer und obskure Journalisten zu verteilen, um sich auch ihrer Sympathie zu vergewissern. Für das viele Geld hat er ein paar ganz gute, aber unverkäufliche und etwa zwanzig schlechte, ebenso unverkäufliche Bücher erhalten sowie vom österreichischen Unterrichtsministerium den Titel Professor und das Ehrendoktorat der altehrwürdigen Wiener Universität. An dieser letzten Würdigung seiner kurzen, aber ruhmreichen Tätigkeit als Verleger und Mäzen des Wiener literarischen und künstlerischen Lebens hat er nicht teilnehmen können, weil er drei Tage vor der feierlichen Verleihung des Ehrendoktorats in seiner Eigenschaft als An-

walt wegen einer undurchsichtigen Affäre in Deutschland verhaftet worden ist.
Der pensionierte Ministerialrat Mrkwitschka, der bis zuletzt als Dr. Bernsteins Berater in verlegerischen Angelegenheiten fungiert hat, ist dir knapp vor der Verhaftung seines Chefs um die Mittagszeit vor der Auslage einer Buchhandlung am Graben begegnet und hat dich so *en passant* aufgefordert, für den entwicklungsfähigen Bernstein-Verlag ein Buch zu schreiben. Da du wie immer Geld gebraucht hast, bist du schon am nächsten Tag zu ihm gegangen und hast ihm ein Buch über die Wiener Manieristen vorgeschlagen; es sollte viele schöne Bilder und einen kurzen, aber fundierten Text enthalten. Ministerialrat Mrkwitschka hat dir, um dir ungestörte Arbeit zu ermöglichen, einen Vorschuß von fünftausend Schilling zugesichert, die du nach mehrmaligen Mahnungen auch bekommen hast. Solltest du je die Absicht gehabt haben, dafür etwas zu tun und tatsächlich ein Buch über die Wiener Manieristen zu schreiben, dann hast du sie nach der Verhaftung von Dr. Bernstein endgültig aufgegeben. Daher dein Schrecken beim plötzlichen Auftauchen des kleinen Mannes mit der schlohweißen Mähne.
Du kannst es durchaus verstehen, daß er sich nach den schweren Verlusten, die er erlitten hat, aus allen Kräften bemüht, wenigstens einen Teil der Gelder zurückzubekommen, die er allen möglichen und unmöglichen Literaten zugesteckt hat, du wunderst dich aber darüber, daß er ausgerechnet dich besucht, um den schäbigen Vorschuß zurückzufordern, wo seine anderen Vertragspartner das Zehn- und Zwanzigfache kassiert haben, ohne im Traum daran zu denken, ihm eine Gegenleistung dafür zu liefern. Du hast immerhin guten Willen gezeigt; du hast eine Zeitlang gehofft, daß dein Freund Robert dir bei der Zusammenstellung der Bilder helfen würde. Im übrigen kann ein Verleger, der sich, ohne seine Autoren zu fragen, auf ein Jahr ins Gefängnis begibt, nur darauf bestehen, daß der einmal geschlossene Vertrag erfüllt, aber niemals

darauf, daß der freiwillig bezahlte Vorschuß zurückerstattet wird. Um Dr. Bernstein noch einmal deinen guten Willen zu zeigen, sagst du:
»Gut, daß wir uns sehen. Ich habe in der Zwischenzeit eine Menge Material für das Buch über die Wiener Manieristen gesammelt. Ich brauche nicht mehr lange, um es zu ordnen und eine Einführung zu schreiben. Die Manieristen sind übrigens *en vogue*. Das Buch wird bestimmt ein Erfolg.«
Du hast vielleicht um eine Spur zu hastig gesprochen, dein treuherziger Blick läßt aber keinen Zweifel an deinen ehrlichen Absichten zu. Dr. Bernstein scheint davon jedoch wenig beeindruckt zu sein.
»Manieristen!« sagt er verächtlich und macht eine ungeduldige Handbewegung, als wolle er eine lästige Fliege vertreiben. Und du verspürst wieder jene unangenehme Kälte in der Herzgegend. Dr. Bernstein fährt indessen fort zu reden, mit einem Elan, den du einem weißhaarigen Mann, der gerade über ein Jahr im Gefängnis verbracht hat, nicht zugetraut hättest.
»Was ich von Ihnen haben will, ist ein Buch über Deutschland. Sie sind doch mit den Leuten von der Gruppe 53 oder 49 befreundet, Sie reisen seit zehn oder fünfzehn Jahren immer wieder zu ihren Tagungen. Sie kennen das Land innen und außen, Sie kennen Deutschlands Geschichte und Deutschlands Gegenwart, Sie sind also der richtige Mann, die volle Wahrheit darüber zu schreiben. Ich will ein aktuelles, kritisches Buch haben. Von mir aus kann es auch ein Roman sein. Aber darin muß alles enthalten sein, die ganze Größe und die ganze Niedertracht der Deutschen und natürlich alles über die – na, sagen wir – undemokratischen Methoden ihrer Justiz. Dort, wo Sie sich nicht auskennen, werde ich Ihnen helfen. Ich könnte Ihnen Dinge erzählen, daß Ihnen die Haare zu Berge stehen. Dieses Buch müßte wie eine Bombe in Bonn einschlagen!«
Bei diesem Satz macht Dr. Bernstein mit seiner kleinen, geballten Faust eine schwungvolle Geste gegen die Auslagenscheibe, als werfe er eine Bombe, die bis Bonn fliegen soll,

und bringt so den Stuhl wieder zum Schaukeln. »Na, was sagen Sie zu meinem Vorschlag?«
Du willst ihm gerade antworten, daß du dich keineswegs für geeignet hältst, ein Buch über Deutschland zu schreiben, und sei es auch ein Roman, weil du so wenig darüber weißt; was du darüber weißt, hast du nur als Besucher und Außenseiter erfahren; für so etwas sollte er doch lieber einen deutschen Autor engagieren; doch der kleine Mann hebt gebieterisch die Hand, ehe du angefangen hast.
»Keine Widerrede, bitte«, sagt er zugleich. »Sie sind mein Mann. Das habe ich von Anfang an gewußt. Sie werden dieses Buch schreiben. Ich werde Ihnen erzählen, und Sie werden alles niederschreiben. Damit Sie sehen, daß ich es ernst meine, werde ich Ihnen gleich einen Scheck auf fünftausend Schilling geben. Oder noch besser auf fünftausend Schweizer Franken. Oder sagen wir lieber auf fünftausend Dollar. Warum sollen Sie darben, während Sie an unserem Buch arbeiten?«
Dr. Bernsteins kleine Rechte fährt in die Innentasche seines Rocks, holt daraus ein Scheckheft und legt es auf seine Knie. Dann zückt er eine Füllfeder, schraubt mit Hilfe der Linken die Kappe auf und stülpt sie über das untere Ende, das schließlich nach oben gekehrt wird. Jetzt kritzelt die Rechte, während die Linke mit gespreizten Fingern das Scheckheft festhält. Du siehst der rituellen Arbeit der kleinen, flinken Hände zu und spürst zugleich, wie in deiner Brust eine warme Welle der Zuneigung für den weißhaarigen Mann wächst. Der Scheck hat ein Wappen, das wie ein Adler aussieht, sicherlich lautet er auf die *Bank of America*.
Dr. Bernstein reißt das Blatt heraus und überreicht es dir mit dem Lächeln eines Weihnachtsmanns. Du nimmst den Scheck und erkennst erst jetzt das Wappen. Es stellt nicht einen Adler dar, sondern einen reiferen Herrn mit grauem Schnurrbart, der mit vollendeter Eleganz seinen Homburg lüftet. Darunter steht: ÜBRIGENS: MAN GEHT NICHT MEHR OHNE HUT!

In diesem Augenblick wirst du wach. Dein Zimmer ist kalt und dein Magen drückt dich, weil du gestern abend zu wenig gegessen hast. Du knipst die Nachttischlampe an, stehst auf, tappst zum Ofen, drehst die Flamme größer und öffnest dann den Kühlschrank, in dem du nichts anderes findest als ein Stückchen Käse, der schon leicht zu schimmeln beginnt. Du schneidest sorgfältig die schimmeligen Stellen weg, wirfst sie in den Eimer unter der Spüle, holst ein Stück trockenes Brot aus der Kredenz, legst dich wieder ins Bett und ißt langsam, halb aufgerichtet und den Kopf gegen die Wand am Kopfende deines Bettes gelehnt. Während du schlaftrunken kaust, weißt du nicht, ob du über den Streich, den dir dein Traum gespielt hat, lachen sollst oder nicht.
Dann drehst du das Licht aus, streckst dich aus und versuchst weiterzuschlafen. Und da erst hörst du den Wind, der im Hof an den Fenstern rüttelt und im Kamin pfeift. Das ist sicherlich das Tief aus dem Nordosten, von dem der Meteorologe im Radio gesprochen hat und das in eiskalten, kräftigen Windstößen an der Flanke des etwas wärmeren atlantischen Hochs nach Süden strömt und dich vollends aufweckt. Während du nun unbeweglich auf dem Rücken liegst und auf das Brausen des Windes horchst, der aus dem hohen Norden Kälte und Schnee bringt, wird dir auf einmal, wie in einem hellen Augenblick der Agonie, alles klar.
Du liegst auf dem Bauch im Gras und beobachtest eine Ameise, die sich vergeblich bemüht, eine große Brotkrume, die dir aus dem Mund gefallen ist – du hast gerade ein Butterbrot gegessen –, in Bewegung zu setzen. Als sie, hastig vorwärtsdrängend, auf ihrem Weg plötzlich die Brotkrume gefunden hat, ist sie instinktiv nach rechts geschnellt, um das Hindernis zu umgehen, sie hat es sich aber beinahe zugleich anders überlegt und ist auf die Krume geklettert. Oben angekommen, hat sie sich ein paarmal um sich selbst gedreht und ist zu allen Ecken und Enden gelaufen, als wollte sie ihren Fund abmessen. Dann ist sie

wieder hinuntergerutscht und hat voller Tatendurst angefangen, den winzigen Körper gegen die Brotkrume gestemmt, ihre Beute zu schieben, aber ohne Erfolg; du kannst, obwohl du ihr sehr aufmerksam zusiehst, nicht die leiseste Bewegung feststellen. Als du dich gerade entschließt, der armen Ameise zu helfen und die Krume zu zerdrücken, damit sie sie leichter abtransportieren kann, hörst du, daß deine Mutter dich ruft. Du willst dich zuerst ducken und im Gras unsichtbar machen, aber dann stehst du doch auf und gehst gehorsam ins Haus, wo deine Mutter dich wortlos ins Badezimmer führt und dir dort mit einem Waschlappen das Gesicht, die Hände und die Knie abreibt. Dann mußt du dein Hemd und deine alte kurze Hose, die du so gern hast, weil du sie nach Herzenslust beschmutzen darfst, ausziehen und dich ganz frisch anziehen. Angetan mit der langen, cremefarbenen Hose, die dich an den Waden juckt, und der marineblauen Jacke, die dich am Hals kratzt, stehst du vor deiner Mutter, die dir endlich den Grund für dieses ganze Theater erklärt. Du sollst zu Onkel Branko gehen und ihm ausrichten, daß dein Vater heute abend etwas später zur verabredeten Tarockpartie kommen wird, weil er vorher noch eine dringende und unaufschiebbare Arbeit zu erledigen hat. Erst als du die Botschaft anfänglich unwillig heruntergeleiert und dann deutlich wiederholt hast, darfst du gehen. Du bist schon in der Tür, als deine Mutter dich zurückruft und dich deine alten Sandalen ausziehen läßt. An ihrer Stelle verpaßt sie dir die neuen Lackschuhe, die dich drücken, so daß du in ihnen noch mehr einwärts gehst als sonst; du mußt geradezu aufpassen, daß du dir nicht selbst auf die Füße trittst. Doch bald vergißt du, daß du enge Schuhe anhast, du hüpfst plötzlich ein paarmal im Park, den du passieren mußt, um zu Onkel Branko zu kommen, und beginnst dann mit einem Kieselstein Fußball zu spielen. Danach sehen deine Lackschuhe nicht mehr so neu aus, aber sie drücken dich noch immer. Um zu zeigen, wie sehr du darunter leidest, hinkst du auffällig, als du dich im Haus von Onkel Branko präsentierst. Er ist jedoch nicht da, sondern drüben in seinem Büro im Rathaus, obwohl heute Sonntag ist; auch er hat etwas sehr Wichtiges und Unaufschiebbares zu tun. Tante Mara, die gerade ihre Köchin überwacht und die Suppe kostet, bietet dir nichts an, sie rät dir nur, zu Onkel Branko hinüberzugehen und ihm deine Botschaft zu überbringen.

Das Rathaus ist unheimlich still. Deine tappenden Schritte hallen laut durch den leeren Gang. Alle Türen, an die du klopfst, und die du dann zu öffnen versuchst, sind verschlossen, nur eine von ihnen ist sperrangelweit offen. In dem Zimmer, in das du vorsichtig hineinspähst, ist es halbdunkel; die Jalousien an den Fenstern sind heruntergelassen. Es riecht nach lauwarmem Staub, kaltgewordenem Schweiß und abgestandenem Zigarettenrauch, der dich in der Nase kitzelt, so daß du niesen mußt. Von dem Laut, den du unwillkürlich verursacht hast, erschreckt, suchst du das Weite. Während du auf das lichte Quadrat am Ende des Gangs zuläufst, hast du das Gefühl, daß deine eigenen Schritte dir nachlaufen. Oder ist es jemand anders, der dir nachläuft? Du traust dich nicht, zurückzublicken, um dich zu überzeugen, daß du noch immer allein bist.

Als du den Wandelgang erreichst, der den ersten Gang in einem rechten Winkel schneidet und gegen den Hof offen ist, so daß dich durch seine Bogen plötzlich grelles Sonnenlicht trifft wie ein Befehl, bleibst du jäh stehen. Erst jetzt wagst du, dich halb umzudrehen und einen zaghaften Blick in den Korridor zu werfen. Außer dir ist niemand da. Nur weit unten im Hof sitzt auf der Bank unter dem Maulbeerbaum der Gemeindegendarm Sawa, etwas schief zurückgelehnt, mit hängendem Kopf, und schnarcht. Du überlegst gerade, ob du die Treppe hinunter und dann zu ihm hinübergehen sollst, als dich eine fremde Stimme so in Schrecken versetzt, daß du, leicht nach vorn gebeugt und mit nach innen gerichteten Schuhspitzen, für einen Augenblick erstarrt dastehst. Erst als du begriffen hast, daß die Stimme nicht drohend, sondern eher

klagend und Hilfe heischend ruft, siehst du dich um. Aber du kannst weder im dunklen Korridor noch im hellen Wandelgang jemanden entdecken.
»He, Bub!« ruft wieder die Stimme, heiser und gedämpft. »Hier bin ich! Hier, hinter der beschlagenen Tür.«
Du schaust nach links und dann nach rechts, kannst aber nicht erraten, hinter welcher Tür die klagende Stimme spricht, alle Türen im Wandelgang scheinen dir beschlagen zu sein. Dein ratlos umherschweifender Blick bringt die Stimme zur Verzweiflung, so daß sie beinahe zornig ruft: »Hier, um Gottes willen! Rechts! Nein, von dir aus links! Ich stehe hinter der Tür mit dem Gitterfenster. Ich kann dich gut sehen. Du wirst mich auch sehen, wenn du ein bißchen höher schaust.«
Du folgst den etwas wirren, hastigen Anweisungen der Stimme und entdeckst endlich die beschlagene Tür mit dem Gitterfenster und dahinter ein dunkels Gesicht mit Stoppelbart und hellem Augenweiß.
»Komm näher, Bub!« ruft der Mann hinter dem Gitterfenster leise. »Ich möchte dir etwas sagen. Du brauchst keine Angst vor mir zu haben, ich tue dir nichts. Du bist doch ein braver, lieber Bub, nicht? Komm etwas näher, ich bitte dich, ich kann nicht die ganze Zeit so laut reden, der Gendarm wird mich noch hören, und er soll von unserem Gespräch nichts erfahren. Das soll unser Geheimnis bleiben. Komm also näher, ich flehe dich an!«
Obwohl dich noch nie jemand so inständig um etwas gebeten hat, traust du dich nur zwei kleine, zögernde Schritte zu machen.
»Sag, Bub, der Schlüssel steckt doch im Schloß, nicht? Ich weiß, daß er in der Tür steckt. Der Gendarm hat ihn vergessen, als er mir die Suppe und das Brot gebracht hat. Schau bitte nach, ob er noch da ist.«
Du schaust auf den großen Schlüssel, der aus dem Schloß der beschlagenen Tür herausragt, sagst aber nichts.
»Er ist noch da, nicht? Du wirst mich dir für immer verpflichten, wenn du ihn jetzt umdrehst. Ich werde für immer

dein Schuldner bleiben, wenn du mich hinausläßt. Komm bitte noch ein bißchen näher und dreh den Schlüssel im Schloß um. Du mußt ihn nach links drehen, dann geht die Tür auf, wenn du ihn nach rechts drehst, wird das Schloß noch einmal einschnappen ... Ich habe doch nichts getan. Man hat mich, ich schwöre es dir beim heiligen Elias, ganz unschuldig hierhergebracht und eingesperrt, nur weil ich ein armer Zigeuner bin. Meine Frau und meine fünf Kinder sind jetzt allein in unserem Planwagen, draußen vor dem Dorf. Sie werden vor Hunger sterben, wenn ich nicht bald zurückkomme. Laß mich bitte hinaus. Ich bin unschuldig. Der Gendarm hat bei mir zwei Hühner gefunden, die ich gerade gerupft habe, damit ich sie in den Suppentopf stecken kann. Er sagt, daß ich sie im Dorf gestohlen habe, ich habe sie aber nicht gestohlen, sie sind mir von selbst zugelaufen. Wieviel Hühner laufen doch herrenlos und verlassen auf der Straße herum! Ich habe sie bei mir aufgenommen, damit sie mir Eier legen, aber das ist schon lange her. Sie haben mir auch Eier gelegt, aber wenig, sehr wenig. Ich habe sie ärmlich gefüttert, weil ich selbst arm bin. Das Herz ist mir gebrochen, als ich ihnen gestern abend den Hals umgedreht habe. Meine Kinder haben nichts zu essen gehabt.«

Du siehst, wie zwei Tränen das Augenweiß des Mannes hinter dem Gitterfenster verlassen und sich im Stoppelbart verlieren.

»Kannst du denn zulassen, daß man einen Unschuldigen so behandelt? Selbst wenn ich die Hühner gestohlen hätte, wäre das eine viel zu harte Strafe für mich ... Wenn du mich hinausläßt, werde ich dich zu unserem Planwagen führen und dir unsere zwei Pferde zeigen. Ich habe zwei echte feurige Araber, wie man sie weit und breit nicht finden kann. Du kannst sie reiten, wenn du willst. Sie sind zahm wie Maulesel, wenn sie ein Kind auf dem Rücken spüren. Meine Kinder reiten sie auch, und wie! Ich glaube, der Gemeindevorsteher hat ein Auge auf meine Pferde geworfen. Deshalb haben sie mich eingesperrt. Er kann sie doch nicht wegen der zwei Hühner beschlagnahmen! Zwei Pferde sind doch mehr wert als zwei verhungerte Hühner! Wenn wir zu mir kommen, werde ich dir unseren Planwagen zeigen. Hast du schon einen Planwagen gesehen? Meine Frau wird dir aus der Hand lesen und dir alles über deine glückliche Zukunft erzählen, und meine älteste Tochter wird für dich tanzen, für dich ganz allein. Wir werden ein großes Freudenfeuer machen und ein Fest für dich geben, bevor wir aufbrechen. Und du kannst immer zu mir kommen, weil du dann mein Bruder sein wirst. Was mir gehört, gehört auch dir. Wann immer du mich brauchst, werde ich kommen, um dir zu helfen. Du mußt mich aber zuerst hinauslassen.«

Während der Zigeuner zu dir spricht, in einem beschwörenden Singsang, der dich zuerst an die Kirche und den Weihrauch erinnert, dann an den kleinen Wald mit dem gelben Teich draußen am Ende des Dorfes, zuletzt aber an den Mann in blauer Reithose und roter Jacke mit goldenen Schnüren, der im Zirkuszelt drei kleinen schwarzen Hunden flüsternd zugeredet hat, durch einen Reifen zu springen und eine Schaukel in Bewegung zu setzen — während der Zigeuner dich anfleht, ihn aus dem Gemeindekotter herauszulassen, starrst du unentwegt auf den Schlüssel, der im Schloß der beschlagenen Tür steckt. Du brauchst ihn nur an den großen Ohren zu packen und umzudrehen, um dir den dunkelhäutigen Zauberer hinter dem Gitterfenster für immer zu verpflichten, du rührst dich aber nicht von der Stelle. Dir ist, als habe dir ein anderer Zauberer — vielleicht ist es der Gemeindegendarm Sawa, der dich schlafend überwacht — Blei in die Schuhe gegossen, so daß du deine Füße nicht mehr bewegen kannst. Du bist das für immer erstarrte Kriegerdenkmal im Park, das sich nicht wehren kann, wenn die Tauben oder die Spatzen auf ihm eine Balgerei veranstalten oder es im Flug beschmutzen.

Dann wirst du an diesem Tag zum drittenmal erschreckt, von einer Stimme, die dich plötzlich aus dem dunklen Korridor überfällt.

»Ah, du bist es, Mladen!« sagt sie.
Gleich darauf tritt Onkel Branko in den hellen Wandelgang. Er hat keinen Rock an, sein Hemdkragen ist offen, und über die Schultern spannen sich breite Hosenträger.
»Warst du vorhin in meinem Büro? Ich habe mich ein bißchen aufs Ohr gelegt, ich habe dich aber gehört. Wolltest du etwas von mir?«
Du leierst schnell deine Botschaft herunter und läufst, ohne die Antwort abzuwarten, hinunter in den Hof und dann auf das große Tor zu, das offensteht und dich entwischen läßt.
Du liegst bäuchlings auf dem staubigen Fußboden des ehemaligen Hotels »Metropol« in Wien. Deine Handgelenke sind auf dem Rücken mit einer Kette an die aufgerichteten Fußknöchel gebunden, so daß deine nackten Fußsohlen – du hast vorher deine Schuhe und deine Socken ausziehen müssen – nach oben ragen. Hinter dir steht, breit und gedrungen, Alexej Gubarew, Kommissar der Belgrader Spezialpolizei, und läßt mit kurzen, aber kräftigen, wohlgezielten Hieben einen Ochsenziemer auf deine Fußsohlen niedersausen. Bei jedem Pfiff ziehst du den Kopf ein und wölbst deinen Nacken, als wolltest du mit deinem Rücken den Schlag auffangen, der für deine schutzlosen Füße bestimmt ist.
Du spürst, wie deine Füße langsam anschwellen und wie die vernarbten Wunden platzen, die man dir vor zweieinhalb Jahren in Belgrad zugefügt hat. Du könntest vor heißem, schneidendem Schmerz, den du in jedem Teil deines Körpers und in jeder Zelle deines Hirns spürst, aus vollem Hals brüllen oder mit deinen übriggebliebenen Zähnen in den Fußboden beißen, aber du hast kein Mitleid mit dir. Eigentlich geschieht dir recht. Du hast seit deiner Entlassung aus dem Lager Smederevska Palanka und deiner Deportation nach Wien nichts getan, was deine neuerliche Verhaftung und diese Folter verursacht haben könnte, du hast geglaubt, man werde dich in Ruhe lassen, wenn du dich in ein Mauseloch verkriechst und brav deiner Arbeit nach-

gehst, du hast nicht damit gerechnet, daß die Spezialpolizei einen versierten Mann nach Wien schicken wird, mit dem Auftrag, alle notorischen oder vermeintlichen Widerstandskämpfer, die hierher geflüchtet oder verfrachtet worden sind, aufzuspüren, außer Gefecht zu setzen und zu vernichten, bevor es zum großen Reinemachen kommt. Nun sieht es so aus, als würde das große Reinemachen ohne dich stattfinden. Du hast zu lange gezögert, und das ist die Strafe dafür.

Vor dir sitzt in einem Lederfauteuil ein Wiener Gestapobeamter und sieht zu, wie Gubarew arbeitet. Wahrscheinlich will er erfahren, wie die im Osten erfundene und von den Türken übernommene Bastonade auf dem Balkan praktiziert wird, wo sie in den letzten Jahren zu einer ungeahnten Vollkommenheit entwickelt worden ist. Alexej Gubarew ist ganz der Fachmann, der begeistert und konzentriert einem interessierten Kunden die Vorteile einer bestimmten Arbeitsmethode vorführt, eher noch der Eingeweihte, der einem Novizen ein geheimnisvolles Ritual demonstriert. Zu seiner Linken steht auf einem Stuhl ein Köfferchen aus Pappe, in dem er das nötige Werkzeug – Ketten, Schlösser und Ochsenziemer verschiedener Stärke und Länge – mitgebracht hat.

»Sehen Sie, Herr Perstinger«, sagt er zu dem kleinen dünnen Mann, der im Lederfauteuil sitzt, »wenn die Haut zu platzen beginnt, höre ich auf. Wenn ich weiterschlage, kann er leicht in Ohnmacht fallen, und das will ich unbedingt vermeiden. Der Bursche muß bei vollem Bewußtsein bleiben, ich will ihn nicht umbringen – das werden schon andere besorgen –, ich will ihm ein Geständnis entlocken.«

Er hat dir schon ein volles Geständnis entlockt, er hört aber nicht auf, dich zu schlagen. Du bist anscheinend ein Opfer der Machtkämpfe innerhalb der Spezialpolizei. Gubarew hat von dir wissen wollen, wieviel deine Eltern dem Chef der Spezialpolizei Betscharevich für deinen Kopf bezahlt haben. Obwohl du es nicht weißt, hast du schon nach einigen Hieben gestanden, daß man dich für eine

Million Dinar aus den Fängen der Spezialpolizei losgekauft hast. Du hast mit hunderttausend angefangen und bist dann nach jedem Schlag um weiter hunderttausend in die Höhe geklettert, bis du Gubarew mit der runden Summe von einer Million zufriedengestellt hast. Es kann dir egal sein, was er mit Hilfe deines Geständnisses gegen Betscharevich unternehmen wird. Und was ist, wenn Betscharevich als Sieger aus diesem Machtkampf hervorgeht? Auch das ist dir egal, weil du das Gefühl hast, daß du diesmal nicht mehr freikommen wirst, und wer den Befehl dazu erteilt, dich ganz zu erledigen, ist wirklich vollkommen gleichgültig. Es kann dir jedoch nicht gleichgültig sein, daß Gubarew dich weiter schlägt, obwohl du ihm die gewünschten Angaben geliefert hast. Jetzt verlangt er noch von dir, zu gestehen, daß du im Auftrag der Partei in Wien unter den Fremdarbeitern eine Widerstandsgruppe organisiert hast. Um die Qual abzukürzen, bist du gern bereit, ihm auch das zu gestehen, aber die Sache hat einen Haken. Wenn du gestehst, eine Widerstandsgruppe organisiert zu haben, mußt du ihm ihre Mitglieder nennen, und die gibt es leider oder Gott sei Dank nicht. Wenn Gubarew tatsächlich ein erfahrener Polizist ist, muß er das auch wissen. Er hört trotzdem nicht auf, dich nach allen Regeln der Folterkunst zu bearbeiten. Die ganze Fragerei ist für ihn offenbar nur ein Vorwand, seinem Zuschauer zu zeigen, was er alles kann. Während er dich nach kurzer Pause mit einem frischen Ochsenziemer und tatarischer Beharrlichkeit weiter schlägt, beginnt der bläßliche, dürre Gestapobeamte einen Apfel zu schälen. Er hat ihn ein paarmal in der linken Handfläche geschaukelt, als wollte er seine Größe und sein Gewicht prüfen, ehe er die rasiermesserscharfe Klinge seines Schnappmessers an die rötlichgelbe Haut des Apfels gesetzt hat. Jetzt schneidet er entschlossen unterhalb des Stengels hinein und führt die Klinge dicht unter der Haut um den Apfel, den er auf den Fingerkuppen seiner Linken geschickt balanciert. Er scheint seinen ganzen Ehrgeiz darauf zu konzentrieren, die Haut so dünn wie möglich abzuschälen, ohne sie dabei zu zerstückeln. Vielleicht will er nachher die abgeschälte spiralförmige Haut über die Schulter werfen, um zu sehen, was für einen Buchstaben sie formen wird, wie du es oft gemacht hast, als du noch in die Volksschule gegangen bist; mit dem auf diese Weise zustande gekommenen Buchstaben fängt der Name des Mädchens an, das dem Werfer vom Schicksal bestimmt ist. Wenn man schon ein Mädchen hat oder gar verheiratet ist, kann man die Figuren und Arabesken, die dabei entstehen, auf andere Art deuten, je nachdem, was man erfahren will. Vor Aufmerksamkeit, die ja nötig ist, wenn man die Haut in einem Stück abschälen will, wölbt der dünne Mann die Lippen und beugt sich immer weiter vor, je tiefer er mit dem Messer gerät. Du siehst ihm fasziniert zu und vergißt dabei den Schmerz, der von deinen Fußsohlen ausgeht und deinen ganzen Körper schüttelt, soweit das deine durch die Fesseln erzwungene Lage überhaupt zuläßt.

Durch irgend etwas irritiert, durch den verzweifelten Blick deiner hervortretenden Augen, das regelmäßige Pfeifen und Klatschen des Ochsenziemers oder einen Einfall, den nur er kennt, verliert der Gestapobeamte plötzlich die Geduld, seine Hand beginnt leicht zu zittern, das Schnappmesser kommt ins Rutschen, stößt zuerst etwas tiefer in das weiße Fleisch des Apfels, gleitet wieder heraus und schneidet dann kurz vor dem unteren Rand die dünne Schale durch.

Dieses jähe, unvorhergesehene Ende des Spiels scheint den Mann vorerst zu beruhigen. Er legt den Apfel samt herumhängender Schale in den Aschenbecher auf dem Schreibtisch, wischt die Klinge seines Schnappmessers mit einem Stück Papier ab, klappt es zusammen und steckt es in die rechte Seitentasche seines Sakkos. Dann besieht er sich die Finger und beginnt sie zu putzen, indem er sie aneinander reibt. Erst jetzt hebt er den Blick, sieht Gubarew voll an und sagt mit angewiderter Miene:

»Sie sind ein Patzer!«

Gubarew hört auf, dich zu schlagen, bleibt einen Augenblick mit angehaltenem Atem stehen, tritt darauf einen halben Schritt vor und fragt:
»Entschuldigen Sie bitte: wieso?«
»Sie werden den Burschen vernehmungsunfähig machen, wenn Sie ihm noch einen einzigen Schlag mehr versetzen. Er blutet ja schon.«
»Das werden wir gleich haben«, antwortet Gubarew eifrig und läuft hinaus; seine eiligen Schritte auf dem Gang hören sich an wie Pferdegetrappel.
Bald kommt er mit einem Eimer, der bis zur Hälfte mit Wasser gefüllt ist, zurück. Als er ihn auf den Boden stellt, schwappt Wasser über den Rand und besprengt dein Gesicht.
»Befreien Sie ihn endlich von den Fesseln«, sagt der kleine Mann im Befehlston.
Nun beginnt Gubarew in seinen Taschen zu kramen und nach dem kleinen Schlüssel zu suchen, um das Schloß aufzusperren, das die Ketten zusammenhält.
»Sie sind wirklich ein Patzer«, wiederholt der Gestapobeamte. »Der Schlüssel liegt auf dem Tisch, direkt vor Ihrer Nase.«
Während Gubarew schnaufend an dem Schloß und an der Kette hantiert, spürst du, wie seine Hände zittern, wahrscheinlich vor Wut. Dann hilft er dir auf, setzt dich auf einen Stuhl und steckt deine Füße in den Eimer. Das kalte Wasser empfindest du als Wohltat, obwohl dich sofort Schüttelfrost erfaßt und deine Zähne zum Klappern zwingt.
»Holen Sie ein Desinfektionsmittel und Verbandzeug, der Bursche wird noch Blutvergiftung kriegen.«
Der kleine Mann geht ziemlich grob mit Gubarew um, aber Gubarew gehorcht. Seiner Miene kann man nicht ablesen, ob er wegen dieser offensichtlichen Demütigung über Rache nachsinnt.
»Ein lackierter Affe«, sagt der Gestapobeamte verächtlich, als Gubarew hinausgegangen ist. Dann wendet er sich an dich: »Und was machen wir mit Ihnen? Ich würde Sie auf der Stelle freilassen, ich fürchte aber, das wird nicht so

leicht gehen. Ich werde jedenfalls meinen Einfluß geltend machen, daß Sie bald freikommen. Sollte es trotzdem nicht klappen – Sie haben ja eine ziemlich bewegte Vergangenheit –, dann werde ich dafür sorgen, daß Sie nach Dachau kommen, wo ich gute Verbindungen habe. Dort werden Sie der Gärtnerei zugeteilt. Ich will Ihnen die Chance geben, die Zeit bis zum Ende des Krieges zu überstehen.«
Du bist gern bereit, dem kleinen Mann zu glauben, daß er es gut mit dir meint, obwohl du nicht verstehen kannst, warum er dir helfen will. Aber das ist nicht wichtig, die Hauptsache ist, daß er dir tatsächlich hilft. Gubarew kommt zurück, begleitet von einem Sanitäter, der in seinem gelblichen Kittel eher wie ein Leichenträger aussieht. Während er dir die Füße desinfiziert und verbindet, spürst du einen schwachen Leichengeruch aufsteigen; er geht von deinen wunden Füßen aus. Warum trägt man die Toten immer mit den Füßen voran aus dem Haus? Damit sie nicht zurückkommen?

Als man dich nach zwei Wochen wieder zum Verhör bringt, empfängt dich weder Gubarew noch Perstinger, sondern ein dicker Mann mit Hornbrille und Glatze, der dir sofort ins Gesicht schleudert, daß er dich nach eingehendem Studium deiner Akten für den Steinbruch des Vernichtungslagers Flossenbürg bestimmt hat.

Während der Gestapoagent, ein langer, mürrischer Kerl, der dich ins Landesgericht zurückbringen soll, unten bei der Portierloge den Revers unterschreibt, mit dem er deine Übernahme bestätigt, schaust du dich kurz um und siehst plötzlich deinen Beschützer Perstinger. Der kleine Mann verläßt gerade durch eine Gittertür den Keller, in dem offenbar die schweren Fälle, die man schnell bei der Hand haben will, untergebracht sind. Du willst automatisch zu ihm hingehen und ihn an sein Versprechen erinnern, bleibst aber an deinem Begleiter hängen, weil er schon die Handschelle um das Gelenk deiner Rechten gelegt hat; das andere metallene Armband des Handschellenpaares umschließt seine Linke. Dann willst du deinen freundlichen

Gönner wenigstens rufen, um ihn auf dich aufmerksam zu machen, aber da siehst du plötzlich, daß er selbst gefesselt ist, und zwar an die beiden Agenten, die ihn flankieren. Da er kleiner ist als seine Begleiter, scheinen sie ihn beinahe zu tragen; er scheint auch nicht zu gehen, sondern über dem Boden zu zappeln wie ein Fisch. Als die Gruppe die Treppe erreicht und dabei eine Kurve macht, erwischst du von ihm einen trüben Blick, der dich um Mitleid und Verständnis bittet, ohne dich zu erkennen.

Der kleine Gestapobeamte Perstinger eröffnet so den Reigen deiner Helfer, Beschützer und Gönner, die in dieser kalten, windigen Nacht nacheinander aus dem Dunkel auftauchen und in deinem kärglich eingerichteten Zimmer lautlos zu tanzen beginnen. Du siehst sie wie auf einem Holzschnitt, so, wie sie in dein Gedächtnis geritzt sind – scharf, kantig und groblinig.

Da ist zunächst Heinrich Meier, dein erster Verleger in Wien, der dein Erzählungsbändchen »Der Aufbruch« gedruckt hat. Du bist weder nach Flossenbürg noch nach Dachau deportiert worden, sondern hast aus einem Versehen der Todesbürokratie deine Zeit in Wien abgesessen, so daß du gleich dagewesen bist, als der Krieg zu Ende war. In der verständlichen Euphorie der Überlebenden und des Neubeginns hat Herr Meier genauso wie du daran geglaubt, wenn nicht die ganze Welt, so wenigstens den deutschen Sprachraum mit seinen Büchern zu erobern. So hat er sein ganzes, durch den Druck von Luftschutz- und Erste-Hilfe-Broschüren mühsam zusammengekratztes Geld in eine schöngeistige Produktion investiert. Dein Buch ist das letzte gewesen, das er herausgebracht hat.

Als du ihn einmal besuchst, um dich nach deinem Honorar zu erkundigen, erwartet er gerade den Exekutor, den seine Gläubiger zu ihm geschickt haben. Obwohl er niedergedrückt und über Nacht gealtert, wie bestellt und nicht abgeholt im Besucherfauteuil seines Büros sitzt, nimmst du dich zusammen und fragst ihn geradeheraus, was nun aus dir werden soll.

»Gut, daß Sie mich daran erinnern«, sagt er und zeigt mit einer müden Geste auf das Bücherregal und die Bilder, die darüber und zu beiden Seiten an der Wand hängen. »Nehmen Sie etwas mit. Suchen Sie sich aus, was Ihnen gefällt. Aber schnell, sonst kommen Ihnen die Aasgeier zuvor. Die lassen nichts übrig. Beeilen Sie sich. Und benützen Sie den Hinterausgang, damit man Sie nicht erwischt.«

Du gehst zögernd zum Bücherregal und ziehst eine dicke Kunstgeschichte heraus. Dabei fällt dein Blick auf die Sittengeschichte von Fuchs. Vielleicht hättest du lieber die mitnehmen sollen, sie läßt sich sicherlich leichter verkaufen.

»Nehmen Sie nur mit, soviel Sie tragen können. Nehmen Sie auch ein Bild. Mir ist es lieber, Sie haben es und nicht irgendein Banause.«

Du holst die Sittengeschichte aus dem Regal und nimmst eine aquarellierte Zeichnung von Schiele von der Wand. Darauf ist eine auf dem Boden hockende Frau zu sehen, die dem Beschauer einen tiefen Blick unter ihren weit zurückgeschlagenen Rock gewährt.

»Verlieren Sie keine Zeit!« ruft dir dein bankrotter Verleger zu. »Laufen Sie!«

Und du trabst vollbeladen durch den langen Korridor und über die Hintertreppe auf die Straße.

Die »Sittengeschichte« wird zuerst verkauft. Dann kommt die Kunstgeschichte; sie sichert dir bei weitem nicht so viele Mahlzeiten wie die Sittengeschichte. Das Bild von Schiele bleibt noch eine Zeitlang in deinem Zimmer hängen. Was soll aber ein Mann mit einer halbnackten Frau anfangen, wenn er Hunger hat und wenn sie ihn obendrein, mager wie sie ist, nicht sinnlich, sondern ebenfalls hungrig anschaut?

So wird auch das Bild verkauft, zu einem Schleuderpreis natürlich, weil du zu lange gezögert hast, dich von ihm zu trennen und zuletzt das Geld schon dringend gebraucht hast.

Als du zum erstenmal nach dem Krieg nach Belgrad

kommst, hält dich dein alter Freund und einstiger Kampfgefährte Kosta für einen Mann, der im Westen reüssiert hat, und behandelt dich deshalb mit einem gewissen Respekt. Um dir zu beweisen, daß auch er es zu etwas gebracht hat, empfängt er dich im Gebäude des Zentralkomitees; es steht auf einem Platz, den man offenbar gleich nach dem Krieg geplant und im neoklassizistischen Prunkstil Stalinscher Prägung angelegt hat. Die Büros des Zentralkomitees sind in einem alten Haus untergebracht, das eine Bank oder eine Versicherungsgesellschaft vor dem Krieg gebaut hat; seine kalte Fassade aus gehauenem Stein paßt aber genau zu den neuen Gebäuden, die sich angestrengt bemühen, Größe und Wichtigkeit auszudrücken. Du mußt dich schon sehr zusammennehmen, um von dieser bedeutungsgeladenen Atmosphäre nicht erdrückt zu werden. Dein alter Freund Kosta hat dich lange Zeit für einen Verräter und Überläufer gehalten und viel dazu beigetragen, daß auch andere dich hierzulande dafür halten. Nun hat er dich, kaum ist er dazu imstande gewesen, nach Belgrad eingeladen, um alles gutzumachen und sich mit dir zu versöhnen. Wärest du vor ein paar Jahren aus eigenem Antrieb hergekommen, dann hättest du vielleicht den Kopf verloren, aber jetzt bist du eine Art Gast. Kosta hätte dich natürlich nicht eingeladen, wäre er der Meinung gewesen, daß du eine Niete bist. Sein falscher Eindruck von deiner Bedeutung als Literat und deine verlogene Ehrfurcht vor der Propagandaabteilung des Zentralkomitees, in der Kosta eine wichtige Funktion ausübt, halten sich die Waage, so daß eure Begegnung beinahe ganz natürlich ausfällt.

Ihr sitzt einander gegenüber, als wäre inzwischen nichts geschehen, ihr wollt nicht viel vom Krieg und von der verflossenen stalinistischen Epoche reden, sondern lieber von der Zukunft. Jugoslawien hat sich im Kampf gegen die Sowjetunion behauptet, das Land wird von oben bis unten liberalisiert und braucht deshalb die Mitarbeit von Männern deines Schlages. Um dich in deiner alten Heimat als Autor vorzustellen und dich damit auch zu rehabilitieren, will Kosta eine Geschichte aus deinem Erzählungsband »Der Aufbruch« in der Zeitschrift »Neue Perspektiven« veröffentlichen, die er zusammen mit dem Propagandachef Marko Diwatz redigiert. Du sollst die Geschichte selbst ins Serbische übersetzen, so daß man mit ruhigem Gewissen behaupten kann, es handle sich um den Abdruck eines Originaltextes. Außerdem sollst du als Korrespondent der Zeitschrift regelmäßig Berichte über interessante Neuerscheinungen auf dem Buchmarkt, über Premieren und Kunstausstellungen in Deutschland und Österreich schikken. Für deine Mitarbeit will man dir sogar, obwohl das Land devisenarm ist, die Hälfte des Honorars in Devisen nach Wien überweisen, die andere Hälfte kannst du in Jugoslawien verbrauchen, wenn du zu Besuch oder auf Urlaub kommst. Um euer Gespräch zu besiegeln, führt dich Kosta ins Nebenzimmer zum allgewaltigen Marko Diwatz, der dir warm die Hand drückt und dir treuherzig in die Augen schaut, wie es unter alten Kameraden der Brauch ist.

Du bist diesem Mann, der schon zu seinen Lebzeiten eine Legende geworden ist, bisher nur einmal begegnet, und zwar am Vorabend des Krieges, oder genauer am 27. März 1941 während der Massendemonstrationen gegen die Regierung, die mit Hitler-Deutschland einen Freundschaftspakt unterzeichnet hat. Diwatz hat im Lauf des Tages beinahe an jeder Straßenecke zur Menge gesprochen, so daß er gegen Abend schon ganz heiser gewesen ist. Als er dann von den Schultern seiner Freunde hinunter auf dem Slavija-Platz zu einem unübersehbaren Meer von Köpfen gesprochen hat, ist seine Stimme plötzlich zu einem unverständlichen Flüstern abgestorben.

»Schnell, schnell, wer ist noch bei Stimme?« ruft einer der Männer, auf deren Schultern Diwatz sitzt.

»Vielleicht der junge Genosse da«, sagt ein anderer Mann, der neben ihm steht, und zeigt auf dich.

Ehe du dich versiehst, packen dich ein paar Arme und

heben dich hoch, so daß du auf einmal neben Diwatz auf zwei anderen Schultern sitzt.
»Sag ihm schon, was er sprechen soll!« ruft der erste wieder, und Diwatz sagt dir flüsternd, was du sprechen sollst. In deiner Verwirrung weißt du nicht einmal, was du alles wiederholt hast – du bist nur ein Lautsprecher –, du kannst dich aber noch an die Parole erinnern, die du zuletzt ausgerufen hast:
»Nur ein Freundschaftsbündnis mit der friedliebenden Sowjetunion kann unser Land vor dem Krieg retten!«
Nun erzählst du Diwatz von dieser Episode, verschweigst aber diskret den letzten Satz, den er dir damals zugeflüstert hat; Diwatz ist einer der eifrigsten Vorkämpfer für den Abfall von der Sowjetunion gewesen, du darfst ihn bei diesem großen Versöhnungstreffen auf keinen Fall daran erinnern.
»Bravo!« ruft er, als du die Geschichte beendet hast. »Siehst du, genauso wie damals brauchen wir frisches Blut, heute mehr denn je.« Und damit entläßt er dich.
Bevor du Belgrad verläßt, liest du in der »Politika« noch einen Artikel von Marko Diwatz, der den Titel »Frisches Blut« trägt. Darin fordert er die Auffrischung des politischen, wirtschaftlichen und kulturellen Lebens durch Heranziehung junger, unvoreingenommener Fachkräfte, denen man größere Verantwortung als bisher übergeben soll. Die einzige, absolute Partei soll im öffentlichen Leben nur noch eine beratende Rolle spielen.
Voll Zuversicht fährst du nach Wien und machst dich dort unverzüglich an die Arbeit. Als du dich gerade anschickst, die Übersetzung einer deiner früheren Geschichten sowie einen Aufsatz über ein paar Bücher neuerer deutscher Autoren an die Redaktion der »Neuen Perspektiven« zu senden, erfährst du aus der Zeitung, daß Marko Diwatz wegen seiner abweichenden Ansichten aus der Partei ausgeschlossen und all seiner Funktionen enthoben worden ist. Auch Kosta verliert seine Arbeit, die »Neuen Perspektiven« erscheinen nicht mehr. Als Diwatz darauf fortfährt, in

ausländischen Zeitungen gegen die Allmacht der Partei zu polemisieren, läßt man ihn verhaften, stellt ihn vor Gericht und verurteilt ihn zu einer mehrjährigen Kerkerstrafe.

Da der Weg nach Belgrad wegen deiner Verbindung mit Kosta und dem gestürzten Marko Diwatz für eine geraume Zeit für dich blockiert ist und da es in Wien nichts zu holen gibt, wirfst du deine Netze wieder nach Deutschland aus, in der törichten Hoffnung, dort wenigstens einen mittelgroßen Fisch an Land zu ziehen.

Du kommst dir vor wie ein Springer, der mit wichtiger Miene, die Konzentration vortäuschen soll, einen langen Anlauf nimmt, sich vom Trampolin in die Höhe schnellen läßt, in einem grandiosen Vogelflug durch die Luft schwebt und schließlich mit einem gräßlichen Aufklatschen auf dem Bauch landet. Dann taucht er auf, macht ein paar nonchalante Schwimmstöße, um die Blamage zu vertuschen, steigt, als wäre nichts geschehen, mit elastischen Bewegungen aus dem Wasser, geht mit gespielt sicherem Schritt zum Sprungbrett und nimmt scheinbar gelassen einen neuen Anlauf, obwohl er weiß, daß auch dieser Versuch mit einer Bauchlandung enden wird.

So sitzt du, allein und traurig, in der Funkkantine herum und siehst dich langsam um wie ein kranker Vogel. Wenn du eine hübsche Frau erblickst, wirst du auf einmal lebendig, aber nur für kurze Zeit, du hast zu viele Sorgen. Der Mann, den du hier besuchen wolltest, kann nichts mehr für dich tun; er sitzt zwar noch in seinem Büro, bezieht sein Gehalt, hat aber keinen Einfluß mehr auf das Programm, weil sein Vertrag in einem Monat abläuft und nicht mehr erneuert wird. Es hat also keinen Sinn, daß du zu ihm gehst.

Der Schauspieler Oliver Urban, ein gealterter Bonvivant mit grauem Schnurrbart, lässigen Gesten und dezenter Sprechweise, der hier im Funkhaus als Sprecher untergekommen ist, hat dich über die Situation gründlich aufgeklärt, und zwar im Verlauf eines ausführlichen Gesprächs über den

Pfefferkarpfen, den euer gemeinsamer Freund Baron Karl Theodor Ippisch meisterhaft zuzubereiten versteht. Urban kennt Baron Ippisch aus Berlin, wo sie sich in den zwanziger Jahren herumgetrieben und ihr Geld, ihre Freundinnen und den immer wieder köstlichen Pfefferkarpfen geteilt haben. Aus Freundschaft zu Karl Theodor verrät er dir alle Geheimnisse des Frankfurter Funkhauses. Es ist nichts zu machen. Der mächtige Chef der Hörspielabteilung, Emanuel Grossmann, ist nur mehr ein lebendiger Leichnam, der völlig sinnlos durch die schmalen, von trokkener Luft erfüllten Gänge des funktionellen, offenbar einem modernen Gefängnis nachgebildeten Rundbaus wandelt.

Der Zufall will, daß du, als du gerade die Kantine verlassen willst, Emanuel Grossmann in die Arme läufst. Der lange Mann mit den leicht ergrauten dichten Brauen, die er sorgfältig pflegt wie ein anderer seinen Schnurrbart, tut so, als hätte er Monate, ja Jahre auf dich gewartet, legt seinen schweren Arm auf deine Schulter und schleppt dich in sein Büro. Du bist sein Gefangener aus Mitleid, dem er zu beweisen sucht, daß man mit ihm kein Mitleid zu haben braucht. Während er mit dir spricht, läßt er sich jeden Augenblick von seiner unsichtbaren Sekretärin — vielleicht hat er gar keine mehr — mit irgendwelchen Leuten verbinden, denen er Fragen stellt oder Auskünfte und Anweisungen erteilt; es handelt sich meist um Hörspiele, die bald oder überhaupt nicht produziert und gesendet werden sollen. Dazwischen erzählt er dir von seinen Erlebnissen zur Zeit der bayerischen Räterepublik, die er als Abiturient auf seiten der Spartakisten mitgemacht hat. Als der revolutionäre Zauber nach kurzer Zeit zu Ende gewesen ist, haben ihn die Offiziere des Schwarzen Korps an die Wand stellen wollen, und nur durch die Intervention eines einflußreichen Onkels ist er mit dem Leben davongekommen. Das gleiche ist ihm auch im spanischen Bürgerkrieg passiert, an dem er in den Reihen der Internationalen Brigaden teilgenommen hat, aber diesmal haben nicht die Faschisten seinen Kopf verlangt, sondern die

Stalinisten, die Barcelona von allen Anarchisten und Trotzkisten, zu denen man auch ihn gezählt hat, säubern wollten; nur durch das rasche Vordringen der faschistischen Truppen ist er noch einmal davongekommen. Er sagt nicht, wer jetzt nach seinem Kopf trachtet, du mußt aber immerzu daran denken, weil er vollständig isoliert zu sein scheint. Du hast den Eindruck, daß es all diese Abteilungsleiter, Regisseure, Techniker und Schauspieler, mit denen er telefoniert, gar nicht gibt und daß er ohne Echo in eine leere Leitung spricht. Ihn ruft niemand an; wenn er den Hörer auflegt, bleibt der Apparat stumm, und wenn die Stille unerträglich zu werden beginnt, hebt er wieder ab und läßt sich mit einem imaginären Gesprächspartner verbinden. So täuscht er hektische Tätigkeit vor, um nicht merken zu lassen, daß seine Frist immer kürzer wird.
Ehe du gehst, schlägt er dir vor, zusammen mit ihm eine Hörspielserie mit Themen aus verschiedenen Bürgerkriegen zu schreiben, und reißt dich mit seiner Begeisterung so mit, daß du dich zuletzt mit dem Gedanken trägst, dich mit diesem Projekt ernstlich zu beschäftigen. Erst im kahlen Korridor, in dem deine Schritte auf dem Plastikboden zu kleben scheinen, wirst du langsam nüchtern. Plötzlich hörst du hinter einer Tür das Telefon läuten, lange und beharrlich, doch niemand hebt den Hörer ab; die Klingelzeichen hallen durch das leere Zimmer, immer schriller und lauter, und sterben dann jäh ab.
Wie stellt man es an, die Macht oder eine einflußreiche Position zu erobern, und was macht man, um sich zu behaupten? Was tut man, wenn alles zu zerbröckeln anfängt? Wie bringt man jemanden zu Fall, und wie fühlt man sich, wenn man selbst in namenlose Leere zu fallen beginnt?
Dr. Bernstein ist ein Verleger aus Passion gewesen, sein eigentlicher Beruf ist der eines Anwalts, der sich vornehmlich mit Wiedergutmachungsansprüchen gegen die Bundesrepublik beschäftigt hat. Dank einer entfernten Verwandtschaft, die nicht um drei, sondern um fünf Ecken geht, ist er dazu gekommen, die berühmte Familie Rubin zu ver-

treten, die in Mitteleuropa eine Reihe von Banken, Versicherungsgesellschaften und anderen Geschäften besessen hat. Dieser todsichere Auftrag, den auch jeder andere Anwalt oder Nichtanwalt zur vollen Zufriedenheit seiner Kunden erledigt hätte, hat Dr. Bernstein ein großes Vermögen und noch größeres Ansehen eingebracht, so daß er mit ähnlichen Aufträgen geradezu überhäuft worden ist und zuletzt anscheinend den Überblick ganz verloren hat. Sein Gastspiel als Verleger und Mäzen, das er aus freien Stücken absolviert hat, um sich in seiner Heimat Wien einen zweifelhaften Ruhm zu sichern – hier macht sich jeder verdächtig, um nicht zu sagen lächerlich, der mit Geld herumschmeißt –, hat ihn so viel gekostet, daß er immer wieder auf die Pirsch nach neuen Aufträgen gegangen ist. So ist er schließlich an die Erben des Grafen Poganyi geraten. Dieser Auftrag hat ihn die Freiheit gekostet.
Der verstorbene Graf Poganyi ist einer der reichsten Männer Ungarns gewesen. Schon sein Vater hat sich durch Einheirat in eine der reichsten jüdischen Industriefamilien saniert. Das Beispiel des Vaters vor Augen, hat der junge Graf Istvan durch Einheirat in eine berühmte jüdische Brauereifamilie das Vermögen der Poganyis beträchtlich vergrößert. In Geldangelegenheiten auf Sicherheit bedacht, ist er jedoch in politischen Dingen leichtsinnig gewesen.
Als die Deutschen gegen Ende des Krieges sein Land besetzt haben, hat er angefangen, sie mit seinen Bekenntnissen zur österreichisch-ungarischen Monarchie zu reizen. Da den SS- und SD-Bonzen, die zu dieser Zeit unumschränkte Herrschaft ausgeübt haben, jeder Vorwand, einen Menschen zu erledigen und sich obendrein seines Besitzes zu bemächtigen, willkommen gewesen ist, hat man den Grafen wegen seiner jüdischen Herkunft verhaftet und ins Lager Theresienstadt deportiert, wo er getötet wurde. Der unmittelbare Anlaß zu diesem Mord sind offenbar weder die politischen Äußerungen des Grafen noch seine teilweise jüdische Herkunft gewesen, sondern seine weltberühmte Briefmarkensammlung, die ein eifriger Hauptsturmführer

einem seiner Vorgesetzten, einem leidenschaftlichen Briefmarkensammler, hat zuschanzen wollen.

Als Dr. Bernstein den Fall übernimmt, sind schon zwei Anwälte daran gescheitert. Bei jedem Anspruch auf Wiedergutmachung muß man nämlich beweisen, daß die geplünderten, enteigneten, beschlagnahmten – oder wie dieser Vorgang auch immer genannt wird – Güter auf das Gebiet der jetzigen Bundesrepublik verschickt worden sind. Erst Dr. Bernstein ist es gelungen, den Beweis zu erbringen, daß die Briefmarkensammlung des Grafen Poganyi, die zu den umfassendsten und vollständigsten der ganzen Welt gehört hat, samt vielen anderen kostbaren Dingen – alten Möbeln, seltenen Teppichen, Schmuckstücken usw. – nach München-Pasing verfrachtet worden sind. Ein ehemaliger Scharführer der SS hat bezeugt, bei der Verpackung der zahllosen Glaskästen anwesend gewesen zu sein und alles mit angesehen zu haben. Die zuständigen Behörden haben darauf den Anspruch der Poganyi-Erben berechtigt gefunden und den geschätzten Betrag von zehn Millionen D-Mark an Dr. Bernstein bezahlt. Nach der Erledigung dieser letzten Formalität sind alle Unterlagen *ad acta* gelegt worden. Ein höherer Beamter des Finanzministeriums, der seit seiner frühesten Jugend ein passionierter Briefmarkensammler ist, hat sie aber wieder hervorgeholt, um die Sammlung Poganyi wenigstens auf Fotos bewundern zu können. Und dabei ist es passiert. Er hat nämlich beim Blättern der alten Ausstellungskataloge und Fotos entdeckt, daß ihm zwei der wertvollsten Exemplare der Sammlung bekannt vorkommen – die blaue Mauritius und eine Portomarke der badisch-württembergischen Post. Bei so seltenen Marken, die ein Vermögen kosten, ist es nicht schwer, ihre Herkunft festzustellen. Der Finanzbeamte kramt in seinem Hausarchiv so lange herum, bis ihm der Katalog einer öffentlichen Briefmarkenversteigerung in die Hände fällt, die im Jahre 1950 in London stattgefunden hat. Darin sind auch die beiden Briefmarken aus der Sammlung Poganyi abgebildet. Es besteht kein Zweifel, daß es sich

um genau dieselben Exemplare handelt. Die Poststempel auf den beiden Abbildungen stimmen vollkommen überein. Der Beamte erstattet seinen Vorgesetzten Meldung über seine Entdeckung. In der vagen Hoffnung, den Dieben der Poganyi-Sammlung auf die Spur zu kommen, stellt man Nachforschungen an. Dabei kommt heraus, daß nicht irgendein untergetauchter Nazibonze, sondern ein Großneffe des Grafen Poganyi die beiden Briefmarken zum Verkauf in England angeboten hat. Die Finanzbehörden melden den Vorfall den Justizbehörden, die Justizbehörden knöpfen sich den einzigen deutschen Zeugen vor. Der ehemalige Scharführer fällt um und widerruft seine ursprüngliche Aussage, nach der er mit eigenen Augen gesehen haben will, wie die Briefmarkensammlung des Grafen Poganyi nach München-Pasing verfrachtet wurde. Obwohl weder die Beweise noch die Gegenbeweise zu stimmen scheinen – der Großneffe des Grafen kann sich die paar Briefmarken noch zu Lebzeiten seines Großonkels unter den Nagel gerissen haben –, erlassen die deutschen Justizbehörden, die bei Ausländern besonders schnell reagieren, einen Haftbefehl gegen Professor Bernstein, der auch prompt verhaftet wird, als er wieder einmal nach Bonn kommt, um dort in der Sache eines neuen Klienten zu verhandeln.
So verlierst du deinen vorläufig letzten Gönner. Einer nach dem anderen ist gestürzt, entmachtet oder gar verhaftet worden, ehe er dazugekommen ist, sein Versprechen einzulösen und dir zu helfen. Das alles ist so traurig und zugleich komisch, daß es dich nicht einmal zu einer pseudophilosophischen Haltung inspirieren kann.
Das Schattenspiel ist aus, die Protagonisten haben sich mit dem Dunkel vereint, du kannst nun, um eine magere Erfahrung reicher, ruhig schlafen.
Du weißt nicht, wie lange du so in leichtem Dämmer gelegen bist, als die Türglocke dich geweckt hat. Du ziehst deinen zerschlissenen blaßgrünen Schlafrock an und taumelst schlaftrunken zur Tür. Draußen steht ein Postbote und winkt mit einem Telegramm. Der Schnee bildet auf seinen

Schultern weiße Epauletten, er bedeckt auch die Zeichen auf seinem Kragen und seinem Ärmel und verleiht ihm so das Aussehen eines Phantasiegenerals oder eines Nachtlokalportiers. Da er dich strahlend angrinst und dir das Telegramm übergibt, als überreiche er dir ein Geschenk, mußt du ihm natürlich ein Trinkgeld geben. Du holst ein paar Münzen aus der Handkasse, die immer auf der Biedermeierkommode steht, drückst sie ihm in die Hand und öffnest erst dann den zusammengeklebten Zettel. Darauf steht in Schreibmaschinenschrift:

ERWARTE SIE ZUM COCKTAIL HEUTE 17 UHR HOTEL IMPERIAL ROTER EMPIRESALON PROFESSOR BERNSTEIN

Der soll mich gern haben! ist deine erste Reaktion, aber gleich darauf tut dir der kleine Mann mit der schlohweißen Mähne leid. Wie viele Freunde wird er nach der großen Blamage schon haben, die bereit sind, zusammen mit ihm in aller Öffentlichkeit seine Entlassung aus dem Gefängnis zu feiern? Diese Cocktailparty kann doch keinen anderen Zweck haben. Von einem nicht unerheblichen Stolz auf die Treue zu deinen alten gestürzten Gönnern erfüllt, ziehst du deinen dunkelblauen Anzug an und fährst mit einem Taxi ins Hotel Imperial.

Während du dem Chauffeur einige Münzen in die ausgestreckte Hand zählst, fällt dein Blick auf eine zerlumpte Gestalt, die dich an den Zigeuner aus dem Gemeindegefängnis erinnert. Er steht geduckt unter einer kahlen Kastanie und sieht dich flehend an. Du greifst automatisch in die Tasche, um ihm ein paar Schillinge zu geben, findest aber keine mehr, die letzten hat der Taxifahrer mitgenommen, du holst deine Brieftasche aus der Innentasche deines Jacketts und klappst sie auf, findest aber nichts anderes darin als einen Stapel unbezahlter Rechnungen. Beschämt und verwirrt betrittst du das Hotel, wo man dich in den ersten Stock hinaufschickt. Das Zimmer, in dem die Party stattfindet, kannst du nicht verfehlen, denn in der Tür steht Ministerialrat Mrkwitschka.

»Alle anderen sind schon da«, sagt er und läßt dich mit einem breiten Lächeln in den roten Empiresalon eintreten. Tatsächlich sind schon alle anderen da. Du hast nicht damit gerechnet, sie so vollzählig anzutreffen. Zuerst siehst du deinen ersten Verleger Heinrich Meier, der mit übereinandergeschlagenen Beinen auf einem roten Empiresessel sitzt. Hinter ihm stehen dein Freund Kosta und der einst so mächtige Parteiboß Marko Diwatz. Sie trinken Tomatensaft, mit dem sie dir lächelnd und freundlich nickend zuprosten. Hinter diesen drei Männern sitzt auf einem mit Bronze beschlagenen kreisrunden Empiretisch der dünne Gestapobeamte Perstinger. Neben ihm steht ein reichverzierter metallener Obstkorb, über dem er mit einem silbernen Messer einen Apfel schält, sehr langsam und vorsichtig, um die Schale nicht abreißen zu lassen. Auch er nickt dir wohlwollend zu. Hinter einem länglichen Empiretisch mit Marmorplatte stehen der alternde Bonvivant Oliver Urban und Baron Ippisch über einen Pfefferkarpfen gebeugt, den sie fachmännisch bewundern. Auch sie heben den Blick und zwinkern dir aufmunternd zu. Sie halten Sektgläser in der Hand. Der pensionierte Revolutionär und Hörspielchef Emanuel Grossmann, der dich mit der freien Hand überschwenglich grüßt, trinkt Whisky.
Ministerialrat Mrkwitschka steht in seinem ewig schwarzen Anzug, wie ein *maître de plaisir,* neben einer roten Chaiselongue; er hält kein Glas in der Hand, sondern ein silbernes Tablett, auf das Dr. Bernstein sein Glas Orangenjuice stellt. Der kleine Mann sitzt auf der Chaiselongue wie auf einem viel zu großen Thron; seine Beine hängen mehr als eine Handbreit über dem glänzenden Parkett mit Intarsien. Als er dich sieht, läßt er sich mit einem Ruck auf den Boden gleiten und kommt dir mit gönnerhaft ausgebreiteten Armen entgegen.
»Na, haben Sie sich die Sache überlegt?« fragt Dr. Bernstein und streckt dir die Rechte entgegen. »Kommen Sie, schlagen Sie ein. Sie werden sehen, ich mache Sie zum Millionär. Ich habe eine glückliche Hand. Ich heiße Felix.«

Interview mit Ministerialrat Mrkwitschka

Unlängst habe ich mich mit Professor Hartmann unterhalten, mit dem Historiker Richard Hartmann natürlich, nicht mit dem Philosophen, der eigentlich nicht zählt, obwohl er sich für bedeutend hält.

Wir haben uns gefragt, warum es in Wien kein echtes intellektuelles Publikum gibt, das die eigene Gesellschaft in Frage stellt. Professor Hartmann, der wegen seiner überspitzten Formulierungen als Enfant terrible unserer wissenschaftlichen Publizistik gilt, vertritt die Ansicht, daß Wien durch eine jahrhundertelange negative Auslese entstanden ist. Das versteht er im Hinblick auf die Anpassung, die jede intellektuelle Regung lähmt. Bei aller Skepsis, die ich gegen seine Theorie anmelden möchte, hat sie doch etwas für sich.

Wien war einmal die Hauptstadt eines großen Reiches, in die aus allen Ecken und Enden Europas Menschen geströmt sind, nicht um sich hier gegen die Machtfülle des Kaisers aufzulehnen, sondern um sich in ihrem Glanz zu sonnen, also ganz einfach, um zu dienen. Schon der Entschluß, sich in Wien niederzulassen, setzte den Willen zur Anpassung voraus, die dann hier vollendet wurde. Bei uns herrscht bis auf den heutigen Tag ein Domestikengeist; wenn wir der Obrigkeit nicht nach dem Mund reden, so empfinden wir ihr gegenüber vollkommene Gleichgültigkeit. Wir scharwenzeln gern um unsere Herrschaften herum und tun ihnen schön ins Gesicht, hinter ihrem Rücken schimpfen wir aber ein bißchen über sie, um uns über unsere Anpassung hinwegzutäuschen. Das Raunzen des Wieners, so bissig es sein mag, ist nur ein Deckmantel für seine Untertänigkeit. Jedem Wiener schießen heute noch Tränen in die Augen, wenn er an die große Vergangenheit seiner alten Herrschaften denkt oder wenn er die Deutschmeister aufmarschieren sieht.

Was heute geschieht, interessiert uns nicht sonderlich. Die berühmte Liebenswürdigkeit, die wir zur Schau tragen, hat nur die Aufgabe, unsere abgrundtiefe Gleichgültigkeit dem Schicksal der anderen gegenüber zu kaschieren. Kritische Geister, die uns durchschauen, stehen bei uns nicht hoch im Kurs. Ja, Nestroy – aber er gehört zum Theater – alles nicht wahr, alles nicht wahr. Nehmen Sie zum Beispiel Freud, den unsere doppelte Moral eigentlich zu seiner Psychoanalyse angeregt hat. Er ist bei uns nicht gerade tabu, aber noch immer ein unangenehmer Zeuge, den man lieber verschweigt. Das gleiche gilt für Karl Kraus. Damit sind wir zum Kernproblem unserer Frage vorgestoßen. Freud und Kraus waren Juden. Durch eine jahrtausendealte städtische Tradition, die ich als Gegensatz zur bäuerlichen Tradition verstehe, waren die Juden in Europa dazu prädestiniert, echte Intellektuelle zu liefern. Da sie von vornherein als Außenseiter gestempelt waren, denen nur ein begrenzter Kreis von Berufen offenstand, wurden sie vom Geist der Anpassung nicht so stark erfaßt wie die Angehörigen anderer Völkerschaften, die nach Wien kamen. Außerdem mußten sie sich in einer fremden Umgebung doppelt und dreifach anstrengen, um bestehen zu können. Ein jüdischer Arzt oder ein jüdischer Anwalt mußte bedeutend mehr können als seine im heimischen Boden verwurzelten Kollegen, wenn er Kunden gewinnen und behalten wollte. Diese beinahe exterritoriale, in die Gettos getriebene jüdische Gemeinde, die innerhalb der Gesellschaft existiert und gewirkt hat, ist der Humus gewesen, auf dem überaus wache, kritische Intellektuelle gediehen sind. Wir haben diesen Boden in der Nazizeit so gründlich vernichtet, daß wir nie mehr einen Sigmund Freud, einen Karl Kraus oder einen Arthur Schnitzler haben werden. Von den dreihunderttausend Juden, die vor dem Krieg in Wien gelebt haben, sind kaum zehntausend noch da. Dabei waren wir keine Nazis aus Überzeugung, sondern aus Anpassung. Daß wir in unserem Eifer, den neuen Herren genehm zu sein, übertrieben und oft mehr Unheil angerichtet haben als sie, spielt keine Rolle. Unser Gewissen ist rein, wir haben nur unsere Domestikenpflicht getan. Heute sind wir wieder brave Katholiken, Demokraten, Neutrale und Europäer, wie es von uns verlangt wird. Unsere Entschuldigung für unser Kriechertum ist die Überzeugung, daß wir alles nicht wirklich, sondern nur zum Schein tun. Alles nicht wahr, alles nicht wahr.

Inventur

In allen Betrieben, die auf Ordentlichkeit und sauberes Geschäftsgebaren Wert legen, vor allem aber auf klare Übersicht und damit auch auf leicht abschätzbaren Profit, wird in regelmäßigen Abständen Inventur gemacht. Da wir uns trotz vielen Rückschlägen und beinahe dauerhaften Mißerfolgen für eine alteingesessene Firma halten, wollen wir uns vor diesem geschäftlichen Brauch nicht drücken.
Wir sind, offen gestanden, mit unserem Helden gar nicht zufrieden, ja, wir machen uns ernste Sorgen um ihn, weil er sich partout nicht anpassen will, obwohl er so tut, als wäre er gern bereit, Kompromisse zu schließen, die uns das Leben früher oder später aufzwingt. Wir glauben gewiß nicht, daß der Mangel an Anpassungsfähigkeit auf eine besondere Charakterstärke Mladen Raikows zurückzuführen ist; so charakterfest ist er nicht. Woher kommt dann seine tiefe Abneigung gegen alles Offizielle, Saturierte und Etablierte, gegen den ideologischen Weihrauch, gegen die proletarische Moral, bürgerliche Tugenden und kleinbürgerliche Selbstzufriedenheit? Warum bekommt er eine Gänsehaut, meist auch Brechreiz, wenn er die Phrasen vom sozialen Fortschritt oder vom christlichen Abendland hört? Warum graust ihm vor Menschen, die von der Überzeugung durchdrungen sind, eine wichtige und nützliche Tätigkeit auszuüben, was zuweilen auch zutreffen mag, warum empfindet er immer den unwiderstehlichen Drang,

anderswo zu sein als dort, wo er gerade ist, und etwas anderes zu tun als das, was er gerade tut?
Vielleicht ist das alles darauf zurückzuführen, daß er in seinem dünnen Flüchtlingsgepäck alle Vorurteile seines Ursprungslandes gegen seine jetzigen Gastgeber mitgebracht hat und nun unter den Vorurteilen seiner Gastgeber gegen sein Ursprungsland leidet. Vorurteile kann man mit den Argumenten der Vernunft kaum bekämpfen, weil sie durch die Mentalität bedingt sind; die Mentalität ist der Krebsschaden der Seele. Der lange Aufenthalt in der Fremde hat Mladen Raikow für verschüttete Zwischentöne und schlecht kaschierte Seitenblicke der Mentalität hellhörig und hellsichtig gemacht.
Wenn er in seiner Kindheit krank war, sprachen seine Eltern ungarisch, damit er nicht verstand, was sie über seinen Zustand redeten. Seither ruft die ungarische Sprache in ihm immer die Vorstellung von Krankheit hervor. In den dreißiger Jahren erging es ihm so mit der deutschen und nach dem Krieg mit der russischen, englischen und serbischen Sprache. Vielleicht würde ihm das gleiche mit der französischen, italienischen oder irgendeiner anderen Sprache widerfahren, denn überall gibt es verlogene Legenden und Mythen, falsche Deutungen der Geschichte, nationalen Hochmut, der auf nichts begründet ist, Haß auf alles Fremde, Selbstmitleid und Täuschung.
Einer, der eine Fahne verläßt und sich in den Schutz einer anderen begibt, ohne dabei zu konvertieren oder wenigstens den Eindruck einer echten Konversion zu erwecken, macht sich in beiden Lagern verdächtig. Was immer er auch tut, er bleibt für die einen ein Deserteur und für die anderen ein Überläufer, dem man mit größtem Mißtrauen begegnen muß; man weiß nicht, ob er nicht mit dem Auftrag gekommen ist, für die Gegenseite zu spionieren.
Es ist gewiß nicht angenehm, ein Deutscher zu sein. Aber auch ihm wurde nie anheimgestellt, seine Eltern und das Land zu wählen, in dem er geboren werden sollte. Außerdem kann er sich mit einer gewissen Würde aus der

Affäre ziehen, indem er alles dafür tut, daß man sich nicht zu schämen braucht, ein Deutscher zu sein. Das gleiche gilt für einen Serben oder für einen Österreicher. Was tut aber einer, der nicht mehr da und noch nicht ganz dort ist, was tut einer, der in die Zwickmühle der alles Fremdartige, alles Eckige, alles Widerspenstige zermalmenden Mentalität geraten ist?
Hinzu kommt, daß er sich in den entscheidenden Jahren seiner Jugend bemüht hat, auf Schritt und Tritt, bei allem was er tat, zuerst an das Wohl der anderen und erst dann an sich selbst zu denken. Natürlich war diese übertrieben humanistische Haltung nicht ohne Eigennutz. Er wollte dadurch nicht Geld oder sonstige irdischen Vorteile ergattern, sondern eine Art ewiges Leben. Seine damalige Einstellung läßt sich nur mit der Haltung mittelalterlicher Mönche vergleichen, die Leprakranken die Füße küßten und zugleich die Auspeitschung oder Verbrennung von Ketzern billigten, Ketzern, die ihre Heilslehre nicht akzeptierten. Die Haltung der jungen Kommunisten, die der Generation Mladen Raikows angehörten, hatte etwas von der Haltung religiöser Fanatiker, und der Zorn, der sie zuweilen erfaßte, war der Zorn der selbsterwählten Gerechten. Waren sie denn nicht bereit, den Leprakranken die Füße zu küssen? Dafür wollten sie sich einen gebührenden Platz in der Ruhmeshalle der Ewigkeit sichern. Das war ihr einziger Eigennutz, der aber manchmal gefährlicher ist als der Eigennutz der Bürger, die sich bemühen, viel Geld und damit die Macht über andere Menschen zu erringen, denn sie wollten nicht nur die Macht über die Körper ihrer Mitmenschen, sondern auch die absolute Macht über deren Seelen erlangen. Sie redeten sich dauernd ein, wie großartig sie seien und wie recht sie in allem hätten, sie rannten mit Scheuklappen herum, an der Wirklichkeit vorbei, und wenn sie sich manchmal umsahen und dabei feststellten, daß die Wirklichkeit mit ihrer Vorstellung nicht übereinstimmte, gerieten sie in Wut und zertrampelten alles um sich her, um nur ja recht zu behalten.

Sie waren böse, weil die Welt sich ihrem Konzept von einer paradiesischen Ordnung nicht anpassen wollte.
Heute bedauert Mladen Raikow natürlich die übriggebliebenen verbissenen Wächter einer Flamme, die schon längst erloschen ist, zuweilen aber beneidet er sie, nicht sehr lange, weil ihm Menschen mit Sendungsbewußtsein ein Greuel sind.
Für einen Fanatiker ist jeder andere Mensch nur ein halber Mensch. Ein gestürzter oder aus irgendwelchen mehr oder weniger plausiblen Gründen abgekühlter Fanatiker muß sich also selbst wie ein halber Mensch vorkommen, falls er seine fixe Idee nicht bald gegen eine andere eintauscht, in die er seine Glut übersiedeln kann.
Einer, dem das immer wieder gelungen zu sein scheint, ist Mladens Freund Kosta.
Mit der gleichen Besessenheit, mit der Kosta einst in Belgrad umhergelaufen war, den Haß gegen die deutschen Eroberer gepredigt, Überfälle auf die Garagen der Besatzungsarmee und Attentate auf die Agenten der Spezialpolizei und Verräter aus den Reihen der kommunistischen Jugend organisiert und Geld, Waffen, Verbandsmaterial und Kämpfer für die Partisanen gesammelt hatte, mit der gleichen Leidenschaft, mit der er die Stalinsche Heilslehre zuerst verkündet und sich dann von ihr losgesagt hatte, mit der gleichen zähen, unerschütterlichen Beharrlichkeit, mit der er versucht hatte, seine Kameraden von der Richtigkeit des jeweils »einzigen Weges« zu überzeugen, mit der gleichen unbeugsamen Härte, mit der er alle menschlichen Schwächen bei anderen, aber auch bei sich selbst verurteilt hatte, kletterte er jetzt über die karstigen Hänge der Herzegowina auf der Suche nach seltenen, beinahe vergessenen Worten, die er, wie ein passionierter Schmetterlingsjäger seine raren Exemplare, sozusagen im Flug auffing, dann mit der Spitze seiner Feder aufspießte und mit seligem Lächeln seiner Sammlung einverleibte.
Er hatte sich während der ganzen Zeit nicht geändert, nur das Dekor und seine Utensilien waren ausgewechselt wor-

den, und auch der Gegenstand, an dem er seine Tüchtigkeit und seine Intelligenz erproben konnte.
Mladen hatte den Eindruck, daß Kosta seine Begeisterung für ausgefallene sprachliche Wendungen nur spielte, um seine Enttäuschung, wahrscheinlich auch seinen Schmerz über den Verlust seines Sendungsbewußtseins zu kaschieren. Es wäre müßig zu untersuchen, wer mehr Recht darauf hat, sich überflüssig vorzukommen: ein Phonetiker oder ein Antiquitätenhändler, der sich obendrein mit Schreibübungen abgibt. Es gehört schon eine große Portion Selbstbewußtsein, ja Vermessenheit dazu, sich einzubilden, daß jemand den Plunder, mit dem Mladen handelt, wirklich braucht, und eine noch größere, um sich einzureden, daß man mit dem Schreiben eine nützliche Tätigkeit ausübt.
Gehen wir systematisch vor. Bisher haben wir uns so verhalten wie einer, der in einem überfüllten Laden mit der Inventur beginnen will und im ersten Augenblick ratlos einen summarischen Überblick zu gewinnen sucht. Da wir vor uns nicht einen überfüllten Laden, sondern einen mit allem möglichen Kram vollgestopften Menschen haben, wollen wir uns lieber an das Modell halten, das in allen modernen Schulen beim Biologieunterricht vorgeführt wird. Es handelt sich um eine menschenähnliche Gestalt, die man vollständig auseinandernehmen kann. Man kann ihr die Arme und Beine abschrauben, man kann die Bauchdecke oder den Brustkorb entfernen und den Kopf abnehmen. An Armen und Beinen kann man jeden einzelnen Muskel sehen, unter der Bauchdecke die Leber, die Milz und die Gedärme und unter dem Brustkorb die Lunge und das Herz. Wenn man die Schädeldecke vom Kopf hebt, kommt das Gehirn zum Vorschein.
Beginnen wir mit den Füßen und Beinen. Bis zu seinem dreizehnten Lebensjahr ist Mladen Raikow leicht einwärts gegangen, genauso wie sein Großvater. Dann hat er aber, nicht allein vom Spott seiner Schulkameraden, sondern auch von einem unerklärlichen Wunsch nach Vervollkommnung dazu getrieben, diesen Fehler korrigiert. Einige Mo-

nate lang achtete er auf seinen Schritt und ging so, daß seine Fußspitzen nach außen zeigten. Das Gehen nach außen war bei ihm beinahe zu einem Tick geworden, es korrigierte aber seinen schlampigen Gang, so daß er bald ganz normal und gerade schreiten konnte, ohne darauf achten zu müssen, wie er seinen Fuß auf den Boden setzte. Die Bastonade im Gefängnis der Spezialpolizei hat bewirkt, daß er siebzehn oder achtzehn Jahre später plötzlich Thrombosen in den Beinen bekam, weil der Kreislauf in den unteren Partien seines Körpers durch die Wunden und Narben auf seinen Fußsohlen gestört war. Seither geht er leicht schleppend, obwohl er Gummistrümpfe trägt und seine Beine oft mit verschiedenen kreislauffördernden Salben einreibt.

Die mittleren Partien seines Körpers scheinen jedoch nicht davon betroffen zu sein. Er hat noch immer große Mühe, seinen sexuellen Trieb zu sublimieren. Er kann sich nicht einmal vorstellen, wie man den Beischlaf mit einem freundlichen Mädchen, wie man die mit einer Geliebten oder Ehefrau in natürlicher Umarmung verbrachten Stunden durch die Arbeit an ein paar Gedichtzeilen oder an einem philosophischen System ersetzen kann. Gedichte und mehr oder weniger philosophische Gedanken kann man vorher oder nachher schreiben und erfinden, aber niemals statt dessen. Manchmal, wenn er auf der Straße oder in einem Lokal einem Mädchen oder einer Frau begegnet, die ihn an diesem Tag aus irgendwelchen unfaßbaren Gründen anspricht, mag sie blond oder schwarz, mager oder mollig, x- oder o-beinig sein, könnte er sie in das nächste Haustor oder in eine Ecke schleppen und sich mit ihr dort vergnügen. Er tut es natürlich nicht, wenn man es ihm nicht erlaubt. Oft tut er es auch dann nicht, wenn man ihn versteckt oder offen dazu auffordert. Aber dann hat er, abgesehen von den moralischen Bedenken, die man ihm im Laufe seines Lebens eingebleut hat, die ihn aber manchmal nicht sonderlich stören, seine Gründe, die zum Teil echt und zum Teil nur vorgeschoben sind, um andere

Gründe zu verdecken, die er sich nicht immer erklären kann. Obwohl er, was weibliche Schönheit betrifft, kein sehr großer Ästhet ist, stoßen ihn zuweilen bei einer Frau Kleinigkeiten ab – lange Fingernägel, Haare auf den Beinen, eine durch zu enge Schuhe leicht verkrümmte große Zehe oder eine Dialektfärbung der Sprache, die ihm plötzlich vulgär vorkommt –, lauter Details, die an anderen Tagen und bei einer anderen Frau geradezu anziehend auf ihn wirken. Mladen Raikow hat also mit den Frauen nur selten Schwierigkeiten, weil er, durch Erfahrung gewitzt, so klug oder so vorsichtig geworden ist, seine Wünsche immer den gegebenen Umständen anzupassen.

Anders steht es mit seinem Magen, weil er ihn mit verschiedensten Speisen überlastet, die er gierig und ziemlich wahllos hinunterschlingt; außerdem benützt er ihn als Schuttabladeplatz für unerfüllte Wünsche, unausgegorene Gefühle und verdrängten Zorn. Die Folgen sind eine dauernde Übersäuerung des Magens, die er mit verschiedenen Mitteln, hauptsächlich aber mit doppeltkohlensaurem Natron oder schlicht Speisesoda zu bekämpfen sucht, sowie Zwölffingerdarmgeschwüre, die in jedem Frühjahr von neuem aufblühen und ihm beträchtliche Schmerzen verursachen. Auch dagegen unternimmt er immer wieder etwas, er hält eine Zeitlang Diät, schluckt Pillen und läßt sich Injektionen geben – doch alles vergeblich. Ein kluger Arzt hat ihm einmal erklärt, daß er seine Zwölffingerdarmgeschwüre nur loswerden könne, wenn er seine Lebensgewohnheiten von Grund auf ändern, seine Herkunft und seine Vergangenheit vergessen, seinen Beruf wechseln und sich eine andere Umgebung und einen anderen Namen aussuchen würde. Der kluge Arzt hat das natürlich im Scherz gesagt, Mladen Raikow aber hat begriffen, daß die in regelmäßigen Abständen auftretenden Zwölffingerdarmgeschwüre sozusagen zu seinen individuellen Merkmalen, besonderen Kennzeichen oder Charaktereigenschaften gehören, und hat deshalb aufgehört, sie ernst zu nehmen. Seither fühlt er sich bedeutend wohler.

Abgesehen von einer leichten Leberschwellung infolge regelmäßigen, häufig auch übertriebenen Alkoholkonsums sind die übrigen inneren Organe Mladen Raikows so ziemlich in Ordnung. Die Nieren und die Galle funktionieren tadellos, nur das Herz ist ein bißchen nervös und hüpft und stolpert manchmal, scheinbar grundlos, in seiner Brust umher, so daß er jedesmal erschrickt und an sein nahes Ende denken muß, doch bald beruhigt sich das Herz wieder und arbeitet regelmäßig, mit der geräuscharmen Präzision einer gutgeölten Uhr, an deren Ticken man sich so gewöhnt hat, daß man es nicht mehr wahrnimmt.
Auch seine Lunge kann man, zieht man in Betracht, daß er ein starker Raucher ist, als normal bezeichnen; er spricht ein bißchen heiser und hustet oft, meist nur morgens, aber welcher Raucher hat nicht eine leicht heisere Stimme und hustet nicht?
Gegen eine Rückgratverkrümmung als Folge der schlechten Haltung beim Sitzen und der Schläge, die man ihm in seinen jungen Jahren bei Verhören mit einem schweren Stock verabreicht hat, sowie gegen einen chronischen Rheumatismus, der von seinem längeren Aufenthalt in den Belgrader Kasematten übriggeblieben ist, macht er ab und zu Jogaübungen, die ihm ein ebenfalls an Rheumatismus leidender Bekannter, ein vielgereister Pressefotograf, beigebracht hat — zum Beispiel »das Pflücken«, eine Übung, bei der man sich auf die Zehenspitzen stellt und mit den Armen abwechselnd in die Höhe greift, als wollte man von einem Zweig einen Apfel oder einen Pfirsich holen. Er weiß, daß diese Gymnastik gegen die Rückgratverkrümmung ein bißchen helfen, aber nie den Rheumatismus heilen kann, er weiß, daß er einmal oder eigentlich jedes Jahr eine Kur in einem Bad machen müßte, er schiebt aber diese Kur ebenso auf, wie er viele andere Vorhaben aufschiebt, deren Durchführung nicht unbedingt notwendig, langweilig oder ihm ganz einfach lästig ist.
Gleich nach dem Krieg hat er mit weitaus größerer Energie an der Wiederherstellung seiner ramponierten Gesundheit

gearbeitet. In dem Glauben, der chronische Schnupfen, den er vor dem Krieg nicht hatte, sei auf zahlreiche Schläge zurückzuführen, bei denen sein Nasenrücken gebrochen worden war, so daß er nur schwer atmen konnte, ließ er durch eine Operation alle Knochensplitter und die verkrümmte Scheidewand aus der Nase entfernen. Als sein Schnupfen darauf nicht verschwand, konsultierte er andere Ärzte, die ihm erklärten, daß er an einer Allergie leide, und die an ihm verschiedene Tropfen, Inhalationen und Injektionen probierten, ohne damit mehr zu erzielen als eine zeitweise Milderung seines Schnupfens. Bald jedoch erfuhr er mehr. Um eine allergische Krankheit zu kurieren, muß man feststellen, wogegen der jeweilige Patient allergisch ist. Das herauszufinden, erfordert eine langwierige Prozedur. Einem Leidensgenossen Mladen Raikows, dem Kulturredakteur einer unbedeutenden Wiener Zeitung, hatte man neunzig verschiedene Elemente, Stoffe und Extrakte, vom Kochsalz bis zum Rüben- und Spinatsaft unter die Haut injiziert, auf dem Rücken, wo sie die größte freie Fläche auf dem menschlichen Körper bildet, bis sein Rücken aussah wie der eines Jogameisters, der täglich auf seinem Nagelbrett meditiert, und bis man draufkam, daß er gegen Hausstaub allergisch, also praktisch unheilbar war. Wo sollte er einen Wohnraum finden, in dem es kein Körnchen Staub gab?
Als Mladen Raikow das erfahren hatte, gab er es auf, sich weiterbehandeln zu lassen. Vielleicht war er gegen etwas allergisch, das sich ebensowenig eliminieren ließe wie der Staub, vielleicht war er gegen Uniformen allergisch — wo gibt es schon eine Gegend, in der nicht einmal die Autobusschaffner oder die braven Postboten eine Uniform tragen? —, vielleicht war er auch gegen sich selbst allergisch, und dagegen war wirklich kein Kraut gewachsen. Als er das eingesehen hatte, erging es ihm ähnlich wie mit seinem Zwölffingerdarmgeschwür, der Schnupfen ließ zwar nicht ganz nach, der Patient verbrauchte aber weniger Taschentücher als bisher.
Um das äußere Bild Mladen Raikows zu komplettieren,

müssen wir noch etwas über seine Augen sagen. Eines Tages, als er nach dem Mittagessen in seinem Stammbeisel an der Ecke gewohnheitsmäßig die Zeitung in die Hand nahm, begannen die Buchstaben vor seinen Augen auseinanderzugehen und im verschwommenen Reigen der aus der strengen Ordnung geratenen Zeilen zu tanzen, so daß er die Zeitung weglegen mußte. Als dieser Vorfall sich am nächsten Tag in ähnlicher Weise wiederholt hatte, suchte er einen Augenarzt auf, der nach einer gründlichen Untersuchung einen starken Astigmatismus feststellte und ihm eine Lesebrille verschrieb. Mladen Raikow hatte das bisher nicht bemerkt, weil seine Augenmuskeln in jüngeren Jahren elastisch genug waren, um dieses »innere Schielen« zu korrigieren; jetzt aber ließen sie langsam nach und verrieten so seinen »Silberblick«, den bisher viele Frauen seinem besonders leidenschaftlichen Temperament zugeschrieben hatten.

Wenn man die Schädeldecke Mladen Raikows heben und wie bei unserem Modell einen Blick darunterwerfen könnte, würde man die Angst nicht hocken sehen, sie sitzt aber da, tief in der grauen Masse vergraben, und jagt ab und zu Alarmsignale durch die Gehirnwindungen und von da aus in sein Herz, das plötzlich in eine Tiefkühltruhe versetzt zu sein scheint, und in seinen Magen, der sich durch Krämpfe dagegen zu wehren sucht. Es wäre vollkommen verfehlt, diese Angst, die Mladen Raikow zuweilen empfindet, mit der Urangst zu verwechseln, obwohl die Symptome seiner, sagen wir es offen, krankhaften Furcht den Formen, in denen sich die Urangst manifestiert, sehr ähnlich sind.

Von seiner Höhenphobie, die ihn dazu zwingt, eine Treppe immer dicht an der schützenden Wand und niemals in der Nähe des Geländers hinaufzugehen, hat er schon selbst erzählt. Er spricht aber nie von der Angst, die ihn scheinbar grundlos überfällt, wenn er hinter sich jemanden etwas schneller gehen hört, so daß er plötzlich ausweichen und sich gegen eine Mauer drücken muß, um sich Rückendeckung zu sichern. Das geht so weit, daß er sich nicht einmal von einem freundlichen Gastgeber in den Mantel helfen läßt; das Gefühl, seinen Rücken als unkontrollierte Angriffsfläche zu bieten, ist ihm sehr unangenehm. Er weiß, daß diese Angst vollkommen sinnlos ist, weil er genauso wehrlos wäre, wenn ihn jemand von vorne angriffe — die anderen haben immer eine Waffe oder irgendein Papier in der Hand, das sie dazu berechtigt, ihn fertigzumachen —, und trotzdem will er die Gefahr sehen, als könnte er sie dadurch bannen. Seine Träume verraten mehr. Bei den ewigen Verfolgungsjagden, die in ihnen stattfinden und in denen er über Dächer klettern und durch Keller kriechen muß, lauern stets am Ende der finsteren Korridore die Komplizen und Helfershelfer seiner Verfolger auf ihn, so daß es für ihn kein Entkommen gibt.

Im Herbst 1945 wurde Mladen Raikow von einer alten Dame, die in der Seilergasse eine große Wohnung hatte, ein paarmal zum Tee eingeladen; da sie gleich an der Ecke wohnte, konnte man von ihren Fenstern im zweiten Stock aus die verbrannten Türme des Stefansdoms sehen. Melanie Hübner, geborene Turtinski, war die Witwe eines österreichischen Hofrats, der bis zu seiner Pensionierung im Finanzministerium beschäftigt gewesen war. Frau Hübner, die nun ganz allein in den großen Räumen in der Seilergasse lebte und sich in ihnen für ihre beinahe achtzig Jahre sehr lebhaft bewegte, freute sich über jeden Besuch, mit dem sie über ihre alte Heimat plaudern konnte, die sie vor mehr als einem halben Jahrhundert verlassen hatte. Sie stammte aus Groß-Kikinda und kannte irgendwelche Vorfahren Mladen Raikows großmütterlicherseits, von denen er keine Ahnung hatte. Er mußte nun der alten Dame von seiner Kindheit im Banat erzählen und bekam dafür eine echte Marillenmarmelade — Frau Hübner-Turtinski besaß in Purkersdorf einen kleinen Obstgarten —, die er nach Herzenslust auf ein frisches, hausgemachtes Brot streichen konnte. Es war eins der vielen Tauschgeschäfte jener Zeit, das beide Partner vollauf zufriedenstellte.

Als er wieder einmal bei der alten Dame saß und ein Stück ihres herrlich duftenden Brots mit dem dicken Marillenjam bestrich, bat sie ihn, das Fenster zu öffnen. Er unterbrach seine Erzählung von vergeblichen Angelversuchen im Bega-Kanal in Groß-Betschkerek, legte das Brot auf den Teller, wischte sich die Finger an der Damastserviette ab, ging zum Fenster und öffnete es. Dabei sah er gewohnheitsgemäß hinunter auf die Straße — das tat er immer, bevor er seine Wohnung verließ —, erschrak und wich automatisch zur Seite. Unten, gerade gegenüber vom Haustor des Gebäudes, in dem er sich befand, stand ein großer Mann und blickte ungeduldig hinauf. Für Mladen stand fest, daß der Mann auf ihn wartete. Hatten ihm nicht die serbischen Tschetniks, die bärtigen Anhänger des Generals Mihajlović, die in Salzburg ihr Hauptquartier hatten, gedroht, ihn zu erledigen, weil sie ihn noch immer für einen Kommunisten hielten, der in besonderer Mission nach Wien geschickt worden war? Wenn der große Mann da unten kein Abgesandter der rachedurstigen Tschetniks war, dann war er sicherlich ein Agent der kroatischen Ustascha — Leute, die auf Mladen ebenso schlecht zu sprechen waren wie ihre serbischen Kollegen und die auf ihren Pelzmützen einen Totenkopf trugen. Vielleicht war der Mann auch von der KP aus Belgrad nach Wien geschickt worden, mit dem Auftrag, zu erkunden, warum Mladen nicht in seine Heimat zurückkehren wolle, und ihn unter Umständen mit Gewalt nach Hause zu holen, wo man sich mit seiner geheimen Schuld eingehend befassen konnte.
Während er solche Überlegungen anstellte und immer wieder auf die Straße spähte, schien der Mann unten immer ungeduldiger zu werden, er sah in kurzen Abständen auf seine Armbanduhr — es war eine große Stoppuhr, wie sie zu einem Geheimagenten oder zu einem Terroristen paßte —, stampfte wütend mit dem rechten Fuß auf und schüttelte seine dichte braune Haarmähne. Als Mladen sich entschloß, die Teestunde bei der alten Dame so lange auszudehnen, bis der Mann unten vor Ungeduld platzte —

warum hatte man nicht einen ruhigeren Agenten auf ihn angesetzt? – und das Warten aufgab, sah er, wie sein Widersacher plötzlich seine Haltung änderte; er wurde auf einmal steif und gleich darauf ganz locker. Dann ging er mit beinahe freudigen Schritten auf eine Frau zu, die aus dem Haustor getreten war, und grinste sie dabei vorwurfsvoll und zugleich verzeihend an.

Die alte Dame, die zu ihm gekommen war, um zu sehen, was er so lange am Fenster machte, sagte nichts, sie schenkte ihm nur lächelnd eine frische Tasse Tee ein. Als er aber am nächsten Freitag zu ihr kam, fand er am Teetisch im Salon Professor Rosovsky vor.

Alois Rosovsky war ein rundliches Männchen mit einem glattrasierten rosa Gesicht, buschigen Brauen, unter denen helle, freundliche Augen einen ansahen, und spärlichen weißen Haaren, deren kurze Strähnen kunstvoll nach allen Richtungen gekämmt waren, um die kahlen Stellen des rosafarbenen Schädels zu verdecken. Von dem Augenblick an, in dem er von seinem Sessel aufgestanden und mit seinen kleinen Füßen erstaunlich leicht auf den neuen Besucher zugeschritten war, um ihn zu begrüßen, empfand Mladen Raikow zu dem alten Mann eine echte Zuneigung, die offenbar erwidert wurde, denn Professor Rosovsky bestand darauf, den »jungen Freund« öfter zu sehen.

Dr. Alois Rosovsky war Psychiater, den die Nazis gleich nach ihrem Einmarsch in Wien suspendiert und etwas später in Pension geschickt hatten. Er hätte nach England oder Amerika auswandern und dort eine Professur bekommen können, er blieb aber in Wien, weil er zwei Jahre zuvor eine »Psychologie der Macht« zu schreiben angefangen hatte; er wollte nun alles aus der Nähe mit ansehen. Die Gestapo mußte gewittert haben, womit er sich beschäftigte – oder jemand von seinen Nachfolgern an der Universität hatte sie auf seine Fährte gebracht –, und machte eine Hausdurchsuchung bei ihm, fand aber nur einen Stapel Aufzeichnungen, in einer Kurzschrift verfaßt, die niemand außer ihm lesen konnte. Er hatte sich diese eigene Stenographie schon vorher zurechtgelegt, um seine Assistentin an der Universität irrezuführen und ihr ein Schnippchen zu schlagen; sie war eine vertrocknete Junggesellin, vielleicht auch eine alte Jungfer – Professor Rosovsky hatte sich nie davon überzeugt, obwohl sie sich sicherlich darüber gefreut hätte –, die ihre spitze Nase in seine Manuskripte steckte, sich überhaupt in seine Privatangelegenheiten mischte und ihn resolut überwachte, als sei er ein Kind, das jeden Augenblick eine irreparable Dummheit machen könnte. Jetzt kam ihm diese Angewohnheit, bestimmte Dinge in einer selbst erfundenen Schrift aufzuschreiben, zugute. Als der Gestapobeamte ihn aufforderte, ihm etwas aus seinen verschlüsselten Aufzeichnungen vorzulesen, hielt ihm Professor Rosovsky, das Manuskript in der Hand, einen improvisierten Vortrag über die Psychopathologie der Triebverbrecher. Der Gestapobeamte, der einmal angefangen hatte, Geschichte zu studieren, faßte die Ausführungen Professor Rosovskys als eine Anspielung auf die jüngste Geschichte Deutschlands auf und verabschiedete sich abrupt, indem er seinen rübenrot gewordenen Kopf kurz verneigte, ließ ihn aber in Ruhe.

Die provisorische österreichische Regierung bot Professor Rosovsky im Sommer 1945 einen Lehrstuhl an, er lehnte es aber ab, an einem Institut zu arbeiten, weil er sich für den anstrengenden Lehrbetrieb zu alt fühlte – er war schon über siebzig –, sein Alter schob er aber nur als Entschuldigung vor, weil er mit seiner »Psychologie der Macht« noch nicht fertig geworden war und sie nun in aller Ruhe zu Ende schreiben wollte. Einige ehemalige Studenten von ihm, die jetzt in Amerika lebten und an den dortigen Universitäten und Colleges lehrten, schickten ihm haufenweise Carepakete, so daß er mit seiner Pension auskommen konnte.

Immer wenn Mladen Raikow ihn in seiner Wohnung in der Schwarzspanierstraße besuchte, bot ihm Professor Rosovsky Nescafé, Cornedbeef und Zigaretten an, Marke Chesterfield, die in kleinen flachen Schachteln verpackt

waren. In dem großen Arbeitszimmer, das auf einen traurigen Hof sah, lagen überall Bücher, Konservenbüchsen und Briketts, die der rundliche Hausherr gegen Zucker, Kaffee und Konserven getauscht hatte. Dieses Geschäft betrieb er nicht selbst — dazu war er gar nicht fähig —, sondern sein Hausmeister, der mehr als eine angemessene Provision für sich abzweigte. Zigaretten, den begehrtesten Artikel des Tauschgeschäftes, gab Professor Rosovsky nicht her, weil er Kettenraucher war. Trotzdem war es in seinem Zimmer immer angenehm warm, im harten Winter 1945/1946, in dem er Mladen Raikow von den Schwierigkeiten erzählte, die er bei seiner Arbeit an der »Psychologie der Macht« zu überwinden hatte.
»Ich wäre damit schon längst fertig geworden«, sagte er einmal, »es widerstrebt mir aber, die überaus komplexe Wirklichkeit einer Theorie unterzuordnen und sie so zu vergewaltigen. Jeder mittelmäßige Philosophieprofessor kann sich aus hundert oder mehr Büchern eine eigene kleine Theorie zurechtbasteln, mit der er alles wunderbar erklären kann. Wenn man aber so ein scheinbar logisches Gebäude näher untersucht, sieht man, daß darin gar nichts stimmt. Auch bei den Neopositivsten stimmt vieles nicht, weil ganz einfach keine Theorie stimmen kann. Alle versuchen, ihre hinkenden Teil-, Halb- oder Viertelwahrheiten als die ganze Wahrheit durchzuschmuggeln. Aber das ist kein Wunder. Jeder Mensch lebt in seiner eigenen Lüge, die er im Lauf der Jahre in sich befestigt und um sich her aufgebaut hat. Dieser Bau, der einem Drahtgeflecht gleicht, verhindert den vollkommenen Zerfall der Persönlichkeit in einzelne Bestandteile, deren Ursprung unklar ist. Ein schizoider Mensch ist nicht verrückt, er ist nur neugierig. In seiner Ungeduld, die Wahrheit über sich zu ergründen, hat er alle Vorsicht außer acht gelassen und das schützende Drahtgeflecht dabei zerstört. Der freie Blick, der Blick hinüber, hat ihn umnachtet. Geborgenheit ist eine Falle, glauben Sie mir.«
Vertrauen gegen Vertrauen. Als Professor Rosovsky ihm

seine Nöte verraten hatte, berichtete ihm Mladen Raikow von seiner Angst, die zu einer regelrechten Paranoia auszuwachsen drohte.
Auf die Frage hin, wie oft er in seinem Leben schon von irgendwelchen Polizisten verhaftet worden sei, erzählte ihm Mladen, es habe schon im Herbst 1939 oder 1940 angefangen, als er noch Schüler gewesen war. Eines Abends, als er, drei Bände der »Brüder Karamasow« von Dostojewskij, die ihm ein Freund geliehen hatte, unter dem Arm, nach Hause ging, hielt ihn Kosmajac, der berüchtigte Agent der Spezialpolizei, mitten auf dem Belgrader Hauptplatz Terazije an, verlangte seinen Ausweis zu sehen, blätterte verächtlich in den Büchern – sein Gesicht war blaurot, und sein Atem roch nach Schnaps, er mußte gerade aus einem der umliegenden Restaurants gekommen sein – und fragte ihn, was er mit den Büchern zu tun gedenke. Als er keine Antwort darauf bekam, fragte er ihn, woher er sie bekommen habe. Mladen hätte ihm antworten können, daß er sie in einer Buchhandlung gekauft habe, er war aber so verwirrt, daß er zugab, sie von einem Freund, der Slawistik studierte, geliehen zu haben. Kosmajac ließ ihn darauf gehen, verhaftete aber in derselben Nacht Mladens Freund, der zwei Wochen lang verhört und dabei immer wieder geschlagen wurde, damit er gestehe, gegen die königlich-jugoslawische Regierung eingestellt zu sein und für die Sowjetunion Propaganda zu machen. Weil er sich an dem Schicksal seines Freundes schuldig fühlte, brachte ihm Mladen jeden Tag Lebensmittel ins Gefängnis. Einige Wocher später wurde er bei einer Demonstration gegen den Krieg – die Kommunisten waren zu dieser Zeit gegen den Krieg an sich, weil sie an ihm nicht teilnahmen, so daß er nur zwischen ihren Gegnern ausgetragen wurde – von den Gendarmen angeschossen. Die Kugel traf aber nicht ihn, der in der vordersten Reihe Fäuste schwang und Parolen gegen die Imperialisten in die Luft schrie, sondern einen anderen Schüler, der dicht hinter ihm stand, und da begriff er endlich, daß sie keinen Spaß machten.

Deshalb empfand er noch größere Angst, als nach dem deutschen Einmarsch ein Polizist plötzlich in eine Sitzung des Mittelschülerkomitees der Widerstandsbewegung hereinplatzte, nachdem ihn irgendeiner der freundlichen Nachbarn darauf aufmerksam gemacht hatte. Es gelang ihm gerade noch, zusammen mit einem Freund den Vertreter des in diesem Augenblick herrschenden Gesetzes zu überzeugen, daß es sich bei dieser Versammlung, an der auch einige Mädchen teilnahmen, um einen harmlosen Jour handle, so daß er sie ungeschoren ließ; vielleicht hatte er auch, genauso wie sie, Angst gehabt, denn er war allein.

Das nächste Mal aber, als Mladen Raikow zusammen mit demselben Freund aus Neugierde die Ausstellung über oder eigentlich gegen Juden, Freimaurer und Kommunisten besuchte, weil dort auch eine Zeitschrift ausgestellt war, die er knapp vor dem Krieg redigiert hatte, wurde er am Ausgang von zwei Agenten in Zivil angehalten und aufgefordert, ihnen zu folgen. Beinahe zur gleichen Zeit, wie nach einer geheimen Verabredung, rissen sich die beiden Burschen von den Polizisten los, die sie an den Rockaufschlägen gepackt hatten, und begannen zu laufen. Die beiden Agenten schossen ihnen nach, trafen sie aber nicht, weil sie wegen der Passanten nicht richtig zielen konnten.

Obwohl er nicht mehr nach Hause durfte, traute sich Mladen Raikow doch eines Abends hin; er war krank und brauchte Hilfe. Kaum hatte er sich jedoch nach einer heißen Tasse Tee ins Bett gelegt, angezogen wie immer, als die Agenten, wie so oft in den letzten Wochen und Monaten, an der Tür läuteten. Bevor sein Vater sie einließ, sprang Mladen Raikow an der Hofseite des Gebäudes vom ersten Stock auf eine Mauer und von dort aus in einen fremden Garten, wo er abwarten konnte, bis die Polizisten weggegangen waren. Es nützte ihm aber nicht viel, daß er von nun an nicht mehr nach Hause kam, sondern in fremden Kellern und auf fremden Dachböden schlief, immer auf der Lauer, immer sprungbereit, um sich vor einem unerwarteten Besuch zu retten. Er wurde schließlich auf der Straße ver-

haftet, an einer Ecke, an der er einen Freund treffen sollte. An Stelle seines Freundes warteten vier Agenten auf ihn, in deren schußbereite Pistolen er blind hineinlief, weil er müde und unausgeschlafen war.
Da hatten sie ihn endlich und gleich für längere Zeit, in der sie mit ihm machen konnten, was sie wollten. Sie konnten ihn mit Ochsenziemern auf die Fußsohlen, mit Stöcken auf den Rücken und die Brust und mit der Faust ins Gesicht schlagen, und, wenn er lag, mit dem Fuß gegen das Zwerchfell treten, sie konnten ihn, der an Händen und Füßen mit Ketten gefesselt war, über den Fußboden schleifen oder ihn stundenlang mit dem Kopf nach unten hängen lassen, sie konnten ihn aufhängen und wieder abschneiden, sie konnten ihm mit Erschießung drohen und in eine feuchte Kasematte werfen, sie konnten ihn in ein Lager schicken und von dort aus nach Wien eskortieren lassen, in eine Scheinfreiheit, in der sie ihn bewachen und aus der sie ihn jederzeit wieder herausholen konnten, aus der sie ihn schließlich holten, um ihn wieder zu fesseln, zu schlagen, über den Boden zu schleifen, von Gefängniszelle zu Gefängniszelle zu schleppen, ihn für eine von ihnen perfektionierte Todesart in einem Lager vorzusehen und ihn dann widerwillig seinen überfälligen Befreiern zu überlassen, die wieder nichts Besseres zu tun hatten, als ihn mit ihren Waffen zu bedrohen, weil er ihnen bei ihrem Vorhaben, ein paar Mädchen als Beute zu nehmen, im Weg stand.
Professor Rosovsky hörte sich Mladen Raikows Bericht an und sagte nichts, er nahm ihn nur bei der Hand, ging mit ihm spazieren und sprach über andere Dinge. Er sprach von den Mädchen, die trotz Krieg und jahrelanger Angst, trotz mangelhafter Ernährung und schlechter Kleidung wieder schön aussahen, dann erzählte er von der letzten Burgtheateraufführung, die er gesehen hatte – »Des Teufels General« von Carl Zuckmayer –, und von den heiteren Gespensterfilmen, die in England und Amerika gerade en vogue waren.

»Warum lesen Sie eigentlich keine Kriminalromane?« fragte er dazwischen. »Die Engländer und Amerikaner haben ein paar sehr gute geschrieben.«
Professor Rosovsky kam lange nicht auf Mladen Raikows Geschichte zu sprechen. Im Winter ging er mit ihm ins Kino oder ins Theater und lieferte ihm nachher Schneeballschlachten, und im Sommer führte er ihn zu den Freistilringkämpfen auf dem Heumarkt. Die Ringer machten auf dem Podium ein richtiges Theater, sie brüllten vor angeblichen Schmerzen, wenn ihre Gegner ihnen die Arme oder die Füße verrenkten, und schnitten Grimassen, wenn sie ins Ohr oder in eine Zehe gebissen wurden, obwohl das Ganze offenbar nur ein Scheingefecht war. Einmal nahm er Mladen zu einer Freilichtaufführung der »Lustigen Witwe« mit, die ebenfalls dort stattfand. Professor Rosovsky glaubte an die natürliche Therapie der Liebe, des Kitschs, wenn man ihn bewußt und in kleinen Dosen konsumierte, des Humors und des Unsinns. Mladen Raikow konnte nie feststellen, ob die Angewohnheit des Professors, alle Firmenschilder und Inschriften, die er sah, laut vorzulesen, oft auch mitten im Gespräch, zur Therapie des Unsinns und des Humors gehörte oder ganz einfach ein Tick war – er hatte den kleinen, rundlichen Professor auch einmal dabei ertappt, als er allein zu sein glaubte –, sie erweckte aber in ihm ein verwandtschaftliches Gefühl, weil er sich selbst, seitdem er schreiben und lesen gelernt hatte, alle Schilder und Inschriften vorlas, nur nicht laut. Jetzt machten sie es beide laut und wetteiferten geradezu miteinander im Entdecken seltener Namen, skurriler Berufe oder Wendungen und Zusammenstellungen, die besonders pompös oder komisch klangen.
»Bertha Dolivka«, begann der eine. »Tierhandlung. Harzer, Edelroller, Kanarien- und Wellensittich-Großzüchterei. Papageien und exotische Vögel. Qualitätsvogelkäfige und Futter. Versand überall.«
»Evangelos Anagnotsu – Zwirnköpfe«, antwortete der andere.

»Andreas Zaremba. Weinetiketten.«
»Vibratorsiebe.«
»Läppmaschinen.«
»Portalverkleidungen.«
»Verchromen, vernickeln, galvanisieren, eloxieren.«
»Rudolf Littauer. Spezial-, Wein-, Möbel-, Klavier- und Kassentransporte.«
»Gestanzte und gezogene Massen — Kleinstanzteile — Lokkendreher, Kantenhalter, Klipse und Haarklemmen.«
»1715 Ludwig Kreil, vorm. G. Anderers Witwe. Stickerei.«
»Siegfried Gyurakovits — Schlaftabletten.«
»Mirko Sirotek — Revolverdrehmaschinen.«
»Anna Suchana — Bänder und Litzen aller Art — elastisch und unelastisch.«
»Peter Ciechnanowski — Schachfiguren und Bretter.«
»Nowosad und Sohn — Erzeugung von Stepp- und Daunendecken — Matratzen und Bettwäsche — Bettdecken und Bettfederndampfreinigung — Abholdienst. Braut- und Hotelausstattungen.«
»Titan — Feuerlöschapparate.«
Als Professor Rosovsky nach langer Zeit auf Mladens Angst zu sprechen kam, hatte sein Patient und Schüler sie beinahe schon vergessen, so daß er bald sich selbst überlassen werden konnte. Mladen Raikow nahm sich sogar vor, mit Hilfe von Professor Rosovskys Therapie seine Höhenphobie zu überwinden und bald einmal, wenn die Restaurierungsarbeiten fertig waren, über die schmale Treppe auf den Stephansturm zu steigen, um Wien von oben zu sehen. Aber dann, als er gerade anfing, sich auf dieser Welt häuslich einzurichten, kamen einige Rückschläge, die ihn wieder in den alten paranoiden Zustand versetzten.
Eines Tages, als er über die Mariahilfer Straße schlenderte und mit einem geborgten Kodakapparat nach interessanten Straßenszenen, Figuren und Gesichtern Ausschau hielt, um sie zu fotografieren — er trug sich mit dem Gedanken, eine Art Chronik dieser Tage zu schreiben, die er gern illustrie-

ren wollte –, wurde er von einem drahtigen französischen Offizier, der ein schmales, wettergegerbtes Gesicht hatte und mit einem kurzen Stab eckige Bewegungen machte, angehalten und aufgefordert, ihm ins Hotel Kummer gegenüber zu folgen, in dem die Franzosen ihr Quartier aufgeschlagen hatten. Dort nahm er Mladen die Kamera weg und ließ ihn in ein Zimmer hinter der Wachstube im Parterre einsperren. Am nächsten Tag wurde er zum Verhör gebracht, und da erfuhr er, daß man ihn der Spionage beschuldigte. Als sich herausgestellt hatte, daß er französisch sprach, wurde der Verdacht gegen ihn noch stärker, obwohl auf dem inzwischen entwickelten Film nur harmlose Gebäude und Gesichter und keine militärischen Geheimnisse zu sehen waren; die Aufnahmen waren nicht einmal gut, weil er sie entweder über- oder unterbelichtet hatte. Es dauerte noch drei Tage, bis der sture französische Offizier, der offenbar in der Fremdenlegion eine harte Schule mitgemacht hatte, sich dazu bequemte, Mladen Raikow wieder nach Hause gehen zu lassen.

Der nächste Schlag kam von den Russen. Zu dieser Zeit studierte Mladen Raikow an der Wiener Universität und betrieb nebenbei ein bißchen Schleichhandel, um sich über Wasser zu halten. Er hatte auch eine Freundin, eine mollige Medizinstudentin, die in der Taubstummengasse im vierten Bezirk wohnte, also in der Sowjetzone. Die Studentin stammte aus Amstetten und hatte hier eine sturmfreie Bude in Untermiete, so daß er beinahe regelmäßig bei ihr schlief. Da ihre Vorlesungen immer früher anfingen, verließ sie ihre Wohnung gewöhnlich vor ihm. Eines Morgens, als er wegen eines aussichtsreichen Geschäfts mit amerikanischen Zigaretten, das sich dann als Luftgeschäft erwies, ausnahmsweise früher wegging und sie zu Hause blieb, weil sie sich nicht wohl fühlte, erschien ein österreichischer Polizist bei ihr und verlangte, ihren unangemeldeten Untermieter oder Lebensgefährten zu sprechen. Da Mladen Raikow nicht da war, befahl ihm der Polizist auf einem hinterlassenen Zettel, sich unverzüglich bei der sowjetischen

Dienststelle des Bezirks zu melden. Das Mädchen konnte noch sehen, daß zwei russische Soldaten mit Maschinenpistolen unten im Hof auf den Polizisten warteten; der hatte nach dem Gesetz jener Tage nur Zubringerdienste zu leisten. Sie ging gleich nach ihm weg und suchte Mladen in einer Vorlesung auf, um ihn zu warnen. Er konnte sie nun nicht mehr besuchen und mußte sich nach einer anderen Freundin umsehen, die in der englischen oder amerikanischen Zone wohnte, weil die Russen, wie er von einem Landsmann erfuhr, auf alle Jugoslawen, die legal oder illegal in ihrem Bereich wohnten, Jagd machten, nachdem Tito sich von Moskau losgesagt hatte.

Bald darauf wurde er österreichischer Staatsbürger und fuhr ohne Angst nach Deutschland, um das Terrain nach besseren Verdienstmöglichkeiten zu sondieren. Ein österreichischer Zollbeamter, der ihm nicht glaubte, daß er nur zwei Mark in der Tasche hatte, wies ihn in Salzburg in eine Kabine ein und nötigte ihn, seine Kleider und seine Schuhe auszuziehen, um sie gründlich zu filzen; er betastete alle Nähte mit seinen feuchten Fingern und klopfte die Schuhe ab, in der Hoffnung, daraus Goldstücke fallen zu sehen.

Mladen Raikow hatte es endlich satt, als ein festverschnürtes Paket hin und her geschoben, als Tauschobjekt gegen das Nichts behandelt, als Muster ohne Wert verschickt zu werden, er hatte es satt, sich einem fremden, anonymen Willen zu unterwerfen, sei er von einer diktatorischen Minderheit usurpiert oder von einer gleichgültigen, dumpfen, ungewissen Mehrheit sanktioniert.

Professor Rosovsky hatte ihm einmal gesagt: »Die Macht sind immer die anderen, wer sie auch immer sind«, aber das war zuwenig, Mladen wollte mehr erfahren und ihm von seinen neuen Erlebnissen berichten. Als er jedoch nach seiner Rückkehr aus Deutschland in die vertraute Wohnung in der Schwarzspanierstraße ging, erfuhr er, daß der alte Psychiater vor einigen Monaten gestorben war. Mit ihm war auch seine »Psychologie der Macht« gestorben,

weil niemand außer ihm imstande war, sein chiffriertes Manuskript zu lesen.
Mit der Konsolidierung der wirtschaftlichen und politischen Verhältnisse in Mitteleuropa (gegen wen wurden sie konsolidiert?) und der Wiedereinführung der gutnachbarlichen Beziehungen zwischen den Staaten (als wären die jemals wirklich gut gewesen) merkte Mladen Raikow, wie seine Angst vor plötzlichen Überfällen aus dem Hinterhalt allmählich abnahm – er wurde auch nicht mehr in seinen Träumen von gesichtslosen Häschern in die Enge getrieben –, sie verschwand aber nicht ganz.
Mladen Raikow traut dem Frieden nicht. Wenn ein Schweizer Grenzpolizist ihn prüfend ansieht und fragt »Wie lange gedenken Sie in der Schweiz zu bleiben?«, wenn ein italienischer Uniformträger ihm mürrisch die Benzinkarte durch das offene Wagenfenster schiebt, wenn ein Berliner Schupo auf dem Flugplatz Tempelhof seinen Paß etwas länger in der Hand behält oder unter der Theke betont diskret im Fahndungsbuch nachschlägt, wenn ein jugoslawischer Verkehrspolizist seinen Wagen mit einer gebieterischen Geste stoppt, um eine Staatskarosse vorbeifahren zu lassen, wenn ein biederer österreichischer Zollbeamter ihn nach mitgebrachten Waren fragt und ihn dabei mißtrauisch mustert (von den tatendurstigen ostdeutschen oder tschechischen Grenzpolizisten, deren Pistolen sehr locker in der Nähe ihrer kribbeligen Finger sitzen, ganz zu schweigen), zuckt er jedesmal zusammen, weil er sich deutlich vorstellen kann, wie diese Hüter der jeweils etablierten Ordnung ihn höflich, aber bestimmt auffordern, ihnen in einen Keller, einen Hinterhof oder auf eine Wiese zu folgen, ihn dort an die Wand oder vor einen Zaun stellen – »Sie müssen verstehen, es ist gerade ein neuer Erlaß gekommen« – und einem Erschießungspeloton überlassen.
Ob er nun im Namen der Freiheit, die alle Machthaber mit Vorliebe im Mund führen, im Namen der heiligen Restauration des christlichen Abendlandes, im Namen der weißen, gelben oder schwarzen Rasse, der nationalen Erhebung

oder der Verteidigung der »ruhmreichen« Errungenschaften der Oktoberrevolution erschossen wird – diese Alternativen sind ihm kein Trost. Er weiß natürlich, daß man heutzutage wenigstens in unseren west- bis mitteleuropäischen Gefilden nicht so ohne weiteres Menschen umbringt, er kann sich aber Situationen ausmalen, in denen ein geringfügiger Anlaß genügt, es so weit kommen zu lassen, daß man alle Brillenträger, Bücherleser, Pfeifenraucher oder ganz einfach Passanten zu einer bestimmten Stunde anhält, verhaftet und über den Haufen schießt.

Da er, ein Fremder in beiden Welten, das Gefühl der latenten Bedrohung nicht loswerden kann, ist es kein Wunder, daß er immer wieder davon träumt, in einem Sanatorium zu sein. Er liegt in einem hellen weißen Zimmer mit großen Fenstern, in einem reinen weißen Bett, und die Sonne spiegelt sich auf dem glatten, glänzenden Boden. Eine Schwester in Weiß geht geräuschlos umher, rückt ihm das Kissen und die Decke zurecht und bringt ihm auf einem Tablett Tee und Toast und Butter. Er liegt so, daß er durch die großen Fensterscheiben den Garten mit dem weiten, gepflegten Rasen und die Tannenbäume sehen kann. Es ist ein Traum in Weiß und Grün, ein Traum von der Stille, und er wünscht sich, sehr lange krank oder verrückt zu sein, um diesen Traum sehr lange leben zu können.

In diesen hellen Stunden ist sich Mladen Raikow keiner Verantwortung bewußt, er hat nicht vor, das Gesetz zu achten oder eine Aufgabe zu erfüllen, und er denkt nicht daran, seine Pflicht zu tun, weil all diese Phrasen von Männern erfunden worden sind, die sie immer wieder – auf Rednertribünen, in Gerichtssälen und auf Kanzeln – mit einer vor Falschheit triefenden Stimme, leise beschwörend oder im Brustton der Überzeugung wiederkäuen, um ihn kirre zu machen. Und damit sie sich selbst um so leichter über dieses verrottete Kauderwelsch hinwegsetzen können.

Es wäre natürlich noch einiges über Mladen Raikows Träume, Kindheitseindrücke, Rudimente einer agnostischen Religiosität bei ihm sowie seinen seltsamen Glauben an das elementare Leben zu sagen, ferner über das Sammelsurium von einander oft widersprechenden Ideen, Gedanken, Einfällen und Gefühlen, die in den oberen und unteren Schichten seines Bewußtseins gespeichert sind, oder seine aggressive Haltung, die fast automatisch auf den Zustand völliger Gleichgültigkeit folgt, in dem er die Welt, so wie sie ist, durchaus in Ordnung findet und nicht ändern will, sobald man aber zu schreiben anfängt, kommt etwas ganz anderes heraus, als man ursprünglich wollte. Die Sprache verführt einen zu einer ungenauen und umständlichen Beschreibung von Vorgängen, die man vielleicht mit einer einzigen präzisen Formel ausdrücken könnte. Hier ist eine unserer möglichen Formeln:

$$\frac{\text{Vater} + \text{Mutter}}{\text{Unendlichkeit}} - \text{Erdenschwere} = \text{Mladen Raikow}$$

Dabei ist zu bedenken, daß Vater und Mutter eine beinahe unendlich große Menge schwer bestimmbarer Erbstrukturen enthalten, die sie auf ihn übertragen haben. Darunter gibt es auch eine Komponente, die ihn dazu zwingt, seinen Weg, der immer mehr dem Rückzug nach einer verlorenen Schlacht gleicht, beharrlich fortzusetzen, ohne Hoffnung, jemals ein Ziel zu erreichen.

Interview mit Professor Rosovsky

Einer der ehemaligen Studenten von Professor Rosovsky hatte ihm einmal ein Tonbandgerät aus England geschickt, in der Hoffnung, daß es ihm bei der Arbeit helfen würde. Professor Rosovsky hatte es gleich am ersten Tag ausprobiert und dann nie wieder benützt. Er begeisterte sich zwar leicht für technische Spielereien, konnte aber damit nie viel anfangen. Hier einige Sätze aus seinen Aufzeichnungen, die er damals zusammenhanglos und mit einer unnatürlich hohen Stimme ins Mikrophon gesprochen hat:
Sie leben in einem riesigen Schrebergarten, in sauberen, weiß und grün und rosa gestrichenen Häuschen, die durch Drahtgitter oder Bretterzäune voneinander getrennt sind. Sie leben dort bescheiden und still und fleißig. Am Abend sieht man sie in der Nähe ihrer Schwellen kauern, wie Tiere vor ihren Höhlen, geduckt, aber sprungbereit. Von Zeit zu Zeit fallen sie mit wildem Geheul aus, um Unheil anzurichten.
Es ist unmöglich, ganz ehrlich zu sein. Nicht nur die Eigenliebe stellt sich dem Versuch entgegen, sich die eigene Dummheit oder Unzulänglichkeit einzugestehen, sondern auch die Eitelkeit der jeweiligen Gemeinschaft, die fest davon überzeugt ist, aus lauter braven Bürgern, Proletariern, Christen, Mohammedanern, Deutschen, Franzosen, Amerikanern, Negern, Chinesen, Demokraten, Kommunisten, Blinden, Tauben, den Anhängern der Nacktkultur

oder des Privateigentums zu bestehen. Da es also ganz und gar unmöglich ist, ehrlich zu sein, müßte man es immer wieder versuchen. Man soll überhaupt nur das Unmögliche versuchen, weil das Mögliche schon allenthalben mühelos und ohne Widerstand praktiziert wird. Man muß, um leben zu können, Widerstand leisten.
Im Zweifelsfall immer mit der Minderheit gegen die Mehrheit, in verzweifelten Situationen immer mit dem einzelnen gegen alle anderen.
Es gibt keine ganze Wahrheit außer der des Todes.

Dekomposition

Vor vielen Jahren war ich einmal in St. Veit an der Glan. Ein junger Kärntner Schriftsteller hatte den Gemeinderat dazu überredet, in seiner Stadt eine Kulturtagung zu veranstalten, zu der ich durch Vermittlung meines Freundes Paul eingeladen worden war. Abgesehen von den langweiligen Musikeinlagen und einigen unnützen Vorträgen, war es eine nette Tagung. Am Abend saßen wir in einem kleinen Kaffeehaus, tranken Tee mit viel Rum und sangen alte Schlager. An einem Nachmittag führte man uns in einigen Jeeps zur römischen Siedlung, die gerade freigelegt worden war.

Unter einem Hügel, den man seitlich wie einen Apfel geschält hatte, befand sich die tote Stadt mit ihren Häusern, viereckigen Atrien, Küchen und Bädern, die an eine großangelegte Kanalisation und Wasserleitung angeschlossen waren. Die Stadt war seit beinahe zweitausend Jahren leer. Darüber grasten auf einer Wiese Kühe, weiße Kühe mit schwarzen Flecken oder schwarze Kühe mit weißen Flecken, langsam und bedächtig. Es war schon Abend, und die Wiese dampfte in der Dämmerung.

Im Haus meiner Großeltern in Groß-Betschkerek gab es eine lange Halle, eine Art Wintergarten oder Glasveranda, in der ich während der Osterferien oft in einem der weißen, mit rotem Stoff überzogenen Sessel saß und stundenlang in irgendeinem Buch aus der Bibliothek meines Großvaters

las. Wenn meine Augen müde geworden waren, schaute ich durch die breiten Fenster hinaus auf das helle Grün des Gartens und ruhte so aus. In der Mitte des Gartens stand ein großer Fliederbusch, der immer zu Ostern blühte.
Ich hatte einen Freund, der ein kürzeres Bein hatte, das er humpelnd nachschleifte. Mit ihm zusammen ging ich auf den Ostermarkt, wo wir bei einem Verkäufer, der unter einem Zelt verschiedene Waren auf einer Theke ausgebreitet hatte, ein langes Küchenmesser stahlen. Während mein Freund bei ihm einen Kamm kaufte und ihn so ablenkte, ergriff ich das Messer und steckte es unter meinen Mantel. Später warfen wir das Messer durch das Eisengitter in die Kanalisation. Wir konnten es nicht brauchen. Wir wollten damit weder Kartoffeln schälen noch jemandem den Bauch aufschlitzen.
Im kahlen Vorzimmer des Arztes hing an einer Wand das Bild eines Bernhardiners, der mit treuem Blick dreinschaute; an seinem Hals war ein Fäßchen Rum befestigt. Mladen erinnerte sich, daß Doktor Blacher eine leicht gerötete Nase hatte und dachte dann an Dr. Petrowitsch, einen Freund seines Vaters, den er während des Krieges ein paarmal in seiner Ordination in der Mariahilfer Straße besucht hatte. Dr. Petrowitsch war als Kriegsgefangener entlassen worden, unter der Bedingung, die Ordination eines Wiener Arztes, der gefallen war, zu übernehmen. So lebte er in diesen fremden, weißgestrichenen Räumen, trug einen fremden Kittel, schlief einfachheitshalber mit der Frau seines verstorbenen Kollegen und trank. Da er eine Menge trank und der Schnaps zu dieser Zeit sehr teuer war, mixte er sich in seiner Ordination aus reinem Alkohol, destilliertem Wasser und Rumessenz selbst ein starkes Getränk, das er auch seinen seltenen Besuchern in Reagenzgläsern anbot. Mit seinen buschigen Augenbrauen und zerzausten grauen Haaren sah er aus wie ein kauziger Alchimist, der einem das nach langen Experimenten soeben erfundene kostbare Lebenselixier überreicht.
An der Wand, vor der Mladen saß, hing neben dem Fen-

ster und genau gegenüber vom Eingang eine gedruckte Inschrift, die er nicht gleich gelesen hatte, weil er der Meinung gewesen war, Doktor Blacher würde sie sofort empfangen und in die Ordination führen. Jetzt rückte er etwas von der Wand ab und las die Inschrift. So mußte er Lepa nicht ansehen. Die Inschrift lautete: Vorbeugen ist besser als heilen. Eine seltsame Devise für einen Arzt, der Sonntag vormittag verbotene Eingriffe machte und sein Honorar dafür schon bei der Besprechung im voraus kassierte. Der Mann hatte die Frau zu begleiten und sie dann nach Hause zu bringen. Während der Operation ließ man ihn allein im Vorzimmer. Er konnte sich die Zeit damit vertreiben, in den von vielen Krankenkassenpatienten abgegriffenen Illustrierten zu blättern oder durchs Fenster auf einen trostlosen Lichthof zu starren, in den sich zwei Spatzen verirrt hatten.

Du warst zufällig in das Speisezimmer gegangen, um dir aus der Kredenz — verfressen warst du schon immer — ein Stück Dobostorte zu holen, die Tante Nada aus irgendeinem Anlaß gemacht hatte; vielleicht war es gerade dein Geburtstag gewesen. Du hattest vergeblich in dem häßlichen schwarzen Buffet aus den dreißiger Jahren nach deiner Torte gesucht — sie war nicht da. Deine Mutter hatte sie ihrer Freundin Olga angeboten, die sie gerade besucht hatte. Sie saßen nebenan im Salon und sprachen über etwas, das dich sehr interessierte, so daß du vergaßt, dir ein Stück Torte zu holen, vor der offenen Kredenz stehen bliebst und den Atem anhieltst, um alles besser hören zu können.

»Ich verstehe nicht, warum du keine Kinder mehr haben wolltest«, sagte Tante Olga.

»Aber ich bitte dich«, sagte deine Mutter leichthin, »ich habe mit dem einen genug. Der Bub gibt mir mehr aufzulösen als ein Dutzend normaler Kinder.«

»Ich meine es im Ernst. Es wäre auch für ihn leichter, wenn er noch Geschwister hätte. Wolltest du keine mehr kriegen oder konntest du es nicht mehr?«

»Ich wollte es nicht mehr«, sagte deine Mutter kurz und

fügte gleich hinzu: »Ich wollte zu dieser Zeit überhaupt kein Kind haben. Sreten hatte gerade seine Studien beendet und arbeitete bei einem Architekten in Budapest, um sich ein bißchen praktische Erfahrungen anzueignen. Wir wohnten in einem möblierten Zimmer, und Sreten verdiente nicht mehr als ein spärliches Taschengeld. Ich unternahm also alles, um das Kind irgendwie loszuwerden. Ich schrubbte den Boden, schob schwere Möbel herum, lief die Treppen unzählige Male hinauf und hinunter und ließ mich im Vergnügungspark von der Berg-und-Talbahn schütteln und rütteln — alles vergeblich. Der Kerl blieb picken.«
»Ein hartnäckiger Bursche«, sagte Tante Olga darauf.
Du warst damals sehr gekränkt, als du das gehört hattest. Um dich zu rächen, warst du zu deiner Mutter eine Zeitlang sehr unfreundlich, und Tante Olga hattest du auf einem Foto, auf dem sie in einem weißen Leinenkleid zu sehen war, mit einem Rotstift die Brustspitzen angemalt.
Bald jedoch hast du dich damit abgefunden. Trotzdem bist du nie das Gefühl losgeworden, dein Leben sei unerwünscht und vollkommen überflüssig. Vielleicht bist du deshalb Kommunist geworden und hast dich voll Eifer in den Kampf für das Wohl der imaginären Menschheit gestürzt, mit der Absicht, durch diesen Dienst für die Allgemeinheit dein Dasein zu rechtfertigen.
Aber auch da bist du ein Versager geworden.
Steig in die tiefen Schächte hinab, wühl die Erde auf, wate durch Schlamm und Blut, reiß die hartgetretenen Gräber auf und lege dich zu den Toten, zu denen du seit jeher gehörst. Daß du die Harmonie dieser schönen Welt mit deiner schiefen Nase, deinen hervorquellenden Augen und deinem asymmetrischen, zerbrochenen Gesicht noch immer verunstaltest, ist ein Mißverständnis. Du gehörst nicht in unsere friedliche Landschaft und unsere applanierten Städte. Geh, Gespenst, verschwinde ganz still und leise, wie es sich für einen wohlerzogenen Toten gehört, schleich dich bei Nacht und Nebel davon, verdufte, löse dich auf und hinterlaß keine Spur, denn wir wollen an dich nicht er-

innert werden. Niemand hat dich zu Gast geladen, du bist lästig und unerwünscht, befrei uns von deiner Gegenwart. Ausgerechnet auf dich hat man gewartet, daß du die Menschheit rettest. Du kannst nicht einmal für dich selbst etwas tun, du fällst dir selbst zur Last und weißt nicht, was du mit dir anfangen sollst.
Ich sehe dir schon lange zu, ohne mich in deine verworrenen Geschäfte einzumischen, seit Jahren verfolge ich deine untauglichen Versuche, in einer gleichgültigen Welt, die ohne dich besteht und dich gar nicht braucht, Fuß zu fassen. Manchmal warst du mir in deiner törichten Unbeholfenheit sympathisch, so sehr, daß ich zuweilen das Gefühl hatte, mit dir verwandt oder gar identisch zu sein, manchmal aber, wie jetzt, konnte ich dich einfach nicht ausstehen. Erlaube mir nun, dir endlich einmal meine Meinung zu sagen. Wovor hast du Angst? Vor der Fragwürdigkeit deines Tuns oder vor der Nichtigkeit deiner Anwesenheit? Wieso maßt du dir an, Entscheidungen zu treffen, die dir nicht zustehen, die gar nicht in deinen Bereich fallen? Entschuldige, bitte, du maßt dir nichts an, du läßt dich einfach treiben. Und das ist dein Verbrechen.
Man hätte dich schon damals erschießen sollen, auf einer Straße in Belgrad, als du wie ein Besessener umhergingst, um die Menschen zur Revolte aufzufordern, man hätte dich in einem Gefängnishof oder in einem Keller erschießen sollen, oder im Steinbruch von Jajice in der Nähe deiner Heimatstadt, man hätte dich in Smederevska Palanka exemplarisch exekutieren sollen, denn du warst nicht anpassungsfähig, wie die dummen faschistischen Erzieher geglaubt hatten, man hätte dich in Wien aufhängen sollen, im Galgenhof des Grauen Hauses, gleich nach deiner Ankunft, denn du warst ein Gegner, der nur darauf gewartet hatte, daß die Stadt samt all ihren Menschen unterging, man hätte dich in Flossenbürg, Dachau oder Mauthausen in einem Ofen verbrennen sollen, denn dir war es nicht bestimmt, übrigzubleiben, die Russen hätten dich gleich nach ihrem Einmarsch über den Haufen schießen sollen,

du warst nicht ihr Freund, du warst auch kein Freund der Amerikaner, du warst weder ein Freund der Sieger noch ein Freund der Besiegten, man hätte dich auf deiner ersten Reise nach Belgrad aus dem Zug holen und am ersten Baum aufknüpfen sollen, denn du warst von jeher und bist noch immer ein Fremder, ein Feind jeder etablierten Ordnung, ein Freund der Toten, unter denen du lebst, mit denen zusammen du verfaulst, warum wandelst du noch umher, ein Toter auf Urlaub, warum verpestest du die Luft, warum störst du mit deiner krächzenden Stimme die wunderbare Ruhe jener Menschen, die vergessen können, die ohne Gedächtnis und ohne Vergangenheit leben, die nur dem Jetzt und dem Heute verschworen und mit ihrem Dasein zufrieden sind? Warum schreckst du sie mit deinen bösen Träumen auf?
Wieso fährst du noch immer umher, in alten, verrußten Zügen, auf harten Bänken oder auf dem zerschlissenen roten Plüsch der Schlafwagen, aus dem der Staub der Jahrzehnte steigt und Wanzen hervorkriechen, wieso fliegst du in abgetakelten Flugzeugen des letzten Krieges, die sich zitternd erheben und scheppernd die Luft über der Grenze durchschneiden, manchmal besteigst du auch neue Maschinen, in denen man dich in Decken hüllt, damit du nicht so hart aufschlägst, wenn man dich hinunterschmeißt, meist aber rast du in roten oder gelben oder schwarzen Autos umher, an grünen Wiesen, weißen Bergen und schmutzigbraunen Äckern vorbei, einmal hin und einmal her, durch neue Siedlungen und alte, verkommene Städte mit abgeblätterten Fassaden, immer auf der Suche nach etwas Beständigem, nach einem Sinn deiner Tage und deiner Nächte, nach einer Erklärung für deine Schwächen, deinen Hochmut und deine Unzulänglichkeit, deine fragwürdigen Taten, deine Pläne und deine Träume, die für immer mit dir sterben werden.
Lepa war endgültig weggegangen und hatte eine Leere hinterlassen, die er zu Anfang gar nicht unangenehm empfunden hatte; er fühlte sich sogar erleichtert, weil niemand

da war, der ihn an seine Schuld und sein Versagen erinnerte. In der ersten Nacht schlief er gut und traumlos. Am nächsten Tag hielt er es aber nicht allein aus. Vergeblich versuchte er, eine Arbeit vorzutäuschen, er begann sogar seine klägliche Steuerbilanz vorzubereiten, am Nachmittag wurde aber die Stille um ihn so unerträglich, daß er zu telefonieren anfing, um sich mit irgendeinem Freund zu verabreden.

Robert hatte sich gerade in ein neues Mädchen verliebt, mit dem er allein sein wollte. Sobald er mit ihm ins reine gekommen war, wollte er es Mladen vorführen, damit er es begutachten könne, im Augenblick aber wollte er in Ruhe gelassen werden. Die anderen Bekannten waren entweder mit anderen Ehepaaren verabredet – die meisten von ihnen waren verheiratet – oder luden ihn ein, den Abend bei ihnen zu Hause zu verbringen. Er hatte keine Lust, die Zeit mit unverbindlichem Familiengeschwätz totzuschlagen, bedankte sich für die freundlichen Einladungen und hängte den Hörer auf. So landete er wieder einmal im »Hawelka«, wo ihn ein Schriftstellerkollege, ein ältlicher Naturbursche mit braungebranntem Teint, einem volltönenden Bariton und einer englischen Pfeife zwischen den Zähnen mit seinem Bericht über die soeben absolvierte Israelreise langweilte. Die hatten alle ein schlechtes Gewissen, das sie durch Pilgerfahrten zu den Kibbuzim in der Sinai-Wüste beruhigen wollten. Dort im Kaffeehaus, wo er einige Gläschen Birnenschnaps getrunken hatte, rief er Joan an. Er hatte gar nicht erwartet, sie zu Hause anzutreffen, aber sie war da. Zu Anfang tat sie so, als könne sie sich an ihn, das heißt an seinen Namen nicht erinnern, aber dann willigte sie ein, mit ihm zu Abend zu essen.

Als er sie in ihrem Appartement in der Rathausstraße abholte, empfing sie ihn mit gespielter Gleichgültigkeit. Er spielte wieder den Unbefangenen, der eine alte Bekannte besucht. Während er den angebotenen Whisky im Wohnzimmer trank, versuchte er vergeblich, die Situation bei seinem ersten, zufälligen Aufenthalt in dieser Wohnung zu rekonstruieren; verschiedene Details — der baumlange betrunkene Jugendfreund Joans, ihre nackten Schultern unter dem blonden Haar, der heiße Kaffee, den sie ihm serviert hatte — ließen sich nicht zu einem Bild zusammenfügen, sie blieben disparat und unzusammenhängend. Er hatte einen Fehler begangen, daß er gerade heute hierhergekommen war. Irgend etwas in ihm — ein Treibriemen, eine Sprungfeder oder ein Rädchen — war gerissen, gesprungen, lahmgelegt oder ganz einfach außer Betrieb gesetzt, so daß er sich dem Geschäft der Werbung nur mit halben Kräften widmen konnte, automatisch, ohne Feuer. Die Wahl des Restaurants, in dem sie zu Abend aßen, entsprach vollkommen der müden Stimmung, in die sie trotz seiner krampfhaften Bemühung um eine lebhafte Konversation bald geraten waren. Sie gingen in den Rathauskeller, der nur wenige Schritte von Joans Wohnung entfernt war. Der riesige Speisesaal mit den Fresken im Makart-Stil glich einer Bahnhofshalle und ihr Beisammensein eher einer Abschiedsszene als einem freudigen Wiedersehen. Die überdimensionalen Mädchen an den Wänden, die den Frühling feierten oder blumengeschmückt irgendwelchen todernst dreinblickenden Fürsten huldigten, wirkten durch ihre steife Fülle deprimierend.

Als Joan Mladen nachher zu einem Kaffee einlud, hätte er sich lieber verabschieden sollen, doch irgend etwas trieb ihn dazu, den undefinierbaren Geschmack der Niederlage bis zum Ende auszukosten. Bevor Joan in die Küche gegangen war, um den Kaffee zu kochen, hatte sie das Radio eingeschaltet. Als sie zurückkam und den Kaffee einschenkte, wurde gerade eine Arie aus der »Bohème« von Puccini gespielt. Sie lauschte eine Zeitlang der mit süßlicher Trauer gesättigten Musik und begann auf einmal zu weinen. Sie weinte lautlos, und die Tränen rollten ihre blassen Wangen entlang und fielen auf ihr schwarzes Cocktailkleid, das sie für ihn angezogen hatte. Sie hielt die Tränen nicht zurück und schämte sich ihrer gar nicht, sondern stellte trotzig ihren Schmerz zur Schau.

Erst jetzt nahm er sie wirklich wahr, er konnte aber nichts anderes tun als sie trösten wie eine jüngere Schwester, der man wehgetan hat und die Trost braucht. Er setzte sich zu ihr und begann sie zu streicheln. Sie lehnte ihren Kopf gegen seine Schulter, und er streichelte ihre kurzen blonden Haare, ihre Stirn und ihr Gesicht, bis sie langsam aufhörte zu weinen und in seinen Armen einschlief. Er lehnte sie sanft auf die Couch zurück, holte aus dem Schlafzimmer ein Kissen und eine Decke, schob ihr das Kissen unter den Kopf, deckte sie zu und schlich leise hinaus. Er hatte den Eindruck, daß sie trotzdem wach wurde, sich aber schlafend stellte, weil es keinen Sinn hatte, alles von vorn zu beginnen.

Obwohl er sehr müde war, hatte er keine Lust, nach Hause zu gehen, sondern ging ins »Laudon«, wo er mit einem Zeitungsverkäufer, einem mageren Jüngling, bis zum Morgengrauen Billard spielte. Der junge Mann, dem er die restlichen Zeitungen abgekauft hatte, damit er nicht wieder auf die Straße gehen mußte, spielte miserabel; jedesmal, wenn er das Queue in die Hand nahm und die Bälle anvisierte, sträubten sich Mladen die Haare, aus Angst, daß sein Partner ein Loch in das grüne Tuch bohren könnte, er ließ ihn aber gewinnen, um ihm eine Freude zu machen.

Als er endlich durch das Schneegestöber nach Hause kam, ging er noch immer nicht ins Bett, sondern blieb hinter der Glasscheibe der Eingangstür seines Ladens stehen und sah lange hinaus.

Draußen war es schon taghell, aber es schneite noch immer. Große blauweiße Flocken segelten lautlos herunter und bedeckten die Straße und die Dächer der Autos, die vor Mladens Laden parkten, der Schnee lag in einer hohen flaumigen Schicht auf dem Rand des Gehsteigs und fiel auf die Schultern der Passanten, die zu ihrer Arbeit eilten. Keiner von ihnen bückte sich, um einen Schneeball zu machen und ihn nach der vorbeifahrenden roten Straßenbahn oder nach einem parkenden Wagen zu werfen. Das würde später geschehen, wenn die Kinder auf die Straße kamen. Die Luft würde dann von ihrem heißen Atem und ihrem Geschrei erfüllt sein. Aber da würde er schon schlafen und sie gar nicht hören; er hatte eine lange Reise hinter sich und war sehr müde. Sein Körper war müde und seine Seele war müde, er stand aber noch immer hinter der Glastür und sah schlaftrunken hinaus. Jetzt war es noch still, und alles spielte sich seltsam stumm ab wie in einer Pantomime.

Drüben hantierte in der hellerleuchteten Küche eine verschlafene Frau in farblosem Schlafrock an einem Kaffeetopf und wischte sich mit dem Handrücken immer wieder eine widerspenstige Haarsträhne aus der Stirn. Gleich daneben schob ein dicker Mann mit mürrischem Gesicht völlig geräuschlos den Rollbalken der Putzerei hoch; im Schaufenster hingen einige dunkle Anzüge und einige silbrig schimmernde Abendkleider, ganz leer und steif, wie riesige, tote Fische. Ein kleiner Mann im Wintermantel mit Pelzkragen stieg in einen Lieferwagen und begann umständlich an dem Schaltbrett zu manipulieren. Mladen sah bläulichen Rauch aus dem Auspuff aufsteigen, hörte aber den Motor nicht. Auch die Straßenbahn, die gerade bei der Haltestelle anhielt, war nicht zu hören, und nicht die Schritte der Menschen, die auf sie zuliefen, um sie zu erreichen, ehe sie wieder abfuhr. Der Schnee hatte alle Geräusche gedämpft, verschluckt, verweht.

In der matten Spiegelscheibe sah Mladen sein Gesicht. Es war blaß und schmal, nur die Augen waren groß und dunkel vor dem dichten Schneeschleier. Und der Schnee fiel auf seine Stirn und auf seine Haare, der Schnee fiel immerzu und bedeckte alle Straßen und alle Wege, alle Bäume, alle Tore und alle Dächer, alle Gräber und alle Spuren, und Mladen hatte das Gefühl, daß es, wenn er aufwachte, nichts anderes mehr geben würde als den unendlichen, kühlen weißen Schnee.

Interview mit Lepa

Da gibt es nicht viel zu erzählen. Das Ende unserer Affäre war banal, um nicht zu sagen trivial. Nur in Romanen der alten Schule endet eine Liebesbeziehung mit dem romantischen frühen Tod eines der beiden Partner. Einmal stirbt der Mann und einmal die Frau. Hemingway hat in seinen Romanen sogar beide Möglichkeiten variiert, und zwar mit Erfolg. Das läßt sich verfilmen. Die vielen alltäglichen Affären, die entweder mit einer langweiligen Ehe oder einer unterbrochenen Schwangerschaft enden, eignen sich wenig für romanhafte Verarbeitung. Bei uns hat es eigentlich mit einer erzwungenen Frühgeburt nicht geendet, sondern erst angefangen, in Wien, vor vielen Jahren. Das war vielleicht der Grund dafür, daß der Abschied so lange gedauert hat. Das klingt sicherlich unlogisch, aber es stimmt doch.

Wenn ich heute darüber nachdenke, wundere ich mich, daß wir so lange gezögert haben, endgültig auseinanderzugehen. Was hat uns dazu getrieben, es immer wieder miteinander zu versuchen, obwohl wir uns im Laufe der Zeit immer mehr auseinandergelebt haben, wenn nicht das Bewußtsein, Komplizen zu sein? Wir haben wirklich wenig Gemeinsames gehabt. Ich glaube, ich habe mich jetzt falsch ausgedrückt. Man könnte den Eindruck bekommen, daß ich für die Uniformität plädiere, die manche Eheleute zur Schau tragen. Dabei hasse ich nichts so sehr wie eine Be-

ziehung, bei der ein Partner nur das Echo des anderen ist. Das habe ich auf keinen Fall gemeint. Aber Mladen ist nicht einmal mit sich selbst einig. Er lebt ein fremdes Leben. Er hat bewußt eine Rolle übernommen, die ihm nicht liegt, wie um sich zu bestrafen. Obwohl mir diese Haltung bis zu einem gewissen Grad verständlich ist, habe ich nur darauf gewartet, daß er sich eines Tages ändert. Auch eine selbst auferlegte Strafe muß einmal zu Ende sein. Rade, der Mann, den ich wahrscheinlich heiraten werde, nimmt die Dinge so, wie sie sind. Mladen, der ihn nicht kennt, würde ihn unter die Menschen einreihen, die jedes Regime und jede Staatsordnung unterstützen, weil sie brav ihrer Arbeit nachgehen, ohne sich zu fragen, wem ihre Tätigkeit zugute kommt. Ich habe diese Zuverlässigkeit von Menschen, die es sich unter den jeweils gegebenen Umständen richten, weil sie überleben wollen, wie Mladen in gewissen Augenblicken verachtet, aber langsam beginne ich, sie zu schätzen. Sie hilft nicht nur den Machthabern, ihre Untertanen leichter zu unterdrücken, bestimmte Gruppen von Unzuverlässigen auszuschalten, das heißt sie einzusperren oder zu töten, die Zuverlässigkeit ermöglicht vor allem der großen Masse, darunter auch den meisten Unzuverlässigen, ihre Machthaber zu überleben. Ich weiß, daß meine Vergleiche hinken, ich weiß aber auch, daß sie irgendwie stimmen. Mladen weiß das oder spürt es ebenso wie ich. Deshalb verachtet er die Zuverlässigen nicht nur, sondern achtet sie zugleich, aber das nur insgeheim.
Ich rede die ganze Zeit von Mladen. Dabei wollte ich von Rade sprechen. Auch ihm hat man übel mitgespielt, aber er macht sich nichts daraus. Sein Vater hatte eine kleine Bleistiftfabrik, die nach dem Krieg nationalisiert wurde. Bald darauf starb er. Um die Sache gründlich zu machen, das heißt um etwaige Ansprüche der Erben zu vereiteln, wurde der Sohn eingesperrt und zu sieben Jahren Zuchthaus verurteilt, von denen er fünf absitzen mußte. Man hat ihn natürlich nicht eingesperrt, weil er der Erbe einer Bleistiftfabrik war, sondern als englischen Spion. Die Kor-

respondenz mit einigen Firmen in England, das Treffen mit ihren Vertretern in Belgrad und vielleicht die Tatsache, daß ein als englischer Spion verdächtiger Mann mit einem Bleistift aus der Fabrik von Rades Vater geschrieben hatte, waren die einzigen Beweise seiner Schuld. Fünf Jahre Zuchthaus in der ersten Nachkriegsperiode sind keine Kleinigkeit. Und doch hegt Rade keinen Haß gegen unsere Machthaber; sie sind ihm eher gleichgültig. Da er mehrere Sprachen beherrscht – er kann außer Englisch auch Französisch und Deutsch –, hat er gleich nach der Entlassung in der Exportabteilung eines staatlichen Textilunternehmens eine gute Stelle bekommen. Heute arbeitet er bei einer hiesigen Filmfirma, die sich mit dem Export und Import von Filmen beschäftigt. Daneben schreibt er Untertitel für englische und amerikanische Filme, so daß er ganz schön verdient. Er hat eine geräumige Zwei-Zimmer-Wohnung, die ihm ganz allein gehört, so daß er als begehrter Junggeselle gilt. Er ist ein stiller, anständiger und wirklich sympathischer Mann. Und doch zögere ich. Es wird sicherlich nicht lange dauern, und ich werde ihn heiraten. Aber ich zögere noch. Ich trauere Mladen nicht nach. So schön waren die Jahre, die ich mit ihm oder eigentlich mehr ohne ihn verbracht habe, wieder nicht. Und trotzdem ... Es ist ganz verrückt, was ich Ihnen jetzt erzählen werde, es ist aber wahr. Manchmal, wenn ich zu Hause im Bett liege und nicht einschlafen kann, sehe ich Mladen in mein Zimmer kommen. Er steht auch an der Straßenecke und sieht mir entgegen, wenn ich das Haus verlasse. Selbst in der Dunkelheit des Kinos sehe ich ihn am Ende der Sitzreihe stehen und mich beobachten. Er mustert mich von der Seite, als wolle er abschätzen, wofür ich mich besser eigne: für die Revolution oder für die Liebe. Er braucht nur ein Wort zu sagen oder mir ein Zeichen zu geben, und ich werde ihm folgen, obwohl ich ganz genau weiß, daß sich weder die Revolution noch die Liebe verwirklichen läßt.

Die Montgolfiere

Ich suche eine Wohnung. Ich weiß nicht, ob es sich um eine neue Wohnung handelt, oder um eine, die ich schon einmal besessen habe. Ich bin auf einer Brücke und spreche mit einem Händler, der da einen kleinen Laden hat. Ich weiß nicht, was er verkauft, ich weiß nur, daß er mir helfen kann, meine Wohnung zu finden. Er zeigt mir eine Treppe, die zum Wasser hinunterführt. Dort soll meine Wohnung sein. Ich steige hinunter und bin auf einmal in einer Wohnung, die mich an einen Teil der Wohnung meines Großvaters erinnert. Es sind lange, schmale Räume, die nicht auf demselben Niveau liegen, so daß sie mit Treppen miteinander verbunden sind. Die Wohnung ist mir zu klein. Wir sind nämlich zu dritt: mein Sohn, meine Frau und ich. Es ist nicht eine bestimmte Frau. Sie erinnert mich manchmal an eines der Mädchen, die ich einmal gekannt habe, aber nur undeutlich und flüchtig, so daß ich sie nicht erkennen kann. Mein Sohn ist etwa fünfzehn Jahre alt und sieht mir sehr ähnlich. Es kann sein, daß ich es bin, noch ganz jung und am Anfang des Weges; nichts ist entschieden. Und doch ist es mein Sohn, denn ich stehe schützend neben ihm, den rechten Arm auf seine Schulter gelegt. Ich entschließe mich für diese Wohnung, als ich erfahre, daß zu ihr noch zwei Räume gehören, die sich draußen im Sommerhaus befinden.

Hinter einem breiten, resedagrünen Rasen steht eine Art

Kurhaus mit Säulen am Eingang und großen Fenstern. Auf der Terrasse davor stehen runde, eiserne Tischchen mit Stühlen, die ebenso aus Eisen sind. Auf dem für das Orchester bestimmten Podium stehen Stühle vor leeren Pulten. Nirgends eine Seele. Man hat mir gesagt, es gäbe hier keinen Betrieb mehr. Das Eisen ist leicht rostig. Doch die Räume sind hell und freundlich. Überall Säulen, riesige Fenster und Teppiche über dem steinernen Boden, so daß ich meine Schritte nicht hören kann, während ich darüberschreite.

Meine zwei Zimmer sind auf der anderen Seite. Ich stehe am Fenster und sehe auf einen wilden Park mit großen Bäumen, die voller Licht sind. Man hört keinen Laut. Ich drehe mich um. Ich bin allein. Alte Möbel, venezianische Spiegel, Folianten in den Regalen im Hintergrund. Alles ist still und sauber. Ich fühle mich wohl und geborgen. Zugleich überkommt mich eine unendliche Trauer. Ich weiß, daß ich diese Wohnung bald verlassen muß.

Der Traum war trotz seiner tiefen Melancholie so freundlich, daß ich mit aller Gewalt versuchte, ihn fortzusetzen, als ich wach geworden war. Das Licht, das, vom Schnee reflektiert, besonders grell durch den Spalt zwischen den Fenstervorhängen ins Zimmer drang, tat mir weh. Ich schloß die Augen, ich drehte dem Licht den Rücken, ich wollte in meinen Traum zurückflüchten, ich spürte aber nur den feuchten Geruch meines Kissens, in das ich in der Nacht oder eigentlich am Vormittag während meines kurzen Schlafs geschwitzt hatte. Deshalb entschloß ich mich aufzustehen; ich richtete mich auf und sah mich um.

Ich hatte den Eindruck, wie nach einem Bombardement oder Erdbeben unter Trümmern, geborstenen Mauern, zerbrochenen Möbeln und Scherben zu sitzen, obwohl in meinem Hinterzimmer alles fein säuberlich auf dem alten gewohnten Platz stand und nichts auf eine gewaltsame Veränderung oder Verschiebung hindeutete. Nur die Räume zwischen den Wänden, dem Bett und den Stühlen, dem Tisch und dem Schrank schienen bedeutend größer und kälter

geworden zu sein. Daher das Gefühl der Leere, als säße ich auf einem herbstlichen Hügel, der von kühlen Winden umweht wird.
Fröstelnd verließ ich mein Bett und drehte den Ölofen ganz groß auf, es wurde mir aber nicht wärmer. Ich aß schnell einen Apfel, zündete mir die erste Zigarette an und machte mir einen Kaffee. Ich wusch und rasierte mich wie ein Schlafwandler, dessen steife Bewegungen von einem weit entfernten Planeten ferngelenkt werden. Automatisch brachte ich mein Bett in Ordnung und räumte das Zimmer auf. Dann ging ich in den Laden, schaltete die Heizlampe an und setzte mich in den Schaukelstuhl. So mußte der Eiszeitmensch in seiner Höhle neben dem Feuer gehockt und durch die Öffnung gestarrt haben, in der Erwartung des ewigen Frühlings, der die dicke Schneeschicht zum Schmelzen bringen und alle Wunden heilen würde.
Plötzlich erschien ein Schatten im Lichtquadrat der Glastür, wanderte hinüber zur Auslage, kehrte wieder zurück, beugte sich vor und blieb an der Scheibe kleben. Da der Mann das Licht im Rücken hatte und einen steifen Hut trug, der ihm die halbe Stirn verdeckte, brauchte ich eine gewisse Zeit, um ihn zu erkennen. Ich erkannte ihn an der randlosen Brille, an dem runden Gesicht und dem breiten Grinsen, das bei jeder passenden und unpassenden Gelegenheit seine Pferdezähne entblößte. Es war Emil Dobner, Pauls Schulfreund und Geschäftsmann ohne Büro und ohne Gewerbeschein, ein Mann, der in allen Ländern Europas und des Vorderen Orients illegalen Handel trieb, keine Bücher führte, keinen Zoll und keine Steuern zahlte, ein ansehnliches Bankkonto in der Schweiz und Häuser und Grundstücke in Italien und Spanien besaß. Um zu verbergen, daß er im trüben fischte, trug er stets die unauffällig-auffällige Uniform der englischen Geschäftsleute — einen dunkelgrauen Anzug, eine farblose Krawatte, schwarze Schuhe, einen Regenschirm und im Sommer und im Winter einen Homburg, das mitteleuropäische Pendant zur Melone. Auch sein Benehmen war betont seriös. Da er

jedoch mit dieser Tarnung stark übertrieb, wirkten seine Bewegungen steif und eckig, und sein Gang so, als hüpfte er mit seinen Plattfüßen über den Boden. Nur sein Grinsen und seine Pferdezähne verrieten den Gauner, der immer darüber nachgrübelt, wo, wie und mit wem er ein krummes Ding drehen könnte.

Angefangen hatte er gleich nach dem Krieg, als er an der Hochschule für Welthandel inskribiert gewesen war. Er kaufte alte, seltene Bücher aus den Bibliotheken der Wiener Bürger gegen Lebensmittelpakete und verkaufte sie an New Yorker Antiquare, die amerikanische Universitäten belieferten. Emil Dobner bekam dafür teils Geld und teils Lebensmittelpakete, die er sich an verschiedene Deckadressen schicken ließ. Bald kaufte er von den notleidenden Bürgern alte Bilder, Möbel und Teppiche und verkaufte sie an die Angehörigen der französischen, englischen oder amerikanischen Besatzungsmacht. Die Bürger waren ihm dankbar dafür, daß er sie mit Kaffee und Zigaretten versorgte und die Besatzungsoffiziere, daß er ihnen schöne alte Dinge billig verschaffte – ein barocker Tabernakel kostete nur ein paar Stangen Zigaretten und einige Kilo Kaffee –, die sie einmal als Souvenirs in ihre Heimat mitnehmen konnten. Für das Geld, das er auf diese Weise verdient hatte, kaufte Emil Dobner Ruinengrundstücke, die er nach ein paar Jahren gegen einen vielfachen Preis verkaufte, an Leute, die selbst schwarzes Geld besaßen und sehr glücklich darüber waren, daß in den Kaufverträgen eine ganz niedrige Summe angegeben war. Dobner hatte sie offiziell mit Verlust veräußert.

Ich hatte ihn bei Paul kennengelernt, als er dabeigewesen war, eine große Bibliothek und beinahe die gesamte Wohnungseinrichtung, die Paul von seinen Eltern geerbt hatte, Stück um Stück zu verkaufen. Diese Kapitalanlage, das heißt die dafür erhaltenen Lebensmittel, Kaffee, Zigaretten und Schnaps, hatten Paul ermöglicht, einige Theaterstücke zu schreiben, die dann von zwei kleinen Bühnen, die zu dieser Zeit sehr zahlreich und besonders aktiv waren, mit

einem gewissen moralischen Erfolg aufgeführt wurden. Viel später suchte mich Dobner einmal auf – ich hatte da schon meinen Laden –, damit ich ihm helfe, für einen seiner Kunden alte österreichische Säbel zu beschaffen. Ein verrückter amerikanischer Major hatte sich in den Kopf gesetzt, die Säbel sämtlicher k. u. k. Regimenter zu besitzen. Frau Binder hatte in den benachbarten Häusern der Josefstadt drei Säbel aufgetrieben, die der Amerikaner noch nicht besaß, es waren die Säbel einer Artillerieeinheit, eines Husarenregiments sowie der einer Sanitätstruppe. Das letztemal traf ich Emil Dobner bei Paul. Er war gerade aus Istanbul zurückgekehrt, wo er aus der Schweiz mitgebrachte Goldstücke verkauft und dafür einige schöne alte Teppiche gekauft hatte. Daß Teppiche in der Türkei billiger waren als in Mitteleuropa, wußte ich schon, ich hätte aber nie gedacht, daß Goldstücke dort bedeutend teurer waren als in Zürich. Emil Dobner wußte es. Er wußte alles, was mit Handel und Geldverdienen zusammenhing. Da er sehr sparsam, um nicht zu sagen geizig lebte, weder rauchte noch trank, sich offenbar für Mädchen nicht interessierte, in billigen Restaurants aß und in gerade noch erträglichen Hotels abstieg – er unterhielt keine ständige Wohnung, um für das Finanzamt nicht erreichbar zu sein –, war er auf dem besten Weg, ein zweiter Gulbenkian zu werden.
Jetzt stand er vor meiner Tür und versuchte vergeblich, festzustellen, was in dem dunklen Laden vor sich ging. Er mußte mich im Schein der Heizlampe erspäht haben, denn er klopfte mit dem Griff seines Regenschirmes an die Scheibe und zeigte auf das Schild »Wegen Warenbeschaffung heute geschlossen«, das ich gestern nacht vor dem Schlafengehen automatisch an die Tür gehängt und noch nicht abgenommen hatte. Ich nahm nun das Schild ab, schloß die Tür auf und ließ Emil Dobner herein. Der hatte mir heute gerade noch gefehlt.
»Ich hoffe, ich störe Sie nicht«, sagte er grinsend. »Ich habe hier in der Nähe zu tun und wollte bei Ihnen vorbeischauen, um zu sehen, wie es Ihnen geht.«

»Nein, nein, Sie stören mich keineswegs«, antwortete ich und bat ihn, in dem Renaissancesessel mit dem verschlissenen Gobelinüberzug Platz zu nehmen.
Er sah sich um, als suche er einen Diener, der ihm Hut und Mantel abnehmen würde. Da niemand ihm zu Hilfe geeilt war, beschloß er, den Mantel anzubehalten. Vielleicht war ihm in meinem Laden auch nicht warm genug. Bevor er sich auf den bezeichneten Sessel setzte, knöpfte er den Mantel auf und hob ihn artig hoch, um die Polsterung zu schonen. Die durch den Schlitz geteilten beiden unteren Enden des Mantels hingen nun über den Lehnen wie lahme Flügel eines riesigen schwarzen Vogels. Den Schirm in der einen und den Hut in der anderen Hand haltend, sah er erwartungsvoll zu mir auf. Ich setzte mich wieder in meinen Schaukelstuhl und wartete darauf, daß er zu sprechen beginne; ich hatte ihm nichts zu sagen. Da er mich aber nur stumm angrinste, fragte ich ihn schließlich höflichkeitshalber, ob er gerade von seinem Winterurlaub komme, weil er so schön braungebrannt sei; wo er gewesen war, interessierte mich überhaupt nicht, ich wollte ihn nur zum Sprechen bringen, sein Grinsen ging mir allmählich auf die Nerven.
Emil Dobner rückte auf dem Stuhl leicht hin und her, um sich besser zu setzen, und begann zu erzählen. Er war mitnichten auf Winterurlaub, er war auf Mallorca gewesen, wo um diese Zeit die Sonne schien und Blumen blühten, wie bei uns im Frühling, er war aber nicht dort gewesen, um sich zu sonnen und die Blumen zu betrachten, sondern um Grundstücke zu kaufen, er glaubte an die große Zukunft der Insel. Ich widersprach ihm nicht.
Während mein nicht angekündigter Besucher mit lispelnder Stimme von seinen weitverzweigten Geschäften sprach, musterte er unentwegt meine beiden Kinder, deren Bilder an der gegenüberliegenden Wand hingen. Es waren die Einzelporträts eines dreijährigen Mädchens und eines fünfjährigen Knaben, die ein anonymer Maler vor etwa hundert Jahren gemacht hatte. Das kleine Mädchen saß auf

den Stufen einer Laube, sein rechter Arm lehnte angewinkelt an einem Stein und seine Beine waren über das Gras gestreckt; die kleinen Füße steckten in weißen Socken und schwarzen Lackschuhen, die eine Schnalle hatten. Die Augen des Mädchens hatten genauso wie das Kleid, das züchtig seine Knie bedeckte, die Farbe blauen Biedermeierporzellans. Der Knabe hatte einen hellbraunen, dreiviertellangen Hausrock an, der um die Taille mit einer Schnur festgehalten wurde, und eine dunkelbraune, schmale Hose. Er ritt auf einem Schaukelpferd und sah mit ernster Miene in die Weite. Die beiden Bilder wären nicht mehr als zwei übliche Familienporträts aus der guten bürgerlichen Zeit gewesen, hätte der Maler um die Lippen der Kinder nicht ein heiter-melancholisches Lächeln hingepinselt, das den Gemälden eine Atmosphäre der Vergänglichkeit verlieh. Der Maler hatte die beiden Kinder vor sich gehabt, als er sie porträtiert hatte, sie wirkten aber so, als seien sie nicht mehr ganz da, als seien sie gerade dabei zu vergehen wie ein Sommernachmittag.
Ich hatte die beiden Bilder vor einigen Jahren von einer Frau gekauft, mit der ich eine Zeitlang befreundet gewesen war. Ich wußte nicht mehr, wie sie hieß, sie hatte einen banalen Namen wie Bertha oder Erna oder Franzi, den ich bald vergessen hatte. Ich wußte aber, daß ich sie im »Laudon« kennengelernt hatte und daß sie in der Langegasse wohnte. Ich wußte noch, daß sie geschieden war, eine achtjährige Tochter hatte, ganz gut Klavier spielen konnte und ständig leidend und gequält vor sich hin lächelte, auch wenn sie ihre Tochter streichelte, Chopin spielte oder mit mir im Bett lag.
Sie war offensichtlich der Meinung, daß sie ein besseres Schicksal verdient hatte, als auf die Gnade oder Ungnade ihres geschiedenen Mannes, mit dem sie einen ewigen Streit führte, angewiesen zu sein; ihre Augen waren immer trüb vom Weinen und ihre Fingernägel zerbissen vor ohnmächtiger Wut. Es war auf die Dauer kein Vergnügen, mit ihr zusammen zu sein. So verließ ich sie bald; ich hatte genug

eigene Sorgen. Sie hatte noch ein paarmal versucht, mich durch ihre Tochter, die ich ganz gern hatte, zu bewegen, zu ihr zurückzukehren; sie schickte sie zu mir und ließ mir ausrichten, sie sei krank und ich solle sie besuchen. Ich plauderte ein bißchen mit der Kleinen, die mir leid tat, und führte sie in die Konditorei, besuchte aber die Mutter nicht. Sie war gar nicht krank, sondern hatte nur Migräne, wie mir die Kleine verriet. Später sah ich sie noch ab und zu im Café Laudon, beim »Weißen Lamm« oder im Piaristenkeller in Gesellschaft verschiedener junger Männer, denen sie sich ostentativ und mit einem verzweifelten Gesichtsausdruck an den Hals warf, sobald sie mich erblickt hatte, in der Absicht, mich dadurch eifersüchtig zu machen. Doch ich reagierte nicht darauf. Dann las ich in der Zeitung, daß sie aus ihrer Wohnung, die im ersten Stock lag, in den Hof gesprungen war. Wahrscheinlich wollte sie damit auf ihren geschiedenen Mann oder auf ihren augenblicklichen Freund Druck ausüben. Ob sie mit diesem Sprung, nach dem sie am Leben geblieben war, Erfolg gehabt hatte, wußte ich nicht, ich wußte nur, daß ich mich noch rechtzeitig und glimpflich aus der Affäre gezogen hatte. Das Geld, das ich ihr für die beiden Bilder gegeben hatte, war eine Art Abschiedsgeschenk gewesen, ich rechnete nie damit, sie jemals zu verkaufen. Sie hatten schon vielen meiner Besucher oder Kunden gefallen, doch keiner von ihnen hatte den Wunsch geäußert, sie zu besitzen. Da sie seit Jahren an der Wand links vom Eingang hingen, waren sie für mich nicht mehr eine Ware, sondern mein persönliches Eigentum.

»Hübsche Kinder«, sagte Emil Dobner plötzlich. »Eine bekannte Familie?«

»La recherche de la paternité est interdite«, antwortete ich ihm.

»Wie meinen Sie das?«

»Das ist ein Satz aus dem *Code Napoléon*. Er besagt, daß es verboten sei, der Vaterschaft nachzuspüren.«

»Ich verstehe nicht«, sagte Emil Dobner verblüfft.

»Es war nur ein schlechter Witz von mir. Ich weiß nicht, wer die beiden Kinder sind. Ich habe die Bilder von einer Dame gekauft, die hier in der Nähe wohnt. Sie weiß nicht, von welchen Verwandten ihre Großeltern diese zwei Porträts bekommen haben.«
»Aber sie sind sicherlich signiert?« sagte Emil Dobner, stand auf und ging zu den Bildern, um sie aus der Nähe zu betrachten.
»Ich konnte keine Signatur entdecken.«
Er legte seinen Hut auf die Kommode, die unter den Bildern stand, nahm seine Brille ab und begann die Leinwand der beiden Porträts zu untersuchen. Schließlich setzte er wieder die Brille auf, nahm seinen Hut in die Hand und sagte: »Ja, es ist tatsächlich keine da.« Er setzte nun den Hut auf und legte den Schirm in die linke Armbeuge. »Ich muß leider gehen.« Er machte zwei Schritte auf die Tür zu, drehte sich noch einmal um und fragte beiläufig: »Was kosten eigentlich die beiden Bilder?«
»Sie werden für Sie zu teuer sein«, sagte ich.
Er war so erstaunt, daß er vergessen hatte, vornehm zu hüpfen, er stolperte stillos auf mich zu, fing sich aber gleich wieder auf.
»Wer sagt Ihnen, daß ich sie kaufen will? Ich habe mich nur so nach dem Preis erkundigt.«
»Bitte«, sagte ich, ohne mich in meinem Schaukelstuhl zu rühren. »Die beiden Bilder kosten zwanzigtausend, also ein Stück zehntausend, aber ich verkaufe sie nur zusammen.«
»Es hat mich sehr gefreut, Sie nach so langer Zeit gesehen zu haben«, sagte Emil Dobner, verbeugte sich steif und ging.
»Geh zum Teufel!« rief ich ihm nach.
Er war nur bis zur Ecke gegangen, denn nach ein paar Minuten erschien er wieder in der Tür.
»Entschuldigen Sie bitte, daß ich Sie noch einmal störe«, lispelte er. »Ich glaube, ich habe Sie vorhin nicht richtig verstanden. Da ich aber vielleicht einen Kunden für Ihre

Bilder habe, muß ich doch genau wissen, was sie kosten. Was haben Sie gesagt: zwei- oder zwanzigtausend?«
»Zwanzig«, antwortete ich ihm.
Er schloß die Tür, ging zur Kommode, legte seinen Hut darauf und hängte seinen Schirm daran. Dann trat er drei Schritte zurück und sagte:
»Ich muß mir so teure Bilder etwas genauer ansehen.«
»Bitte.«
Er neigte den Kopf zurück und sah sich mit zusammengekniffenen Augen die beiden Porträts an.
»Der rechte Arm des Mädchens, der da auf dem Stein liegt, ist etwas kürzer als der linke. Der Maler hat den Ellenbogen schlecht hingekriegt.« Er trat an das Bild heran und zeigte mit dem Finger auf den rundlichen Arm des kleinen Mädchens. »Sehen Sie?«
»Ich weiß«, sagte ich, »aber das beeinträchtigt nicht wesentlich die Schönheit dieses Porträts. Im Gegenteil, solche kleinen Fehler erhöhen noch seinen Reiz.«
»Das glaube ich nicht«, widersprach Emil Dobner und schüttelte seinen runden Kopf. »Aber bitte, selbst wenn Sie recht hätten, verstehe ich nicht, warum die Bilder so teuer sind.«
»Weil ich die zwei Kinder gern habe«, sagte ich.
»Das ist etwas anderes«, antwortete er, nahm seinen Hut, verbeugte sich und ging. Seinen Schirm ließ er an der Kommode hängen. Er hatte also die Absicht, noch einmal zu kommen.
Diesmal dauerte es jedoch etwas länger, bis er wiederkam. Wahrscheinlich hatte er seinen Besuch in der Nähe absolviert. Ich war inzwischen vor Müdigkeit eingeschlafen. So hörte ich gar nicht, daß er meinen Laden betreten hatte. Plötzlich stand er über mir.
»Ich habe meinen Schirm bei Ihnen vergessen.«
»Ich weiß.«
Wieder mußte er sich sehr anstrengen, um das Gespräch auf die Bilder zu bringen.
»Ich muß Ihnen etwas gestehen«, sagte er schließlich. »Ich

habe keinen Kunden für Ihre Bilder. Ich möchte sie selbst erwerben. Aber nicht zu diesem horrenden Preis.«
»Dann werden Sie darauf verzichten müssen.«
Emil Dobner grinste mich eine Zeitlang an und schloß auf einmal den Mund. Er hatte offenbar angebissen und überlegte nun, wie er mich am besten herumkriegen könnte, damit ich ihn mit der Beute ziehen ließe. Es wunderte mich, daß er sich für die beiden Porträts so sehr interessierte; er hatte nicht einmal eine Wohnung, in der er sie aufhängen konnte. War der alte Herumtreiber doch seßhaft geworden? Vielleicht legte er plötzlich Wert auf einen würdigen bürgerlichen Rahmen und wollte sich deshalb eine Ahnengalerie zulegen; er hatte schon früher öfter angedeutet, er sei mit der alten Kaffeehausfamilie Dobner verwandt, obwohl das, wie Paul behauptet, überhaupt nicht stimmt. Vielleicht war er pervers und liebte Kinder, da er aber zu feige war, sich den lebenden zu nähern, wollte er wenigstens die Porträts zweier schöner Exemplare besitzen und sie von Hotelzimmer zu Hotelzimmer schleppen. Vielleicht wollte er auch ganz einfach Gesellschaft haben, weil er immer allein war. Was er damit auch beabsichtigte, er mußte dafür ordentlich bezahlen. Ich entschloß mich, hart zu bleiben. Das Spiel konnte beginnen.
Sein erstes Angebot waren fünftausend. Ich trieb ihn auf acht hinauf, bevor er wegging. Nun lag ich auf der Lauer, ich wußte, daß er zurückkommen würde. Als er nach einer Stunde wieder erschien, er hatte sicherlich in einem der umliegenden Gasthäuser gegessen, der Mittag war schon längst vorbei, trat er nicht in den Laden, sondern blieb vor der Auslage stehen. Ich stellte mich schlafend, und er klopfte mit dem Griff seines Regenschirms gegen die Scheibe, um mir zu melden, daß er wieder da sei. Ich sah zu ihm hin, und er zeigte mir die gespreizten Finger seiner beiden Hände, um mir anzudeuten, daß er bereit war, zehntausend zu zahlen. Ich winkte ab. Kurz vorher hatte ich das Licht eingeschaltet, so daß wir einander gut sehen konnten. Er machte eine Bewegung, als wolle er wieder

weggehen, drehte sich aber statt dessen um und trat entschlossen ein. Ohne Aufforderung zog er mit ruckartigen Gesten seinen Mantel aus und legte ihn über die Rückenlehne des Renaissancesessels. Den Hut legte er auf den Mantel, und den Schirm hängte er daneben an die Seitenlehne. Dann sah er mich herausfordernd an; das Kampffieber hatte auch ihn erfaßt. Es fehlte nur, daß er seine Ärmel aufkrempelte und mir den ersten Boxhieb auf die Nase versetzte. Ich richtete mich automatisch auf, um seine Schläge besser parieren zu können. So begannen wir umherzugehen, soweit das in dem angefüllten Laden möglich war, und verbissen zu feilschen. Ich ging um zweitausend hinunter und er um zweitausend hinauf. Als wir bei dem Verhältnis dreizehn zu siebzehn angelangt waren, fragte ich plötzlich: »Wozu brauchen Sie eigentlich diese Bilder?« Er sah mich verständnislos an, als habe er vollständig vergessen, um was es überhaupt ging, um sich gleich darauf wieder in den Kampf zu stürzen. Es irritierte ihn offenbar, daß ich immer von neuem versuchte, ihm den Kauf auszureden. So etwas war ihm nicht oft passiert. Er war bereit, mir seine sämtlichen geschäftlichen Geheimnisse zu verraten, wenn ich ihm nachgab. Als wir uns endlich auf fünfzehntausend geeinigt hatten, waren wir beide verschwitzt wie nach einem Dampfbad.
Nun machte er den Versuch, sich vor der Zahlung zu drücken, das heißt sie auf einen der nächsten Tage aufzuschieben. Erst als ich ihm überzeugend drohte, den Kauf rückgängig zu machen, ließ er sich herbei, ein Taxi zu rufen; mein Wagen lag unter dem Schnee begraben. Wir luden die beiden Bilder in den Kofferraum und fuhren zu seinem Domizil. Er wohnte am Gürtel, in einem Stundenhotel mit abgeblätterter Fassade. Dort bat er mich, auf ihn zu warten. Als er in das Foyer trat, fiel mir ein, daß er vielleicht gar nicht da wohnte; er hatte mich hierhergelockt, weil dieses Hotel einen zweiten Ausgang hatte, durch den er verschwinden konnte. Bald jedoch kam er mit dem Portier zurück, dem er die zwei Bilder übergab. Mir zählte er

fünfzehn funkelnagelneue blaue Scheine auf die Hand. Auf den Scheinen lächelte neben einer Schiffsschraube oder einem Propeller ein traurig dreinblickender Erfinder, dessen Name mich an einen kirchlichen Würdenträger erinnerte, ich wußte nicht an welchen. Wo bewahrte Dobner sein Geld auf? Unter der Matratze oder im Hotelsafe? Als ich losfuhr, sah ich ihn in seinem dunklen Mantel und mit seinem steifen Hut ratlos und verloren auf dem Gehsteig stehen. Vielleicht kam ihm erst jetzt zum Bewußtsein, daß er die Bilder gar nicht brauchte. Es konnte aber sein, daß er sich auch verstellte. Vielleicht wartete um die Ecke schon ein Kunde, dem er meine zwei Bilder um einen vielfachen Preis verkaufen würde. Emil Dobner war alles zuzutrauen. Jedenfalls hatte er es sehr geschickt angestellt, so daß ich die ganze Taxirechnung zahlte.

Als ich nach Hause zurückkehrte, hielt ich es im leeren Laden nicht mehr aus. Der ganze Plunder, der ihn bis zur Decke ausfüllte und auf den sich schon eine dünne Staubschicht gelegt hatte — Frau Binder war schon seit einer Woche krank, so daß niemand bei mir saubermachte —, begann plötzlich mich einzuengen und zu bedrücken. Ich holte das Schild »Wegen Warenbeschaffung heute geschlossen«, das ich, als ich nach Hause gekommen war, auf die Biedermeierkommode gelegt hatte, hängte es wieder an die Tür und ging.

Ich betrat das Haustor des Nachbarhauses. Frau Binder war gerade dabei, eine Flüssigkeit, die einen Extrakt aus Roßkastanien enthielt, tropfenweise in ein Glas zu schütten; es war ein Mittel gegen Venenentzündung. Sie freute sich sichtlich, daß ich vorbeigekommen war, um mich zu erkundigen, wie es ihr ginge. Es ging ihr anscheinend besser, und sie versprach mir, in ein paar Tagen zu mir aufräumen zu kommen. Da ich ihr schon zwei Monatsgehälter schuldig war, gab ich ihr zwei blaue Scheine, für die sie sich überschwenglich bedankte. Sie wollte schon morgen zur Arbeit kommen, ich bat sie aber, noch etwas abzuwarten, bis sie ganz gesund wäre.

Draußen schlug ich automatisch den Weg zur Laudongasse ein, aber dann drehte ich um und ging die Piaristengasse hinauf. Auf dem Platz vor der Maria-Treukirche verlangsamte ich den Schritt und blieb schließlich stehen; ich wußte nicht, wohin ich gehen sollte, ich wußte nur, daß ich weg wollte, ganz dringend und weit weg. In dem Augenblick, in dem ich fragend auf den Platz blickte, hatte ich eine Vision. Vor dem Denkmal der Jungfrau auf der Mondsichel, die auf der kugelförmigen Spitze der langen Säule mehr denn je einer lächelnden Fortuna ähnelte, schaukelte, an das Gitter im Vordergrund mit Stricken gebunden, eine prallgefüllte rote Montgolfiere, die ich einmal auf einem alten Stich gesehen hatte. Wie sie so in der Luft leicht hin und her tänzelte, schien sie voll Ungeduld darauf zu warten, daß jemand die Stricke durchschneide und die ersten Sandsäcke über Bord werfe, damit sie sich, von den lästigen Fesseln und dem überflüssigen Ballast befreit, in einen makellos blauen Himmel erheben könne. Plötzlich spürte ich, daß ich sehr hungrig war; ich hatte seit beinahe vierundzwanzig Stunden außer einem Apfel nichts gegessen. Der Piaristenkeller war noch zu. Ich entschloß mich deshalb, ins »Weiße Lamm« zu gehen. Als ich die kurze Maria-Treugasse passiert und die Langegasse erreicht hatte, fiel mir plötzlich ein, daß meine ehemalige Freundin, die in dieser Gasse wohnte, Antonia hieß; ich hatte ihr unrecht getan. Einem unerklärlichen Schuldgefühl folgend, überquerte ich die Straße und trat in ihr Haustor ein. Als ich oben im ersten Stock vor der Tür stand, hatte ich die Anwandlung, umzukehren und mich davonzumachen, aber es war zu spät, ich hatte schon auf die Klingel gedrückt. In der Tür erschien ein stämmiger Mann mit stark gelichtetem rötlichen Haar; er hatte einen Schlafrock von undefinierbarer Farbe an und dunkle Pantoffeln.

»Sie wünschen?« fragte er, nachdem er mich kurz gemustert hatte. Aus dem ersten Zimmer links hörte ich ein Klavier klimpern. Es war Chopin.

Ich murmelte etwas von einer peinlichen Verwechslung und lief die Treppe hinunter. Ich war noch einmal davongekommen. Auf der Straße schlug ich die Richtung zum »Weißen Lamm« ein, und der Schnee knirschte unternehmungslustig unter meinen Füßen.

Der alte Ober mußte aus der Art, in der ich in das Restaurant getreten war, Hut und Mantel abgelegt, mich gesetzt und die vom jungen Kellner gereichte Speisenkarte in die Hand genommen hatte, gleich gewittert haben, in welcher Stimmung ich mich befand, denn er pirschte sich seitlich an mich heran, neigte sich vertraulich zu mir und sagte:

»Ich möchte Ihrer Wahl keineswegs vorgreifen, mein Herr, aber wenn Sie mich fragen, dann würde ich Ihnen heute einen gespickten Fasan empfehlen.«

»Meinen Sie?« fragte ich und blickte zu ihm auf. Obwohl er stand und ich saß, war er nicht viel größer als ich; sein Kopf mit den bläulichweißen flaumigen Haaren, er mußte sie vor kurzem gewaschen haben, neigte sich wohlwollend zu mir, und seine Augen – es fiel mir zum erstenmal auf, daß sie blau waren – blickten mich so treuherzig an, daß ich sofort hinzufügte: »Ich glaube, der Fasan wäre heute das Richtige für mich. Ich habe schon lange kein Wild gegessen.«

»Wünschen Sie Rotkraut dazu?«

»Ja.«

»Und zum Trinken? Vielleicht einen Oggauer?«

Ich nickte.

Der Ober ging in die Küche, um die Bestellung durchzugeben, kam aber bald zurück mit einem Gläschen Sliwowitz auf dem Tablett.

»Ein Geschenk des Hauses«, sagte er. »Weil es draußen so kalt ist.« Er wußte genau, was ich brauchte.

Ich trank den Schnaps auf sein Wohl und auf das Wohl des Hauses und bestellte noch zwei, einen für ihn und einen für mich. Der Ober sah sich vorsichtig um, als hätte er Angst, daß seine Chefin aus der Küche herauskommen und sehen könnte, was er da trieb. Doch dann ging er ent-

schlossen zur Schank und brachte leichtfüßig zwei Sliwowitz. Wir stießen feierlich an, als gelte es, eine langjährige Freundschaft zu besiegeln, und tranken den Schnaps aus.
Ich hatte mich schon lange nicht so wohl gefühlt. Der Raum war angenehm geheizt, die Tischdecke frisch und strahlend weiß und das Besteck blankgeputzt. Mir war, als sehe ich zum erstenmal in meinem Leben einen sauber gedeckten Tisch. Der Ober schien die Bedeutung dieses Abends für mich begriffen zu haben; er bediente mich wie den verlorenen Sohn, der nach vielen Jahren des Herumirrens in die große Ordnung das Lebens zurückgekehrt war, und servierte mir das normale Gasthausessen, als kredenze er ein einmaliges Festmahl. Der Fasan, zur Portion gehörte ein Viertel des Vogels, sah eher aus wie ein verhungertes Rebhuhn, aber er schmeckte gut. Der Ober goß aus einem kleinen Krug einen Schluck Wein in mein Glas und wartete mit Kennermiene, daß ich ihn koste. Auch der Wein schmeckte gut. Ich lernte wieder essen und trinken, nicht allein um meinen Hunger und meinen Durst zu stillen.
Der Ober ließ es sich nicht nehmen, mir noch einen Käse zu empfehlen. Ich entschied mich für einen Emmentaler, den ich in Scheiben geschnitten zu einem weiteren Viertel Wein langsam aß. Zuletzt wollte er mir noch eine Zigarre aufdrängen, aber ich blieb bei den Zigaretten. Das Ganze spielte sich in einem beinahe leeren Saal ab, ich war als erster zum Abendessen erschienen, so daß der Ober genügend Zeit hatte, sich mir zu widmen. Nach dem Kaffee, dessen Geruch ich genießerisch schnupperte, ehe ich den ersten Schluck tat, brachte er mir eine Zeitung. Da ich allein war, sollte ich mich wenigstens über die letzten politischen und sportlichen Ereignisse und über die neuesten Börsenberichte und Wetterprognosen informieren, während ich mein drittes Viertel trank. Ich las tatsächlich die Börsenberichte, obwohl ich keine Wertpapiere besaß und nicht die Absicht hatte, welche zu kaufen, ich las sie, weil sie in mir plötzlich das Gefühl der Weltnähe bekräftigten. Ich saß in einer warmen Stube, die Hand auf den Seismographen

gelegt, der die ameisenhafte Geschäftigkeit der Menschen wie ferne Erdbeben verzeichnete.
In meiner selbstgefälligen Euphorie hätte ich beinahe die junge Frau übersehen, die schon eine Zeitlang, mir zugekehrt, am nächsten Tisch saß, eine Portion Fasan aß und dazu einen Rotwein trank, wahrscheinlich den Oggauer.
Ich kannte sie schon seit einiger Zeit. Ich hatte sie ein paarmal in Gesellschaft einer dicklichen Freundin und eines älteren soignierten Herrn, der wie ein pensionierter Hochstapler aussah, im Piaristenkeller oder im »Weißen Lamm« gesehen, ehe sie in meinen Laden gekommen war, um sich nach einer alten Lampe zu erkundigen. Sie hatte auf der Josefstädter Straße eine kleine Boutique und wollte damit ihre Auslage dekorieren. Da ihr die zwei Lampen, die ich auf Lager hatte, nicht gefielen, versprach ich ihr, mich zu bemühen, ihr eine andere zu beschaffen. Als ich einige Tage später mit einer blauen Biedermeiervase zu ihrer Boutique kam, um ihr vorzuschlagen, dazu einen Schirm anfertigen und so aus der Vase eine Lampe machen zu lassen, war sie gerade dabei, ein paar Seidentücher auf einer Seitenwand ihrer Auslage zu befestigen. Sie hatte ihre Schuhe ausgezogen und hüpfte auf Zehenspitzen und mit tänzerischer Grazie zwischen den auf Drahtgestellen ausgestellten Blusen, Röcken, Gürteln und Handschuhen umher. Als sie das erste Tuch mit den daraufgedruckten Autoveteranen aufgehängt hatte, bückte sie sich, um ein zweites aufzuheben, das auf dem schwarzen Gestell in der Mitte der Auslage lag. In diesem Augenblick sah sie mich draußen stehen, die blaue Vase mit den daraufgemalten Blumen in der Hand. Sie war über meinen Anblick so überrascht, daß sie sich jäh aufrichtete und dabei beinahe das Gleichgewicht verlor. Sie fiel zurück auf die Fußsohlen, auf denen sie, obwohl sie plötzlich sehr platt wirkten, viel unsicherer stand als auf den Zehenspitzen. Erst als sie sich mit ein paar kurzen, flatternden Bewegungen der Arme aus der wackeligen Haltung einer Ente in die typische Positur einer Ballerina aufgeschwungen hatte, erlangte sie

wieder die Balance und begann über ihre Ungeschicklichkeit zu lachen. Dann deutete sie mir an, ich solle in den Laden gehen, und verließ auf Zehenspitzen die Auslage.

Als ich eintrat, hatte sie schon ihre Schuhe an. Damit schien sie auch ihr Selbstvertrauen endgültig zurückgewonnen zu haben, denn sie versuchte sofort, den Preis für die Vase zu drücken. Da sie, wie sie mir schließlich versicherte, nicht die Absicht hatte, mich geschäftlich zu ruinieren, einigten wir uns bald, so daß ich gehen konnte. Von da an nickten wir einander zu, wenn wir uns in einem Lokal sahen, und tauschten ein paar liebenswürdige Phrasen, wenn wir uns zufällig auf der Straße trafen. Sie gefiel mir ganz gut, und ich überlegte immer wieder, sie, wenn ich sie das nächstemal traf, in ein längeres Gespräch zu verwickeln und sie dann zu bitten, sich mit mir zu verabreden, ich war aber so verzweifelt bemüht, meine reichlich verworrenen Angelegenheiten in Ordnung zu bringen, daß ich jedesmal den Gedanken daran verdrängte, kaum war er beim Anblick der Tänzerin aus der Auslage in mir aufgekommen. So blieb es bei stummem Kopfnicken und nichtssagenden Höflichkeitsfloskeln.

Heute war das ganz anders. Ob meine Angelegenheiten erledigt waren oder nicht, war mir vollkommen gleichgültig. Ich litt nicht mehr unter der Zwangsvorstellung, sie in Ordnung bringen zu müssen, von mir aus konnten sie bis an mein Lebensende in heilloser Unordnung bleiben.

Die junge Dame, der ich eine blaue Biedermeiervase für ihre Auslage verkauft hatte, schien geradezu erfreut zu sein, als ich sie fragte, ob ich ihr Gesellschaft leisten dürfe. Kaum hatte ich mich an ihren Tisch gesetzt, als der Ober schon zur Stelle war. Er brachte uns die bestellten zwei Viertel Oggauer mit einem verschmitzt-wohlwollenden Lächeln, als überreiche er uns auf dem Tablett zwei Eheringe samt einem amtlichen Segen.

Ich erkundigte mich bei meiner Kundin zuerst nach der Vase, die ich eine Zeitlang als Lampe in ihrer Auslage gesehen hatte und die dann plötzlich verschwunden war, und

erfuhr, daß sie die Lampe in ihre Wohnung gebracht hatte; sie mußte wieder einmal ihre Auslage umstellen. Sie wohnte übrigens in der Piaristengasse, in dem Teil zwischen der Josefstädter Straße und der Pfeilgasse, nicht weit von ihrem Geschäft. Nach dieser kurzen Einführung plauderten wir darauf los wie zwei alte Bekannte, die lange keine Gelegenheit hatten, miteinander zu reden. Ich hatte bisher noch keine Frau gekannt, die so von Herzen lachen konnte wie sie. Ich mußte auch in guter Form sein, denn ich fand immer neue Geschichten, um sie zum Lachen zu bringen. In einer kurzen Pause merkten wir plötzlich, daß wir ganz allein im Lokal waren. Der alte Ober hätte uns gern bis zum Morgengrauen bedient, wir wollten aber noch nicht allein sein. Sie lehnte es ab, sich von mir ihr Essen bezahlen zu lassen, ließ sich aber in ein anderes Lokal auf ein Glas Wein einladen. Wir wollten ein bißchen Musik hören und gingen deshalb zum Piaristenkeller; da er aber noch immer zu war, sicherlich hatte er gerade heute Ruhetag, beschlossen wir, in die Bar des Hotels »Weißer Hahn« zu gehen.
Als wir das Theater in der Josefstadt passierten, stürmten die Leute aus den schmalen Türen auf die enge Straße, und der Geruch von warmem Pelz mischte sich mit dem Geruch des frischen Schnees. Die Vorstellung war zu Ende. Während die Zuschauer, über das Stück und die Darsteller diskutierend, langsam zu ihren Autos oder zur Straßenbahnhaltestelle gingen, saßen die Schauspieler müde vor dem Spiegel in ihren Garderoben und wischten sich mit Kakaobutter die Schminke ab. Bald würden sie durch den Bühneneingang in der Piaristengasse das Theater verlassen und einmal tief die kalte Luft einatmen, ehe sie in ein Restaurant, in ihr Stammcafé oder nach Hause aufbrachen.
Die Bar des Hotels »Weißer Hahn« hatte gerade mit ihrem Nachtbetrieb angefangen. Der Pianist präludierte noch munter alte Schlager aus den zwanziger und dreißiger Jahren, die gerade wieder in Mode kamen und mich an die fragwürdige Geborgenheit meiner Kindheit und meiner

frühen Jugend erinnerten. Wir tranken eine Flasche Wein und hörten dem Pianisten zu, bis seine Anschläge langsam müder geworden waren. Dann gingen wir zu ihr nach Hause.

Im Vorzimmer standen wir, nachdem wir unsere Mäntel abgelegt hatten, einen Augenblick lang regungslos neben einem Blumentischchen, auf dem irgendeine grüne Pflanze stand, und sahen einander an, ehe wir zugleich aufeinander zuschritten und einander umarmten – wie Mann und Frau, die nach einer langen Trennung einander in die Arme fallen. Ich hatte eine große Reise hinter mir, aber jetzt war ich wieder zu Hause. Alles war einfach, natürlich und vertraut.

Als ich spät nachts, den Schlüssel in der Tasche – sie hatte ihn mir gegeben, damit ich das Haustor aufsperren könne –, in die Kochgasse ging, schneite es wieder in großen, leichten Flocken, die mich wie Schmetterlinge umschwirrten und lautlos auf den Boden hinuntersegelten. Ich drehte mich um und sah meine Spur im Schnee. In meiner Nähe war sie noch ganz deutlich, etwas weiter war sie nur leicht verwischt, aber noch sichtbar und an der Ecke schon beinahe vollkommen verdeckt. Ich wußte, daß ich in meinem Leben viele Fehler begangen und mich schuldig gemacht hatte, ich wußte, daß ich viel versäumt hatte und daß ich nichts mehr nachholen konnte, weil ich vergänglich war. Aber das machte mir nichts mehr aus. Ich war frei, zum erstenmal seit meiner Geburt wirklich frei. Was immer ich auch anfing, wo immer ich auch hinging, ich war frei. Alles, was mich bisher belastet hatte, fiel von mir ab und versank im Schnee wie meine unsichtbare Spur. Ich war ein Mann Mitte Dreißig, der keine Vergangenheit und keine Zukunft hatte. Ich hatte nur den Augenblick, in dem ich lebte, und der gehörte nicht mir. Er war da, ohne daß ich ihn herbeigerufen oder geschaffen hatte, er war da, unabhängig von meinem Willen, er schwebte über mir, dauerte und verging, ich freute mich darüber, zusammen mit ihm dazusein, hier, auf dem quadratischen Platz vor der Maria-

Treukirche, auf deren ruhige, heitere Barockfassade ich durch den weißen Vorhang der umherirrenden Schneeflocken hinaufsah, ich war glücklich darüber, diesen Augenblick einen Herzschlag lang zu erfassen, ehe er aus meinem erlöschenden Blick für immer entschwand. Aber er war noch da, ganz nahe, gegenwärtig und lebendig, ich spürte ihn in meinen nassen Schuhen und in der scharfen Luft, die ich mit vollen Lungen einatmete. Alles war gut — der Himmel, die Erde und der Tod.

Interview mit Emil Dobner

Lassen Sie die Finger von Aktien. Kaufen Sie Ruinengrundstücke, falls Sie noch welche finden, oder alte, abbruchreife Häuser. So werden Sie am besten fahren, glauben Sie mir. Bei den Aktien muß man sich schon sehr gut auskennen, wenn man auf der Börse spielen will. Da kann man leicht die Hose verlieren, wenn man nicht beschlagen und sehr schnell ist. Wer erwischt schon den richtigen Zeitpunkt, eine bestimmte Aktie zu kaufen und sie dann zum bestmöglichen Preis zu verkaufen? Sie können natürlich auch mündelsichere Obligationen erwerben, Sie müssen aber bedenken, daß die Zinsen dabei gerade noch die allmähliche Geldentwertung decken. Das Geld fällt von Jahr zu Jahr um ein paar Prozent, und viel mehr bekommen Sie auch nicht für Ihre Obligationen. Ein Freund von mir, ein international bekannter Journalist, ein Herr in den besten Jahren, wollte ganz sichergehen und kaufte vor dreißig Jahren einen zehn oder zwanzig Kilo schweren Goldbarren, den er seither in einem Schweizer Banksafe aufbewahrt. Bitte, er hat dadurch sein Geld über die vielen Krisen hinweggerettet, er hat es aber um keinen Groschen vermehrt. Wenn er seinen Goldbarren heute verkauft, kann er sich für den Gegenwert weniger kaufen als vor dreißig Jahren. Ich gehe jede Wette darauf ein. Damals grassierte doch die Wirtschaftskrise, und heute haben wir im Vergleich zu diesen miesen Zeiten noch immer Hochkonjunktur. Ich hätte an Stelle meines Freundes sein Kapital in den dreißig Jahren verzehnfacht. Er läßt aber nicht mit sich reden. Er zieht das Todsichere vor. Hätte er zum Beispiel gleich nach dem Krieg seinen Goldbarren abgestoßen — er hätte damals dafür eine märchenhafte Summe bekommen — und dafür Ruinengrundstücke gekauft, wäre er heute vielfacher Millionär. Das ist noch immer das beste und sicherste Geschäft, sage ich Ihnen, selbst wenn man mit einem kleinen Kapital anfangen muß. Kaufen Sie ein Grundstück in der Stadt und lassen Sie sich dann von einer Bank ein Haus bauen, ein Mittelding zwischen Appartement- und Bürohaus. Über den Kredit brauchen Sie sich nicht den Kopf zu zerbrechen. Der berühmte Ölmilliardär Gulbenkian, der alte Armenier mit Vollbart und Zylinder, der in England lebt, hat unlängst in einem Interview gesagt, das beste Geschäft, das man heutzutage machen könne, sei, einen Kredit aufzunehmen. Man bekommt noch halbwegs gutes Geld und zahlt ihn nach Jahren mit schlechtem Geld zurück. Ich weiß schon, was Sie dagegen einwenden wollen. Sie meinen sicherlich, daß eine radikale sozialistische Regierung Ihr schönes Appartement- und Bürohaus eines Tages so mir nichts dir nichts verstaatlichen könnte. Sehen Sie, ein anderer Freund von mir, Poldi Zeitlinger, der heute als Vertreter kümmerlich sein Dasein fristet, hat gleich nach dem Krieg ein Haus von einer Tante geerbt, und zwar auf dem Hauptplatz von Amstetten, das damals zur Sowjetzone gehört hat. Was mache ich mit einem Haus, das in der Russenzone liegt, hat sich mein Freund Zeitlinger gefragt, die Russen werden doch nie aus einem Ort abziehen, in dem sie festsitzen. So hat er das Haus verkauft. Der Mann, der es ihm für einen Pappenstiel, ich glaube für dreißigtausend damalige Schillinge abgekauft hat, ist heute ein Millionär. Gleich nachdem die Russen abgezogen sind, hat er das alte einstöckige Haus abreißen und an seine Stelle, natürlich mit Krediten und zu damaligen Baupreisen, ein großes Geschäfts- und Bürohaus bauen lassen. Der hat eine Nase gehabt, sage ich Ihnen, und viel Mut. Den Angsthasen kann ich nur raten, ihr Geld in einen Goldbarren zu investieren und ihn in der Schweiz zu deponieren. Irgendein Russe, ich glaube, es war Chruschtschow, hat einmal gesagt, daß man nach einem eventuellen Sieg des Weltkommunismus die Schweiz in Ruhe lassen würde. Sie soll sozusagen als ein Museum des Kapitalismus erhalten bleiben. Diese Äußerung war natürlich ironisch gemeint. Es ist, bei Gott, noch nicht soweit. Im Gegenteil, die kommunistischen Staaten borgen sich von den Kapitalisten Geld aus, damit sie ihre Industrie, ihre Landwirtschaft oder ihren Fremdenverkehr aufbauen können. Auch sie haben die Zeichen der Zeit erkannt und arbeiten mit Krediten. Und die Kapitalisten geben ihnen ihr Geld, in der Hoffnung, sie als Kunden zu gewinnen. Ein gewisses Risiko muß man immer eingehen. Sonst macht man überhaupt kein Geschäft.

Perspektiven

Da wir bis zu einem gewissen Grad altmodisch sind, fühlen wir uns verpflichtet, unserem Œuvre einen kleinen Nachtrag anzuhängen. Wir haben zwar unseren Helden einigermaßen glücklich und in völliger Freiheit zurückgelassen, so daß wir auf sein weiteres Schicksal keinen wie immer gearteten Einfluß mehr ausüben können, aber der Leser wird sicherlich fragen, wie wir uns das künftige Leben Mladen Raikows vorstellen. Da sind wir jedoch, genauso wie der Leser, auf Vermutungen angewiesen. Es wäre vielleicht nicht uninteressant, einige dieser Vermutungen zu skizzieren, um den geneigten Leser, der es bis zum Schluß tapfer ausgehalten hat, zu weiteren Vermutungen anzuregen.

Zunächst besteht die Möglichkeit, daß Mladen Raikow mit der Besitzerin der kleinen Boutique zusammenbleibt, das heißt, daß er mit ihr zusammen lebt, ein oder zwei Jahre in einer wilden und dann in einer richtigen Ehe, die nicht nur im Standesamt, sondern auch in der orthodoxen Kirche in Wien geschlossen wird. Sie können ein Kind haben, eine Tochter, die zart und kränklich ist und sich später zu einem hübschen Mädchen entwickelt, falls sie nicht schon vor dem schulpflichtigen Alter stirbt. Mladen und seine Frau verkehren in den pseudomodischen Kreisen der gealterten Twens, die unter den niedrigen Decken ihrer neuen Wohnungen schwarze Lederfauteuils, farbige Drucke

von Picasso und Klee sowie falsche Negerplastiken haben und Jazzplatten sammeln, die nach dem jeweils neuesten Diktat aus Paris, Rom oder London ihre Kleider kürzer oder länger und die Revers ihrer Sakkos abgerundet oder eckig tragen, die sich ab und zu mit trockenem Martini oder Whisky betrinken, keine Vernissage abstrakter Maler und keinen als »modern« verschrienen Film versäumen und an den Happenings teilnehmen, auf denen gebrauchte Autos auseinandergenommen und vollständig zertrümmert werden, schmalhüftige Mädchen mit riesigen Hängebrüsten oder blasse, pickelübersäte Jünglinge mit langen Haaren mit Rinderblut oder roter Farbe überschüttet oder weiße Lämmer geschlachtet und noch warm und blutig gevierteilt und abgehäutet werden. In diesem Fall müßte Mladen Raikow den Handel mit Antiquitäten aufgeben und sich dem Verkauf von modischem Schmuck oder einer ähnlichen Ware widmen. Außerdem müßte er nebenbei experimentelle Texte schreiben, die in betont modischen Zeitschriften, die kein Mensch liest, abgedruckt werden.
Es besteht aber durchaus die Möglichkeit, daß unser Held mit der Tänzerin aus der Auslage nicht zusammenbleibt, sondern eine andere Frau heiratet, vielleicht eine junge Witwe, die er auf dem nächsten oder übernächsten Ball des Theaters in der Josefstadt kennengelernt hat. Sie ist noch jung – gerade dreißig –, hübsch und gesund. Ihr Schwiegervater, der seinen einzigen Sohn bei einem Autounfall verloren hat, geht selbst mit ihr zum Ball, um sie ein bißchen unter die Leute zu bringen. Mladen tanzt mit ihr und fühlt sich von jener Mischung aus Zurückhaltung und Vergnügungssucht, die nur ganz jungen Mädchen oder jungen Witwen eigen ist, so angezogen, daß er mit ihr ein paarmal schläft. Vielleicht aus Trägheit, vielleicht auch aus Liebe bleibt er bei ihr. Nach anfänglichem Widerstand übernimmt er das gutgehende Import-Export-Geschäft des ehemaligen Schwiegervaters seiner Frau und herrscht von nun ab wie ein Patriarch über die große Kinderschar – seine Frau hat drei Kinder, einen Buben und zwei Mädchen,

in die Ehe mitgebracht, zu denen noch zwei Kinder, ein Bub und ein Mädchen, hinzugekommen sind – sowie über die vielen Elektrowaren, die aus aller Welt an ihn geschickt werden oder die er in alle Welt versendet, damit sie den Menschen im Haushalt helfen und sie glücklich machen. Die Sommerferien verbringt er mit seiner Familie auf Mallorca, wo er ein Haus hat, und den Winterurlaub in Davos, wo er ein mittelgroßes Appartement besitzt. Beide Liegenschaften werden während der Abwesenheit der Familie Raikow vermietet, so daß sie noch eine kleine, aber sichere Rendite abwerfen. Ab und zu betrügt Mladen seine Frau mit einer ihrer zahlreichen Freundinnen, einer Sekretärin oder einem Mannequin, um sich zu beweisen, daß er noch immer ein ganzer Mann ist. Die kulturellen Bedürfnisse unseres Kaufmanns beschränken sich in diesem Fall auf ein Abonnement für das Theater in der Josefstadt, an dem er sehr hängt, sowie auf den Besuch von Auktionen, auf denen er preisgünstig alte Stiche und alte Möbel erwirbt; er ist schließlich einmal ein Experte auf diesem Gebiet gewesen. Manchmal liest er auch, aber nur Lyrik und Kriminalromane, weil andere Bücher ihn langweilen.
Es kann jedoch sein, daß Mladen Raikow sich von keiner Frau einfangen läßt. Er bleibt in seiner Bude in der Kochgasse hausen und schreibt in seinem Hinterzimmer einen Roman mit einer Ausdauer und Zähigkeit, mit einer Verbissenheit, die man ihm nicht zugetraut hätte. Nachdem er ein Jahr lang oder auch etwas länger alles auf diese eine Karte gesetzt, nachdem er oft gehungert, Schulden gemacht, gelogen und gebettelt, sich einige Male kräftig betrunken und viele Nächte durchwacht hat, ist das Buch über seine Niederlage endlich fertig geworden. Es vergeht noch ein Jahr, bis er einen Verleger findet, und ein weiteres, bis das mitteldicke Buch im Druck erscheint. Von den 3000 Exemplaren, die der Verleger auf nicht ganz holzfreiem Papier und in Borgis Baskerville Monotype-Schrift gedruckt hat, werden in den nächsten zweieinhalb Jahren 1187 Stück verkauft; der Rest der Auflage wird darauf weit unter dem

Herstellungspreis an eine kleine Buchgemeinschaft verhökert. Trotzdem reist Mladen Raikow als erfolgreicher Schriftsteller, dem einige wichtige Kritiker Talent bescheinigt haben, durch die nicht sehr wechselvolle Landschaft Mitteleuropas, hält in den literarischen Zirkeln der Provinzstädte vor bildungshungrigen alten Damen und wißbegierigen Jünglingen Vorträge über die mittelalterlichen Fresken in serbischen Klöstern, moderne jugoslawische Lyrik oder den Totenkult bei den Balkanvölkern, manchmal nimmt er auch teil an öffentlichen Diskussionen über die Krise des Romans, die Situation der Intellektuellen in Ost und West oder die Massenmedien der manipulierten Gesellschaft. Seiner Verantwortung als Schriftsteller voll bewußt, unterschreibt er ab und zu Manifeste gegen die Atombombenversuche, den Krieg in Vietnam oder anderswo, gegen die Überreste oder das Wiederaufleben des Faschismus sowie gegen die Verfolgung von Schriftstellern in der Sowjetunion (man muß nach beiden Seiten hin gerecht bleiben). Vielleicht schreibt er noch ein Buch, vielleicht auch nicht. Vielleicht verliert er den Glauben an seine Aufgabe in einer streng reglementierten Welt, was sehr leicht möglich ist, vielleicht kotzt ihn der ganze literarische Betrieb an, was nicht unschwer passieren kann, und er gibt es auf. Er sattelt um, wechselt den Beruf, ändert sein Leben. Vielleicht tut er das jedesmal, wenn er merkt, daß sein Beruf und sein Leben zur Routine geworden sind. Er macht also verschiedenes auf einmal. Er produziert in Jugoslawien, vorwiegend in Istrien, preiswerte Fernsehfilme, gibt in Wien eine Bibliothek heraus, in der er Bücher noch junger, unbekannter oder schon toter, vergessener Autoren aus allen europäischen Winkeln veröffentlicht, eine Ware, die so gut wie unverkäuflich ist, betreibt in München ein kleines Restaurant mit Balkanspezialitäten, spielt in Venedig Poker mit Berufsspielern und reichen Amateuren, schmuggelt Goldmünzen in den Nahen Osten und alte Teppiche nach Europa, baut eine ganze Kette von Bungalows auf Korsika oder auf den Kanarischen Inseln, verdient eine Menge Geld, gibt es wieder aus, geht mit vielen Frauen und Mädchen kürzere oder längere Bindungen ein, heiratet mit fünfzig ein grünäugiges junges Luder, das ihn nach Strich und Faden betrügt, nein, er tritt, von der Zivilisation und der Sinnlosigkeit seines Herumtreibens angeekelt, in das Kloster Hilandar auf dem Berg Athos ein, läßt sich einen Bart wachsen und betet und trinkt mit seinen zahnlosen Brüdern, bis er auch davon genug hat, sich ganz allein und insgeheim zu betrinken beginnt und eines Tages, total besoffen, ein kräftiges Bauernmädchen vergewaltigt, die Brüder vertuschen die Geschichte, stoßen ihn aber aus ihrem Orden aus, nein, er schließt sich einer karitativen Organisation an, geht in ihrem Auftrag nach Afrika und wird dort im Verlauf eines Aufstands der kriegerischen Stämme grausam ermordet, die Araber oder die Neger schneiden ihm alle Glieder ab und hacken ihm die Augen aus, nein, er geht nach Südamerika, nimmt teil an Partisanenkämpfen in Bolivien, in der Dominikanischen Republik oder auf Haiti und verkommt schließlich in einer Marihuanahöhle in Rio, nein, er kehrt nach Belgrad zurück, schreibt dort mehr oder weniger surrealistische Prosa, die er in schlecht zahlenden Zeitschriften veröffentlicht, seine Kollegen sind nicht immer begeistert davon, inszeniert einmal im Jahr ein verrücktes Stück an einem kleinen Theater, in dem sich Schauspielereleven austoben, und lebt im übrigen von den Einnahmen seiner Frau, einer mittelmäßigen Schauspielerin, die sich nicht scheut, in Filmen, die in Koproduktion mit ausländischen, meistens deutschen Firmen entstehen, ihre nackten Brüste und ihren entblößten Hintern zu zeigen, nein, er geht nach Paris, um die Traumstadt seiner Jugend zu erobern und fristet dann als Lehrer für serbische und deutsche Sprache kümmerlich sein Dasein, nein, er bleibt, wo er ist, heiratet ein Mädchen, das er liebt, bringt sein Geschäft hoch, übersiedelt in ein größeres Lokal, bekommt eine Drei-Zimmer-Wohnung von der Gemeinde Wien, zahlt regelmäßig seine Steuern sowie seine Beiträge an die Handelskammer, Gewerkschaft, Kran-

ken- und Lebensversicherung, an die Innung der Antiquitätenhändler, an den Schriftstellerverband, Pen-Club, Autoklub und ein halbes Dutzend anderer Vereine, einen Schutzwall, den er wie jeder andere anständige Bürger aus Angst vor dem Alleinsein oder aus Furcht vor dem Einbruch des anarchischen Chaos in sein Leben um sich aufgebaut hat, ferner an die Sterbekasse und an die SOS- und Pro-Juventute-Kinderdörfer, um sein Gewissen zu beruhigen, mit fünfzig wird er für seine Verdienste um den österreichischen Kunsthandel zum Kommerzialrat oder um die österreichische Literatur zum Professor ernannt, er harrt aus, obwohl er immer wieder davon träumt, fortzugehen und in einem anderen Land, unter anderen Menschen und mit einer anderen Frau alles von vorn anzufangen.
Wenn wir ganz ehrlich sind, müssen wir zugeben, daß uns keine der aufgezählten Variationen paßt. Mladen Raikow würde, wie wir ihn kennen, sicherlich gegen alle diese Vermutungen, so treffend oder unangebracht, so grausam, bissig oder schmeichelhaft sie auch immer sind, Einspruch erheben. Überlassen wir also ihm selbst die Entscheidung. Auch in einem Vierzigjährigen stecken noch manche Möglichkeiten, falls es ihm gelingt, sich von gewissen Konventionen zu befreien oder sie so gut oder so spielend zu beherrschen, daß sie ihn nicht mehr stören, und vorausgesetzt natürlich, daß ihm ein Leichtsinn, eine Schwäche oder eine Dummheit nicht einen Strich durch die Rechnung macht.